KB134548

세상에 공짜는 없다 II

세상에 공짜는 없다 II

초판 1쇄 인쇄일 · 2011년 11월 1일
초판 1쇄 발행일 · 2011년 11월 9일

지은이 | 이승채
펴낸이 | 노정자
펴낸곳 | 도서출판 고요아침
편집장 | 이세훈
편 집 | 김상훈

출판등록 2002년 8월 1일 제 1-3094호
120-814 서울시 서대문구 북가좌동 328-2 동화빌라 102호
전   화 | 02-302-3194~5
팩   스 | 02-302-3198
E-mail | goyoachim@hanmail.net
홈페이지 | www.dabook.net

ISBN 978-89-6039-406-3 (03810)

세상에

공짜는
없다 II

변호사·법학박사 **이승채** 지음

고요아침

감사의 말씀

제가 1995년도에 조그마한 책을 한권 썼습니다. 40세까지 앞만
보고 달려가다 잠깐 멈춰 섰습니다. 그리고 뒤를 돌아볼 기회를 가
졌습니다. 혹시 저와의 싸움에서 상처를 입은 분이 없는가, 나는 내
아내, 내 형제, 내 자식, 내 친구, 내 이웃을 진정으로 사랑하고 있
는가, 내가 지금까지 살아오는 동안 주위의 많은 사람들로부터 도
움을 받았는데 그분들에게 감사의 뜻을 표한 적이 있는가 하는 생
각이 들었습니다.

그래서 한번 과거를 정리할 필요를 느꼈습니다. 위선으로 제 자
신을 포장하지 않고, 저를 아시는 모든 분들에게 저의 모습을 그대
로 보여드리고 싶기도 하고, 제 자식들에게 아빠의 원래 모습을 보
여줄 필요가 있다고 느꼈습니다. 두렵기도 하고 창피하기도 하지
만, 어렵게 사는 청소년, 노동자, 서민들에게 열심히 사시라는 격려
도 드리고 싶었습니다.

저를 낳아서 길러주신 부모님, 어려운 환경 속에서도 꿋꿋하게
살아온 형제들, 저를 가르쳐 주신 선생님들, 항상 주변에서 떠나지
않으시고 저를 도와주시는 상사, 동료, 친구, 직원 여러분들, 사랑
하는 아내와 내 자식들, 장모님과 처남, 처제, 조카들에게 감사의
마음을 전하고도 싶었습니다.

제가 쓴 책, 『세상에 공짜는 없다』는 구성도 엉성하고 내용도 졸
작이었지만 많은 사람들로부터 사랑을 받았습니다. 제가 그 책을
쓸 당시만 해도 "세상에 공짜는 없다"라는 말은 그렇게 흔하게 쓰는
말이 아니었습니다. 어느 책에서나, 신문에서 본 적도 없고, 라디오

나 텔레비전에서 들어 본 적도 없는 말이었습니다. 그런데 그 책이 출판된 뒤부터 "세상에 공짜는 없다"는 말이 유행하기 시작하였습니다. 지금은 방송에서나 모임에서 흔히 들을 수 있는 말이 되었습니다. 심지어 어린이들까지도 그 말을 하는 것을 들었습니다. 인터넷 검색창에도 많이 나오는 말이 되었습니다.

처음 계획은 500부 정도만 찍어서 자식들과 가까운 분들에게만 드리려고 했습니다. 그런데 500부를 찍으나 5,000부를 찍으나 출판비가 같다고 하여 5,000부를 찍었습니다. 그런데 하나님의 도움으로 1달도 되지 않아 5,000부가 없어졌습니다.

그 책을 읽으시고 눈물을 흘렸다는 독자들의 격려 편지와 전화가 많았습니다. 광주에서도, 서울에서도, 경기도에서도, 경상도에서도, 충청도에서도, 강원도에서도, 심지어 해외에서도 많이 왔습니다.

책의 내용이 좋아서가 아닙니다. 어려운 시대를 살아온 사람들의 자기 이야기라는 것입니다. 자기만 고생하고 살아왔는지 알았는데 이승채와 같은 사람도 있는 것을 보고 더 열심히 살겠다는 택시 기사도 있었습니다. 자식에게 꼭 읽혀야 할 책이라고 말하는 분도 있었습니다.

그 책의 내용은 청소년들에게 인기가 있던 『십대들의 쪽지』에 오랫동안 연재되기도 하였습니다. 최원일 선생님이 쓴 『작은 생각이 큰 성공을 부른다』는 책에도 '이승채의 성공 이야기'라는 제목으로, 이명박 대통령의 이야기, 고(故) 정주영 현대그룹 회장님의 이야기와 함께 상당한 지면을 차지하고 있습니다.

날이 갈수록 책을 달라고 하는 분들이 많았습니다. 찍고 또 찍어도 책은 계속 부족했습니다. 6만 부 정도를 찍은 것 같습니다. 그 6만 부가 출판사를 통하여 서점에 내놓지 않고 제 주위 사람들을 통해서 소진되었습니다.

10년 전에 찍은 2001년도 판 몇 백 권이 남아 있었습니다. 변호사 사무실을 광주에서 안양으로 옮겨 사무실에 그 책이 몇 권 있었습니다. 그런데 오는 손님마다 그 책을 달라는 것입니다. 10년 전에 출판한 것이라 먼지가 끼고 파본이 되었습니다. 그래도 달라는 것입니다. 수도권에 사는 사람들도 촌사람의 이야기에 귀를 기울였습니다. 그래서 그 책을 한 번만 더 찍기로 했습니다.

하지만 그 책을 쓴 지도 벌써 15년이 넘었습니다. 그 동안 저도 나이가 들었고, 환경도 많이 변했습니다. 그래서 조금 보강하였습니다. 그리고 제목을 『세상에 공짜는 없다 II』로 바꾸었습니다. 변함없는 여러분의 사랑을 기대합니다.

2011. 10. 01.
이승채 올림

차례____

2부 가난은 죄가 아니다

3부 동사무소 직원에서 판사까지

4부 밝은 미래를 향하여

5부 설교 모음

집념으로 司試합격

光州고법 사무관 李承采씨

「이 영광은 어머니와 아내의 지극한 정성이 밑거름이었읍니다」

그의 집념은 인간승리 바로 그것을 보는듯 했다.

전남 해남분 산이면 진산 10월 광주지방중학교 입학 73년 그러나 고3때인

천신만고끝에 27회 사법시험에 합격한 광주고법민사과 사무관 李承采씨(32·사진)는 합격의 영광을 6·사상의 영광을

그는 중학교를 졸업한 뒤 면학의 꿈을 버리지 못한 광주시 동구 충금동사무소 직원으로 자립의 터전을 마련했다.

이후 4년동안 주경야독

내의 지극한 정성이 밑거름이었읍니다.

비를 벌었다.

퇴근후 도서관서 혼자공부
"실무경험 토대로 法다룰터"

리에서 빈농 李奎烈씨(5년전 작고)의 6남3녀중 네째아들로 태어난 그는 고향 배자방에 없어 기거하며 고교를 겨우 졸업했다.

그는 74년 조선대 법대에 입학한 직후 5급(서기보) 지방공무원 공채에 합격, 광주시 동구 충금동사무소 직원으로 자립의 터전을 마련했다.

이 평준화되면서 가정 교사 자리를 잃게되자 2개월간 선

독학에서 합격하리라고 그동안 독학해왔기 때문에 2번째 도전에서 합격했다.

하던 지난 82년 법관에도 전하고 싶은 충동을 받아 그는 퇴근후 도서관에서 민사소송법에 자신을 갖고 「어렵게 공부한 작은」시험을 보았다고 말하고 있지만 지난 7년간 실무경험을 토대로 만일을 위해 공정히 법률을 행사하는데 최선을 다하겠다」고 말했다.

李씨는 이에 만족치 않고 4급(주사보) 78년 10월 법원사무관시험에 합격, 춘천지법 직원으로 재출발했다.

80년 다시 법원 사무관시험에 도전 이후 5년동안 광주고법과 지법에서 민사 형사고법과를 맡며 법원일 받직 간부로서 실무경험을 익혔다.

「광주지법 민사과에 근무

▲ 1985년 10월 14일 전국 13개 중앙지와 지방지에 일제히 보도

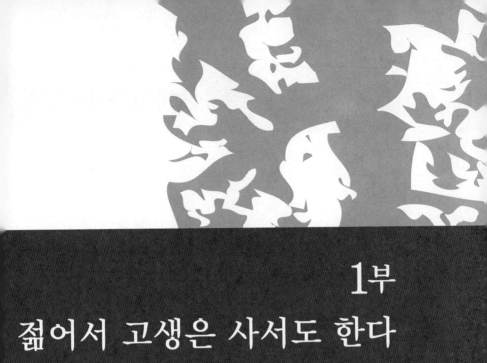

1부
젊어서 고생은 사서도 한다

세상에 공짜는 없다

「**세상에** 공짜는 없다.」
이것은 나의 좌우명이다. 대가나 노력 없이 얻어지는 것은 아무 것도 없다는 말이다. 뿐만 아니라, 무엇이든 노력을 했으면 반드시 그만큼 대가가 돌아오는 것이지 그 노력이 헛되이 없어지는 경우도 없다는 생각이다.

가끔 "우리 같은 서민들은 뼈 빠지게 노력해도 먹고살기 어려운데, 어떤 사람들은 아무 일도 하지 않고 잘 먹고 잘 산다." "죽도록 노력했는데 운이 나빠서 시험에 실패했다."는 말을 듣는다.

물론 과거에는 나도 그런 불평을 한 적이 있다. 뼈 빠지게 노력해도 먹고살기가 어렵거나, 아무 일도 하지 않고도 잘 먹고 잘사는 사람들이 있다는 것은 정말 슬픈 일이다. 그런 사회는 나쁜 사회일 것이 분명하다. 그러나 정말 뼈 빠지게 노력했는가? 정말 죽도록 공부했는가? 묻고 싶다.

"정말 뼈 빠지게 노력했다." "정말 죽도록 공부했다." "그런데도 형편없이 못 산다."고 자신 있게 대답하는 사람이 있다면 "세상에 공짜가 없다."는 이 책을 쓴 나의 무례함을 사과하겠다.

그렇지만, 혹시 노력도 하지 않고 자기가 못사는 것이 마치 국가나 사회의 구조적 모순 때문인 것처럼 불평·불만을 하고, 공부는 열심히 하지 않으면서 운이 없어서 시험에 떨어졌다고 말하는 사람들이 있다면 그들은 반성해야 한다.

나는 아주 어려운 환경 속에서 자랐다. 그래서 한때는 국가나 사회에 불평·불만이 많은 사람이었다. 어떤 사람이 높은 자리에 올라가면 이유 없이 미워하기도 했고, 좋은 집에 살거나 좋은 차를 타고 다니는 사람을 보면 도둑놈이라고 욕하기도 했으며, 무조건 정부시책을 비판하기도 했다.

심지어, 돈이 없어 고등학교도 진학할 수 없는 처지를 비관하며 '차라리 북한에서 태어났으면 이런 고생을 하지 않을 텐데, 더러운 나라에서 태어나서 이 고생을 한다.'는 생각을 한 적도 있다.

공산주의 사회는 평등사회이기 때문에 나같이 건강하고, 공부 잘하는 사람은 '면서기'라도 할 수 있을 텐데, 불평등한 자본주의 국가에서 가난한 농부의 아들로 태어났으니 아무리 고생해도 남의 집살이밖에 할 것이 없으리라는 생각에서였다.

그러나 포기하지는 않았다. 남들이 비웃든 말든 앞만 보고 달려왔다. 남들이 잠잘 때 한 시간이라도 더 공부하려고 노력했고, 남들이 여가를 즐길 때 쉬지 않고 일했다. 안 맞아도 되는 매를 맞을 때도 있었고, 안 들어도 되는 꾸중을 들을 때도 있었다. 손을 잡아주는 사람도 없었다. 부질없는 짓이라고 핀잔 놓은 사람은 많아도 용기를 북돋아 주는 사람은 별로 없었다. 터놓고 하소연 할 사람도 없었다. 허나 목표를 세우고 나 자신과 대화하면서 변덕 부리지 않고 꾸준히 노력했다.

중학교를 졸업한 때부터 20년, 정말 길고도 긴 터널이었다. 깜깜

한 터널이었다. 죽지 않고 살아 온 것이 신기할 정도의 암흑기였다. 못 먹고 못 입고 핍박받으며 살아 온 20년, 고생길 20년이 지나자 나에게도 빛이 보이기 시작했다. 생각도 변하기 시작했다.

시골에서 꼴망태 메고, 코 질질 흘리면서 소 먹이러 다니던 촌놈이 고등고시에 합격하여 판사를 거쳐 변호사를 하고 있다. 물론 집도 있고, 자동차도 있다.

만약 내가 북한에서 태어났다면 판사도 하고, 집도 사고, 자동차도 가지고 있을까? 항상 국가에 감사하는 마음으로 살아가고 있다.

조상을 잘못 만났다고 불평하는 동생에게 이런 말을 한 적이 있다.

"너와 나는 똑같은 부모 밑에서 태어나, 똑같은 환경 속에서 자랐다. 조건은 똑같다. 차이가 난다면 네가 아가씨 손을 잡고 바닷가에서 낭만을 즐길 때, 나는 춥고, 어두운 골방에서 라면 끓여 먹으며 피땀 흘리고 공부한 차이다. 청소년기에 아가씨 손을 잡고 바닷가에서 젊음을 즐긴 사람과 춥고, 어두운 골방에서 밥을 굶어가면서 공부한 사람이 커서 똑같이 산다면 그것은 불공평한 세상일 것이다. 그 두 사람 사이에는 반드시 차이가 나야 공평한 세상이다. 나는 조상이 그렇게 고마울 수가 없는데 너는 어찌하여 조상을 원망하느냐?"

동생을 교육시키기 위한 말이고, 열심히 노력하면 너도 잘 살 수 있다는 뜻에서 한 말이다. 내 동생이 나보다 못나고, 나보다 못사는 것도 물론 아니다. 하지만 말은 맞는 말일지도 모른다.

운도 좋고, 부모도 잘 만나고, 좋은 학교를 나왔으면 좋으련만 그것이 마음대로 되는가. 그렇다고 운명 탓, 조상 탓, 학교 탓만 하고 있을 수도 없지 않는가. 주어진 조건 속에서 열심히 노력한다면 먹고사는 데는 지장이 없을 것이다. 노력한 만큼 100퍼센트 그 대가가 돌아오는 것은 아니지만 반드시 50퍼센트 이상은 돌아온다고 본다. 세상에는 공짜처럼 보이는 것이 있기도 하지만, 공짜로 얻은 것은 반드시 그만큼 재앙이 따르는 법이고, 순간적인 생각으로 헛고생만 했다고 생각되는 것이 있기도 하지만, 언젠가는 그 대가가 돌아오리라고 생각한다. 뇌물 받은 공무원에게는 나중에 견디기 어려운 고통이 따르기 쉽고, 착한 마음으로 묵묵히 일하는 근로자는 언젠가 그 보상을 받을 것이다.

운명은 재천이라?

유년기에 내가 어떻게 자랐
는지 기억나는 것이 별로 없다. 팽이치기도 하고, 연 날기도 하고,
겨울이면 언덕에서 썰매를 탔지만 그것은 누구에게나 있는 일이다.

어려서부터 나는 사랑을 받고 자라지는 않았던 것 같다. 물론 사
랑이 무엇인지도 몰랐겠지만… 누가 나를 귀엽다고 안아주거나, 잘
했다고 칭찬해 준 기억이 없다. 더럽다고 따돌림 당하고, 잘못했다
고 꾸지람을 듣는 일이 더 많았다.

어떻게 태어나 어떻게 자랐는지에 관해서 들은 것도 별로 없다.
단지 태어나 울지를 못해서 사산인 줄 알고 아버지가 묻으러 가려
는데 울었다는 이야기, 방에 어린것을 혼자 눕혀놓고 어머니가 일
을 하러 나가셨는데 어찌나 울던지 이웃집 할머니가 문틈으로 내다
보니 기저귀를 뒤집어쓰고 있어 잠긴 문의 창구멍으로 긴 장대를
넣어 기저귀를 걷어내 살렸다는 이야기 정도다.

그러나 내 동생들이 어떻게 자랐는지는 생생하게 기억하고 있다.
나와 동생 승남이가 세 살 차이, 승남이와 막내 동생 승곤이가 또

세 살 차이다. 그래서 나와 승곤이는 6살 차이다.

막내 동생 승곤이가 태어난 날은 모내기를 한 날이었다. 모두들 일하러 나가는데 어머니만 방에 누워 계셨다. 돌봐주는 사람이라고는 아무도 없이…. 나는 어머니 곁에 누워 있었다. 그런데 어머니가 울면서 요강을 가져오라고 하셨다. 방에 피가 범벅이 되는 것을 보고 어머니가 돌아가시는 줄 알았다. 겁이 나서 논으로 달려갔다. 아버지께서는 모내기도 하지 않고 논두렁에 앉아 계셨다. 숨을 헐떡거리면서 어머니의 상태를 말씀드렸다. 아버지는 아무 말도 하지 않고 웃기만 하셨다. 그 말을 들은 아주머니 한 분이 부랴부랴 집으로 왔는데 그 때는 이미 방이 깨끗이 치워져 있고 내가 누워 있던 자리에 아기가 누워 있었다.

승곤이가 태어난 후 아기를 보는 일은 내 몫이었다. 승곤이가 한 살쯤 되던 어느 여름날, 어머니는 나와 승곤이를 데리고 밭에 나가셨다. 어머니는 원두막에 아기를 눕히고 나더러 보고 있으라고 동네 아주머니들과 밭을 맸다.

원두막은 나무 막대기를 성글게 걸친 후 그 위에 거적을 깔아놓았다. 그런데 어린 우리들이 하도 뛰어 놀아 거적이 닳아서 군데군데 구멍이 나 있었다. 어머니는 나더러 아기를 보라고 하셨지만 사실은 나도 아기였다. 당시 6살밖에 되지 않는 나는 아기 보는 것을 잊어버리고 그만 잠이 들었던 모양이다.

아기가 하도 울어서 어머니가 밭 매는 것을 중단하고 달려와 보니, 승곤이가 몸은 구멍 뚫린 거적 사이로 빠지고 머리만 나무 막대기 사이에 걸려 대롱대롱 매달려 있더라는 것이다. 조금만 늦었더라면 무슨 일이 일어났을지도 모른다. 나는 그날 어머니로부터 많은 꾸중을 들었다.

그때 말고도 승곤이가 목숨을 잃을 뻔 했던 사건이 또 있다. 3~4살쯤 먹었을 때의 일이다. 역시 어머니는 승곤이를 나에게 맡기고 집으로부터 약 1킬로미터 정도 떨어진 밭에 나가셨다. 그 밭에는 참외도 있고, 수박도 있었다. 승곤이는 나와 놀다가 배가 고프면 어머니가 일하는 밭으로 갔다. 가는 길은 신작로도 있고, 논길도 있고, 중간에 방죽이 있어서 매우 위험하다. 그러나 승곤이는 그 밭에 가면 엄마와 놀 수도 있고, 참외도 주고 수박도 주기 때문에 틈만 있으면 나 몰래 어머니가 있는 밭으로 도망을 하였다. 어머니는 그것을 매우 걱정하셨지만, 그렇다고 일을 나가지 않을 수도 없었다. 나가실 때마다 나에게 '승곤이를 잘 보고 있으라'는 당부를 하셨고, '혹시라도 배가 고프면 아기 혼자는 절대로 못 가게하고 꼭 나더러 데리고 오라'고 하셨다.

그러던 어느 날, 그날도 승곤이는 내 눈을 피하여 어머니 있는 곳으로 갔는가 보다. 아기를 혼자 보내는 것이 걱정은 되었겠지만, 그렇게 몇 번을 하여도 아무 일이 없으니 어머니도 어느 정도 안심이 되었는지 참외 하나를 손에 들려 집으로 돌려보냈다고 한다.

그런데 사고가 났다. 3~4살 먹은 어린애가 혼자 집으로 오다가 방죽 물에 비친 자기의 얼굴을 잡으러 물속으로 들어가다 빠졌다. 다행이 지나가던 아주머니가 물에 빠져 허우적대는 승곤이를 건져서 다행이지 조금만 늦었더라도 또 무슨 일이 일어났을지 모른다. 그날도 나는 죄 없이 온전하지 못했다.

이렇게 우리의 어린 시절은 위험투성이였다. 그러나 죽지 않고 건강히 자라서 지금은 잘살고 있다.

폭풍우 치는 어느 여름날

형과 내가 아직 초등학교를 들어가기 전의 일이다. 여름이면 어머니는 참외와 수박을 심었다. 다른 집에 비하여 우리 집의 참외 농사는 보잘것없는 것이어서 돈을 많이 버는 것은 아니었다.

어머니는 돈 버는 것보다도 자식들에게 먹이려고 참외와 수박을 심었다. 아마 우리들이 남의 밭에 들어가 참외서리를 하는 것을 방지하기 위해서 참외를 심었는지도 모른다. 그래서 여름이면 참외는 마음대로 먹을 수 있었다.

여름마다 형과 나는 원두막에서 참외밭을 지켰다. 원두막이 다른 곳보다 시원하고, 참외와 수박은 얼마든지 먹을 수 있으니 행복한 일이기도 했다. 참외밭은 집에서 1킬로미터 정도 떨어진 산 속에 있었다. 낮에는 형과 내가 참외밭을 지키고, 밤이 되면 어머니가 저녁밥을 싸 가지고 와 달빛 아래서 같이 먹으면서 옛날이야기를 들려주시기도 했다.

그러던 어느 날, 폭우가 쏟아지고 바람이 많이 불었다. 태풍이 온 모양이다. 밤이 되니 캄캄하여 한치 앞도 보이지 않았다. 오실 시간이 되었는데 어머니는 오시지 않았다. 비바람은 몰아치고, 밖은 캄캄하기만 하고, 배도 고프고… 인적이라고는 없는 깊은 산속에 갇힌 우리 형제는 공포에 떨고 있었다.

형은, 나이는 나보다 3살 위지만 소심했다. 평소에도 어머니가 심부름을 시키면 꼭 나를 데리고 가서 자기는 밖에 서 있고 나를 시켰다.

그날도 형은 나보다 더 겁을 먹은 것 같다. 두 형제가 불도 없는 원두막에 쭈그리고 앉아 있는데 아무리 기다려도 어머니는 오시지 않았다. 배가 고팠는지 형은 나더러 밭에 가서 참외를 따오라고 했다.

비는 억수같이 오고, 아무것도 보이지 않는데 질퍽질퍽한 밭에 가서 어떻게 참외를 따오라는 것인지….

하여튼 형의 명령이었다. 나는 옷을 모두 벗고 맨몸으로 밭으로 달려갔다. 익었는지 안 익었는지는 살필 수도 없다. 손에 잡히는 대로 서너 개를 따왔다. 안 익은 것은 버리고 익은 것만 먹었다. 배는 어느 정도 채웠지만 어둠의 공포는 이기기 힘들었다. 내가 울었다. 내가 우니 형은 더 무서웠는지 못 울게 했다.

그런데 어둠 속에서 가느다란 여자 목소리가 났다.

"승대야! 승채야!"

누군가가 애타게 우리를 부르는 것 같았다.

"엄마다!"

"아니야 가만있어!"

분명 엄마 목소리다. 그런데 형은 대답을 못하게 했다. 이렇게 비 오는 날에는 도깨비가 우리를 잡아가려고 어머니 목소리를 낸다는 것이다. 그때 만약 따라 나가면 잡아먹는다고 했다. 그러나 그 소리는 그치지 않고 점점 가까이 왔다. 그때의 공포는 잊을 수가 없다.

"엄마란 말이야!"

나는 잡고 있는 형의 손을 뿌리치고, "엄마-아!!" 하면서 그 소리가 나는 곳으로 달려갔다. 엄마였다. 엄마와 얼싸안았다.

"내 새끼들아."

엄마는 안도의 큰 숨을 쉬셨다.

폭풍우 치는 밤에 자식 둘을 산속에 둔 엄마는, 손전등도 없이 우리를 찾아오다 어둠 속에서 길을 잃었다고 한다. 방향을 잃고 사방을 헤매며 우리를 불렀다고 한다.

내 평생에 그날처럼 무서운 날은 없었다. 그러나 그날처럼 어머니의 품이 따뜻한 날도 또한 없었다.

선생님의 자전거는 나의 자가용

1966년, 지금으로부터 33년 전, 초등학교 5학년생 이승채, 담임선생님 최일환, '그때를 아십니까?'라는 프로에서 나오는 새까만 소년과 30대 초반의 의욕에 넘치는 청년 선생님.

조그마한 면소재지 초등학교, 학교가 있는 마을과 선생님이 사는 동네는 10리쯤 떨어져 있다. 그 사이에 우리 동네가 있다. 선생님은 매일 자전거를 타고 출·퇴근을 하셨다. 우리들은 책가방을 메고 걷거나 달려서 학교에 갔다. 등·하굣길에 선생님의 자전거를 보면 학생들은 모두 '안녕하세요?' 하고 인사를 했다. 수많은 학생들 사이를 지나가던 선생님은 나를 보면 자전거를 멈추었다.

"이승채 타라."

처음에는 어색했지만 그것이 거의 매일 반복되니 이제는 당연한 일이 되어 버렸다. 선생님이 다른 학생을 자전거에 태우고 가는 것을 본적은 없다. 선생님의 자전거는 거의 나의 자가용이었다. 자전거 뒤에 사람을 태우고 비포장도로를 달린다는 것은 매우 힘든 일이다. 더구나 그 당시는 도로가 움푹움푹 패어 있고 잔등(오르막)이 많았다. 가다가 선생님이 지쳐서 잔등을 못 올라가면 내가 내려서 뒤에서 밀곤 했다.

최일환 선생님은 나를 특별히 사랑하셨던 것 같다. 우리 반에는 면장 아들도 있고, 지서장 아들도 있고, 우체국장 아들도 있었다. 최 선생님의 사촌 동생도 있었다. 솔직히 말해서 면장이나 지서장, 우체국장 집에서는 선생님에게 맛있는 식사도 대접했을 것이다. 명절이면 양말이라도 선물했을 것이다. 그러나 우리 부모님은 그럴만한 형편이 못 되었다. 그렇지만 나에 대한 최 선생님의 사랑은 대단하셨다. 방과 후에는 학교에 남아 글짓기를 배웠다. 작문도 하고, 동시도 지었다. 선생님은 매일 나의 작품을 심사하여 잘못된 곳을 고쳐주고 더 잘 쓸 수 있도록 지도해 주셨다. 나뿐만 아니라 선생님도 매일 글을 쓰셨다. 그리고 해가 질 무렵 자전거를 타고 집으로 돌아갔다. 우리 집에 도착해 나를 내려주다 재수 좋게 엄마를 만나면 엄마는 광으로 들어가 어떤 때는 홍시를, 어떤 때는 달걀을 대접했다. 그것이 우리 집에서 선생님께 한 접대의 전부다.

당시 선생님은 아동문학가로서 열정적으로 작품 활동을 하셨던 것 같다. 광주, 목포, 해남 등지에서 백일장이 있을 때마다 가르치는 학생들을 데리고 글짓기 대회를 나갔다. 얼마나 열심히 가르쳤는지 우리 학교는 상을 거의 쓸다시피 했다. 솔직히 심사하는 선생님들과 최 선생님이 같은 아동문학을 하신 분들이라 조금 봐 주었는지는 몰라도 나는 언제나 1등 아니면 2등이었다.

그때 당선된 내 글은 소년동아일보나 소년조선일보에 게재되기도 하였다.

그런 선생님의 지도 덕분이었는지는 모르지만, 나는 글쓰기를 좋아한다. 영광스럽게도 금년에는 문단에 등단하기까지 하였다.

그로부터 33년이 지난 1999. 11. 20. 풋 나락과 물감자의 고향, 땅끝 해남의 '해남광장'에 최일환 선생님의 시비가 건립되었다.

예향 목포의 예총 회장으로 누구보다도 열심히 문학 활동을 한 시인의 시비(詩碑)가 건립되는 것은 어쩌면 당연한 일인지도 모른다. 그러나 나에게는 남다른 감회가 있다. 나를 각별히 사랑하신 선생님, 나의 글 쓰는 기초를 닦아주신 선생님, 평교사로 평생을 보내신 선생님, 나에게는 어버이 같은 분이다. 나는 최일환 선생님의 시비 건립기념식에서 비에 새겨진 선생님의 시를 낭송하였다.

남쪽 섬들

최일환

작은 섬들 사이사이로
비단 폭 한 자락
휘어진 바다

그 푸른 바다에
옹기종기 정다운
예쁜 섬들

바다는 그 섬들을
잃을까 봐서
가지가지 섬 모양
그대로 담아놓고

섬들은 그 바다를
잃을까 봐서
한 아름 꽉 안고
둥둥 떠서

남쪽 그 바다에만
언제나 작은
남쪽 그 섬들……

1999. 11. 20.

밀가루 대통령

희미한 기억이긴 하지만 1968 년에 남부지방에 심한 가뭄이 들었던 것 같다. 어느 시대나 가뭄으로 흉년이 들면 인심이 나빠지고 사회질서가 문란해지는 경향이 있고, 심할 때는 반란 등 폭동이 일어날 때도 있다.

그렇기 때문인지 당시 박정희 대통령은 미국에서 밀가루를 원조 받아다가 가뭄 타개를 위한 저수지 축조사업을 벌였다.

우리 마을에도 한 개의 저수지를 막았는데, 당시 우리 마을에는 손바닥만 한 방죽이 두 개 있었을 뿐 저수지라고는 하나도 없었다.

포크레인과 덤프트럭 등 건설장비가 갖추어진 지금이야 저수지 하나 막는 것이 별일 아니겠지만 그때는 마을 주민뿐만 아니라 인근 4~5개 마을 주민까지 총동원된 대 역사였다.

리어카조차도 제대로 보급되지 않은 상태였기 때문에 남자들은 지게로 흙을 져 나르고, 여자들은 머리로 흙을 여 날랐고, 발로 밟고 몽둥이로 두드려서 흙을 다지는 방법으로 저수지를 막았다.

정말 원시적이고 힘든 공사였지만 그 덕분에 흉년이 든 우리 고장 사람들은 밀가루 죽으로라도 허기진 배를 달랠 수가 있었다.

그런데, 우리 집에는 문제가 있었다. 아무도 그 저수지 공사에 나가 일할 만한 사람이 없어 밀가루 한 됫박도 구경할 수가 없었다.

그때 나는 초등학교 6학년이었다. 학교 다닐 때는 어쩔 수 없었지만, 겨울방학이 되자 어떻게 해서든지 그 저수지 공사장에 나가 밀가루를 벌어오고 싶었고, 벌어와야만 했다.

마을 이장에게 '우리 집은 일할 사람이 없어 그 흔한 밀가루 한 됫박도 구경하지 못한다. 나라도 공사장에 가서 일을 해 밀가루를 벌어야 되겠다'고 했다. 이장은 처음에는 어려서 안 된다고 거절했으나 우리 집 형편을 이해했는지 일을 해낼 수 있을 것 같으면 나와서 해보라고 했다.

사실 그런 공사장에도 부정이 있다. 마을에서 말 자리나 한다는 사람들은 일을 하지 않고도 밀가루를 탔다. 공사감독이다. 십장이다. 이장이다. 하며 공사장에는 나가지도 않고 장부상으로만 일한 것으로 일보작성을 했다. 하지만 그들의 몫은 실제 일을 한 사람들의 몇 배나 된다.

그날은 날씨가 몹시 추웠다. 눈이 내리고 강풍이 몰아쳤다. 초등학교 6학년짜리 꼬맹이가 지게를 들쳐 메고 집으로부터 약 1킬로미터 정도 떨어진 저수지 축조공사장으로 나갔다.

일할 만한 노동력을 가진 아저씨, 아주머니들이 모두 나와 있었다. 나는 그 공사장에 나갈 자격도 없었겠지만, 아무튼 최연소 일꾼이었다.

부끄럽기도 하고 힘들기도 했지만, 말없이 사람들 사이에 끼어 지게로 흙을 져다 약 200미터 정도 걸어가 둑에 부리는 작업을 계속 했다.

점심시간이 되어 배가 고픈데 도시락을 가지고 가지 못했다. 평소 점심 정도는 자주 참아 보았기 때문에 별 문제가 없을 줄 알았는데 그날은 얼마나 일을 열심히 했던지 추운 겨울날이었지만 이마에 땀방울이 맺힐 정도였다. 그래서 더 배가 고팠다.

다행히 친척아주머니가 가져온 주먹밥 한 덩어리를 같이 나눠먹고 다시 작업을 계속했다.

나는 어린애였기 때문에 오전에는 아주머니들과 같이 작업을 했다. 하지만 오후에는 동네 청년들과 같이 작업을 하도록 배치되었다. 다른 사람에 비하여 내가 할 수 있는 작업량은 반도 안 되었다.

아무리 열심히 한다고 해도 초등학생이 무슨 일을 얼마나 하겠는가. 그런데 이웃에 사는 손씨가 "너도 우리와 똑같은 양의 밀가루를 받으니 우리와 똑같이 일을 해야 된다."면서 그때까지 나에게는 5삽의 흙만 지어주더니 10삽을 지어주는 것이었다.

초등학교 6학년 학생이 청년들과 같은 양의 흙을 져 나를 수 있겠는가? 그것을 지고 가다 넘어지면 자기들끼리 웃고 농을 하면서 다시 똑같은 양을 지어주는 것을 계속하여, 정말 그대로 가다가는 죽겠다는 생각까지 들었다. 그 사람의 말이 옳기는 하지만 도저히 그것을 감당할 수는 없었다.

그래서 그 사람에게 제의하였다. "나는 힘이 없어서 어른들과 같은 양의 흙을 질 수는 없다. 그러나 어른들이 한번 다닐 때 나는 두 번씩 다니겠다."

그렇게 해서 나는 거의 뛰어다니다시피 하루 작업을 무사히 끝낼 수 있었다. 얼마나 고생을 했던지 그날 밤 잠을 잘 수가 없었다. 다리를 펼 수도 팔을 움직일 수도 없었다.

그 다음날도, 그 다음날도 그와 똑같은 방법으로 10일간 공사장에서 일을 계속했다. 더 하고 싶었지만 일할 사람은 많고 작업량은 한정되어 있기 때문에 그런 일마저도 마음대로 못 한다는 것이었다.

10일 동안 일하고 받은 대가는 밀가루 1포대였다. 그러니까 1일에 1되 꼴이다. 밀가루 한 포대를 받아 지게에 지고 집으로 돌아오는데 정말 발걸음이 가벼웠다. 처음으로 내가 일을 하여 밀가루 1포대를 벌었고, 그것으로 우리도 밀가루 죽을 먹을 수 있었기 때문이다. 당시 나는 이렇게 밀가루를 먹게 해준 박정희 대통령이야말로 민족의 영웅이라는 생각을 했다.

소야! 소야!

중학교에 다닐 때, 나는 농사를 지으면서 학교를 다녀야만 했다. 농촌 학생이라면 누구나 마찬가지지만 나는 공부보다는 농사일이 우선이었다.

당시 농촌의 머슴들은 쟁기질을 할 줄 아는가의 여부에 따라 새경이 책정되었다. 쟁기질을 하지 못하는 사람은 '깔땀살이'라고 하여 밥만 먹여주거나 기껏해야 1년에 나락(벼) 5섬 정도를 주었고, 쟁기질을 보통으로 하는 사람은 '중머슴'이라고 하여 1년에 나락 15섬을 주었으며, 쟁기질을 아주 잘하여 잔골(아주 작은 밭이랑)을 낼 수 있는 사람은 '상머슴'이라 하여 1년에 나락 20섬 정도를 주었다.

나는 초등학교 6학년 때 쟁기질을 배웠고, 중학교 다닐 때는 상당히 능숙하여 잔골을 낼 수도 있었으니 상머슴에 버금가는 농사꾼이었다.

도시 학생들 같으면 아침 일찍 일어나 세수하고 책상머리에 앉아 공부하는 것이 보통이고, 그것이 부모에 대한 효도일 것이나 나 같은 농촌 학생들은 아침 일찍 일어나 들에 나가 논밭을 한번 둘러보고 난 후 아침 먹고 책가방 들고 학교에 갔다.

어느 해 가을, 동생 승남이와 집에서 약 1킬로미터 정도 떨어진 밭에 매일 아침 1번씩 퇴비를 내었다. 리어카에 퇴비를 가득 싣고 소를 채워 동생은 소를 끌고 나는 리어카를 운전하고 다녔다.

보리갈이를 하기 위한 것이었는데 시간이 되면 학교에 가야 하기 때문에 한꺼번에 하지 못하고 하루에 1번씩 여러 날 똑같은 일을 반복했다. 날씨도 쌀쌀하고 아침 일찍 일어나기도 어려워 그 일을 한 번씩하고 학교에 가려면 매우 바빴다.

밭으로 가는 도중에 경사가 급한 언덕배기가 있다. 퇴비를 싣고 올라갈 때는 소와 동생과 내가 모두 땀을 뻘뻘 흘리며 끌고 올라가야 하지만, 돌아오는 길은 내리막길이라 위험하기 때문에 리어카에서 소를 풀고 나는 리어카를 끌고 동생은 소를 몰고 내려와야 한다.

그런데 하루는 마음이 무척 급했다. 학급 당번인데 그날따라 늦게 일어나기까지 했다. 평소와 달리 거의 달리다시피 소를 몰아 퇴비를 퍼놓고 언덕길을 내려오는데 바쁜 김에 리어카에서 소를 풀지 않고 그대로 내려왔다.

언덕길을 중간쯤 내려왔을 때 느닷없이 소가 빠른 속도로 달려 버렸다. 겁이 난 동생이 소 고삐를 놓쳤다. 나는 리어카 손잡이를 잡고 있었는데, 소는 리어카를 끌고 급경사 길을 쏜살같이 달려갔다. 만약 소가 길 밖으로 달려가 버린다든지 리어카가 넘어져 나를 끌고 간다면 나는 꼼짝없이 죽는다.

소를 따라 달려 내려가면서 멈추려고 사력을 다해보았지만 속수무책이었다. 그러다가 힘이 부족하여 그만 리어카 손잡이를 놓치고 말았다. 이제 리어카에 치여 끌려가는 수밖에 방법이 없었다. 그 순간 "와당탕"하는 소리와 함께 "툭"하는 무엇인가 부러지는 소리가 났다. 등골에서 땀이 쫙 흘렀다. 정신을 차려보니 리어카는 멈추고

소만 혼자 저 멀리 달려가는 것이 아닌가. 소의 멍에가 부러진 것이다. 만약 멍에가 부러지지 않고 소가 넘어진 리어카와 나를 끌고 그 언덕길을 계속 내려가 버렸다면 그 결과는 어찌 되었을까?

지금은 그 밭에 부모님의 산소가 있다. 자주 가지는 못하지만 1년에 서너 번은 간다. 그때마다 그 언덕길을 오르면서 그날의 일을 생각하고 죽지 않고 살아 있는 것에 감사한다. 무엇이 도와 그 튼튼한 소의 멍에가 부러졌는지?

저 많고 많은 불빛 중에…

고등학교 다닐 때, 나는 갈 곳이 없어 거리의 미아가 될 때가 가끔 있었다. 책가방을 들고 학교에서 하교했는데 그 다음에 들어갈 곳이 없었다.

형과 같이 자취할 때는 먹을 것은 없어도 잠 잘 곳은 있었다. 그렇지만 형이 학교를 졸업한 후 나는 갈 곳이 없었다. 다행히 가정교사로 입주하여 3학년 때까지 그럭저럭 잘 지냈는데 그 집에서 쫓겨났다. 3달만 더 있으면 예비고사가 끝나는데 그동안이 어려웠다.

어렵사리 부모님으로부터 3만원을 타다 2달 동안 하숙을 했다. 그런데 하숙비가 떨어져 하숙집을 나온 후 몇 일간, 무작정 대학시험을 봐두고 합격자 발표할 때까지 몇 일간 역시 갈 곳이 없었다. 가끔은 친구 자취방에서 신세를 지기도 했지만 그것도 하루 이틀이지 매일같이 친구들 신세를 진다는 것도 보통 어려운 일이 아니었다.

마음이 우울하여 무등산으로 하교한 때도 있었다. 무등산은 사람이 많다. 특히 밤이 되면 가족끼리, 혹은 연인끼리 손을 잡고 무등산 전망대를 찾는 사람들이 많다. 전망대에서 바라보는 광주의 야경은 정말 아름답다.

찬란한 상가의 네온사인 불빛과 빨강, 파랑, 노랑 등 가정의 불빛들이 서로 자기 잘났다고 뽐내며 반짝거린다. 술을 마시는 사람, 공부하는 학생, 정담을 나누는 친구, 오순도순 모여서 옛날이야기를 듣는 가족들을 밝혀주는 불빛들이다.

'저 불빛은 모두 주인이 있다. 그런데 저 많고 많은 불빛 중에 내 불빛 하나 없다니….'

한두 개도 아닌 수십만 개의 불빛 중에 책을 읽을 나의 불빛 하나 없고, 집도 저렇게 많은데 집은커녕 들어가 앉을 단 1평짜리 방 하나 없다는 것은 슬픈 일이 아닐 수 없다.

'불빛 하나 갖지 못하는 나의 존재는 무엇인가?'

'이 세상에 아무 필요도 없는 쓰레기 같은 인생이란 말인가?'

'아니다, 언젠가는 나도 불빛 하나는 차지할 수 있을 것이다.'

'어느 세월에? 누구의 도움으로?'

온갖 잡념에 잠기다 낙엽을 덮고 잠이 들기도 하고, 뜬눈으로 아침을 맞아 힘없이 학교에 가기도 했다. 아무리 친한 친구에게도, 나를 가르치는 선생님에게도 말할 수 없는 나 혼자만의 비밀이었다. 옷이 더럽혀지고, 구겨지기도 했지만 그런 것은 문제될 것이 아니었다.

아직도 우리 사회에는 불빛 하나를 갖지 못하여 방황하고 있는 청소년이 있을지 모른다. 복지사회를 지향하는 국가라면 적어도 잠잘 곳이 없어 헤매는 국민을 내버려두어서는 아니 된다.

그로부터 20여 년이 지나, 변호사를 개업한 나에게 국가는 1년에 1억 원 이상의 세금을 요구한다. 납세는 국민의 기본의무이고, 돈을 벌었으면 세금 내는 것은 당연한 일이다. 하지만 잠잘 곳이 없어 무등산을 헤매던 소년에게 라면하나 끓여주지 못한 국가가 무슨 낯짝으로 엄청난 세금을 내라고 한다는 말인가?

국민에게 세금을 요구할 권리가 국가에 있다면, 집 없어 길거리를 방황하는 국민에게 잠잘 곳을 마련해 줄 의무도 국가에 있는 것이다.

춥고 배고픈 청소년기에는 나를 팽개쳐 버린 국가가 내가 커서 돈을 좀 번 것 같으니 세금을 받아 내려고 눈을 벌겋게 뜨고 달려들고 있다.

물론 대한민국 국민의 한 사람으로서 세금을 많이 내는 것을 영광스럽게 생각하고 있다. 그러나 세금을 받아간 국가에 호소한다.

지금 어느 골목길에 30년 전의 나처럼 오갈 데가 없어 방황하는 어려운 청소년은 없는지 관심을 가져주라고….

나는 밥 먹었다

대학에 들어간 지 얼마 되지
않은 어느 날, 축제 관계로 수업이 일찍 끝났다.

모처럼 고등학교 2학년 담임 선생님이셨던 조규설 선생님 생각이
나서 선생님 댁으로 갔다. 조 선생님은 잊을 수 없는 선생님 중의
한 분이다.

이 책에 쓴 것처럼 내가 고생하면서 학교 다닌 것을 아는 사람은
별로 없다. 부모님은 어렴풋이는 알고 계셨겠지만 눈앞에 안 보이
니 사실 정확히는 모르고 계셨을 것이다. 형제는 물론 선생님들도,
같은 반 친구들도 내 사정을 알 리가 없다.

별로 자랑스러운 이야기도 아니고, 그런 말을 한다고 해서 누가
도와줄 것도 아니어서 누구에게 말한 적도 없다. 오히려 가정교사
를 하여 받은 월급이 있으니까 친구들과 자장면을 먹으면 내가 돈
을 낼 때가 많았다. 친구들은 내가 자기들보다 더 부잣집 아들인 것
으로 생각했는지도 모른다.

지금도 마찬가지지만 우리가 고등학교에 다닐 때에도 정규수업이

끝난 후 보충수업이라는 명목으로 밤늦도록 공부를 시켰다. 나는 내 공부도 중요하지만, 남의 집 귀한 자식의 공부를 가르쳐 주어야 밥을 얻어먹을 수 있고, 학비도 낼 수 있기 때문에 무슨 일이 있어도 가르치는 아이가 학교에서 돌아올 시간에는 집에 가 있어야 한다. 다른 학생들은 앞으로도 5~6시간 더 공부를 하여야 하는데, 나는 4시 반에 정규수업이 끝나면 선생님의 눈을 피하여 줄행랑을 쳤다. 그러니 선생님 눈 밖에 나는 것은 당연하다. 선생님과 같은 반 친구들은 내가 문제아인 것으로 생각하였다고 한다. 그래도 성적이 우수한 관계로 담임선생님으로부터 혼이 나지는 않았다. 담임을 맡은 조 선생님도 나의 그런 태도가 못 마땅하였는지 어느 날 교무실로 불렀다.

"너 임마, 왜 보충수업 시간만 되면 도망가는 거냐?"

"도망가는 것은 아닙니다."

"너, 문제 학생이야, 한번만 더 보충수업시간에 도망가면 가만두지 않을 거야."

그 말을 들은 그 다음날도 나는 역시 도망칠 수밖에 없었다. 보충수업을 받을 수가 없었다. 다음날 아침조회시간에 나를 부른 선생님은 "이놈이 보통 놈이 아니야."라고 하시면서 뒤통수를 내리쳤다.

이른바 목침이라고 하여 학생들의 뒤통수를 내리치는 것은 조 선생님의 특허품이고, 특유한 억양으로 "보통 것이 아니야"라고 말하시는 조 선생님의 버릇은 어른이 된 우리들이 선생님을 놀려먹는 말이다.

조 선생님이 나의 사정을 안 것은 그로부터 약 3개월이 지난 후였다. 내가 가르치는 아이의 아버지가 조 선생님과 잘 아는 사이여서 우연한 기회에 내 이야기를 하신 모양이다. 그 후부터 조 선생님의 나에 대한 사랑은 대단하셨다.

그런 선생님의 은혜를 잊을 수가 없어 인사라도 드리려고 선생님

댁에 갔는데 집에 들어서자마자 구수한 냄새가 코를 찔렀다. 방에 들어서자 가족들이 빙 둘러앉아 불고기를 구워 놓고 막 저녁식사를 하려는 순간이었다. 나를 본 선생님과 사모님은 매우 반가워하셨다.

"너 밥 안 먹었지?"

"예."

"너, 이것 먹어라."

선생님은 방금 잡수시려고 받아둔 밥그릇을 나에게 주셨다.

"선생님은요?"

"나는 사실 저녁을 먹고 들어왔다."

선생님의 그 말씀이 참말인지 알고, 나는 그날 저녁 선생님의 밥을 홀랑 먹어 버렸다.

한참 젊은 나이에 평소에는 구경하기도 어려운 불고기를 보았으니 얼마나 맛있게 먹었는지 모른다. 눈치도 없이 밥을 한 그릇 다 먹고 선생님과 저녁 내내 이야기를 하고 놀았다.

"여보, 나 라면하나 끓여주지."

하도 배가 고프셨는지 참다못한 선생님이 사모님께 라면하나 끓여달라고 사정을 하셨다. 순간 내 얼굴이 벌겋게 달아올랐다. 선생님은 식사도 안 하셨는데 속없는 제자는 선생님의 저녁식사를 빼앗아 먹어버리고, 가지도 않고 저녁 내내 이야기를 하고 놀았으니 사모님이 얼마나 눈치를 했겠는가?

박봉에 고생하는 교사 댁에서 큰 맘 먹고 가족끼리 불고기 파티를 하는 판인데, 느닷없는 불청객이 나타나서 남편을 쫄쫄 굶겨 놓았으니 얼마나 미웠을까?

자기도 배가 고프시면서 짠한 제자가 나타나자 먹던 밥을 나에게 주고 견디다 못 견디고 라면 하나 끓여 달라는 선생님!

이제 내가 어느 정도 먹고 살만하여 선생님을 만날 때마다 식사정도는 대접할 수 있지만, 그때처럼 맛있는 식사를 대접할 수는 없다.

지금 사모님이 편찬하시어 선생님의 생활이 어렵다는 것을 알고 있으면서도 자주 찾아뵙지 못하여 죄스러울 따름이다. 그렇지만 선생님을 잊을 수는 없다. 이 세상에서 나를 가장 사랑해 주시는 나의 선생님!

　나는 선생님의 생신도 기억하지 못하는데 우리 집 쌍둥이들의 생일날이 되면 매년 잊지 않으시고 건강하게 키우라는 안부전화와 함께 선물을 보내주시는 선생님!

　"선생님! 건강하십시오. 곧 찾아뵙겠습니다."

잊을 수 없는 형! 김진윤

송기만 교감선생님의 도움으로 고등학교 2학년 때부터는 학동에 사는 김운 사장님 댁에서 가정교사를 했다.

당시는 고등학교는 물론 중학교도 입학시험을 치르는 시기였기 때문에 초등학교 때부터 열심히 공부하지 않으면 좋은 학교에 갈 수 없었다. 그래서 형편이 좋은 집에서는 가정교사를 두어 애들을 가르치도록 했다. 지금처럼 시간제로 가르치는 것이 아니고, 같은 집에서 살면서 같이 먹고, 같이 자고, 같이 공부하는 것이 가정교사였다.

가정교사를 하는 사람들은 대부분 대학생이지 나처럼 고등학생이 가정교사를 하는 경우는 없었다. 아마 특별 케이스가 아닌가 싶다. 그 집에서 가정교사를 하시던 조학행 선배님(현재 조선대학교 교수)이 그만둔 것을 아신 송기만 선생님이 평소 잘 아는 김운 사장님에게 고등학생인 나를 추천한 것이다. 그 댁에 입주하여 당시 중학교에 다니는 김영표 군을 가르쳤다.

그 댁에 입주하자마자 나의 생활은 180도 변했다. 우선 잠잘 곳이 있고, 식모아가씨가 매일 도시락을 싸주었으며, 용돈인지 월급인지는 몰라도 매월 3,000원씩을 주었다.

그때도 지금과 같이 고등학교 3학년 학생들은 입시공부 때문에 밤 10시까지 보충수업을 받았다. 그런데 나는 오후 4시 반에 정규수업이 끝나면 담임선생님의 눈을 피해 아무 말 없이 학교를 도망쳐 나와야 했다. 집에 가서 애들을 가르쳐야 하기 때문이다. 그것이 나의 생활 중 가장 괴로운 일이었다. 그러나 공부하기 싫어서 땡땡이치는 것이 아니고, 먹고살기 위해서 도망치는 것이니 나야 떳떳했지만 속 모르는 담임선생님의 눈총은 따가웠다.

가정교사를 하는 동안 나는 '받은 은혜만큼 보답'하려고 노력하였다. 영표와 열심히 공부하는 것은 물론, 아침 일찍 일어나 마당을 쓸고 화단에 풀을 뽑았으며, 게으른 운전기사를 대신해서 세차를 하기도 했다.

영표는 물론 그 동생 영미, 영수, 수미 모두 똑똑하고 공부 잘하며 착한 아이들이었다. 지금도 그 애들은 나를 형 또는 오빠라 부르고 나 또한 그들을 내 형제 자매처럼 생각하고 있다.

그런데 고등학교 3학년 가을쯤 문교부(지금의 교육인적자원부)장관께서 고등학교 무시험제도를 발표했다.

학생들에게는 입시지옥에서 벗어난 환희였겠지만 나와 같은 가정교사들에게는 청천벽력 같은 충격이었다.

'그렇다고 설마 나가라는 이야기는 않겠지' 하는 생각으로 계속 그 댁에 있었는데 아무래도 눈치가 이상하여 물어보았더니 슬프게도 그만두었으면 좋겠다는 대답이었다.

대학예비고사가 1달밖에 남지 않았다. 이제 어디로 간다는 말인가? 혼자 방에 누워 밤새도록 궁리를 해보았지만 방법이 없었다.

"대학시험까지 3개월만 더 있도록 해주십시오. 그것이 안 되면 예

43

비고사 시험까지 1달만 더 있게 해주십시오."라고 사정하고 싶었지만 입이 떨어지지 않았다.

무작정 그 댁을 나왔다. 가을이라고는 하지만 밤에는 추워서 노숙을 하기에는 너무나 힘들었다. 마지막 달 받은 용돈 3,000원으로 자장면은 사먹을 수 있었지만 책가방을 두고 잘 곳이 없었다.

덕분에 그때까지 한 번도 받아보지 못한 보충수업을 받았다. 그러나 수업이 끝난 10시는 고통의 시작이다. 교실에 남아 있을 수도 없다. 화재나 도난의 위험 때문이었겠지만 수위 아저씨가 쫓아내었다. 지친 몸을 이끌고 책가방을 든 채 무등산 전망대에 올라가 멍하니 시가지만 바라보았다. 광주 시가지가 훤히 내려다보이고, 휘황찬란한 네온사인이 번쩍거린다. 파란 불, 빨간 불, 노란 불이 수없이 많다. 저 불들은 모두 주인이 있다. '저 많고 많은 불 중에 내 불은 하나도 없다'는 생각이 머리에 스치면 두 볼에 주르륵 눈물이 흘렀다.

무작정 무등산 쪽으로 더 걸어 내려갔다. 고(故) 이철규 학생이 "푸푸"했다는 제 4수원지다. 맑은 물에 내 얼굴을 비쳐보았다. 죽기에는 너무 아까운 청춘이다. 내가 그때 그 곳에서 "푸푸"하지 않았던 것은 '너는 아직도 할 일이 많이 남아 있다'는 하늘의 명령이었으리라.

'할 수 없다. 고향으로 내려가자. 그래도 그곳은 잘 곳도 있고, 보리밥이긴 하지만 허기는 면할 수 있다. 공부는 해서 무얼 하며 대학은 가서 무얼 하랴, 조상 대대로 농사를 짓고 사셨는데 내가 무슨 특별한 놈이냐? 농사나 짓자.' 모든 것을 포기하고 부모님이 계시는 시골집으로 갔다. 깜짝 놀라는 부모님께 인사만 드리고 방에 틀어박혀 하루를 지냈다. 그렇게도 자상하시던 우리 아버지께서 아무 말씀도 하지 않으시고 어디에서 빚을 내셨는지 3만원을 주셨다. 그 돈을 받는 순간 다시 마음이 바뀌었다.

'가자. 지금까지 얼마나 고생하였느냐. 대학은 못 가더라도 예비고사는 응시하자. 일단 고등학교는 졸업이나 하고 보자.'

다시 광주로 올라왔다. 서석동에 있는 선배 집에서 하숙을 했다. 한달 하숙비가 9,000원이었고, 친구 변두옥이랑 같은 방을 썼다.

제대로 공부는 못하였지만 며칠 후 무난히 예비고사를 치렀다. 다른 친구들은 대학 본고사 준비를 하지만 나는 책이 손에 잡히지 않았다. 날마다 잠만 잤다. 속 모르는 하숙집 아저씨는 내가 시험을 잘못 보고 실망하여 고민하고 있는 줄 알았는가 보다.

'그리 뒹굴지 말고 장기나 두자'고 하였다. 하숙집 아저씨와 매일 장기를 두었다. 미친 짓이다. 부모님이 어렵게 마련해 주신 돈으로 하숙을 하면서 빈둥거리며 장기나 두다니….

그렇게 두 달이 지났다. 예비고사 합격자 발표도 했고, 대학 응시 원서도 접수했는데 돈이 거의 떨어져 갔다. 5,000원 정도밖에 남아 있지 않았다. 한 달 하숙비도 못 된 돈이다. 그렇다고 15일만 더 있을 수도 없는 일이다. 하숙집 아주머니(친한 선배의 어머니였기 때문에 어머니라고 불렀다)에게 오늘까지만 있고 내일부터는 하숙을 그만 하겠다고 말했다.

그 다음날, 다른 날과 똑같이 친구 두옥이와 일찍 일어나 아침 공부를 했다. 아침 밥상이 들어왔다. 그런데 이게 웬일인가. 두 사람이 하숙하는 밥상에 밥 한 그릇, 국 한 그릇, 수저, 젓가락도 한 벌씩 밖에 없지 않는가.

아무생각 없이 소리를 질렀다. "왜 밥이 한 그릇밖에 없어요?"

순간, 아차! 하는 생각이 들었다. 맥이 쭉 빠지고 현기증이 났다.

아무 말 없이 그 집을 나왔다. 사정을 모르는 두옥이는 왜 그러느냐고 물었지만 나는 그 속을 안다. 하숙을 그만 둔다고 말했으니 그 날부터 밥을 안 주는 것은 당연하다. 그러나 너무하지 않은가? 아들 친구가 놀러왔어도 밥 한 그릇은 줄 법도 한데, 지금까지 자기 집에서 하숙을 한 아들 친구에게 밥 한 그릇이 그렇게 아까웠을까? 인심도 참 야속했다.

힘없이 거리를 방황하다 당시 조선대학에 다니는 김진윤 선배를 만났다.

"너 어디 아프냐? 얼굴색이 안 좋다."

그 형을 보는 순간 모든 설움이 복받쳐 길거리에서 엉엉 울었다. 사정을 들은 형은 지금 방학을 하여 고향에 내려가는데 있을 곳이 없으면 자기 자취방에 가서 있으라는 것이다. 쌀도 있고, 연탄도 있고, 반찬도 조금 남아있으니 아무 걱정 말고 대학시험 때까지 있으라는 것이다.

구세주를 만났다. 내 인생의 진로를 바꾸어 놓은 은인이 아닌가? 나는 그 형의 덕택으로 그곳에서 대학 본고사를 보았고, 광주시에서 실시하는 5급 공무원(지금의 9급 공무원)시험에도 합격하였다.

「지금 낙도에서 수학선생님을 하시는 김진윤 선배, 나는 평생 당신의 은혜를 잊지 못할 것입니다.」

풀빵 냄새

'무슨 서러움, 무슨 서러움 해도 배고픈 서러움이 가장 크다'고들 한다.

곱빼기를 먹어도 금방 배가 꺼져버리는 고등학교 시절, 도시락을 못 싸 가지고 간 사람은 정말 배가 고프다.

고등학교 다닐 때 나는 도시락을 싸 가지고 다니지 못했다. 이름만 학생이지 잠자는 곳도 일정하지 않고, 밥 먹을 곳도 없었다. 사정은 100퍼센트 다르지만 겉으로는 가출 청소년과 똑같았다.

점심시간이 되면 나는 친구들 몰래 단어장을 들고 슬그머니 학교 옥상으로 올라가곤 했다. 그 시간만 지나면 견딜만한데 왜 그렇게 점심시간이 견디기 어려웠는지 모른다.

내가 다니는 조선대학교 부속고등학교 옆 공터에는 풀빵을 구워 파는 포장마차가 하나 있었다. 단어를 하나 외우고 나면 자연히 내 눈은 그 포장마차에 머물러 있다.

눈을 감고 다시 단어를 외운다. 호주머니 속으로 가만히 손을 넣어 본다. 분명히 천 원짜리 몇 장은 있다. 그러나 그 돈은 내 생명처럼 귀중한 돈이다. 그것을 써버리면 나는 정말 오갈 곳이 없게 된다.

아! 배고프다. 빵 하나 사먹을까? 아니다. 참자! 하는 생각을 수백 번 번갈아 하는 동안 오후 수업이 시작되는 벨소리가 울리면 다시 교실로 들어가 공부를 했다. 그렇게 하루가 가고, 한 달이 가고, 1년이 가고, 3년이 갔다.

나의 고등학교 시절은 배고픔의 연속이었다. 자식 많은 가난한 농부의 아들로 태어난 죄로, 어렸을 때부터 배불리 먹어보지는 못했다. 그렇지만 부모님이 계시는 시골에서 농사를 짓고 살거나, 남의 집 머슴살이를 한들 굶기야 하겠는가만 절대로 배움을 포기할 수는 없었다.

나는 초등학교를 10살에 입학했다. 그렇기 때문에 대부분의 내 동창생들은 동생 친구들이다. 물론 나도 취학 적령기에 다른 아이들과 마찬가지로 어머니 손을 잡고 입학하러 학교에 가기는 했다. 하나 다른 친구들과 달리 나는 입학을 하지 않고 그냥 돌아왔다. 그 다음 해에도 마찬가지다. 3년간 그렇게 하다가 친구들이 3학년이 될 때 나는 비로소 1학년이 되었다. 그것도 얼마나 다행이고, 기쁜 일인가. 내 동창 중에는 17살에 초등학교에 입학한 사람도 있다.

그때는 영문을 몰라 어머니의 치맛자락을 잡고 울고불고 학교에 보내 달라고 사정을 했지만, 어머니는 아무 말 없이 나를 데리고 그냥 돌아오시는 것이다.

대학을 졸업한 후에 안 일이지만, 그때 어머니는 나를 초등학교 2학년까지만 보내, 이름 석자만 쓸 줄 알면 남의 집 머슴살이를 보내려고 생각하셨다는 것이다. 그런데 만약 너무 일찍 학교를 보내 2학년이 되도록 이름도 쓰지 못하면 어떡하느냐 하는 걱정이 되어 다시 돌아오곤 하셨다고 한다.

그러나 나는 공부도 잘하고, 속이 깊었던 것 같다. 남들처럼 살려면 배워야 한다는 생각뿐이었다. 말썽을 부리면 학교를 못 다니게 할까봐 어려서부터 학교에 갔다 오면 책가방을 던져놓고 부모님이 계시는 논·밭에 나가 부지런히 일을 했고, 부모님 말씀도 잘 들었다. 숙제는 안 해도 되고, 공부는 못해도 되지만 학교는 다녀야 했기 때문이다.

그렇게 집안일을 돌보면서 어렵사리 중학교를 졸업했다. 그러나 그 이상은 무리였다. 우리 집안 형편으로는 고등학교를 다닌다는 것은 꿈도 꾸지 못할 일이었다. 그래도 더 배우고 싶었다. 내가 공부를 계속할 수 있는 방법은 하나밖에 없었다. '집에 있으면 안 된다.' '시골에 있으면 안 된다.' '그러면 농사를 짓거나 남의 집 머슴살이를 해야 한다.' '집을 나가는 것이다.' '도시로 나가는 것이다.' '신문팔이를 하거나 남의집살이를 하더라도 도시로 나가야 야간 학교라도 다닐 수 있다.' 그것이 나의 유일한 꿈이었다.

그래서 아무 대책도 없이 무작정 광주로 나왔다. 단 한번밖에 와본 적이 없는 도시, 아는 사람이라고는 단 하나, 야간 고등학교에 다니는 형밖에 없는 광주로 나왔다. 그리고 고등학교에 입학했다. 단 하루를 다니다 그만두어도 나는 중졸이 아니고, 고등학교 중퇴다. 그러나 납부금도 줄 사람이 없다. 잠을 잘 곳도 밥을 먹을 곳도 없다. 오직 믿을 사람은 우리 형제뿐, 목숨을 걸어놓고 몸으로 비볐다. 신문장사도 했고, 숙직을 대신 해 주기도 했고, 가정교사도 했다. 그래도 죽지 않고 살아남았다. 꿈에도 그리던 고등학교 졸업증서도 받았다.

그런 대로 좋은 성적으로 고등학교를 졸업하고 나니 말단 5급(지금은 9급)공무원시험에 합격하는 것은 누워서 떡 먹기와 같았다. 광주시청에서 공무원 생활을 하면서 야간대학을 다녔다. 대학을 졸업하던 해에 4급법원직시험(지금은 7급)에 합격했다. 법원계장으로 있으면서 공부를 계속하여 법원행정고등고시에 합격했다. 법원사무관으로 있으면서 사법시험에 합격하여 판사도 했다.

아마 우리나라에서 9급공무원공채시험, 7급공무원공채시험, 법원행정고등고시, 사법시험을 차례로 합격한 사람은 나밖에 없을 것이다. 그것도 직장에 다니면서….

이렇게 이야기하면 굉장히 머리가 좋은 사람으로 오해할 수도 있을 것이다. 나는 멍청한 사람은 아니다. 그렇다고 머리가 좋은 사람은 결코 아니다. 아주 정상적인 사람이다. 나의 지능지수는 정확히 대한민국 평균치이다.

다만 내가 남이 하기 어려운 일을 했다고 한다면, 그것은 오직 끈기와 노력 덕택이 아닌가 생각한다. 누구나 노력만 한다면 나보다 훨씬 더 큰 성과를 거둘 수 있을 것이다.

그 후 대학원을 수료하고 법학박사 학위도 받았다. 공부가 한이 되어 지금도 학교를 다니고 있다. 올해로 38년째이다. 선생님이 아닌 학생으로….

지금도 나는 풀빵 집을 그냥 지나치지 못한다. 풀빵 냄새가 그렇게 구수하고, 맛도 좋을 수가 없다. 나만 먹는 것이 아니다. 가방을 짊어지고 지나가는 고등학생만 보면 "배고프지?" 하면서 풀빵을 내민다.

아! 내가 다시 고등학생이 된다면 풀빵 한번 실컷 먹어보고 싶다.

내가 번 돈으로
납부금을 내는 기쁨

1974년 3월 5일 대학 입학식을 했고, 같은 해 4월 8일 광주시 지방공무원에 임용되어 중심지인 충금동(현재의 충장동)사무소에 발령 받았다.

당시는 새마을운동이 한창인 때라 동사무소 직원들은 눈 코 뜰 새가 없이 바빴다. 새벽 5시쯤에 출근하여 골목골목을 돌아다니면서 '내집앞쓸기운동'을 전개하고, 세금을 걷으러 다니고, 주민들의 민원을 해결하는 등 말이 공무원이지 막노동자와 다를 바가 없었다.

처음 공무원 생활을 시작하는 사람이 퇴근시간이 되었다고 해서 다른 직원들은 모두 야근을 하고 있는데 나만 학교에 간다고 나갈 수가 없었다. 하는 수 없이 학교를 휴학하기로 했다. 1년을 휴학한 후 어느 정도 직장 생활에 익숙해지자 동료들의 양해를 얻어 다시 학교를 다녔다.

당시 충금동사무소에는 동장을 제외한 직원이 5~6명 정도밖에 안 되었다. 때문에 적어도 1주일에 한번은 숙직을 해야만 했다. 야간대학을 다니는 나로서는 평일에는 숙직을 할 수가 없었다. 그 대신 일요일의 일직과 숙직을 도맡아 했다.

일요일 아침에 나가서 월요일 아침까지 꼼짝없이 사무실에 앉아 있어야만 한다. 교대할 사람이 없어 밥 먹으러 나갈 시간도 없고, 화장실 가기도 어려울 지경이었다. 한참 친구들과 어울려 돌아다닐 20대에 단 하루도 쉴 날이 없이 지낸다는 것은 보통 견디기 힘든 일이 아니었다.

당시 말단 공무원의 월급이라야 수당과 일·숙직비까지 모두 합쳐도 3만원 정도밖에 안 되었다. 그러나 대학의 납부금이 6개월(1기분)에 120,000원이었다. 적어도 1달에 20,000원을 저금해 두어야 납부금을 낼 수 있다. 월급을 받아 보았자 쓸 수 있는 돈은 고작 10,000원이다.

버스비를 아끼기 위해서 풍향동에서 금남로까지, 금남로에서 조선대학교까지, 조선대학교에서 다시 풍향동까지 걸어서 출근하고, 뛰어서 학교에 갔다. 그리고 밤늦게 지친 몸으로 거의 기다시피 집으로 갔다.

퇴근 시간과 학교 수업 시간이 똑같은 오후 6시다. 아무리 서둘러도 매일 30분 정도는 지각이다. 지금처럼 승용차가 있었으면 얼마나 좋았을까. 택시라도 타고 다녔으면 얼마나 편했을까. 버스비마저 없어 뛰어다녔다. 전국에서 유일한 공무원 마라톤 선수였을지도 모른다.

1년 동안 월급을 모아 납부금을 마련해 놓고, 1975년도에 복학했다. 1학기를 마칠 때쯤 학장님께서 불렀다. 어려운 환경 속에서 열심히 공부하여 성적이 좋으므로 장학금의 액수가 가장 많은 장학생에 선발되었다는 말씀을 하셨다. 반갑기도 하고 고맙기도 했지만 정중히 거절했다.

"학장님! 지금 우리 대학에는 돈이 없어 학교를 중단해야 할 어려운 학생들이 많이 있습니다. 그러나 저는 국가에서 월급을 받고 있는 공무원이고, 그 월급으로 충분히 납부금을 낼 수 있습니다. 장학금은 저보다 더 어려운 학생에게 주십시오."

"그래? 이게 무슨 이야긴가. 생각은 훌륭하네만 공무원 월급으로는 학교에 다니기가 어려울 거야. 기왕에 나온 장학금이니까 받아두는 것이 좋을 것 같네."

"아닙니다. 저는 고등학교도 장학생으로 다녔습니다. 당연히 돈을 내고 배워야지 공짜로 배우는 것은 싫습니다."

"그래. 사람은 그런 자세로 세상을 살아가야 하네. 만일 어려운 일이 있으면 언제든지 나를 찾아오게."

학장님은 나의 손을 꼭 잡아주시며, "자네는 반드시 성공할 것이네."라고 수차 격려해 주셨다.

학장실을 나온 나는 학장님의 칭찬보다도 더 큰 즐거움을 맛볼 수 있었다. 납부금 고지서를 들고 은행에 가서 그동안 모아두었던 돈을 찾아 처음으로 배운 대가를 지불하였다. 은행 문을 열고 나오는 순간, 이 세상이 모두 내 것 같은 기분이 들었다.

'아! 이제 진짜 학생이다. 지금까지 나는 가짜 학생이었다. 학생이 납부금을 내는 것은 당연한 일이다. 그런데 나는 지금까지 단 한 번도 납부금을 내본 적이 없다. 장학생이란 명목으로 공짜로 학교에 다닌 것이다. 그것은 진짜 학생이 아니다. 가짜 학생이다. 나는 이제야 진짜 학생이 되었다.'

내가 번 돈으로 납부금을 낸 그날 밤, 잠을 설칠 정도로 흥분되고 기뻤다. 스스로 고생해서 돈을 벌어 납부금을 내고 야간대학을 다닌 것은 부모님으로부터 납부금을 타서 학교에 다니는 것보다, 장학금을 받아 학교에 다니는 것보다 값진 것이었다.

지금 나에게는 납부금을 내 주어야 할 대학생이 5명이다. 큰딸, 둘째 딸, 셋째 딸, 아내 그리고 조카딸이다. 차마 아내와 조카딸에게는 박절하게 못하지만 딸들에게는 납부금을 그냥 주지 않는다.

'아빠로서 부양의무가 있기 때문에 20세가 될 때까지는 너희에게 납부금도 주고 용돈도 주고 밥도 공짜로 주었지만, 이제부터는 안 된다. 커서 갚아야 한다.'는 말을 하고 준다.

딸들도 법과 대학을 다니기 때문에 그 정도는 알고 있을 것이다. 나중에 그 애들에게 지금 대준 납부금을 되돌려 받을 수 있을지, 만약 주지 않으면 소송을 해서라도 받을지는 나도 모른다. 그러나 사랑하는 내 딸들에게 아빠가 공짜로 납부금을 주는 것은 아니라는 것 정도는 알려주고 싶다.

가난한 청소년들에게

1994년 엽기적인 연쇄 살인 사건이 있었다. 가진 자들을 증오한 나머지 살인 공장까지 차려놓고 고급 승용차를 타고 다니는 중소기업체 사장 부부 등을 납치하여 돈을 빼앗고 살해한 후 증거를 없애기 위하여 시체를 그 공장에서 태웠다고 한다.

더 나아가 압구정동 현대백화점 우수 고객의 명단을 확보하여 유명 백화점에서 물건을 많이 사는 사람, 경기도 일원의 속칭 러브 호텔에 드나드는 사람과 오렌지족을 모두 살해할 계획을 세웠다니…….

자기 손으로 어머니를 죽이지 못하는 것이 한스럽다고 했다. 어쩌다 세상이 이 지경에 이르렀단 말인가. 언론에서는 그들을 가리켜 「인면수심」이라고 했다. 아니다. 그들은 짐승도 아니다. 짐승이 그런 짓을 했다는 말은 들어보지도 못했다.

그들은 인간이다. 인간이기 때문에 그런 짓을 한 것이다. 인간만이 자기 종족을 죽인다고 한다. 호랑이가 호랑이를 잡아먹었다거나 소가 소를, 개가 개를 죽였다는 말을 들어본 적이 있는가.

우리는 교활하고 못된 사람을 여우 같은 놈이라고 욕한다. 그런데 얼마 전 신용식 씨란 분이 와서 "여우가 말을 할 줄 안다면 잔악하고 교활한 여우를 보고 사람 같은 놈이라고 할 것이오"라는 농담을 한 적이 있다. 참으로 실감나는 말이다.

그들은 모두 결손 가정에서 성장했고, 어렵게 세상을 살아왔다고 한다. 결손 가정에서 자라거나 가난한 환경에서 자란 사람은 모두 비뚤어진다는 말인가? 부모도 없이 고아원에서 성장해도 얼마든지 훌륭한 사람이 될 수도 있고, 신체적 불구자임에도 충분히 험한 파도를 헤쳐 나갈 수 있다.

그들은 못난 부모일망정 부모가 있고, 형제가 있고, 무엇보다도 몸이 건강하고, 젊다. 얼마든지 남부럽지 않게 살아갈 수 있는 여건이다. 그런데 무슨 변명을 한다는 말인가? 뿐만 아니라, 그들 중 일부는 머리가 좋아 학교 다닐 때 공부도 잘했다고 한다.

그런 사람이 왜 가진 자를 증오하고 죽인단 말인가?

가진 자들을 증오하고, 오렌지족과 러브호텔을 드나드는 사람들을 모두 죽여 버릴 정도로 인간이기를 포기할 용기가 있는 사람들이 죽을힘을 다해서 열심히 공부하고 일해서 훌륭한 사람도 되고, 부자도 되겠다는 용기 있는 생각은 하지 못한단 말인가?

세상에는 돈이 많은 사람도 있고 없는 사람도 있고, 잘생긴 사람도 있고 못생긴 사람도 있고, 착한 사람도 있고 악한 사람도 있고, 권력이 있는 사람도 있고 없는 사람도 있고, 복이 많은 사람도 있고 없는 사람도 있고, 밝은 면도 있고, 어두운 면도 있는 법이다. 그래야만 사회가 유지된다.

모든 사람이 돈 많고, 잘생기고, 선하고, 권력 있고, 복 있는 세상은 있을 수도 없지만 설사 있다고 해도 아무 재미가 없을 것이다. 돈이 없는 사람이 남처럼 살아보기 위해서 열심히 노력하는 세상, 못난 사람이 열심히 공부하여 수양을 쌓는 세상, 악한 사람이 종교에 귀의하여 끝없이 참회하는 세상, 복을 받지 못한 사람이 주어진 여건 속에서 최선을 다하는 세상, 그것이 바람직한 인간상이 아니겠는가?

지존파 중 한 사람이 모든 학과에 우수했지만 미술 한 과목만 성적이 좋지 않았다는 언론보도도 있었다. 그것은 미술도구를 살 만한 돈이 없었기 때문이었다고 한다.

나의 어린 시절도 마찬가지였다. 나는 미술시간과 체육시간이 제일 싫었다. 그림도 잘 그리고, 모든 운동을 좋아했다. 하지만 미술시간에 크레파스나 도화지를 준비하지 못했고 체육시간엔 체육복이 없었다. 때문에 미술시간에는 미술준비를 아니 해왔다는 이유로 벌을 섰고, 체육시간에는 체육복을 입지 않았다는 이유로 운동장 한구석에 앉아 구경할 수밖에 없었다.

비가 오는 날이면, 다른 아이들은 우산을 쓰고 가는데 나는 비를 맞고 걸어가거나 비료포대를 둘러쓰고 뛰어야 했다. 그때의 자존심 상했던 마음을 어찌 글로 표현할 수 있겠는가. 초등학생 때는 그렇다 치더라도 중학생이 되어 이성에 대한 눈이 뜨이기 시작할 때 그런 모습으로 여학생들 사이를 지나가는 내 모습을 상상해 보라. 그때의 초라했던 내 모습들이 모아져서 오늘날 아무리 험한 일이라도 할 수 있는 용기 있는 나를 만들어 주었는지도 모른다.

초등학교 4학년 때의 일이다. 담임을 맡은 김연식 선생님은 4학년 전체에서 30여 명을 뽑아 방과 후에 주산을 가르쳐 주셨다.

방과 후에 일찍 집에 와서 소도 먹이고, 꼴도 베는 등 일을 하라는 부모님과 형의 반대를 물리치고 주산반에 들어갔다.

가르치는 비용을 받지는 않았지만, 주판과 교본은 자기가 사야 주산을 배울 것이 아닌가? 그러나 나는 주판도 없고, 교본도 없다. 그래도 배우고 싶었다. 반드시 주판이 좋아야만 주산을 잘하는 것도 아닐 것이다.

다른 친구들은 모두 새 주판과 교본을 샀는데 1주일이 지나도 나는 그것을 마련하지 못했다. 집에 있던 나무 주판(속칭 엿장수 주판)을 들고 가서 백지에 친구의 교본을 베껴 가지고 열심히 배웠다. 나는 가장 진도가 빠르고 항상 점수가 좋았다. 덧셈, 뺄셈, 곱셈, 나눗셈을 해 가면서 한 단계 한 단계 올라가니 그 이상 기쁠 수가 없었다.

거의 매일 내 답안지는 100점이었다. 그런데 3개월쯤 지난 어느 날 문제가 생겼다. 채점 결과 한 문제가 틀렸다. 시험지를 받아들고 이상하다고 생각되어 다시 계산해 보고 또 다시 계산해 봐도 내가 쓴 답이 정답이다. 그래서 선생님께 말씀드렸다. 그렇지만 선생님이 오답이라는 것이다. 선생님과 같이 또 계산해 보았다. 선생님은 선생님 답이 맞고, 나는 내 답이 맞았다. 정말 이상한 일이다. 마지막으로 선생님께서 내 교본을 가지고 계산해 보셨다. 내 답이 맞다. 교본이 틀린 것이다. 친구 것을 베껴 쓰면서 숫자 하나를 잘못 쓴 때문이다.

그날 나는 선생님으로부터 많은 칭찬을 받았다. 열심히 하라는 격려와 함께 교본 1권을 선물로 주시기도 했다. 그때의 기쁨을 잊을 수가 없다. 주산 교본을 매일 베낄 필요가 없었기 때문이다.

그런 고마우신 선생님이 일찍 돌아가셔서 그 은혜를 보답할 길이 없음은 슬픈 일이다. 그렇게 공부한 사람이 어찌 나 하나뿐이겠는가?

이 세상에는 고생하고 자란 사람들이 얼마든지 있다. 그러나 모두 열심히 살아간다. 그것이 인생살이다.

지금 오렌지족이라고 비난받는 사람들 뒤에는 가난한 가정에서 태어나 뼈 빠지게 일만 해 돈을 벌어 '내 자식만은 배고프지 않게 키워 보겠다.'는 부모들이 숨어 있을 것이다.

그런 부모의 슬픔을 모르고 우선 좋다고 까불어대는 오렌지족들은 머지않아 춥고 배고픈 설움을 겪을지도 모르지만, 가난함을 한

탄하지 않고 그것을 극복하기 위해서 도서관에서, 생산 공장에서 열심히 공부하고 일하는 사람들은 반드시 잘 사는 날이 오고야 말 것이다.

아무리 노력해도 사회 구조가 잘못되어 가난한 사람은 잘 살 수 없다는 말은 틀린 말이다. 정말 죽기를 각오하고 20~30년간 노력해도 가난을 벗어날 수 없다는 말인가? 노력은 하지 않고 하늘만 쳐다보면서 사회의 구조적 모순만 탓하는 바보가 되지 말고, 열심히 노력하여 자기가 가진 자의 입장이 되어보고, 그때 가서 자기처럼 어려운 사람들의 처지를 이해해 주고, 도와주고, 격려해 주어 더불어 살아가는 세상을 만드는 것이 우리 젊은이들의 책무가 아니겠는가?

내가 다시 청소년이 된다면

〈내가 다시 청소년이 된다면
— 아니 내가 현재 청소년이라면 풀빵과 자장면을 맘껏 먹어보고
싶다〉

요즘은 세상이 좋아져서 애들이 '음식을 먹지 않는 것'이 부모들
의 가장 큰 걱정이지만, 6·25 전쟁 직후에 태어난 우리들은 부잣집
아이들이라 할지라도 배불리 먹지를 못했다.

군것질을 한다고 해봤자 어머니 몰래 쌀독에서 서너 주먹 쌀을 퍼
서 호주머니에 넣고 다니면서 씹어 먹는 것, 풋보리를 불에 그슬려
비벼 먹는 것, 고구마를 껍질 벗겨 생으로 먹거나, 남의 집 밭에서
무를 뽑아 통째로 씹어 먹는 일이 고작이었다.

풀빵집 근처를 지나면 냄새가 기가 막히게 구수했고, 20리 길을
걸어 5일 장터에 어머니를 따라가 얻어먹은 우동 한 그릇이 그렇게
맛있을 수가 없었다.

고교시절 친구들과 모여 메밀국수나 자장면을 사먹을 때 양이 부
족하여 한눈파는 친구 것을 몰래 집어먹던 기억도 있다.

요즘 아이들이야 고급 피자도 배가 불러 못 먹고, 불고기도 입맛이 없어 못 먹는 경우가 있겠지만 우리 때는 그렇지 못했다.

〈나에게 다시 학교 다닐 기회가 주어진다면 수학여행을 한번 가보고 싶다〉

나는 초·중·고, 대학은 물론 대학원, 사법연수원까지 수료하여 다른 사람보다 학교 다니는 기간이 길었다. 지금까지 38년간 학교를 다녔다. 그렇지만 수학여행을 한 번도 가보지 못했다.
수학여행비가 없어서 갈 수도 없었지만, 가려고 하여도 갈 수가 없었다.

초등학교 때는 한해(寒害)가 심하게 들어서 정부에서 수학여행을 못 가게 하였고, 중학교 때에는 열차사고로 수학여행을 다녀오던 어느 학교 학생들이 많이 다친 바람에 우리의 수학여행은 취소되었다.

고등학교 때에는 수학여행비를 낼 돈이 없어서 못 갔다. 자존심상 담임선생님에게 돈이 없어 못 간다는 말은 못하고 "가기 싫어서 안 간다."고 했다가 호되게 야단맞았다.
대학 다닐 때는 유신치하였기 때문에 졸업여행이 있었는지 조차 모르겠고, 설사 있었다고 하더라도 나는 생각지도 못했을 것이다.
신혼여행도 못 갔다.
대학원 졸업여행은 무리하면 갈 수 있었으나, 고시공부와 직장생활에 지장을 줄까봐 안 갔다.
나이가 들면서 수학여행 한 번도 못 가고 신혼여행도 다녀오지 못한 것이 마음에 걸려 사법연수원 수료여행은 꼭 다녀오려고 하였는데 갑자기 어머님이 편찮으셨고, 더구나 강원도에서 근무할 때 여러 번 가본 적이 있는 설악산으로 갔기 때문에 역시 가지 못했다.

지금이야 국내여행은 물론 가끔 해외여행도 다니지만, 수학여행을 한번도 가보지 못한 것이 못내 아쉽다.

〈내가 다시 청소년이 된다면 미팅 한번 해 보고 싶다〉

우리가 학교 다닐 때에도 미팅이라는 것이 있었는지 모르겠지만, 나는 미팅 제의를 받아 본 적도 없고, 다른 사람들이 미팅을 했다는 말도 들어본 적이 없다. 아예 관심조차 없었다.

딸들의 얘기를 들어보면 요즘은 대학생은 물론 고등학생, 중학생, 심지어는 초등학생들도 이성과 미팅을 한다고 한다.

청소년기에 이성의 친구들과 만나 맛있는 음식도 먹고, 노래도 부르고, 춤을 추는 기회를 갖는다는 것은 환상적인 일일 것이다.

상대방을 보기만 해도 가슴이 두근거리고, 얼굴이 붉어지는 감수성이 예민한 청소년기의 사랑이야말로 우리 가슴에 지워질 수 없는 참된 추억이 아니겠는가?

〈내가 다시 대학생이 된다면 시위 한번 해 보고 싶다〉

내가 대학을 다니던 시기에는 유신 독재정권 시대였기 때문에 데모를 할 만한 환경이 되지 못했다. 데모는커녕 정부를 비판하는 말만 몇 마디 하여도 긴급조치 9호 위반으로 구속되거나 전국에 지명수배 되었다.

간혹 서울에 있는 대학에서 1년에 몇 번, 몇몇 학생들이 시위를 시도하다 검거되었다는 이야기는 들었지만, 시위하는 것을 보았거나, 광주에 있는 대학생들이 시위하였다는 말을 들어 본적도 없다.

시위는 대학 문화의 꽃이요, 민주주의의 꽃이라고 본다.

불의에 항거하고, 잘못된 국가 시책을 비판하는 것은 젊은 대학생들의 특권이자, 의무이다.

불의에 항거하지도 못하고, 잘못된 국가 시책을 비판할 줄도 모른다면 대학은 뭐 하러 다니는고?

그러나 시위는 그 동기가 순수하고 방법이 질서정연하여야 한다. 폭력시위를 한다거나, 무책임하게 국가의 안녕과 질서를 헤칠 위험이 있는 시위를 해서는 아니 된다.

국가의 안녕과 번영을 위하여 시위하는 것이지, 국가를 혼란케 하기 위하여 시위하는 것이 아니지 않는가.

사랑하는 청소년들아!

2000년 7월 3일 밤 나는 남광주로타리클럽 회장에 취임했다. 로타리클럽 회장 취임식이 끝나고 화순 금호리조트에서 열린 사단법인 광주광역시 사회복지협의회 세미나에 갔다. 도착한 시간이 밤 11시가 다 되어 세미나는 이미 끝난 상태였다. 잠자리에 든 방철호 회장(주월교회 목사)님과 김호현 이사(은성교회 장로)님을 깨워 1시까지 유익한 대화를 나누었다.

1시가 넘은 늦은 밤에 혼자서 차를 타고 한적한 무등산을 넘어 온다. 옛날 같으면 호랑이가 나타날 판인데 자동차가 있으니 얼마나 편리한가.

소쇄원 부근에 이르렀을 때 아가씨 2명이 태워달라고 사정을 한다. 저 쪽에 같은 또래로 보이는 남자가 서 있었다.

"아저씨 산수동 오거리까지만 태워주세요"

"왜 이렇게 늦었어요?"

"친구 집에 놀러 왔다가 늦었습니다."

"학생이야?"

"아니요."

"그럼, 뭐 하는 사람들인데?"

사실 늦은 시간에 차를 세우고 태워달라고 하면 난감하다. 그 사람들 사정으로 보아서는 태워주어야 하는데, 요즘 세상이 얼마나 험악한가. 불량 청소년들이라도 만나면 큰 낭패다.

"일해요."

"무슨 일?"

"주유소에서 일해요."

"왜 밤에 남의 차를 세우고 태워달라고 귀찮게 하는 거야?"

약간 귀찮다는 표정을 지으면서 꾸지람을 했다.

한 아가씨가 신경질 난다는 표정을 지으면서 옆으로 걸어가 버린다. 안 태우려면 말라는 태도다. 태도로 보아 문제아들인 것 같기는 하지만, 그래도 강도를 할 만한 아이들로 보이지는 않았다. 강도를 할 생각이라면 억지로 문을 열려고 할 텐데 안 태워 준다고 하니 삐쳐서 저 쪽으로 갈 정도라면 태워주어도 못된 짓은 하지 않을 것 같았다.

"타세요."

"고맙습니다."

저 쪽에 있던 총각도 달려와서 3명이 뒷자리에 탔다. 아무 말 없이 한 참을 달렸다.

"왜 이렇게 늦었어?"

"친구들과 물놀이 하다가요."

"저녁은 먹었어?"

"……."

"저녁은 먹었느냐고?"

"아니요."

들어가는 모기 같은 목소리로 저녁도 안 먹었다고 했다.

"지금이 몇 신데 지금까지 저녁도 못 먹어, 한시가 넘었는데."

"사먹을 것이 없었어요."

"돈은 있고?"

"사실 돈이 다 떨어졌어요."

"셋이 다 돈이 하나도 없단 말이야?"

"예."

"몇 살씩 먹었지?"

"열여덟 살이요."

우리 집 셋째 딸 정이와 동갑내기들이다.

"왜 학교는 안 다니는 거야?"

아무 말이 없다.

"말썽 피워서 퇴학당했구나?"

"예."

"셋이 모두?"

"예."

"그래, 학교는 안 다녀도 된다. 그러나 열심히 일은 해야지? 반드시 학교를 많이 다녀야 되는 것은 아니라고 봐. 주유소에서라도 열심히 일하면 돈을 모을 수 있을 거야."

어느 덧 차는 그 애들이 내려달라는 산수동 오거리에 도착했다.

"배고프지?"

"예."

"아저씨가 먹을 것 좀 사줄까?"

"아니요, 태워주신 것만도 고마운데."

"가자."

아이들을 데리고 심야에 장사하는 보쌈집에 갔다.

"아주머니 이 애들에게 밥 좀 주십시오."

"예, 어서 오십시오."

보쌈은 큰 것이 20,000원, 중이 15,000원, 소가 10,000원이었다.

아이들에게 20,000원을 주고 맛있게 먹고 가라고 했다. 부디 저
아이들이 착하게 자라주어야 할 텐데⋯⋯.

구하라
그러면 너희에게 주실 것이요

"**구하라,** 그리하면 너희에게 주실 것이다. 찾아라, 그리하면 너희가 찾을 것이다. 문을 두드려라, 그리하면 하나님께서 너희에게 열어 주실 것이다(신약성경 마태복음서 7:7)"라는 성경 말씀을 들어보지 않는 사람은 거의 없을 것입니다. 어느 선생님이건 한 번쯤은 학생들에게 말했을 것입니다. 교장선생님들도 빼놓지 않고 꼭 한 번은 써 먹었을 것입니다. 교회를 다니는 사람이든 다니지 않는 사람이든 이 말을 하기도 하고 외우기도 합니다.

여러분 중에 이 말씀 모르는 사람 있습니까? 청소년들에게 해 주어서 이보다 좋은 말은 없을 것입니다. 자식에게 해 주어도 이보다 좋은 말은 없을 것입니다. 동생에게 해주어도, 직원에게 해 주어도 이보다 좋은 말은 없을 것입니다.

1. 구하라, 그러면 너희에게 주실 것이다

우리는 필요한 것이 너무너무 많습니다. 돈, 옷, 음식, 장난감, 컴퓨터, 휴대폰, MP3, 전축, 카메라, 책, 가구, 자동차, 땅… 등 물질적인 것? 아들·딸, 친구, 애인, 직장, 건강, 지식, 학위, 자격증? 사랑, 구원, 성령. 하나님?

그래! 무엇이든지 구하십시오. 하나님께서는 여러분이 무엇을 필요로 하시는지 다 아십니다. 그러나 구하는 자에게만 주십니다. 가만히 있는 사람에게는 절대로 주시지 않습니다. "하늘은 스스로 돕는 자를 돕는다"는 말도 있지 않습니까?

저는 어렸을 때 부족한 것이 너무 많았습니다. 넉넉하지 못한 집안의 7째로 태어났으니 말입니다. 먹을 것도 부족하고, 입을 것도 부족하고, 잠자리도 편치 않고, 학교에 갈 시간도 학비도 없고….

당시 우리 동네 사람들은 '하얀 쌀밥' 한 그릇을 먹어보는 것이 꿈이었습니다. 저도 솔직히 이야기하면 잡곡이 섞이지 않는 '하얀 쌀밥'을 언제 먹어 보았는 지 기억이 안 납니다. 아마 고등학교 다닐 때, 남의 밥을 먹을 때였던 것 같습니다. 그러니까 우리 집에서는 한 번도 쌀밥을 먹어 본 적이 없다는 말이지요.

명절만 되면 아버지와 어머니는 사이가 별로 안 좋아지셨습니다. 남의 집은 떡을 일찍 해 먹는데 우리 집은 떡을 늦게 한다는 것이 아버지의 불만이었습니다. 어머니라고 일 년에 2~3번 하는 떡 일찍일찍 해서 식구들 먹이고 싶은 생각이 없었겠습니까? 우리 어머니는 재료도 부족하고, 일손도 없어 떡을 언제 얼마 정도를 할 것인가를 망설이다 항상 아버지로부터 꾸중을 들었던 것 같습니다.

또 있습니다. 다 아시다시피 시골에는 고기 구경하기가 쉽지 않습니다. 소고기는 아예 없고요. 돼지는 설과 추석에 동네에서 한 마리를 잡아 집집마다 공평하게 나누어 먹습니다. 아마 우리 집에 해당하는 것이 뼈를 섞어 약 3근 정도 되었을 것입니다. 그것을 아버지께서 사가지고 들어오면 어머니는 꼭 그중 1근만 나누고 나머지는 우리들을 시켜 돌려보냅니다. 그것을 아버지의 표정을 밝지 않았습니다. 또 아버지가 사온 고깃덩이를 다시 들고 반환하러 가는 우리들은 또 얼마나 창피했는지 아십니까?

저는 노래를 못합니다. 못하는지 안 하는지 저도 확실히는 모릅니다. 노래도 자주 듣고 자주 해야 잘 할 수 있는 것입니다. 얼마 전까지만 해도 우리나라 사람들은 어디 놀러가서 노래하라고 하면 못한다고 뺐습니다. 그런데 요즘은 서로 노래를 하려고 마이크를 가지고 싸웁니다. 심지어 노래를 시켜주지 않는다고 삐쳐서 가버린 사람도 있습니다. 그 이유가 무엇인지 아십니까? 집집마다 텔레비전이나 라디오, 오디오, MP3가 있어, 날마다 노래를 듣고, 차에서도 음악을 틀어 놓고 운전하고, 무엇보다도 노래방에서 팡파르를 울리고…, 그러니 어디 노래를 못할 수가 있겠습니까?

우리 집에는 음악을 들을 만한 도구가 없었습니다. 악기도 없었습니다. 중학교 다닐 때까지도 라디오 하나가 없었습니다. 그래서 라디오를 좀 들으려면 옆집을 가야 합니다. 그 집에서 좋아합니까? 자기 자식들도 귀찮은데… 고등학교 다닐 때 비로소 텔레비전도 보고 라디오도 들을 수 있었습니다. 그러니 무슨 음악에 대한 감각이 있겠습니까?

저는 책도 많이 읽지 못했습니다. 책이 어디 있습니까? 공부방이요? 꿈만 같은 이야기입니다. 집? 자동차? 땅? 좋은 직장? 변호사? 목사? 예쁜 아내? 꿈도 꿔 볼 수 없는 것들이었습니다.

저에 대한 아버지의 희망사항은 '면사무소 소사'였습니다. 지금은 그런 직책이 없는데 '면사무소 급사'라고 합니다. 가장 밑바닥 비정규직 공무원인 셈이죠. 그래도 농사짓는 것보다는 나아요.

저는 어렸을 때, 초등학교 선생님이 되는 것이 장래 희망이었습니다. 하지만 초등학교 선생님이 되려면 최소한 중학교는 나와야된다고 생각했습니다. 물론 그 당시에도 초등학교 선생님이 되려면 교육대학을 나와야 하지만 제가 대학을 다닌다는 것은 상상도 못한 일이었으니까 그것은 불가능한 일이고 중학교를 나오면 독학으로 초등학교 준교사 시험에 응시하여 합격할 수 있을 것이라는 희미한 희망을 가지고 있었습니다.

그런데 초등학교 6학년 때, 내가 중학교를 가겠다고 하니 동네 사람들이 다 웃어버렸어요. "너희집 형편에 너희 형이 중학교를 다니는데 네가 또 어떻게 중학교를 다닐 수 있단 말이냐?"는 것입니다. 심지어 아랫집에 사는 손씨라는 사람은 "네게 중학교를 가면 내가 손에 불을 붙여 하늘로 올라가 버린다."고까지 단언했습니다.

저는 어차피 다닐 수 없는 중학교, 호기를 부려 전라남도에서 가장 좋다는 광주서중학교 시험을 보았습니다. '무식이 용감'이라고 광주서중이 뉘 집 개 이름인 줄 알았던 것이지요. 낙동강 오리알입니다.

저는 중학교 입학시험을 보는 동안 어디 있을 곳이 없어서 형이 종업원으로 있던 약국집에서 밥을 얻어먹고 시험을 봤습니다. 그래도 약국집 아저씨와 아주머니는 참 대접을 잘해 주었습니다. 비록 형이 자기 집 종업원이었지만 영리하고, 일을 잘하고, 착실하여 매우 예뻐했는데 동생이 광주서중 입학시험을 보러 왔다고 하니 아마 대단한 놈들이라고 생각했던 것 같습니다. 그 집에 딸이 있었는데 나이는 내가 많지만 동기입니다. 그 집 딸은 전남여중 시험을 보았습니다. 남자학교에서는 광주서중이, 여자 학교에서는 전남여중이 가장 어려웠습니다. 물론 남자들이 다니는 광주서중이 여자들이 다니는 전남여중보다 더 좋은 학교였겠지요. 전 과목 시험을 보아 광주서중은 7~8개 이상, 전남 여중은 10개 이상 틀리면 떨어집니다.

시험을 보고 온 날, 약국집 아저씨가 저와 자기 딸을 불러 채점을 해 보았습니다. 그 집 딸은 7개, 저는 무려 12개를 틀렸습니다. 얼마나 창피했는지 압니까? 물론 그 집 딸은 합격했고, 저는 볼 것도 없이 불합격했습니다. 그런 내가 커서 사법시험을 합격했다고 하니 약국집 아저씨 어안이 벙벙하여 '너 같이 멍청한 놈이 사법고시를 합격했어야?'라는 식으로 어이없는 표정을 짓더라고요.

아무튼 중학교를 다니려고 노력했고, 고등학교도 다니려고 노력했고, 대학교도 다니려고 노력했고, 대학원도 다니려고 노력했고, 석사학위도 받으려고 노력했고, 박사학위도 받으려고 노력했고, 신학대학도 다니려고 노력했습니다. 구하니 다 얻어 지더라고요. 부잣집 아이들보다 시간이 좀 걸리고 힘이 더 들었을지는 몰라도 구하는 노력이 헛되지는 않았습니다.

여러분 이것, 장난이 아닙니다. 저요, 대한민국 신기록입니다. 대한민국에서 초등학교, 중학교, 고등학교, 대학교, 대학원 석사과정 2번, 박사과정, 사법연수원, 신학대학원 다닌 사람 있나 찾아보십시오. 그리고 학교를 40년 다닌 사람 있나 찾아보십시오.

직장도 그렇습니다. 저 우리 아버지 말씀대로 동사무소 직원부터 시작했습니다. 고등학교 졸업하고 9급 공무원 시험 합격하여 광주시청에 들어갔습니다. 시골 면사무소보다 광주시의 동사무소는 훨씬 낫지요. 또 직장을 다니면서 계속 공부를 하여 7급 공무원 시험을 봐서 법원 계장을 했고, 법원행정고등고시를 합격하여 법원사무관을 했고, 사법시험을 합격하여 판사를 했고, 지금 변호사를 하고 있습니다. 목사고시도 합격했어요. 그것도 아마 세계 신기록일 것입니다. 인터넷 들어가서 직장에 근무하면서 9급, 7급, 행정고등고시, 사법시험을 차례로 합격한 사람 있나 찾아보십시오. 더구나 목사고시까지 합격한 사람 있나 찾아보십시오.

제가 직장에 다니면서 고시공부를 할 때, 사람들이 어떻게 보았겠습니까? 미친놈이라고 흉보더라고요. 심지어 내가 모시고 있던 어느 부장판사는 "어야! 이 사무관! 사법고시가 뉘 애기 이름이란가?"라면서 대놓고 무시했습니다. 지금 내가 그 분보다 변호사 더 잘해요.

자랑이 너무 지나쳤습니다. 허나 뻥치는 것은 아닙니다. 제 주위 사람들이 다 아는 사실입니다. 제가 구하는 대로 하나님께서 저에게 주신 것입니다. 아멘.

집, 자동차, 예쁜 아내, 아들·딸, 땅? 말할 것 없어요. 역시 하나님께서 구하는 대로 저에게 다 주신 것입니다. 여러분에게도 구하는 대로 주실 것으로 믿습니다. 아멘.

2. 찾으라, 그리하면 너희가 찾을 것이다

빛이 있습니다. 광명이 밝게 비치고 있습니다. 그러나 그 빛을 보지 못하면 깜깜합니다. 앞이 보이지 않습니다.

길이 있습니다. 그런데 그것을 찾지 않으면 밝은 곳으로 나아갈 수 없습니다. 여러분을 비치고 있는 빛을 찾으십시오. 여러분 앞에 있는 길을 찾으십시오. 그러면 반드시 앞이 보일 것입니다. 시간이 좀 걸릴 수도 있습니다. 중간에 길을 잘못 들어 방황할 수도 있습니다. 그러나 빛이 꺼지거나 길이 막히는 일은 절대 없습니다. 빛이 뭣이고, 길이 뭣인지 다 아시지요?

제 아내 정혜란 박사는 우리 큰딸 나라와 동창입니다. 엄마와 딸이 동기생이라니까요. 좀 우습지요. 40살이 되어 대학에 들어갔습니다. 세상 사람들이 다 웃었습니다. '공부는 시기가 있는 것인데, 시기를 놓치면 안 되는 것인데' 하면서 며칠이나 가는가 보자고 말한 사람도 있었습니다. 물론 공부는 시기가 있습니다. 시기를 놓치면 안 됩니다. 그런데 이왕지사, 시기를 놓쳐버렸는데 어쩌라는 말입니까? 포기하고 밥이나 열심히 하라는 말입니까?

정혜란 박사는 포기하지 않았습니다. 대학을 나왔고, 대학원 석사과정을 나왔고, 박사과정을 나왔고, 박사학위도 받았고, 대학교수가 되었습니다. 무엇이 늦었습니까? 하나도 안 늦었습니다. 지금 우리나라에 49세 된 아주머니들 중 박사가 몇 명이나 됩니까? 대학교수가 몇 명이나 됩니까? 거기에 그치지 않고 다시 신학대학원에 다니고 있습니다. 또 목사고시 합격하겠지요. 그것도 신기록 일지 모릅니다. 비록 40살에 대학에 갔지만 우리나라에서 제일 많이 배운 여성 중 한 사람이 정박사입니다. 박수 한 번 보내주세요. 아멘.

판사 부인이 고등학교밖에 나오지 않았으니 얼마나 쪽팔리고 스트레스 받았겠습니까? 그러나 찾으니 길이 있었습니다. 이제 어디 가도 떳떳합니다. 우리 남편만 박사랍니까? 나도 박사예요. 남편만 신학대학원 나왔답니까? 저도 나왔어요. 부부가 박사, 부부가 목사. 얼마나 축복받았습니까? 하나님께서 우리 부부가 찾는 대로 길을 안내해 주신 결과입니다. 여러분에게도 똑같은 일이 가능할 것으로 믿습니다. 아멘.

3. 문을 두드리라, 그리하면 하나님께서 너희에게 열어 주실 것이다

여러분! '오르지 못할 나무는 쳐다보지도 말라'는 말 아시지요. 너무 욕심 부리지 말라는 말입니다. 그 말도 맞습니다. 그런데 사나이가 그런 말을 듣고 무릎을 탁 쳐버리면 안 됩니다. 올라가지도 못할 나무 쳐다보지는 안 하더라도 연구는 할 수 있지 않습니까? 저는 쳐다보지도 못할 나무보다 더 높이 올라가는 방법을 압니다. 그 나무 밑에 계단을 쌓으십시오. 한 계단, 한 계단, 열심히 그리고 쉬지 않고 쌓다 보면 그 나무가 밑에 있을 것입니다. 노력만 하면 못 올라갈 나무는 없습니다. 안 되면 기구라도 타고 올라가십시오. 그것도 성이 안 차면 그냥 비행기를 타십시오. 그렇게 큰 나무가 연필보다 작게 보일 수도 있습니다.

제가 아는 분 중에 어떤 사람이 총각 때 아주 예쁘고, 많이 배우고, 집이 부유한 아가씨를 짝사랑했습니다. 정말 '오르지 못할 나무는 쳐다보지도 말라'는 말이 실감났다고 합니다. 그래도 용기를 내어 그 집 대문을 두드렸다고 합니다. 그 집에서 문을 열어주겠습니까? 욕설과 물세례만 받았습니다. 수십 번 반복했지만 역시 결과는 뻔했습니다. 두드리면 열린다고 했는데 그 집 대문은 열리지 않았다고 합니다.

그래도 그분은 포기하지 않았습니다. 그 집 대문 앞 큰길가에 텐트를 치고 아주 그곳에도 먹고 자고 살아버렸습니다. 그 집 식구들이 나와서 뭐라고 하면, "이 길이 당신네 땅입니까? 길에다 텐트도 못 칩니까?"라고 했다고 합니다. 그 집에서도 할 말이 없지요. 그 집 오빠들로부터 맞기도 하고, 그 집 언니들로부터 욕설을 듣기도 하고, 동네 친구들로부터 놀림도 당하고, 말할 수 없는 수모를 당했지 않겠습니까? 그런데 지나가는 사람들이 다 그 모습에 관심을 갖기 시작했습니다. "무슨 일이야? 저 사람 너무하네!" 하더니 시간이 지나자 점점 분위기가 이상해지더랍니다. 사람들이 "저 집 너무하네!"로 바뀌고 그 집 식구들 중에서도 하나씩 자기편을 들어주는 사람이 생기더라는 것입니다. 먹을 것을 가져다주는 언니도 생기고, 그러지 말고 좋은 방법으로 하자는 오빠도 생기더라는 것입니다. 그분은 결국 그 집으로 장가를 갔지요. 물론 지금까지 행복하게 30년 이상 잘 살고 있고요.

청년 여러분! 꼭 만나야 할 사람이 있거든 문을 두드리십시오. 그러나 태도는 공손히 해야 합니다. 반드시 그 집의 대문이 열릴 것으로 믿습니다. 하나님은 구하는 사람, 바로 그에게만 주십니다. 찾는 사람, 바로 그 사람만이 찾을 것입니다. 두드리는 사람, 바로 그 사람에게만 문이 열릴 것입니다. 옆에 서 있는 사람에게는 그런 일이 없습니다. 아멘.

2부
가난은 죄가 아니다

짬뽕 한 그릇 먹으러
10리를 걸어간 아내

광주광역시청을 다니다
그만 두고 직업도 없이 결혼을 하고 보니 정말 살길이 막막했다. 혼자일 때는 아무 집에나 가서 밥 한 그릇 얻어먹을 수도 있고, 친구 집에 가서 하루 저녁 잘 수도 있지만 이제 여자 하나를 달고 다녀야 되니 그것도 어려운 일이다.

할 수 없이 직장 생활을 다시 시작해야 되겠는데 마땅히 취직할 곳이 없다. 배운 것이 도둑질이라고 다시 공무원 시험공부를 시작하였다.

행정고시 준비를 하다가 우연히 법원직 4급(현재의 7급) 시험 공고를 보았다. 부랴부랴 서점에서 법원직 시험에 필요한 책을 사들고 1달 동안 벼락공부를 하였다.

4급 공무원시험이긴 했지만 사법시험에 떨어진 사람들이 많이 응시하는 시험이라서 그렇게 쉽지는 않았다. 시험장에 가보니 몇 년씩 사법시험공부를 하다가 떨어진 선배님들이 시꺼멓게 닳은 책을 들고 들어오는 것이 보였다.

새로 산 깨끗한 책을 들고, 그것도 1달 정도 벼락공부를 해 가지고 그런 선배들과 시험을 본다는 것이 한편으로는 부끄럽기도 하고, 한편으로는 겁이 나기도 했다.

그러나 최선을 다했다. 다행히 합격하여 다시 밥벌이를 할 수 있게 되었지만 합격 후 발령까지 우선 당장 6개월 정도 살 곳이 없었다. 더구나 식구가 하나 더 불었다.

실업자일 때는 고향에 갈 수가 없었지만 이제 비록 4급이긴 하지만 공무원시험도 합격하였으니 발령이 날 때까지 아내와 핏덩이 딸을 부모님께 의탁하려고 고향으로 내려갔다.

지금도 마찬가지지만 시골의 여름은 정말 살기가 어렵다. 먹을 것도 없고, 날씨는 덥고, 농사일은 고되기만 하다.

나는 어렸을 때 농사일을 해보았기 때문에 논·밭에 나가 김도 매고, 소도 먹이는 등 밥벌이를 할 수 있었다. 하지만 아내는 도시에서만 자랐기 때문에 농사일은커녕 시골생활에 적응할 수도 없었다.

우리 고향은 산이 없어 시냇물이 없다. 목욕은커녕 세수하기도 마땅치 않은 곳이다. 더구나 아이가 하나 딸려 있어 아내가 얼마나 고생을 했는지 모른다.

처음에는 모두들 반가워했다. 그런데 공무원시험에 합격하여 잠깐 살러 왔다는 사람들이 몇 개월 동안 가지 않고, 나는 그야말로 농사꾼이 되어 논·밭에서 일이나 하고 꼴망태를 짊어지고 다니고, 아내와 딸은 모기에 물려 온몸이 새빨갛게 부르터 다니니, 동네 아주머니들이 수군거리기 시작했다.

"공무원시험에 합격했다는 것은 거짓말이래."

"대학까지 나온 놈이 고향에 다시 와서 꼴망태나 짊어지고 다니니 지 놈은 괜찮겠지만 새댁과 아기가 너무 불쌍하다."고……

먹을 것이라고는 밥 한 그릇에 푸성귀뿐이다. 젖먹이 아이가 젖을 빨다 젖꼭지에서 입을 떼자마자 운다. 아무리 젖을 먹여도 아이는 또 운다. 산모가 먹은 것이 없어 젖이 나오지 않는 것이다.

그러던 어느 날, 아내가 없어졌다. 분명히 오후까지 집에 있었다는데 저녁 먹을 시간이 되어도 나타나지 않는다. 아기는 배가 고파 보채는데 아무리 기다려도 아내는 오지 않았다.

온 동네를 찾아보았다. 그러나 아내를 보았다는 사람은 아무도 없었다. 밤이 어두워져도 아내는 나타나지 않았다.

전화가 가설되지 않았던 때라 처가에 연락을 해볼 길도 없어 막막하기 그지없었다. 부모님이 걱정할까 봐 내색을 않고 마당만 빙빙 돌았다. 아버님께서도 불안하셨는지 갑자기 일어나 집 뒤에 있는 콩밭을 뒤지기 시작하셨다.

혹시 시골생활이 어려워 자살했을지도 모른다는 불길한 생각이 드셨던 모양이다. 설마 그럴 리는 없겠지 하면서도 나도 불안하여 아버님을 따라 산과 들을 헤매면서 아내를 찾았다.

"나라 엄마! 나라 엄마!"

아무리 불러보아도 아내는 없었다. 새댁이 없어졌으니 우리 집은 물론 온 동네가 난리가 났다.

온 가족과 동네 사람들이 모여 걱정을 하고 있는데 밤늦게 아내가 나타났다. 사람들이 모여 있는 것을 보더니 오히려 의아한 듯 얼굴이 홍당무가 되어 아무 말도 못하고 우두커니 서 있었다.

"어딜 갔다 와?"

버럭 소리를 질렀다.

내게는 아무 말도 못 하게 하고, 어머니가 며느리를 나무라셨다. 어머님으로부터 한참 혼난 아내의 입에서 튀어나온 말은 너무나 황당했다.

배가 고파 면소재지에 가서 짬뽕 한 그릇 사먹고 왔다는 것이다.

버스가 없어 걸어갔다 걸어오니 이렇게 시간이 많이 걸렸다는 것이다.

시골 음식이 얼마나 먹기 힘들었으면 짬뽕 한 그릇 먹으려고 10리 길을 걸어갔다 왔는지…….

나는 가능한 한 맛있는 음식점에 가면 1인 분을 더 시켜 싸 가지고 들어온다. 어머님이 살아 계실 때는 어머님을 드리기 위해서였고, 요즘은 아내를 주기 위해서이다. 그리고 거의 매일 아내에게 "당신! 뭐 먹고 싶은 것 없어?"라고 묻는다.

잊을 수 없는 강릉

1978년 10월 12일 기다리고 기다리던 인사발령 통지가 왔다.

「춘천지방법원 근무를 명함」

이라는 대법원장 명의의 전보였다.

오죽 성적이 안 좋았으면 서울은 고사하고 고향인 광주지방법원에도 발령 받지 못하고 강원도에 있는 춘천지방법원으로 발령 났는지 모르겠다.

그렇지만, 불평할 겨를이 없었다. 부모님과 아내에게 미안하여 더 이상 시골에 머물 수가 없었기 때문이다.

시골 생활을 청산하고 아내와 딸아이는 목포 처가에 맡겨둔 채 야간 열차를 타고 머나먼 춘천으로 떠났다. 꿈에도 생각지 못한 춘천이기에 '강원도 감자바위'라는 단어를 몇 번이고 생각하면서 야간열차 속에서 새로운 생활을 설계하는 꿈에 부풀기도 하였다.

새벽 4시 반, 서울에 도착하여 택시를 타고 청량리역으로 가서 춘천으로 가는 첫 기차를 탔다.

아침 7시쯤 춘천에 도착하여 법원 앞에 있는 식당에서 된장찌개 한 그릇을 먹고 근무 시간에 맞춰 법원청사를 찾아갔다.

나 혼자만 춘천지방법원으로 발령 받은 줄 알았는데 뜻밖에도 영암 출신인 이영윤 씨가 나타났다. 처음에는 서로 말도 못 붙이고 있다가 "어쩐 일로 여기까지 왔느냐?" 물으니 그도 역시 춘천으로 발령을 받았다는 것이다.

머나먼 타향에서 고향 사람을 만난다는 것이 얼마나 반가운 일인지 그때 처음 느껴본 감정이었다.

간단한 서류를 제출하고 보직 발령을 기다리면서 이영윤 씨와 정담을 나누며 한나절을 보냈다.

오후가 되어 사무국장실에 들어가니 사무국장 하시는 말씀이 새로 발령 받은 두 사람 중 한 사람은 춘천에서 근무할 수 있지만 나머지 한 사람은 다시 강릉지원으로 가야한다면서 나는 춘천에서 근무하고, 이영윤 씨는 강릉으로 가라는 것이었다.

잠시 동안의 만남이었지만 아무도 모르는 타향에서 다시 헤어진다는 것은 너무나 큰 아쉬움이다.

"국장님, 우리 두 사람이 같이 근무할 수는 없겠습니까?"

"춘천에는 빈자리가 하나밖에 없는데."

"우리 두 사람이 모두 강릉으로 가면 안 되겠습니까?"

"그렇다면, 고려해 보지."

전라도에서 강원도까지 왔는데 춘천이면 어떻고 강릉이면 어떠냐는 배짱도 생겼다. 강릉에 있는 직원을 한 사람 춘천본원으로 올려보내고 우리 둘은 강릉으로 보내달라고 했다.

다행히 두 사람 다 강릉지원 발령을 받았다. 발령장을 받고 직원들에게 가만히 물어보았다.

"여기서 강릉까지 얼마나 걸립니까?"

"약 5시간 정도 걸립니다."

눈앞이 아찔했다. 고향에서 서울까지 9시간, 서울에서 춘천까지

3시간 왔는데 여기서 다시 5시간을 가라니 기가 막힐 일이다.

그러나 할 수 없는 일이다. 우리의 운명인 것을 어떻게 할 것인가?

시외버스터미널에서 5시발 강릉행 버스를 탔다.

점심도 못 먹었으므로 빵 2개와 우유 2봉지를 사 가지고 버스에 올라 맨 뒷좌석에 앉았다. 버스는 꼬불꼬불한 산길을 쉼 없이 달려갔지만 목적지는 아직도 멀기만 했다.

얼마나 지났을까 가을비가 유리창을 쳤다. 두 사람은 버스에 오른 순간부터 내내 말이 없이, 각자 깊은 생각에 잠겨 목적지에 도착하기만 기다리고 있었다. 옆 좌석에서 이상한 소리가 났다. 문득 옆을 보니 이영윤 씨가 훌쩍훌쩍 울고 있는 것이 아닌가. 그것을 보니 순간 내 눈에서도 눈물이 핑 돌았다.

이영윤 씨는 나보다 한 살 더 먹은 아주 의지가 강한 청년이다.

영암 삼호면 출신인데 나와 마찬가지로 가난한 집에서 태어나 중학교밖에 졸업하지 못했다. 독학으로 법원서기보시험에 합격하여 장흥지원에서 근무하다가 그만두고 다시 시험공부를 해서 법원 4급 시험에 합격하여 나와 같이 강원도에서 근무했다.

내가 법원행정고시에 합격해 광주로 오는 바람에 혼자 떨어져서 근무하다가 그는 몇 년 후에야 꿈에도 그리던 고향에 와서 광주지방법원 목포지원에서 근무했다. 그런데 뜻밖에도 15년 전 명절 때 고향에 가다가 교통사고로 사망했다.

장래가 촉망되는 정말 좋은 친구였는데 뜻을 펴보지도 못하고 30대 초반에 유명을 달리하고 말았다. 지금도 그 친구만 생각하면 눈물이 고인다.

그날 밤 강릉에 도착하여 교동에 있는 어느 집에 하숙을 정하고 한 방에서 같이 잤다.

발령 받은 첫날이 공교롭게 휴일이어서 피곤에 지친 우리는 늦게까지 잠을 잤다. 하숙집 아주머니가 밥상을 차려왔는데 이영윤 씨가 밥을 먹지 않았다. 밥맛이 전혀 없다는 것이다. 마음이 울적해서 그런 것으로 알고 나 혼자 먹다가 겸연쩍어 다시 물어보니 아침에 일찍 일어나 화장실에 가서 소변을 보는데 하체가 힘이 없이 무릎이 팍 꿇어지고 속이 메슥거려 밥을 먹을 수가 없다는 것이었다.

못 먹고 공부하느라고 골아서 그러려니 생각하고 나 혼자 밥을 먹은 후 기왕에 강릉에 왔으니 구경이나 가자고 경포대 바닷가로 갔다. 모래밭을 같이 걸어가는데 이게 웬일인가? 이번에는 내가 하체에 힘이 쭉 빠지고 자꾸 넘어지는 것이다. 기운을 내어 다시 걸어보려고 발버둥을 쳐도 머리가 빙빙 돌아 도저히 걸을 수가 없었다.

우리는 모래밭에 누워 그 원인을 생각해 보았다.

'연탄가스 중독이다.'

그렇지 않으면 두 사람에게 같은 증상이 나타날 리가 없지 않은가? 무슨 운명이 이렇게 기구하여 수천 리 타향까지 와서 연탄가스에 중독 되어 죽을 뻔했다는 말인가?

"가자! 직장이고 뭐고 다 집어던지고 고향으로 가자."

내가 소리쳤다.

즉시 공중전화로 달려가 처가로 전화를 했다. 장인어른이 전화를 받았다.

"그만두고 다시 돌아가겠습니다."

거두절미하고 그만두겠다고 했다.

"너 지금 무슨 소리하고 있느냐?"

"이곳은 사람 살 곳이 못됩니다."

"무슨 소리하고 있어? 나도 강릉에서 군대 생활을 했는데 참 살기 좋은 곳이다. 그런 생각하지 말고 가만 있어라."

벽력같은 호령이 떨어졌다. 무슨 정신 나간 소리를 하느냐는 투였다.

그도 그럴 것이 실업자 주제에 남의 귀한 딸을 훔쳐다 시골에서 고생시키더니 발령 첫날 그만둔다고 전화하고 있으니 도저히 용서할 수 없으셨으리라.

힘없이 전화 수화기를 놓고 집에 들어가 할 수 없이 첫 출근을 하였다. 바로 그날, 점심시간도 못 되어서 전화가 왔다. 아내가 딸을 데리고 강릉으로 왔다는 것이다. 나 같은 사람도 남편이라고 핏덩이 어린애를 데리고 야간열차를 타고 수천 리 길을 달려온 것이다. 다른 사람 같으면 "나는 거기까지 따라갈 수 없다."고 오히려 투정을 놓을 것인데,

아내가 측은하기 그지없었다.

그렇게 우리의 생활은 다시 시작된 것이다.

이불 한 채와 비키니 옷장 하나

결혼 후 우리 부부는 50만 원짜리 전세방에서 이불 한 채와 비키니 옷장 하나로 살림을 시작했다.

신혼살림이라고 하면 장롱과 텔레비전, 냉장고쯤은 있어야 기본이지만 우리는 아무 것도 없었다.

처가의 사정으로 봐서 큰딸을 시집보내면서 기본적인 혼수마저 마련해주지 못할 정도까지는 아니었지만 우리 쪽에서 신부에게 결혼반지 하나 해줄 형편이 못 되었기 때문에 고집스런 내가 혼수장만을 극구 사양했기 때문이다.

그것 때문에 생활에 필요한 살림살이 도구를 장만하느라고 아내가 몇 년 동안 많은 고생을 했다. 그 점에 대해서는 나도 미안하게 생각한다. 그렇지만 한편 생각해보면, 누구의 도움도 받지 않고 우리 손으로 우리의 살림살이 도구를 모두 장만했다는 자부심도 있다.

춘천지방법원강릉지원으로 발령 받은 우리는 강릉시 교동의 어느 조그마한 집에 방 하나를 전세로 얻었다. 전세금이 50만원이다 보니 양옆에 방이 둘 있고 그 가운데에 부엌이 하나 있다. 한 부엌을 두 가구가 사용하여야 하기 때문에 남자들은 아침에 일어나서 세수할 곳이 없었다.

옆 방 아주머니와 내 아내가 같이 있는 부엌에 들어갈 수 없어서 아침을 먹고 출근하여 매일 사무실 화장실에서 양치질을 하고 세수를 했다.

한 달에 한두 번도 아니고 매일 그렇게 하다 보니 직원들에게 들켜서 "어젯밤 무엇하고 집에 들어가지 않았느냐?"는 놀림을 받기도 했다.

우리가 마련한 재산 목록 제1호는 삼익쌀통이다. 쌀자루에 쌀을 넣어 두고 밥 해 먹기가 불편했던지 아내가 동네 아주머니 6명과 같이 한 달에 5천 원씩 거둬 3만 원짜리 쌀통을 하나 사서 제비뽑기로 순서를 정하는 계를 만들었다고 한다.

운수 좋게도 아내는 그 계에서 1번을 뽑는 행운을 잡았다. 하찮은 쌀통이긴 하지만 첫 살림을 마련하고 기뻐하던 아내의 모습을 지금도 잊을 수 없다. 그 재산목록 1호는 20년이 지난 지금도 우리 집 어딘가에 가보로 보관되어 있을 것이다.

그렇게 두세 달 살았는데 갑자기 주인아주머니가 방을 비워달라고 했다. 집이 팔렸다든지, 자기들이 방을 하나 더 쓸 필요가 있다든지, 서로 간에 안 좋은 일이 있는 것도 아닌데 갑자기 방을 비워달라면 우리는 어쩌라는 말인가?

그 집 남편은 외항 선원인 관계로 얼굴 한번 본적이 없고, 승철이라는 사내아이가 하나 있었는데 우리 딸 나라와 같은 또래였다. 우리 딸은 빼빼 하기는 하여도 그런 대로 건강하고 놀기도 잘하는데 그 집 아들은 비실비실 자주 아팠다.

애가 자주 아프니 걱정이 된 주인아주머니가 점쟁이에게 물어본 모양이다. 점쟁이 하는 말이 우리 아이에게 기가 딸려 승철이가 자주 아프다고 했다는 것이다.

말이 안 되는 소리인 줄 알면서도 우리 아이 때문에 주인집 아이가 아프다는데 어쩔 도리가 있는가?

이사는 하여야겠는데 능력이 없었다. 모르는 척하고 시계 바늘처럼 출근과 퇴근을 반복하였다. 1주일쯤 지나서 아내로부터 다른 집으로 퇴근하라는 전화가 왔다.

살림살이 도구라고는 책 몇 권밖에 없기 때문에 이삿짐 옮기는 데는 별 어려움이 없었지만, 어린애를 업고 우리 수준에 맞는 방을 얻기 위하여 아내는 1주일 동안 온 강릉 시내를 뒤졌다고 한다.

강릉에서 1년쯤 근무하다 춘천지방법원으로 발령이 났다.

울고 가서 어렵게 살림을 시작하긴 했지만 아름다운 고장 강릉은 정말 살기 좋은 곳이다.

경포호수에 비친 아름다운 달, 시야가 툭 터진 동해바다, 경포해수욕장과 가까운 곳에 설악산이 있어 학교 다닐 때 수학여행 한번 가보지 못한 나에게 처음으로 여행할 기회를 제공해 준 곳이다.

경포대 해수욕장에서 구수한 아나고회를 먹었던 추억을 잊을 수가 없고, 주문진의 물오징어는 또 얼마나 맛이 좋은가? 특히 강릉은 사람들이 순박하고 친절한 곳이다.

드디어 내 불빛을 마련하다

강원도에서 2년 4개월 근무하고 법원행정고등고시에 합격하여 고향으로 갈 기회가 생겼다. 나는 성적이 좋아 발령 순위 1위였다. 그래서 전국 어느 법원이든 선택할 권리가 있었다. 그렇지만, 그때 심정으로는 천금을 준다고 해도 객지는 싫고 고향으로만 가고 싶었다.

주위의 만류에도 불구하고 광주지방법원을 고집하여 1981년 1월 24일 꿈에도 그리던 고향에 온 것이다. 그것도 젊은 나이에 사무관이 되어 고향에 돌아온 것이니 '금의환향'이었을지도 모른다.

지겨운 객지 생활을 청산하고 고향에 가는 기분은 말로 표현할 수가 없었다. 선배인 김현용 씨에게 방 하나 얻어달라고 부탁하고 용달차에 짐을 싣고 딸 둘과 아내를 데리고 고속도로를 달려오는 기분을 상상해 보라.

광주에 온 우리는 지산동 법원 옆에 있는 조그마한 집에 상·하방을 얻어서 살았다. 살림살이 도구라고는 쌀통 하나와 비키니 옷장 하나뿐이었지만, 우리의 생활은 즐겁기만 했다.

둘째 딸 새라가 걸음마를 시작하는데 방 옆에 있는 마루 쪽이 좁아 시멘트바닥으로 굴러 떨어지는 것이 하루에도 한두 번이 아니었다. 혹시 머리나 다치지 않을까 마음이 조마조마 했다.

새라는 큰딸 나라와 달라 성격이 활달하기도 하지만 커가면서 울기도 자주하고 큰방 집에 다니면서 말썽을 피우는 경우가 잦았다.

큰방 집은 과부 아주머니가 애들을 데리고 살고 있는데, 생활이야 공무원 하는 우리보다 더 어려운 처지였다.

그래서 전기료, 수도료 등 공과금도 큰방과 우리가 공평하게 반절씩 내는 등 상당히 사이좋게 살았다. 그런데 과부 아주머니의 히스테리인지는 모르지만 가끔 아무 일도 아닌 것을 가지고 시끄럽게 화를 내는 경우가 많았다. 자기 집 아들 성적이 조금만 떨어져도 새라가 울어 공부를 못 한다는 등 억지소리를 할 때가 있었다.

6개월쯤 살았을까. 새라가 말썽을 피웠는지 아주머니가 어린애에게 욕을 하고 이사 가라고 악을 쓰는 바람에 할 수 없이 쫓겨났다.

애도 둘이나 되고 명색이 법원사무관인데 단칸방이나 상·하방에서 살기는 어려운 일이다. 친구들에게 돈을 빌려 150만 원을 주고 쌍촌동에 있는 어느 집의 2층을 전세 얻었다. 이른바 2층 독채다.

단칸방이나 상·하방에서 살 때는 손님이 와도 잘 곳이 없어 정말 불편했다. 친구들을 초대할 수도 없었다. 그런데 2층 전체를 얻어 놓으니 방도 2개고, 마루도 있고, 목욕탕도 있어서 손님을 재울 수도 있고, 친구를 집으로 초대할 수도 있었다. 특별히 집주인과 갈등이 생길 이유도 없었다. 처음으로 인간다운 생활을 한 것이다.

요즘 공무원들이야 아파트에서 사는 사람도 있고, 전셋집에서 사는 사람도 있지만 그 당시 공무원들은 셋방살이하는 사람들이 많았다. 공무원 월급으로는 집을 장만한다는 것은 상상도 못할 일이었기 때문이다.

사무관이 되고 나니 상당히 월급이 많았다. 조금씩 저축을 할 수도 있었다. 재형저축을 넣어 100만 원 정도 모아졌다.

사람의 욕심은 한이 없다고 했는가? 2층 방을 얻어서 살아보니 아파트에 사는 사람들이 그렇게 부러울 수가 없었다.

우연한 기회에 다방에서 어떤 사람을 만났다. 그분 하는 말이 부친이 아파트를 하나 사주었는데 직업이 없어서 그 아파트에서 계속 살 수 없다고 했다. 그래서 팔려고 하는데 팔리지가 않아 고민이라는 넋두리를 하였다.

"그 아파트 얼마면 살 수 있어요?"

연습 삼아 값을 물어보았다.

"1,250만 원인데 주택은행에서 250만 원을 융자받았으니 1,000원만 있으면 살 수 있어요."

돈 많은 사람에게는 그 정도 액수야 별것이 아니겠지만 나에게는 꿈속에서나 상상할 수 있는 돈이다. 전세금이 150만 원에 불과하고, 조금씩 모아서 재형저축을 넣어 놓은 것이 겨우 100만 원 정도인데 1,000만 원이라는 돈은 천문학적인 돈이었다.

집을 사겠다는 꿈에서 깨어났다. 그런데 그 사람이 거의 매일 찾아와서 졸라댔다. 능력 없는 사람을 졸라댄들 무슨 소용이 있을까만 그 사람은 포기하지 않고 끈덕지게 찾아 다녔다.

근 15일을 만나는 동안 그 사람이 하나의 신통한 제의를 했다. 자기가 아는 사람이 주택은행에 근무하고 있는데 그 사람에게 부탁하면 그 아파트를 잡히고 500만 원 정도는 추가로 대출 받을 수 있다는 것이다. 그렇게 대출 받은 돈 500만 원과 현재 가지고 있는 250만 원을 합한 750만 원만 우선주면 나머지는 6개월 후에 주어도 좋다고 했다.

"에이, 모르겠다. 저질러 버리자."

주택은행에서 500만 원을 추가로 대출 받아 그 아파트를 사버렸다. 비록 18평형 서민아파트이고, 그것도 외상으로 샀지만 불빛하

나 갖지 못하여 방황하던 내가 집을 마련하다니…. 얼마나 대견스런 일인가

그 아파트로 이사 가는 날 아내와 아이들에게 얼마나 자랑스럽고 가슴 뿌듯했는지 모른다. 이제 세상에 부러울 것이라고는 아무 것도 없다. 착한 아내가 있고, 건강한 딸들이 둘씩이나 있고, 든든한 직장이 있고, 내 집이 있다. 직장에서나 거리를 걸을 때나 자연히 목에 힘이 들어갔다.

그 아파트에서의 첫날밤, 우리 부부는 가슴이 설레어 잠을 이룰 수가 없었다. 거실에도 나가 보고, 부엌에도 들어가 보고, 아무 이유 없이 목욕탕 물을 틀어보기도 했다.

18평짜리 아파트가 얼마나 넓었던지…. 이제는 아이들이 마음대로 뛰어다닐 수도 있고, 살림 도구를 얼마든지 들여놓아도 되겠다는 생각이 들었다.

그 후 32평 아파트에서 48평 아파트로, 다시 더 큰 아파트로 이사를 하였지만 우리 부부의 가슴속에는 그 18평짜리가 가장 큰 아파트였고, 그 집에서 사는 동안이 가장 행복한 시절이었다.

세상에 태어나서 처음으로 집들이라는 것을 했다. 같이 근무하는 직원들을 초대하여 밤 12시가 넘도록 놀았다. 물론 직원들에게도 내가 이렇게 좋은 아파트를 샀다는 것이 자랑스러웠다.

술도 마시고, 노래도 부르는 등 즐거운 시간이 계속되었다. 그러던 중

"쥐뿔도 없는 자식이 사무관이라고 큰소리야."

술이 거나하게 취한 선배 한 분이 핀잔을 주었다.

"형님! 무슨 말을 그렇게 하십니까? 집도 한 채 샀는데 쥐뿔도 없다니요"

"이것이 집이냐?"

정말 이해가 가지 않았다. 이렇게 좋은 아파트를 보고 이것이 집이냐고 하니 술주정으로밖에 들리지 않았다.

그런 일이 있은 후 3~4년이 지나 그 선배의 초청으로 그분의 집에 가보았다. 대지가 150평, 건평이 50평이라고 했다. 그야말로 으리으리한 고래등 같은 저택이었다. 그때서야 그 선배가 우리 아파트를 보고 '이것이 집이냐?'고 했던 말을 이해할 수가 있었다.

그렇지만 남의 집이 아무리 좋은들 무슨 소용이 있는가? 몇 억짜리 남의 집보다 18평짜리 내 아파트가 더 소중한 것이 아닌가?

쌍촌동에 있는 코스모스 아파트 2동 204호, 그 집은 명당인지도 모른다. 지금은 어느 분이 어떻게 사는지 모르지만 나에게는 좋은 일만 있었다. 그 집에서 사법시험에 합격했고, 사랑스럽고 보배스러운 셋째 딸 정이를 얻었다.

그렇게 눈물겹도록 고생하여 장만한 집이었는데 그 집을 담보로 빌린 돈을 다 갚기도 전에 처분하지 않으면 안 되었다. 형님에게 사고가 생겨 합의금을 마련하느라 집은 물론 아내가 차고 있던 목걸이까지 처분하지 않으면 안 되었다. 우리는 다시 빈털터리가 되었다.

'식구가 다섯이나 되는데 어디로 가야하나?' 암담하기만 했다. 성격상 누구에게 비굴한 소리는 하기 싫고, 사글세방 얻을 돈마저 없으니 가슴이 답답하기만 했다. '그까짓 집이 형보다 중요하겠는가?' 하는 생각으로 버텼지만 참으로 어려움이 컸다.

남편이 집을 파는 결정을 해도 아무 말 없이 '당신 생각이 옳다'며 나를 격려해 주던 아내가 고마웠다.

죽으라는 법은 없는지 오갈 데 없는 우리에게 구세주가 나타났다. 선배이기도 하고 친구이기도 한 신종식 사장이다. 아파트를 지을 때 창호 공사를 했는데, 시공 회사가 부도가 나서 아파트 5채를 공사비 대신 받았다고 했다. 그런데 부동산 경기의 침체로 아파트가 팔리지가 않아 고민이라는 것이다.

"자네, 팔릴 때까지 그 아파트에서 살게. 대신 자네 앞으로 소유권이전등기를 해 놓았다가 언제든지 내가 팔 수 있게만 해주소."

그런 고마울 때가 어디 있는가? 등기까지 내 앞으로 해 놓고 집세도 없이 공짜로 살라니 예수님 같은 사람이다.

신 사장의 도움으로 거리에 나앉지 않고 2년 동안 사법연수원을 마쳤고, 판사로 재직하는 동안에도 1년 정도 그 집에서 더 살았다.

그때와는 반대로 지금 신 사장이 어려워져 그로부터 얼마간의 돈을 못 받은 것이 있긴 하다. 그렇지만 전혀 아깝지 않다. 오히려 더 도와주지 못해서 가슴 아플 뿐이다.

아버님 전상서

선친이 별세하신 지 벌써 20년이 되었다. 못난 자식이라 따뜻한 밥 한 상 대접하지 못하고, 좋은 옷 한 벌 사드리지도 못했다. 그러나 단 하루도 아버님을 잊어본 적은 없다. 비록 몸은 하늘나라로 떠나셨지만 아버님은 항상 내 마음속에 살아 계시고 매일 나와 대화를 나눈다.

어려운 일이 있을 때 아버님과 상의하면 해답이 나온다. 내 마음속에 계신 우리 아버님은 미소를 머금은 채 나의 모든 말과 행동을 제어하신다.

아버님은 조선시대에 태어나 일제와 6·25사변, 자유당, 공화당의 독재정권, 10·26과 12·12, 5·18 광주 민주화운동까지, 그야말로 어려운 시대를 사시다 가신 분이다. 그렇기 때문에 신교육을 받지 못하고 평생 구학문만 하셨다.

기회가 없으셨는지, 일부러 고집을 부리셨는지 모르지만 평생을 책과 같이 하면서도 어려운 한자로 된 책만 읽으셨다.

중국과 한국의 역사에 밝으셨고, 이태백과 두보, 김삿갓의 시를 수십 수 줄줄 외우셨다. 술을 좋아하고, 북·장구를 치며 시조를 읊으셨다.

할아버지 대에는 우리도 내놓으라는 부자였다고 한다. 그러나 그것은 동네 사람들과 친척들이 하는 말이지 아버님은 당신의 성장 과정이나 살아온 배경, 재산 관계 등에 관하여는 전혀 이야기하지 않으셨다. 그저 혼자 앉아 글을 읽으시거나 한시를 쓰시거나, 친구들을 여러분 초대하여 술을 마시고 시조를 하셨다.

어머님은 우리를 먹여 살리기 위해서 밤인지, 낮인지 모르고 매일 들에 나가 일하셨지만, 우리 아버님은 들에도 나가시지 않으셨다. 우리는 어렸을 때 아버지의 그런 모습이 원망스럽기도 했다.

농사일이란 여자 혼자 하기가 어렵고, 특히 쟁기질은 여자가 할 수 없는 일이기 때문에 남자인 아버지가 하셔야 되는데, 아버지가 아니 하시니 어머니는 다른 사람에게 삯을 주고 밭갈이를 해야만 했다.

심지어 비가 와도 마당에 널려진 곡식을 들여놓지 않을 때가 있었다고 하니 어떻게 생각하면 한심스런 분이었는지도 모른다.

그렇지만, 나는 이 세상에서 아버지가 제일 좋았다. 때로는 꾸지람도 듣고, 회초리로 맞기도 하였지만, 항상 인자하고 포근했다.

나이가 들어갈수록 아버님에 대한 나의 존경심은 커졌다. 머리가 명석하고, 가슴이 따뜻하고, 손톱만큼도 남에게 피해를 주지 아니 하고, 깨끗한 한복에 머리를 곱게 빗어 넘기고 책만 읽으시는 모습, 단 하루도 빼지 않고 평생을 공부만 해 오신 분이다.

아버님은 일본을 싫어하셨다. 당신의 형님(나의 백부)께서 징용을 당해 행방불명이 된 것이 원인인지 다른 원인이 있는지는 모르지만, 일본이라고 하면 치를 떤다.

아버님 연배의 사람들은 창씨개명을 하지 않으면 아니 되었기 때문에 호적부를 보면 대개 일본식으로 이름을 고쳤다가 다시 한국

이름을 찾아 온 흔적이 있다. 그러나 우리 아버지는 창씨개명을 한 적이 없다.

아버님은 못 배운 청년들을 모아 놓고 한자를 가르쳤다. 그러나 모두 무료였다. 간혹 부모들이 떡을 해오거나 술을 사오시면 그것을 친구들과 나눠 먹는 것으로 만족하신 분이다.

그러면서도 자식들에게는 한문을 가르치시지 않으셨다. 당신의 친구 중에 신교육을 받았던 분들은 면장도 하고 군수도 하신 분이 있는데 당신은 한학을 공부하여 써먹지 못한 것이 한이 되어 그러셨는지는 모르지만, 당신이 하는 학문은 쓸데없는 것이라고 말하시곤 했다. 우리 집에는 거의 매일 손님이 왔다. 아버님과 시조하면서 술 마시는 친구 분들도 있었지만 어쩔 때는 무엇을 배우러 왔다는 신사들도 있었고, 아버님과 학문의 깊이를 겨누기 위해서 오신 분들도 있었다.

내가 대학에 다닐 때 고문(古文)을 가르치시는 교수님이 여름방학을 이용하여 바다낚시를 왔다가 우리 집에서 주무시고 간 일이 있다.

그분은 문학박사로서 우리나라에서는 유명한 국문학자시다. 나이는 아버님이 더 드셨지만, 두 분은 오랜 벗이나 되는 양 시간가는 줄 모르고 동양의 역사, 시문학, 이태백과 두보, 김삿갓 시에 관한 이야기를 나누셨다.

같이 앉아 있었던 나는 깜짝 놀랐다. 문학박사이시고 대학의 유명한 교수님에 비하여 우리 아버님의 학문이 전혀 떨어지는 것 같지 않았다. 좀 더 솔직히 표현한다면, 그 교수님은 아버지에 비할 바가 못 되었다.

방학이 끝나고 개학을 하였는데 강의 시간에 그 교수님이 느닷없이 아버님 말씀을 꺼내셨다.

"내가 지금까지 만난 분 중에서 해남 어느 시골 마을에 계신 촌로 (村老) 한 분보다 더 유식한 분은 없었습니다. 그분은 다름 아닌 이 승채 군의 아버님이신데, 이 군은 참 훌륭한 아버님을 두셨습니다. 그런 분들이 계시는데 나 같은 사람이 여러분에게 고문을 가르친다는 것이 부끄럽습니다."

평생 혼자서 공부만 하셨지 어디 나가 강연을 하신 적도 없고, 책으로 발표한 적도 없어 알아주는 사람은 없다.

그래서 우리는 아버님이 못나서 군수 한자리도 못하고 시골에 묻혀 계시는 줄로만 알았다.

생존해 계실 때, 우리 집에는 아버님이 보시던 책들이 많이 있었다. 그것들은 값으로 쳐도 상당할 것이다. 그런데 지금 아버님 유품이 거의 없다. 가장 아쉬운 것은 그렇게 글쓰기를 좋아하시던 분의 친필 한 점이 없다. 어느 날, 어머님이 들에 나갔다 들어오니 아버님이 평소 아끼시던 당신의 책과 당신 스스로 써 놓으셨던 모든 것들을 모두 불사르시고 계시더라는 것이다.

그 후 한 달쯤 지나서 아버님은 별세하셨다. 아쉽기는 하지만 아버님의 깊은 뜻을 어찌 알겠는가?

혹시 자식들에게, 당신처럼 평생 공부만 하다가 인생을 망쳐서는 아니 된다는 메시지를 남기셨는지도 모른다.

이 글을 쓰는 순간에도 아버님은 하얀 모시옷을 입으시고 부채를 든 모습으로 컴퓨터 자판을 두드리는 내 모습을 신기한 듯 지켜보고 계신다.

비록 잘 먹이고, 잘 입히지는 못했고, 재산을 물려주지도 못하셨지만, 평생 한가하고, 편안하게, 남에게 베풀기만 하셨지 대가를 바라지도 않고, 남의 신세진 일 없이 살다 가신 아버님이 부러울 따름이다.

어머니! 어머니! 우리 어머니!

우리 어머니는 키가 150센티미터가 약간 넘고, 몸무게가 40㎏ 정도밖에 나가지 않는 꼬마노인이다. 몸짓으로 보면 아마 우리 어머니보다 작은 사람은 별로 없을 것이다. 그러나 우리 어머니는 이 세상에서 가장 큰 사람 중의 하나이다.

여월 대로 여위셔서 더 마를 것이 없는 어머니의 모습을 보고 '어머니의 살과 피를 내가 모두 빨아먹었다'는 생각을 했다.

어머니는 젊으셨을 때부터 몸이 허약하셨다. 기관지가 안 좋으셔서 아침에 일어나 찬바람을 쏘이시면 1시간 이상 심한 기침을 하셨다. 우리는 시계도 필요 없이 어머니의 기침소리를 듣고 일어나곤 했다. 어떻게나 기침을 심하게 하시는지 이마에서 땀이 주르르 흐를 때도 있었다. 그것도 하루 이틀이 아니고, 매일 치러야 하는 행사다.

지금 같으면 병원에 가서 치료하거나 약국에서 약을 사 드시면 괜찮았을 텐데, 그때는 병원도 없고, 약국도 없었을 뿐 아니라, 설사 그런 것들이 있었다고 하더라도 우리 어머니가 병원에 가거나 약국에 가실 분이 아니다.

그렇게 심하게 기침을 하면서도 당신의 병은 당신이 안다면서 기침이 그치면 바로 들로 나가 밤이 되어서야 돌아오시곤 하셨다.

어머니가 들에서 늦게 돌아오시기 때문에 어릴 적 나는 학교에서 돌아와 어머니를 위하여 저녁밥을 지을 때가 많았다. 누이들이 있지만 모두 시집가 버려서 우리 집에 여자라고는 어머니밖에 없고, 아버님이 일을 안 하시기 때문에 집안일은 물론 바깥일도 모두 어머니 몫이었다.

그 당시 우리 고향에는 거의 꽁보리밥을 먹고살았다. 쌀밥이야 쌀에 물 붓고 불만 지피면 되지만, 보리밥은 불을 3번 지펴야 한다. 처음에 보리쌀을 삶고, 중간에 한 번 더 피우고, 마지막 뜸 들이는 불을 피워야 밥이 된다. 그뿐이 아니고 식구들은 보리밥을 먹더라도 아버지는 윗밥이라 하여 보리 위에 쌀을 조금 올려놓았다가 가만히 뜬 쌀밥을 드려야 하기 때문에 밥하기가 무척 어렵다.

가스레인지에다 하는 것도 아니고, 연탄불에다 하는 것도 아니다. 아궁이에 불을 피워 하는 것이다. 그런 실습을 초등학교 저학년 때부터 해왔기 때문에 '밥하는 일'이라면 지금도 자신이 있다.

우스갯소리지만, 결혼 후 아내가 밥할 줄을 몰라 쩔쩔맬 때 노련한 조교의 시범을 보인 적도 있다.

어머니는 당신의 인생을 산 것이 아니다. 오직 아버님 시중과 자식들의 뒷바라지만 해 오신 것이다. 아버지가 아무리 심한 말씀을 하셔도 단 한번 얼굴을 붉히시는 일이 없고, 자식들이 아무리 속을 썩여도 꾸지람 한번 하신 적이 없다.

어떻게 보면 남편과 자식들의 종노릇을 하고 살았는지도 모른다. 남편과 자식들을 위한 일이라면 목숨을 내놓고라도 무슨 일이든지 하신 분이다.

초등학교 운동회 날 어머니는 고구마를 한 소쿠리 쪄 가지고 와서 그늘 밑에서 팔았고, 농사철이 끝난 겨울철에는 바다에 나가 굴(석화)을 까다가 목포까지 가서 팔곤 하셨다. 그것이 남편의 술값과 자식들의 납부금을 내는 유일한 수입원이었다.

우리 어머니는 당신을 위하여 단돈 1원을 쓰신 적이 없다. 옷 한 벌 사 입으신 적이 없고, 맛있는 음식 한 그릇 사 드신 적이 없다.

시골 동네에서는 명절이 되면 돼지를 잡는다. 그리고 그것을 식구 수에 따라 집집마다 분배한다. 아버지가 우리 집에 해당되는 고기를 분배받아 오면 어머니는 "제사상에 올릴 고기만 있으면 되지, 무슨 고기가 이렇게 많이 필요하느냐?"면서 우리를 시켜 반은 다시 반환한다. 그까짓 돼지고기 값이 얼마나 된다고 명절 때만 맛보는 돼지고기 값을 아끼셨는지 모른다. 그러나 어머니의 그런 근검정신이 없었다면 현재의 우리들은 없을 것이다.

가끔 집에서 키운 닭을 잡아 가족이 모여 오순도순 먹을 때도 있었다. 그때마다 어머니는 살코기는 아버지와 자식들에게 나누어주고 당신은 국물만 드셨다. 그것을 본 아들들이 살코기를 어머니 그릇에 넣어주면 "나는 원래 고기를 못 먹는다. 너나 많이 먹어라"며 그 고기를 다시 우리 그릇에 넣어주셨다.

그런 일이 한두 번이 아니고, 매번 있는 일이기 때문에 우리는 정말 어머니가 고기를 못 잡수시는 것으로 알고 자랐다. 단 한번도 어머니가 고기를 드시는 것을 본 적이 없기 때문이다.

사실 나는 우리 어머니가 일찍 돌아가실 줄 알았다. 젊었을 때부터 살 한 점 없이 몸이 약하셨을 뿐 아니라, 기관지가 좋지 않으셨고, 영양가 있는 음식을 드시지 않았기 때문이다.

당신도 어린 막내 동생을 보고는 "우리 막둥이 초등학교만 졸업시켜 놓고 죽으면 한이 없겠다."고 긴 한숨을 쉬실 때가 있었고, 막내가 초등학교를 졸업하자, 중학교만, 고등학교만, 대학만 하시다가 "우리 막둥이 결혼만 시키면……" 하면서 항상 불안해 하셨다.

어머니는 막내 동생이 결혼하여 자식을 셋씩이나 낳을 때까지 그런대로 건강한 모습으로 살아오셨다.

1994년 가을, 환절기가 되니 몸이 더 허약해지고 기침이 심해지고, 숨이 가빠졌다.

'이제는 어머니가 돌아가실런가 보다'라는 생각이 들어 병원에 입원시키고 직접 병원에서 자면서 간호에 최선을 다했다. 어느 정도 마음을 정리하고 나니 나도 마음이 편했고, 기왕에 돌아가실 운명이라면 조금이라도 편히 돌아가시도록 해드리는 것이 자식의 도리라고 생각하여 고통이 따르는 심한 검사와 아픈 주사를 피해줄 것을 의사선생님과 간호사에게 부탁하였다.

병세가 호전되어 퇴원하시니 이제부터라도 어머님께 최선을 다해야겠다는 생각이 든다. 돌아가신 다음에 남보기 좋게 묘역을 단장하면 무슨 소용이 있으며, 맛있는 음식을 장만하여 상다리가 부러지도록 차려 놓고 제사 지낸들 무슨 소용이 있겠는가?

나는 가끔 결혼 주례를 할 때 효도를 강조한다.

"나는 소나, 말이나, 개가 어미에게 효도했다는 말은 들어본 적이 없습니다. 소나 말이나 개도 자기 새끼를 사랑하는 것은 인간과 비슷하지만, 부모에게 효도하는 것은 오직 인간만이 할 수 있는, 인간 특유의 권리이자 의무인 것입니다. 만약 인간이 부모에게 효도하기를 꺼려한다면, 그 사람은 인간이기를 포기한 것이나 다름이 없습니다. 즉, 소나 말이나 개와 다름이 없기 때문입니다."라고. 그러나 막상 효도가 말처럼 쉬운 것은 아니다. 좋은 음식과 좋은 옷만 해드리는 것이 효도는 아닐 것이고, 용돈을 많이 드리는 것이 효도가 아닐 것이기 때문이다.

인간으로 태어나 개, 돼지는 되지 말아야 할 텐데…….

어쩌면 좋을지 모르겠다.

(이 글은 어머님이 살아계실 때 쓴 것임)

달빛에 어린 어머님 얼굴

해마다 그러하듯 올해에도 역시 우리 직원들의 망년회가 있었다. 한 해 동안 수고했던 노고를 위로하고, 쌓였던 감정들을 훨훨 털어 버리기 위하여 마련되었다. 물론 아내도 자리를 같이 했다.

송구영신의 다짐들이 오갔고, 여흥 시간으로 이어졌다. 술잔이 바쁘게 오갔고 분위기는 무르익어 갔다. 자연스럽게 노래 가락이 흘러나온다. 내 마음을 사로잡는 노래 가락이 귓전을 울린다. 구수한 목소리의 주인공은 성현출 부장이다.

성 부장의 「사모곡」에 내 마음이 빨려 들어간다.

앞산 노을 질 때까지
호미자락 벗을 삼아
화전밭 일구시고
흙에 살던 어머니
땀에 찌든 삼베적삼
기워 입고 살으시다
소쩍새 울음따라

하늘 가신 어머니
그 모습 그리워
이 한밤을 지샙니다.
…….

눈을 감았다. 갑자기 어머니가 보고 싶다. 눈시울이 뜨거워진다. 눈물이 그칠 줄을 모른다. 어머님께 달려가고 싶은 충동이 인다.

어머님을 뵌 지가 상당히 오래되었다. 며칠 전 동생으로부터 어머님께서 나를 보고 싶어 한다는 연락을 받고서도 바쁘다는 핑계로 찾아뵙지 못했다.

"성 부장! 그 노래 한 번 더 불러 주세요."

노래를 들을수록 감정을 억누를 수 없다. 어머님이 보고 싶다.

살짝 자리에서 일어나서 옷을 입었다. 시계를 보니 12시가 넘었다. 어머님 곁에 달려가고 싶다. 직원들이 만류한다. 옆에 있던 아내도 나를 붙잡는다.

"여보 이 늦은 시간에 동생네 집에 가면 제수씨가 얼마나 불편해 하겠어요. 내일 갑시다."

생각해 보니 맞는 말이다. 늦은 밤에 불쑥 찾아가 잠자는 동생 부부를 깨우는 것도 미안한 일이다.

그 다음날 찾아뵈려니 하다 찾아뵙지 못했다.

나는 평소 십 일에 한 번 정도는 어머님을 찾아뵙는다. 그런데 근래엔 한 달이 넘도록 어머님을 찾아뵙지 못했다. 남들은 어머님을 서로 안 모시려고 한다는데 우리 형제들은 서로 어머님을 모시겠다고 다툼까지 일어날 정도다. 지나친 효심 때문일까?

어머님이 가장 마음 편하게 지내실 수 있는 곳에 계셨으면 좋을 텐데, 환경은 생각하지도 않고 형님이 모시겠다고 고집을 피우니 동생들이 반대하다가 어머님의 마음을 거슬리고 말았으니 이보다 더한 불효가 어디 있을까?

연말·연시도 지났다. 설 연휴 때도 어머님을 찾아뵙지 못했다. 오늘이 새해 시무식 날이다. 그런데 어쩐지 기분이 이상하다. 목포에 계시는 장모님이 입원했다는 소식을 듣고도 머뭇거렸다. 상공회의소에서 기관장들의 신년인사회가 있는데 왜 그런지 가기가 싫다. 일이 손에 잡히지도 않는다.

"따르릉."

전화벨이 울렸다. 아내가 울먹였다.

"여보, 어머니가 이상하데요."

아차! 했다. 장모님의 병세가 심한 것으로 생각했다.

달려온 아내와 같이 급히 차를 몰았다. 그런데 아내가 차를 몰고 가는 곳은 장모님이 계시는 목포가 아닌 우리 어머님이 계시는 동생의 집이었다.

아파트 입구에 들어서자 울음소리가 들렸다. 눈앞이 깜깜해 진다.

방에 들어서니 누워 계시는 어머님의 모습이 생전 그대로다.

"어머니! 어머니!"

불러도 불러도 대답이 없다. 얼굴 표정이 맑으시고 인자하신 모습이 평소 그대로다. 아직 몸은 따뜻하다. 체온은 있으나 숨을 쉬지 않으신다. 점점 몸이 식어 가는 걸 보니 숨을 거두시는 것 같다.

"어머님! 정말 고생 많으셨습니다. 좋은 곳으로 가셔서 이제는 편히 쉬십시오." 불효자식은 더 이상 드릴 말이 없었다.

가난한 집에 태어나, 가난한 집에 시집오셔서 자식들 키우느라 하루도 허리 펼 날이 없었던 어머님! 이 못난 자식을 임신했을 때 먹고 싶었던 생 낙지 한 마리 사 먹지 못했고, 산후 조리는커녕 끼니까지 걱정하셨다는 어머니!

보릿고개를 넘지 못해 생 보리를 쪄서 멍석에 널어놓으니 배가 고픈 우리 형제들이 비벼 먹는 것을 보고 눈물 흘렸다는 어머니!

운동회 때 운동복을 사줄 돈이 없어서 손수 손으로 만들어 주고, 우산 하나 사지 못해 비 오는 날이면 비료 포대를 접어 씌어 학교를 보내셨던 어머니!

운동회 날이면 교문 앞에서 고구마를 팔아 공책을 사주셨던 어머님!

추운 겨울날 영하의 추위 속에 하루도 빼지 않고 바다에 나아가 굴을 까다 우리들의 학비를 마련해 주셨던 우리 어머님!

내가 대학을 졸업하던 날, 초등학교 2학년까지만 보내고 이름 석 자만 쓸 줄 알면 남의 집 깔담살이(노임을 주지 않고 밥만 먹여 주는 머슴)로 보내려고 10살이 될 때까지 기다렸다가 늦게 학교를 보냈는데 대학까지 졸업했다고 대견해 하시던 어머님!

사법연수원을 수료하고 바로 변호사 개업을 하려는 나에게 단 하루도 좋으니「판사 어머니」라는 말을 듣고 싶다고 하시던 어머님!

어머님! 이제 가난도, 슬픔도 없는 하늘나라에 가셨습니다. 편히 잠드소서.

이제 어머님의 삼년상이 몇 달 남지 않았다. 살아 계실 때 불효 자식이 술 따라 놓는다고 용서를 받을까 만은 그래도 하루에 두 번씩 절이라도 하고 나면 마음이 한결 가벼워진다.

돌아가신 다음에 영정 앞에 음식 차려놓고 삼년상을 치르는 것보다 살아 계실 때 과일 하나라도 사다 드리면서 매일 문안드렸으면 얼마나 좋았을까!

나는 요즈음 부모님이 살아 계시는 친구들을 만나면 돌아가신 다음에 제사 지낼 생각하지 말고 살아 계실 때 잘 모시라고 말한다. 돌아가신 다음에 초하룻날과 보름날 영정에 음식 차려놓고 절하지 말고 부모님 살아 계실 때 초하룻날과 보름날 과일 하나라도 사다 드리라고 이야기한다.

한번 가 버린 어머님은 다시 오지 않는다. 이제 발버둥치며 후회한들 아무 소용이 없다.

오늘 밤 보름달 달빛이 유난히도 아름답다. 찬란한 달빛 속에 어머님의 얼굴이 떠오른다.

살아 계실 때 정성스럽게 섬기지 못했던 불효를 후회하며 용서를 빌어 본다.

어머니는 그래도 되는 줄 알았습니다.

하루 종일 뙤약볕 내리 쪼이는 밭에서
죽어라 힘들게 일해도
어머니는 그래도 되는 줄 알았습니다.

배부르다.
생각 없다.
식구들 다 먹이고 당신은 굶는데
어머니는 그래도 되는 줄 알았습니다.

손톱이 깎을 수도 없이 닳고 문드러져도
손인지 발인지 분간이 가지 않아도
어머니는 그래도 되는 줄 알았습니다.

아버지가 술 먹고 화내고
자식들이 속 썩여도
눈물만 흘리시던 어머니!

어머니는 그래도 되는 줄 알았습니다.

외할머니 보고 싶다.
친정에 한 번 가고 싶다.
그것은 그냥 넋두리…
어머니는 그래도 되는 줄 알았습니다.

이른 새벽 일어나
기침을 그렇게 하면서도
바닷가로 나가셨던 어머니
어머니는 그래도 되는 줄 알았습니다.

못 배운 것이 죄라
잘난 며느리들을 시어머니처럼
모시고 살았던 어머니
어머니는 그래도 되는 줄 알았습니다.

사랑하는 아내에게

내가 지금까지 살아오는 동안 얻은 최대의 행운은 아내를 만난 것이다.

혜란 씨를 만날 당시 나는 정말 보잘것없는 빈털터리 실업자였다. 직장 생활을 하면서 대학에 다녔기 때문에 어떻게 해서든지 대학을 졸업해야 한다는 강박관념 외에 '내가 무엇이 되겠다.'든지 '어떻게 살아야 되겠다'는 생각을 할 여유조차 없었다.

그런데, 대학 생활이 마무리 되어 가고 퇴직금을 받으면 나머지 학기의 납부금을 납부할 수 있다는 생각이 들면서부터 말단 공무원 생활에 싫증이 나기 시작했다.

너무 고생스러운 직장 생활이기 때문이기도 했지만, 아무리 열심히 일을 하고 능력이 있어도 배경이 없는 나를 챙겨주는 사람이 한 사람도 없는 현실에 좌절감을 느꼈기 때문이다.

아무 대책도 없이 3년 6개월을 다녔던 직장에 사표를 냈다. 그러나 막상 직장을 그만두고 나니 마음의 갈피를 잡을 수가 없었다. 두문불출 방안에만 박혀 있었다. 그때 내 사정을 이해하고 위로해 준 사람은 오직 하나, 사랑하는 정혜란 씨뿐이었다.

빈털터리에게 딸 주기를 아까워하는 처가의 반대를 극복하고 아무 대책 없이 우리는 결혼을 했다. 결혼식 날짜는 다가오는데 돈이 하나도 없었다. 신부에게 예물 반지 하나 해줄 형편이 못 되었다.

이런 말을 하면 아내가 가장 싫어한다. 그렇지만 나는 이 이야기를 자주 한다. 그리고 자랑스럽게 생각한다. 우리 부부는 양가 부모님은 물론 그 누구의 도움도, 단 한 푼의 혼수 비용도 없이 결혼식을 했고, 누구의 도움도 받지 않고 신혼 생활을 시작했다는 것이다.

결혼을 기념할 만한 반지 하나도 해주지 못한 것이 가슴 아픈 일이기는 하지만 반지나 목걸이가 사랑의 징표라고 생각하지는 않는다.

나는 지금도 반지를 끼거나 시계를 차지 않는다. 그것은 아내도 마찬가지다. 돈이 없어서가 아니라 우리들 마음속에 결혼식 때의 생각이 잠재해 있기 때문인지도 모른다.

내가 우리의 결혼식에 들인 비용은 총 5만원이다. 신랑이 버스를 타고 예식장에 가는 것이 어색하여 주례 선생님을 모시고 친구 몇 명과 함께 광주에서 목포까지 간 택시비가 전부다.

예식장 비용은 처가에서 축의금을 받아 계산했을 것이다. 우리 집은 축의금도 받지 않았다. 피로연도 하지 않았다. 우리 결혼식에 온 친척들은 자기들끼리 식사는 하였을 것이다.

그런데 같이 간 친구들과 점심 먹을 곳이 없었다. 그 부분을 미처 생각지 못한 것이다.

"아버님, 우리 친구들 밥 먹을 데가 없습니다."

할 수 없이 장인어른께 말씀드렸다.

"뭐?"

깜짝 놀란 장인어른은 신부 측 행사를 팽개치고 내 친구들과 주례 선생님을 모시고 목포 앞 바다에 있는 '선상횟집'으로 갔다. 내가 점심을 대접해 보았자 별 볼 일 없었을 것인데, 인심 좋으신 장인어른 덕분에 우리 친구들은 그날 싱싱한 회와 소주를 마음껏 먹을 수 있었다.

우리의 신혼 생활은 연 50만 원짜리 사글세 단칸방에서 밥그릇 두 개와 이불 한 채, 비키니 옷장 하나로 시작되었다. 장롱은 물론 텔레비전, 전화, 냉장고 등 문화생활을 할 수 있는 도구는 아무것도 없었다.

그렇게 시작한 결혼 생활이었지만 아내는 지금까지 나에게 짜증 한번 낸 적이 없다. 항상 어머니처럼 자상했고, 선생님처럼 엄격했으며, 누이동생처럼 따뜻했다.

결혼 후 우리 부부는 같은 방에서 잠을 자본 적이 거의 없다. 직장 생활을 하면서 고시 공부를 했기 때문에 나는 밤에 공부하지 않으면 안 된다. 퇴근하면 바로 독서실에 틀어박혀 밤새기 공부를 했다.

그렇지만 아내는 불평을 한 적이 없다. 생활에 쪼들리면서도 돈 이야기를 꺼낸 적이 없다. 어떻게 해서든지 내 마음을 편하게 해주고, 내가 아무 걱정 없이 공부 할 수 있도록 많은 배려를 해 주었다. 시험이 임박하면 독서실까지 하루 세 끼 따뜻한 밥을 가져다주었다. 그러면서도 자기가 이 세상에서 가장 행복한 여자인 양 나를 위로해 주었다.

가난한 가정에서 태어나 고학을 하면서 삭막하게 살아온 나는 아내로부터 따뜻함과 넉넉함을 배웠다.

아내는 「썩은 사과」 이야기에 나오는 아주머니와 같은 여자다. 남편이 하는 일이라면 무엇이든지 찬성이다. 설사 자기 비위에 거슬리는 행동을 하여도 절대 남편을 비난하거나 짜증부리지 않는다.

나는 속옷은 물론, 넥타이, 양복, 심지어는 구두까지도 스스로 사본 적이 거의 없다. 돈이 아까워서 나 자신에게 필요한 물건은 되도록 사지 않는 습관도 있지만 백화점에 가서 몇 시간씩 물건을 고를 시간적 여유가 없다. 그 모든 것을 아내가 조달한다.

그러나 단 한번도 색상이 맘에 들지 않거나 치수가 틀린 적은 없다. 마치 내 아내는 나를 위하여 이 세상에 태어난 사람 같기도 하다. 겉으로는 화내고, 불평을 하기도 하지만 나는 아내를 무척 사랑한다.

그리고 아무런 불평도 없다. 그리고 나의 가장 사랑하는 아내와 연인 같은 마음으로 항상 감사하며 살아갈 것이다.

아내의 수학여행

자꾸 눈이 떠진다. 벽걸이 시계를 보니 빨간 점자판은 03:15이다. 일어나야 할 시간은 아직도 3시간이나 남았다. 눈을 살며시 감는다. 꼭 감아 버리면 6시에 못 일어날 수도 있기 때문에 살며시 감아야 한다. 깜박 잠이 들어 버리면 큰일이다.

평소 늦잠에 길들여 있는 나에게 아침 6시의 기상 시간은 무리다. 그렇지만, 오늘과 내일은 6시에 일어나지 않으면 안 된다. 예쁜 셋째 딸의 점심과 저녁, 2개의 도시락을 싸야한다. 아들들의 숙제와 준비물을 챙겨서 늦지 않게 학교를 보내야 한다.

수학여행을 가서 소녀처럼 즐거운 시간을 보내고 있을 사랑하는 아내의 모습을 떠올려 본다. 내가 아이들을 학교 보내는 책임을 확실하게 수행하지 못하면, 아내의 마음이 불안해질 것이다.

우리 딸은 아침밥이나 먹고 학교에 가는지? 도시락은 지참하고 가는지? 우리 쌍둥이 아들들은 학교에 잘 다니는지, 걱정이 되면 말이 수학여행이지 마음이 불안하여 오히려 가지 않는 것보다 마음의 부담이 클 것이다.

상업 고등학교를 졸업한 아내는 졸업하던 해에 취직을 하여 직장생활을 하다 나와 결혼했다. 그렇기 때문에 대학을 적기에 다니지 못했다.

사실 당시에는 상업고등학교만 졸업하고 취직하는 사람들이 많았다. 여학생은 더욱 그러하였다.

남편은 박사인데 자기는 고등학교밖에 나오지 못한 것이 한이 되었던지 아내는 방송통신대학을 다니다 4년제 대학에 편입하여 이제 4학년이다. 큰딸 나라와 동기생이다.

딸아이와 같은 학년이니, 딸의 친구들의 친구인 셈이다. 같은 반 학생들이 이모라고 부른다고 한다. 비록 늦은 나이에 학교를 다니지만, 아내는 정말 열심히 공부한다. 나도 대학을 다녔고, 내 딸들도 대학을 다니지만, 나는 아내처럼 열심히 공부하는 대학생은 보지 못했다. 물론 학점은 모두 A$^+$이고, 장학금을 받는다.

집에서 아내는 완전한 대학생의 대접을 받는다. 나는 아내를 딸들과 똑같은 대학생으로 대우한다. 되도록 가사를 잊고 학업에만 열중하도록 배려해 준다. 그것은 내가 고시 공부를 할 때 아내에게 진 빚을 갚는 의미도 있다.

"우리 집에는 대학생이 3명이 있다. 그들의 권리와 의무는 동일하다. 어떤 대학생이 다른 대학생에게 밥을 주라고 하거나, 옷을 빨아 달라고 해서는 안 된다. 또한 납부금을 달라고 해도 안 된다."

대학을 다니는 두 딸에게 내가 강조하는 말이다. 아내나 딸이나 똑같은 대학생으로 취급하겠다는 말이다. 그렇게 하여 아내가 대학생 딸들에게 밥 차려 바치고, 옷 빨아주고, 납부금 주는 것을 면제시켜 주었다.

그렇지만 고등학교에 다니는 셋째 딸과 초등학교에 다니는 쌍둥이 아들에게는 엄마가 필요하다. 그래서 상당한 부분의 엄마 역할을 아빠가 대신해 주기도 한다.

3일간 아내가 제주도로 수학여행을 간다는 이야기를 한다. 듣기만 하여도 가슴이 떨리는 수학여행이라는 단어다.

나는 초등학교 때부터 대학원까지, 심지어는 사법연수원까지 수료하였기 때문에 다른 사람에 비하여 공부한 기간이 길다. 하지만 단 한번의 수학여행도 가보지 못했다. 초등학교 때부터 대학까지는 돈이 없어서 못 갔고, 대학원은 직장 관계로 시간이 없어서 못 갔고, 사법연수원 때는 또 다른 사정이 있어서 못 갔다.

그래서 수학여행단을 실은 버스만 지나가도 가슴이 울렁거려 버스 뒤꽁무니를 오랫동안 쳐다본다.

나는 IMF 때문에 돈이 없어 수학여행을 못 가는 조선대학교 부속고등학교와 부속중학교의 학생 21명에게 수학 여행비를 대준 적이 있다.

수학여행에 관한 나의 콤플렉스를 누구보다도 잘 아는 아내이기에 수학여행에 관한 이야기를 조심스럽게 꺼낸다.

"사실 어린 학생들과 같이 수학여행을 간다는 것도 우습고, 제주도는 여러 번 가 보았으니, 나는 안 갈래요."
라고 말한다.

"아무 걱정 마시고 다녀오세요."

가고 싶어 하는 아내의 마음을 읽었기 때문에 집 걱정은 마시고 다녀오라고 했다. 그러나 독감에 걸려 몸이 매우 아프다. 열이 나고, 콧물이 줄줄 흐르고 목이 잠겨 목소리가 나지 않는다. 사실 변호사가 아니라면 사무실에 출근하는 것도 무리다.

그런데 아내까지 집을 비우면, 아침 일찍 일어나 7시 30분까지 학교에 가는 여고생 딸의 도시락을 2개씩이나 싸주어야 한다. 아들들의 숙제를 검사하고, 준비물을 챙겨 제 시간에 학교에 보내야 한다.

학교에서 돌아온 아들들을 학원에 보내야 한다. 그뿐인가, 밥하고, 설거지하고, 빨래하고, 청소까지 해야 한다. 그리고 쉴 수 있다면 얼마나 좋으랴, 아픈 몸을 이끌고 법원에 나가 생존 현장에서 치열한 투쟁을 해야 한다.

그렇지만 나의 고생은 문제가 아니다. 힘들기는 하지만 죽지는 않을 것 같다. 그렇다면, 아내를 편하게 해 주어야 한다.

형편없는 남편을 번듯한 변호사로 만들어 놓고, 예쁜 딸과 아들을 다섯씩이나 낳은 아내에게 약속한 바가 있다.

「내 인생을 모두 당신에게 드리겠소!」

나는 이 약속을 지키려고 노력하고 있다.

약속대로 아내가 원하는 것은 무엇이든지 도와주고 싶다.

지금 제주도에서 수학여행 중인 아내에게 「나이 탓 하지 말고, 주부 탓 하지 말고, 남편걱정 하지 말고, 아들, 딸 걱정 말고, 밥 걱정, 설거지 걱정, 빨래 걱정, 청소 걱정 하지 말고, 다시는 아니 올 대학시절의 수학여행을 마음껏 즐기시오!」라는 메시지를 보낸다.

• • •

지금 제 아내 정혜란 씨는 전남대학교 대학원을 졸업하고 박사학위를 취득하였습니다. 그리고 광주대학교 교수로 있습니다. 호남신학대학교 신학대학원을 졸업했습니다. 고등학교밖에 졸업하지 못한 판사부인이 그렇게 창피했다고 말했던 아내는 비록 40살이 넘어 대학을 갔지만, 이제는 박사학위도 소지하고 있고, 대학에 있으며, 목사 안수도 받을 것입니다. 자신 있게 말하지만 우리나라 여성 중 정혜란 박사처럼 많이 배운 분은 그리 많지 않을 것입니다. 늦었다고 생각할 때가 가장 빠른 것 같습니다.

사랑하는 내 딸, 내 아들들아!

나는 자식이 다섯이나 된다. 딸 셋에 쌍둥이 아들이다.

좁은 국토에 인구가 많다고 「아들 딸 구별 말고, 둘만 낳아 잘 기르자」고 하더니, 「잘 키운 딸 하나 열 아들 부럽지 않다」고 하나 낳기 운동이 전개되었고, 요즈음 젊은 부부들 사이에는 아예 자식을 낳지 않으려는 성향까지 있다고 한다.

국가 시책에 부응하지 못하였고, 야만인 취급을 당할지는 몰라도 나는 자식이 많은 것이 기쁘고 자랑스럽다.

몇 천억의 돈을 준다고 내 자식 하나를 내 줄 수 있을까?

큰딸 '나라'는 몸이 약하다. 그러나 열심히 공부하는 모범학생이다.

나라가 이 세상에 나오기 전날이 어머니 생신이었다. 만삭이 된 아내를 데리고 갈 수가 없어서 혼자 두고 어머니가 계시는 고향으로 가려고 버스터미널까지 갔다가 아무래도 불안하여 다시 돌아와 아내를 목포 처가에 데려다 놓고 해남으로 갔다.

어머니 생신 날 가족들과 밥을 먹다가 불안하여 처가에 전화를 해 보았다. 장모님이 급한 목소리로 빨리 오라고 하셨다. 첫아이를 갖 는다는 기쁨 때문에 처가로 달려갔다.

"빨리 집에 가서 아기 이불과 옷, 기저귀를 가져오소."

방에 들어서기도 전에 장모님이 출산을 대비하여 당신이 미리 장 만해 둔 새 생명의 살림살이를 가져오라는 것이었다. 광주 집에 와 짐을 챙긴 후 라면을 하나 끓여 먹고 한 숨 잤다. 텔레비전에서 애 낳는 장면을 몇 번 보았는데, 상당한 시간이 걸리고 오랜 진통 끝에 애를 낳았다. '아침에 진통이 시작되었으니 저녁쯤에나 낳겠지' '미 리 가서 같이 고생할 필요가 뭐 있어' 하는 생각에서였다.

"뭐 하고 이제 오는가?"

느릿느릿 할 짓 다하고 늦게 도착한 나를 보고 장모님은 꾸중 부터 하셨다.

"어떻게 되었습니까?"

"딸 낳았네."

"언제요?"

"아침 8시 20분에."

"그래요?"

아침 8시 20분에 낳았는데 나는 오후에 도착했으니 꾸중을 들을 만도 하다.

이렇게 태어난 '나라'는 10일도 못되어 시골에 가서 덥고, 배고픈 여름을 보내지 않으면 안 되었다. 방금 젖을 먹였는데도 젖꼭지에 서 입을 때자마자 아이는 울었다.

"방금 젖 먹고 왜 우느냐?"

속도 모르고 어린것을 탓했다. 젖이 제대로 나오는지 안 나오는 지도 모르고….

아내는 경험이 없고, 어머니는 들에 나가 일하시느라 아기까지 신경 쓸 겨를이 없었다. 애 엄마가 못 먹어서 그런지 첫 아이라서 그런지 젖이 제대로 나오지 않았다.

지금 나라는 이화여자대학교 4학년이다. 판사가 되겠다고 열심히 공부한다. 아빠는 내 딸이 반드시 꿈을 이루리라고 생각한다.

둘째 딸 새라는 강원도 춘천에서 태어났다. 새라를 임신해 만삭이 되었던 어느 날, 출장비를 받아 직원들과 회식을 했다. 갈비집에서 맛있게 갈비를 먹다가 아내 생각이 났다. 강원도까지 와서 남편과 외식 한번 변변하게 못하고 임신하여 고생이 심한데, 혼자 먹기가 미안했던 것이다. 직원들의 양해를 구해 집으로 전화를 했다.

"여보, 저녁 사줄게 이리와."

"뭐요? 알았어요."

즐거운 목소리로 전화를 끊었다. 도착할 시간이 되어도 아내는 나타나지 않았다. 한참을 기다리니 큰딸의 손을 잡고 와서 부하 직원들 부끄러운 줄도 모르고 줄잡아 3인분 정도를 숨도 안 쉬고 먹었다.

"저 오늘, 갈비 한번 먹으려다 죽을 뻔했어요."

"왜? 잘만 먹던데"

"당신 전화를 받고 좋아서 나라 손을 잡고 눈 덮인 언덕을 달려가다가 넘어져 한참 정신을 잃었어요."

그 말을 듣고 혹시 뱃속의 아기에게 이상이 있을까 걱정했다. 그러나 아기는 아무 일도 없었다.

'새라'는 1980년 민족의 명절, 설날 축복을 받으면서 태어났다. 그 덕분에 나는 떡국도 못 먹고 하루를 탈탈 굶어야 했다. 하지만 그 정도의 고통은 우리 새라를 얻은 기쁨에 비하면 아무 것도 아니다. 첫딸과는 달리 새라는 아빠가 엄마 손을 꼭 잡은 상태에서 태어났다.

새라는 우리 집의 분위기 메이커이다. 아빠 표정이 조금만 어두

워도

"아빠 어디 편찮으세요?"라고 묻고,

"아빠 힘내세요, 우리가 있잖아요."라며 항상 아빠를 위로해 준다. 날마다 몇 번씩 아빠를 꼭 안아주는 등 온갖 아양을 피운다. 가끔 마음이 울적해도 우리 새라만 생각하면 나는 저절로 힘이 난다.

새라는 머리가 비상하고 몸도 건강하여 어려서부터 언니를 리드하는 편이다. 혹시나 큰딸이 둘째에게 치지나 않을까 걱정이 되어 새라는 좀 느슨하게 키운 편이다.

'공부가 인생의 전부냐?'는 농담까지 하면서 의식적으로 언니보다 공부를 더 못하도록 조절하였다. 그러나 영어, 수학은 뛰어났다. 부모로서 새라의 성적에 대하여 한 번도 관심을 가져 본 적이 없다. 단순히 머리가 좋으니까 잘하겠지 하는 막연한 생각만 가지고 있었다.

새라가 고등학교에 다니던 어느 날, 초등학교 때 새라의 담임을 한 유아행 선생님이 내 사무실을 들렀다.

"요즘 새라는 공부 잘합니까?"

"예, 그저 그렇습니다."

"전문대학이라도 가야 할 텐데 걱정입니다."

그 선생님의 말씀이 어딘가 이상했다. 변호사의 딸이 전문대학에라도 들어가야 할 텐데 걱정이라니 무슨 말인지 모르겠다.

"선생님! 지금 무슨 말씀을 하시는 거예요?"

"사실 제가 새라를 담임했지만, 새라는 전문대학에 가기도 쉽지는 않을 겁니다."

"새라가 얼마나 머리가 좋은데요."

"머리는 좋은 것 같은데 전혀 노력을 안 해요."

선생님의 말씀을 듣고 기분이 나쁘면서도 한편으로는 걱정이 되기도 했다. '내 딸이 전문대학도 못 갈 정도로 공부를 못한다는 말인가?' 도저히 이해가 가지 않았다. 그러나 할 수 없는 일이다. 고등학교에 다닐 때까지 단 한 번도 새라의 성적에 대하여 관심을 가져 본 적이 없으니 말이다. 그러나 영어도 잘하고, 한문 실력도 대단하고, 명랑하고 어디에 내 놓아도 손색이 없는 모범 학생이다. 그런데 왜 선생님이 저런 말을 하지?

"여보! 우리 새라가 전문대학도 가기가 어려운 정도야?"

"그 정도는 아니지만, 공부를 잘하는 편은 아니에요. 다 당신 탓이지."

"큰 일 났는데? 어쩌지?"

"할 수 없지요. 뭐."

그래도 딸에게 공부 이야기는 꺼내기가 싫었다. 대학수능시험이 끝났는데 새라는 아무 말이 없다. 아마 시험을 잘못 본 모양이다. 그래도 아빠는 새라를 믿었다. 영어와 수학을 잘하기 때문에 수능 성적은 괜찮을 것이라고 생각했기 때문이다. 그런데 그 해에 영어와 수학이 쉽게 출제되어 공부를 잘하는 학생과 못하는 학생이 별 차이가 안 난다고 했다.

"새라! 어느 대학에 가려고 해?"

"걱정 마세요. 제가 다 알아서 할 테니까."

대학입학원서 마감이 되어 가는데도 밥도 먹지 않고 방구석에 틀어박혀 대화를 거부했다. 2~3일이 지나도 마찬가지다. 아무리 딸을 믿고 사랑한다고 해도 부모로서 불안하기 그지없었다. 묻고 또 물어도 대답은 마찬가지다. 몽둥이로 후려쳤다. 눈물을 흘리는 딸이 가엽기도 했지만 아빠는 어찌하란 말인가?

서울에 있는 좋은 대학은 가지 못했지만, 국립 충북대 법대에 진학했다. 새라 자신이나 부모는 자존심 상하는 일이지만, 전문대학도 못 갈 것을 걱정한 선생님의 생각보다는 좋은 대학에 갔다.

2학년을 마치고 지금은 미국 시애틀로 1년 코스의 어학연수를 갔다. 매일 E-mail로 편지를 보낸다. 항상 기쁘고 즐거운 편지만 쓴다. 나는 우리 새라가 아빠를 실망시키지 않는 훌륭한 사람이 될 것이라고 믿는다.

비록 서울대학교는 가지 못했지만 국립 충북대학교에서 공부를 잘하는지 납부금 걱정은 안 해도 된다.

내 딸 새라

설날에 태어나 아빠를 굶겼던 내 딸.
어느덧 처녀 되어 미국행 비행기를 탔다.
한국 공부도 못한 것이 미국가면 무슨 소용이 있느냐고
말려도 소용없이.
딸이 미국 가서 박사가 되는 것보다 곁에 두고 응석 받아주는 것이
더 즐거운 게 아비의 마음인걸.
그걸 모르고 그렇게도 슬피 울던 내 딸 새라가 보고 싶다.
벨 소리에 문을 여니 우체부가 보따리를 내민다.
내 딸 새라가 미국에서 보낸 크리스마스 선물이다.
아빠 건 조끼, 엄마 건 가디건, 언니 건 목도리, 동생 건 티셔츠.
모두들 기뻐하지만 아빠는 핑 눈물이 돈다.
가난하여 옷도 못 입던 시절에 시집간 누나가 친정에 선물을
보내는 것처럼
내 딸이 철이 들어 선물을 보내다니.
그 돈 있으면 햄버거나 하나 더 먹지.
내 딸의 체취가 꽃보다 향기롭다.

1999. 12. 15.

셋째 딸 '정'은 우리 집 보배다. 어려서부터 말이 없다. 누가 보든지 안 보든지, 누가 시키든지 안 시키든지 자기 일만 열심히 한다. 나무랄 것이라고는 아무 것도 없다. '정'이는 광주에 있는 이산부인과에서 태어났다. 은근히 아들을 기대했다가 딸을 낳으니 순간 섭섭하기도 했다. 그렇지만 저렇게 예쁜 딸이 태어날지는 몰랐다. '정'이를 낳고 어머니께 전화를 드렸다.

"뭐 났냐?"

"딸 낳았습니다."

"에이 자식, 거짓말하지 마라. 무슨 딸만 낳는 다냐? 아들이지?"

"아니오, 정말 딸이에요."

"그래 잘했다."

지금까지 딸을 둘씩이나 낳았지만, 그저 좋아만 하시던 어머니도 셋째 딸에는 약간 실망한 표정이다. '정'이는 아빠와 달리 어렸을 때부터 노래를 잘했다. 만 3세 때 KBS 광주방송총국의 어린이 합창단에 들어갔다. 5대 1의 관문을 무사히 통과했다. 그것도 가장 어린 나이에……

시험 보기 전에 음악 하는 선생님의 지도를 조금 받았다. 시험장에서 다른 애들은 모두 '뽀뽀뽀' 등 어린이 노래를 불렀다. 그런데 가장 어린 꼬마가 "클레멘타인"을 부르겠다고 하니 피아노 반주를 하던 선생님이 곡을 잘못 선택했다는 표정으로 고개를 갸우뚱하였다. "넓고 넓은 바닷가에 오막살이 집 한 채……." 꾀꼬리 같이 맑고 고운 꼬마의 목소리가 스튜디오 안에 울려 퍼졌다. 모두들 깜짝 놀랐다.

사실 나도 우리 딸이 그렇게 노래를 잘하는 줄은 몰랐다. 심사위원 선생님들도 심사가 필요 없다는 듯 펜을 놓고, 박수를 치면서 같이 불렀다. 아무도 의심할 바 없는 합격이었다. 지금도 집에 무슨 일만 있으면 '정'이 노래를 빼 놓을 수 없다.

딸 셋을 키우면서 환경이 매우 중요하다는 것을 느꼈다. 큰딸 '나라'는 아빠가 직업도 없을 때 어려운 환경에서 태어났고, 둘째 딸 '새라'는 그런 대로 먹고살 만한 때 태어났으며, 셋째 딸 '정'이는 집도 있고, 생활도 어느 정도 안정이 된 상태에서 태어났다.

세 딸들에게 용돈을 주면, 큰딸은 쓰지 않고 저금한다. 어렸을 때부터 가족과 아빠 친구들로부터 받은 세뱃돈 등 용돈을 예금해 두었다고 하니, 아마 그 액수가 상당하고 저축의 날 훈장을 받을 감이다.

그러나 새라는 전혀 예금을 하지 않는다. 있는 대로 친구들과 맛있는 것을 사먹는다고 한다. 그렇지만 새라는 대단한 살림꾼이어서 엄마와 아빠가 조금만 낭비해도 간섭을 한다.

정이는 줄 때는 "고맙습니다."하고 받지만 받은 돈을 그 자리에 두고 그냥 자기 방으로 가버린다. 돈에 전혀 관심이 없는 것이다. 버스비가 없으면 걸어 다니고, 몇 일째 용돈이 없어도 용돈 달라는 이야기는 하지 않는다. 그런 모습을 보면서 '저 애는 커서도 돈 걱정하지 않고 살아가야 할 텐데' 하고 은근히 걱정이 되기도 한다.

딸 셋을 낳은 후에 아들을 가지려고 무척 애를 썼다. 사법시험을 합격하여 사법연수원에 들어가는 날 아내가 사법연수원까지 따라갔다. 점심을 먹고 나서부터 배가 아프다고 했다. 그때까지만 해도 아내는 몸이 아주 건강했다. 좀처럼 아프지도 않고, 아프더라도 아프다는 표현을 하지 않는 사람이다. 배가 아프다고 했으나 대수롭지 않게 생각했다. 비행기를 타고 집에 내려간다고 하는 아내에게 "사법연수생 각시 주제에 비행기는 무슨 비행기냐?"고 했더니 고속버스를 타고 갔다고 한다. 나중에 들은 이야기지만 고속버스를 타고 광주까지 오면서 배가 아파 죽을 뻔했다고 했다.

사법연수원 입교 첫날, 수업이 끝나고 막 쉬려는데 연수원 숙직실로 전화가 왔다. 병원에 근무하는 김갑용 씨였다. 아내가 광주 남광병원에 입원해 있다는 것과 즉시 수술을 해야 한다는 것, 보호자가 수술 동의서를 써주어야 한다는 등의 말을 하였다.

부랴부랴 야간열차를 타고 새벽에 광주 남광병원에 도착했다. 회복실 침대에 아내는 눈을 감은 채 누워있었다. 모르는 남자들이 그 주위에 앉아 꾸벅꾸벅 졸고 있었다.

"죽었습니까?"

"아니오."

가슴이 덜컹 주저앉았다. 나 같은 놈을 만나 지금껏 고생만 하다가 사법시험에 합격하여 사법연수원에 입교하였는데 입교 첫날 이게 웬일이란 말인가. 한참 있다가 아내는 깨어났다.

고속버스에서 배가 아파 죽을 고통을 당하고, 광주에 도착하자마자 병원에 입원하기는 했지만 늦은 밤이라 '수련의' 외에는 의사들이 퇴근하고 없었다고 한다.

진찰도 받지 못하고 그대로 죽는구나! 했는데, 고맙게도 그 병원에 원무과장으로 근무하는 김갑용 선생과 연락이 되어 가까스로 수술을 받았다는 것이다.

퇴근한 의사들에게 비상이 걸렸다고 한다. 배가 아프다고 하니 내과 과장이 오고, 수술을 해야 할 것 같으니 외과 과장과 마취과 과장이 왔는데 진찰 결과 내과에는 이상이 없었다고 한다.

다시 산부인과 과장을 소집했는데, 자궁 외 임신을 하여 나팔관이 터져 즉시 수술을 하지 아니하면 생명에 지장이 있을 정도였다고 한다. 의사 선생님들도 사람인지라 퇴근 후 술 한 잔씩하고 있다가 급한 연락을 받고 병원으로 달려 왔지만, 그때는 이미 술이 취하여 수술을 하기가 곤란했지만, 너무 급해 일단 수술을 하고 보자는 생각으로 술 취한 상태에서 수술을 하기는 했으나 수술 결과가 불안하여 환자 곁에서 지키고 있다는 것이다. '비행기만 타고 내려가라고 했어도 괜찮았을걸' 후회도 했지만 어쩔 수 없는 일이다. 다행히 아내는 무사했다. 그러나 그 후 몇 년이 지나도록 임신이 안 되었다. 광주에 있는 병원은 물론 서울의 여러 병원을 돌아다니면서 검사를 해보았다. 허사였다. 그때의 수술이 잘못되었다는 것이다. 그러나 그때의 의사들을 원망하지는 않는다. 아내의 목숨을 건져준 것만도 감사할 따름이다.

셋째 딸을 낳은 지 7년 만에 임신을 하였다. 배가 하도 불러 알아보니 '쌍태아'라는 것이다. 초음파 검사를 하면 금방 딸인지 아들인지 알 수 있다고 하지만 병원에서는 가르쳐 주지 않았다. 설마 또 딸을 낳겠느냐고 자위도 했지만 만약 쌍둥이 딸을 낳으면 딸이 다섯이나 된다.

1990년 11일 3일 출산을 위하여 조대병원에 입원했다. 한참의 진통 끝에 한 아이가 태어났다. 수간호사가 조카뻘 되는 사람이다.

"삼촌, 아들이네요."

그 말을 듣는 순간 '이제는 됐다'는 생각이 들었다. '아들이 하나만 있으면 되지, 다음은 딸이어도 좋다' 한숨 돌리고 있는데,

"삼촌, 또 아들이네요"라고 간호사 조카가 외쳤다.

아들 쌍둥이를 난 것이다. 아내의 손목을 꼭 잡아주었다.

"고생했어요."

아들이나 딸이나 마찬가지지만 딸을 낳으면 어머님께 드릴 말씀이 없다.

"어머니! 아들입니다. 둘 다 아들입니다."

어머니께 전화를 했다. 그렇게도 손자가 좋을까? 어머니는 참으로 좋아하셨다.

지금 10살 된 쌍둥이가 초등학교 5학년이다. 개구쟁이 이기는 하지만 착하고 튼튼하다.

나는 밤마다 애들이 자는 방을 한 번씩 순시한다. 아무 걱정 없이

곤히 잠자는 아들, 딸들의 방을 돌아보면 천만금의 재산도 부럽지 않다.

• • •

2011년 10월

이제 아들·딸들이 다 큰 것 같다. 큰 딸 나라는 이화여자대학교 법과대학을 졸업하였다. 사법시험공부를 하더니 체력이 딸렸는지 전북대학교 의학전문대학원에 들어갔다. 이제 4학년 2학기, 마지막 학기이다. 의사고시를 준비한다고 추석에도 집에 오지 않았다. 내 딸 나라가 훌륭한 의사선생님이 되기를 기도할 뿐이다. 둘째 딸 새라와 셋째 딸 정이는 법학전문대학원에 다닌다. 새라와 정이 역시 3학년 2학기 졸업반이다. 정이는 성적이 좋아 아마도 판사나 검사로 임관이 될 것 같다. 하지만 새라는 약간 걱정이 된다. 그래도 새라는 법학박사 학위를 가지고 있으니 로스쿨 교수가 될 확률이 높다. 새라는 아빠를 이어 법무법인에서 변호사를 했으면 하는 바람인데 요즘 변호사의 장래가 너무 불확실하다. 판사를 하든, 검사를 하든, 변호사를 하든, 교수를 하든, 어느 직역으로 가든지 내 딸 새라와 정이가 정직하고 따뜻한 법조인이 되기를 바랄 뿐이다.

내 아들 경호는 경인교육대학교 2학년이다. 막내아들 덕희는 연세대학교 신학과 3학년이다. 경호는 훌륭한 선생님이, 덕희는 훌륭한 목사가 될 것으로 확신한다.

내 딸들과 아들들을 건강하고 착하게 길러주신 하나님께 감사할 따름이다.

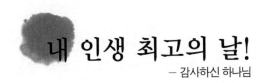

내 인생 최고의 날!

— 감사하신 하나님

저를 사랑하시고, 항상 저와 함께 하시며, 저의 기도를 들어주시는 하나님!

감사합니다.

오늘은 제 인생의 최고의 날입니다.
저희 딸 새라와 정이가 모두 법학전문대학원에 합격하였습니다.
참으로 감격스럽습니다. 참으로 기쁩니다.
이런 기쁨을 주시기 위하여, 이런 감격을 주시기 위하여 지난 몇 달 동안 제 마음을 그렇게 조이게 하셨습니까?

하나님! 이제는 아무것도 바라는 것이 없습니다.
모든 것을 하나님께 맡깁니다. 저리 가라 하시면 저리가고, 이리 오라 하시면 이리 오겠습니다. 저를 바른 길로 인도하여 주십시오. 더 이상 헛된 욕심을 부리지 않게 해 주십시오. 오직 하나님을 섬기는 일에만 욕심내게 해 주십시오. 자식들을 위해서 희생하는 욕심만 내게 해 주십시오.

아빠가 변호사인 관계로 단 한번도 마음껏 놀아보지 못한 내 딸들을 이렇게 영화롭게 하시는 하나님! 나이가 30살이 가까워지니 정말 불안하였습니다. 하나님을 완전히 신뢰하지 못했던 저의 얇은 믿음을 용서하여 주십시오. 모든 것은 다 하나님이 알아서 하시는데 성질 급한 제가 서둘러서 죄송합니다.

아빠가 어려웠을 때, 아무 말도 없이 학교를 중단하고 외딴 화순집에 들어가 고시공부를 시작한 내 딸들을 기억하시지요. 얼마나 착하고 고마운 일입니까?

신림동 골방에서는 또 얼마나 고생이 많았습니까? 그런 내 딸들이 6년이 지나도록 아무런 성과를 거두지 못하고 있었으니 또 얼마나 초조했습니까?

그런데 오늘 드디어 기쁜 소식이 왔습니다. 특히 우리 새라, 자기공부도 버거운데 '정사추─동생 정이의 사법시험합격을 추진하는 사람─라고 하면서 자신보다는 동생을 더 보살폈던 새라. 정말 자랑스럽습니다. 정이만 합격하고 새라가 떨어졌으면 아빠의 마음이 얼마나 아픕니까? 동생을 위하여 희생하는 새라가 정말 안타까웠습니다. 하나님은 아시지요. 둘 다 합격시켜 주시되 정 어려우시다면 새라를 합격시켜 주시라고 기도하는 저의 마음을…….

우리 정이는 아빠가 믿기 때문입니다. 로스쿨에 안 되어도 내년에는 사법시험에 합격할 것이라는 믿음이 있었습니다.

하나님 감사합니다. 한없는 사랑을 보냅니다. 이 기쁜 소식을 우리 아버지 어머니께도 전달해 주시기 바랍니다.

2008. 12. 5.

뒤에 있는 것은 잊어버리고, 앞에 있는 것을 향하여

−2011년 첫 주일 설교문

1. 과거에 집착해서는 아니 됩니다

오늘은 2011년의 첫 주일입니다. 2010년은 이미 지나갔습니다. 벌써 34시간이 지나갔습니다. 이제 2010년은 역사 속으로, 우리의 인생에서 과거로 사라져 버렸습니다. 돌이켜보면 2010년은 우리 교회에는 참으로 행복하고, 보내기 아까운 한 해였습니다. 모두 건강했고, 전 해보다 좋아졌으면 좋아졌지 나빠진 것은 아무것도 없었습니다.

하지만 행복했던 2010년을 계속 잡아놓을 수 없습니다. 아무리 잡으려고 해도 잡을 수 없고, 아무리 애원해도 다시 돌아오지 않습니다. 과거는 지나간 시간입니다. 이제 2010년은 우리의 추억 속에만 남아 있게 되었습니다. 추억은 아름다운 것도 있고, 좋은 것도 있습니다. 하지만 잘못된 것, 슬픈 것, 후회스러운 것, 죄진 것이 더 많습니다.

어떤 사람은 추억을 먹고 산다고 이야기하면서 과거의 좋았던 것과 아름다운 것들을 생각하며 즐거워한다고 합니다. 그러나 다시 돌아올 수 없는 과거의 추억을 되새긴다고 하여 밝은 내일이 보장되는 것은 아닙니다. 더구나 과거의 잘못된 것, 슬펐던 것, 불행했던 것, 죄지은 것을 생각하며 한탄하고, 후회하고, 죄책감에 사로잡혀 산다면 그것은 정말 괴로운 일입니다.

과거의 일은 이미 지나갔습니다. 다시 돌아올 수 없는 것입니다. 죽은 것입니다. 그러므로 가능하면 지나간 일은 빨리 잊어야 합니다. 죽은 것이니 빨리 땅에 묻어야 합니다. 어떤 탤런트가 어린 아들이 신종플루에 걸려서 죽자 텔레비전 출연도 하지 않고 슬픔에만 잠겨 있었다고 합니다. 모든 활동을 취소했다고 합니다. 그러나 그것은 아닙니다. 죽은 아들을 생각하며 날마다 슬픔에 잠겨 있다고 하여, 죽은 아들이 살아 돌아오는 것이 아닙니다. 그것은 아버지의 인생까지도 망치는 것입니다. 지나간 것은 잊어버리고 앞으로 올 날을 생각해야 하는 것입니다. 과거를 붙들고 있는 것은 미래가 없습니다. 희망이 없습니다. 어두움과 죽음이 있을 따름인 것입니다.

2. 그렇다면 과거는 의미가 없는 것일까요?

논어에 '온고이지신이면, 가이위사의(溫故而知新, 可以爲師矣)'라 했습니다. 지나간 시간과 사건들이 쌓여서 역사를 이루는 것입니다. 한 사람이 태어나서 자라고 배우며 살아온 과정은 그 사람의 일생 여정이 되는 것이고, 한 나라의 흥망성쇠를 기록해 놓으면 그 나라의 역사가 되는 것입니다.

과거는 지나간 시간이고, 되돌릴 수 없는 것이니, 과거에 집착하여서는 아니 된다고 말씀드렸습니다. 그러나 잊지 말아야 것은 역사는 변화하지만 되풀이 된다는 것입니다. 마찬가지로 우리의 삶도 쉼이 없이 변하지만 되풀이 되는 것입니다. 오죽하면 다람쥐 쳇바퀴 도는 생활이라고 하겠습니까? 어제는 지나갔지만 어제의 일이 오늘의 일로 다시 돌아올 수도 있다는 것입니다. 그러므로 우리는 과거는 잊되, 과거의 잘못이 오늘과 미래에 다시 돌아오는 일이 없도록 명심하여야 한다는 것입니다.

과거의 좋았던 일, 행복했던 순간이 다시 돌아 올 수는 없는 것이 사실입니다. 그렇지만 그 좋은 일, 그 행복한 순간들은 그냥 오는 것이 아니었습니다. 그것들은 하나님의 은혜를 입어 선한 일을 하였거나 열심히 노력한 결과로 이루어 진 것들입니다. 그러므로 지나간 좋은 일, 행복한 순간들에 심취되어 그것에 머물러 있을 수는 없지만, 과거의 좋았던 일, 행복했던 순간이 오게 된 원인이나 계기는 늘 기억하고 있어야 하는 것입니다. 그렇게 함으로써 기쁜 일, 행복한 일, 좋은 일, 은혜 받은 일들이 쭉 이어지도록 해야 하는 것입니다.

하지만, 지나간 슬픈 일, 불행한 일, 기분 나쁜 일, 죄를 범한 일은 그 원인에 대하여 확실한 방패막이로 다시 되풀이 되지 않도록 경계하여야 합니다. 절대로 지나간 기분 나쁜 일, 불행한 일, 슬픈 일을 오래 생각해서는 아니 됩니다.

3. 새날들에 해야 할 일

그러면 우리들은 새날들에 어떤 생각을 하며, 어떤 일을 하면서 살아가야 할까요?

첫째, 하는 일은 오직 한 가지여야 합니다.

사람이 여러 가지 일을 하다보면 꼭 해야 할 일을 소홀히 하는 경우가 있습니다. 요즘 가장들이 직장에서 너무 일을 열심히 하다 보니 가정을 소홀히 하는 경우가 있습니다. 가정주부들이 직장에 다니다 보니 자녀 양육을 소홀히 하는 경우가 있습니다.

엉뚱한 곳에 정신을 팔다보면 본분을 잃어버리는 수가 있습니다. 학생이 연애를 하다 성적이 떨어지는 경우가 있고, 운전을 하면서 휴대전화를 하다 사고를 낸 경우도 있습니다. 어떤 일을 함에 있어 딴전을 펴면 절대 성공할 수 없습니다. 오직 한 가지 일에 정신을 집중하여야 합니다.

그런데 그 한 가지 일이 무엇인지 결정하기가 쉽지 않습니다. 자기가 해야 할 한 가지 일을 결정하는데 있어서, 가장 먼저 생각해야 하는 것은 "나는 누구인가?" 하는 것입니다. 자신이 누구인지, 무엇을 하는 사람인지, 지금 당장 내가 해야 할 일은 무엇인지를 모르고 살아가면 방향을 잃기 십상입니다. 어디로 가야 하는지를 모르는 사람이 어떻게 제대로 갈 수 있겠습니까? 왔다 갔다 갈팡질팡 하다가 시간만 허비하고, 아무 것도 해 놓은 것이 없이 인생을 마감하는 것입니다.

우리가 하고자 하는 일, 우리가 해야 할 일은 너무 많습니다. 그러나 모든 일을 다 하려고 욕심을 부리다가는 아무 것도 할 수 없습니다. 우리 속담에 '한 우물만 파라!'는 말이 있습니다. 한 가지 일만 평생을 하면 누구나 그 분야에서 성공할 수 있는 것입니다.

여러분! 텔레비전에서 '생활의 달인'이라는 프로그램을 보지 않으셨습니까? 만두를 만드는 달인, 떡을 써는 달인, 봉투를 붙이는 달인, 라이터의 불량품을 골라내는 달인 … 달인들은 귀신같이 정확하게 일을 합니다. 그것은 그 사람들이 특별한 재능을 가지고 있어서 그런 것이 아닙니다. 한 가지 일을 평생 동안 반복해서 해 왔기 때문에 그 일에 달인이 된 것입니다.

사도바울은 평생을 한 가지 일만 했습니다. 오직 하나님의 말씀을 전하는 전도입니다. 그래서 바울은 전도의 달인이 되었습니다. 이 세상에서 바울처럼 전도를 잘 한 사람은 아직까지 없었습니다.

여러분도 바울처럼 한 가지 일에 정진하여 '달인'이 되시기 바랍니다.

둘째, 목표점을 바라보고 달려간다.

밤에 망망대해를 항해하는 배는 북두칠성을 바라보고 항해합니다. 북두칠성을 보지 아니하면 방향을 잡을 수가 없기 때문입니다. 배가 방향을 잃으면 표류하고 맙니다. 우리 인생에 있어서도 북두칠성과 같이 방향을 잡아주는 목표점을 정해야 하는 것입니다.

한 가지 일에 도통한 달인도 여러 가지가 있을 수 있습니다. 남의 돈을 아무도 모르게 슬쩍 훔치는 소매치기의 달인도 있을 수 있고, 남의 눈을 속이는 마술의 달인도 있을 수 있으며, 칼을 잘 쓰는 달인도, 총을 잘 쏘는 달인도 있을 수 있습니다.

그러나 우리에게 필요한 것은 선한 목표를 가진 달인입니다. 달인의 행위가 하나님을 기쁘게 하는 것이어야 합니다. 인류의 발전에 공헌을 하는 것이어야 합니다. 하나님을 화나게 하고, 인류의 평화를 깨는 달인은 악마의 왕입니다.

마라톤 선수가 코스를 따라 달려갑니다. 짧은 거리도 아닙니다. 42.195㎞라는 장거리입니다. 인간이 달릴 수 있는 한계인지도 모릅니다. 저는 마라톤 코스를 완주해 본 적이 없습니다만 중학생 시절에 그 8분의 1밖에 되지 않는 5㎞는 달려본 경험이 있습니다. 그것도 저에게는 대단히 힘이 들었습니다. 거의 녹초가 되었습니다.

마라톤 선수는 다른 생각을 할 수가 없습니다. 뒤로 되돌아갈 생각도 하지 않습니다. 다른 길로 갈 생각도 하지 못합니다. 주저앉고 싶고, 포기하고 싶어도 그렇게 하면 낙오자가 됩니다. 목표인 결승점을 향하여 사력을 다 하는 것입니다. 오직 머릿속에는 결승점에 도달하는 것밖에, 다른 생각은 없습니다.

결승점에 도달하였습니다. 얼마나 대단합니까? 그런데 그것으로는 만족하지 못합니다. 1등, 2등, 3등을 가립니다. 그 고생을 하고 결승점에 도달했음에도 불구하고 2등은 아무도 기억해 주지 않습니다. 이것이 우리의 인생입니다.

우리는 마라톤 선수가 목표점을 향하여 달려가듯이 우리의 목표점을 향하여 달려가야 합니다. 앞을 향하여 달려가야 합니다. 뒤를 돌아볼 수도, 뒤로 되돌아갈 수도 없습니다. 다른 생각을 할 여유도, 다른 길도 없습니다. 오직 한 가지 길밖에는 선택의 여지가 없습니다. 우리는 이미 출발하여 목표점을 향하여 달려가고 있습니다.

최선을 다하여 달려가면, 목표를 향하여 달려가면, 상이 있습니다. 황소도 아니고, 금메달도 아닙니다. 하나님의 주시는 상입니다. 시시하게 사람들이 주는 우등상이나 개근상, 선행상에 목표를 두지 마십시오. 하나님이 주시는 참된 상에 목표를 두시기 바랍니다.

하나님께서 주시는 상을 받기 위해서는, 오직 한 가지만 목표를 가져야 합니다. 그리고 그 목표를 향하여 달려가야 합니다. '왕년에 내가 누구였는데' 하고 뒤에 있었던 것을 생각해서는 아니 됩니다. 목표점으로부터 단 한순간도 눈을 떼어서는 아니 됩니다. 목표만 바라보고 달려가야 합니다. 머리로만 달려가서는 아니 됩니다. 몸을 내밀면서 달려가야 합니다.

3부
동사무소 직원에서 판사까지

한 계단 한 계단씩 착실하게

나는 1974년에 광주시에서 실시한 5급(현재의 9급)공무원 시험에 합격하였고, 1978년에 법원주사보(현재의 7급) 시험, 1980년에 법원행정고등고시, 1985년에 사법시험에 합격함으로서 대한민국에서 실시하는 공무원시험을 한 직급 한 직급, 단계적으로 모두 합격하였다.

그것도 수험 공부만을 한 것이 아니고 하위 직급에 근무하면서 한 단계 위 직급의 수험공부를 하고, 그 시험에 합격하면 다시 그 다음 단계의 수험공부를 하여 합격하는 방법으로 하였으니 내가 생각해 보아도 꿈만 같은 일이다.

나는 아직 나와 같은 방법으로 모든 시험을 합격했다는 사람을 보지 못했다. 아마 그것은 대한민국 신기록일 것이다.

국가의 봉급을 받는 공무원으로서 일은 하지 않고 책만 보고 있다는 비난을 받아서는 안 된다. 그래서 근무 시간 중에는 누구보다도 열심히 일하고 퇴근 후와 휴일을 이용해서 공부했다. 그러다 보니 나의 시험 준비는 무척이나 어렵고, 길었다. 결혼을 하여 가족을 부양하면서 공부했기 때문에 경제적인 어려움은 물론 정신적인 스트레스도 많았다.

합격한다는 보장도 없다. 누가 알아주지도 않는다. 말단 직원도 그런 대로 행복하게 사는 사람이 많다. 그런데 나는 왜 욕심을 부려 한 단계 올라가는 시험에 합격하고서도 만족하지 못하고 다음 단계의 시험공부를 하느냐? 합격하지도 못 할 것을 쓸데없이 욕심만 부리고 있는 것이 아니냐? 낙심한 때가 한두 번이 아니었다. 그러나 포기하지 않고 끝까지 버텼다. '하늘은 스스로 돕는 사람을 돕는다.'고 했던가? 내가 꿈꾸고 마음먹은 시험을 모두 합격하는데 성공했다.

사람들은 고등고시를 합격한 사람은 머리가 천재이거나 아주 특별한 사람인 것으로 생각하는 것 같다. 물론 그 사람들 중에는 아주 머리가 좋은 사람이 있고, 특별한 교육을 받은 사람도 있겠지만 그렇지 않은 사람도 많다.

나는 다른 사람에 비하여 특별히 머리가 좋거나 특별한 교육을 받은 바 없는 아주 평범한, 좀더 노골적으로 말하면 상당히 멍청한 부류에 속하는 사람이다.

좋은 환경 속에서 자라지도 못하였고, 문화 혜택을 받아 본 바도 없으며, 속칭 일류 학교를 다니지도 못하였다. 중·고등학생 시절 그 흔한 학원 수강도 한번 받아본 적이 없다. 그뿐인가 고시공부를 하는 사람의 필수코스로 생각되는 절 공부 또한 생각해 볼 여유조차 없었다.

그럼에도 불구하고 4단계의 국가공무원시험을 모두 합격할 수 있었던 것은 「남처럼 살아보겠다.」는 포부와 「하면 된다.」는 신념 때문이었다. 그리고 아마 운이 좋았을 것이다.

말단 공무원 시험에 합격하여 동사무소에 근무하면서 야간 대학을 다녔다. 윗사람들을 보면서 한 직급이라도 올라가야 되겠다는 생각을 했다. 그래서 거의 1년에 한 번씩 실시되는 국가직과 지방직 4급 공무원(현재의 7급) 시험을 번갈아 응시했다. 그러나 결과는 매번 낙방이었다.

물론 동사무소에 근무하면서 수험 공부를 한다는 것은 그 당시 사정으로는 사실상 불가능한 일이었다. 새마을운동의 일환으로 '내집 앞쓸기'와 '가로환경정비운동'이 벌어져 동사무소 직원들은 눈코 뜰 새가 없이 바빴다. 지금처럼 은행에 자진 납부를 하는 것이 아니라, 지방세 등 각종 공과금을 동사무소 직원들이 직접 받으러 다녔다. 민원 담당 공무원을 제외한 전 직원이 하루에도 몇 바퀴씩 담당 구역을 돌아야 했다.

말이 공무원이지 사실상 노동자나 다름이 없었다. 더구나 내가 근무하는 충금동은 충장로와 금남로를 관할하는 도심지 동사무소였다. 도심지이기 때문에 자연히 시청 간부 등 높은 사람들이 자주 지나다니는 곳이고, 유흥업소가 많다. 유흥업에 종사하는 사람들은 저녁 늦게까지 장사를 하고 더러운 쓰레기를 집 앞 도로에 쌓아 둔 채 늦잠을 잔다. 아무리 쓰레기를 집 앞에 버리지 말라고 이야기하고, 아침에 일찍 일어나 집 앞 청소를 하라고 하여도 우이독경이다. 시청 간부들은 감독을 나와 어디에 쓰레기가 쌓여 있는데 담당 직원이 누구냐고 야단이다. 도리가 없다. 윗분들에게 욕먹지 않으려면 내가 직접 그 집 앞을 쓸어주는 수밖에⋯⋯.

거의 매일 새벽 5~6시에 비를 들고 출근하여 동네 청소를 하느라고 바빴다. 그런 동에 공부는 어떻게 열심히 할 수 있었겠는가? 그뿐이 아니다. 직장 분위기 자체가 동료 직원이 야간 학교를 다니는 것이나 상위 직급의 공무원 시험을 준비하는 것을 시기하고 상사들은 사무실에서 책보는 것을 노골적으로 꾸지람했다.

책상 서랍에 책을 감춰 놓고 보기도 했고, 밤을 새워가면서 공부해 보기도 했지만 역부족이었다. 4급 공무원 시험도 다섯 번이나 떨어졌다.

나는 15년 동안 공무원 생활을 했지만 광주시청에 근무할 때처럼 열심히 일한 적은 없다. 세금 징수 실적이 가장 좋고, 일 잘하는 공무원으로 여러 번 선발되었다.

전국에 근무하는 내무부(현재의 행정자치부)산하 전체 공무원을 상대로 한 소양 고사에서 시골의 말단 공무원이 당당히 1등을 했다. 전국에서 가장 실력 있는 공무원으로 뽑힌 것이다.

그 시험에서 5등을 한 사람까지는 모두 한 직급씩 특진을 하여 즉시 내무부 본부로 발령이 났다. 그렇지만 돈이 없고, 배경 없는 나는, 1등을 했음에도 불구하고 내무부 본부는 고사하고 한 직급도 진급시켜 주지 않았다. 이유는 있었겠지만 슬픈 일이다.

실망에 찬 나날을 보냈다. 내무부까지는 안 보내주더라도 도청이라도 보내 달라고 사정을 해 보았다. 그러나 허사였다.

'나같이 배경 없고, 돈 없는 놈은 공채 시험을 보지 않으면 말단공무원 신세를 면할 수가 없겠구나!' 하는 생각이 들었다. 더 이상 말단 공무원 생활을 하는 것도 지겨웠다. 아무 대책 없이 3년 6개월 동안 다니던 광주시청 공무원 생활을 청산했다.

몇 푼 안 되는 퇴직금을 받아 마지막 학기 납부금을 내고, 남은 것을 가지고 학교만 다녔다. 드디어 대학생다운 대학생이 된 것이다. 그러나 막상 직장을 그만 두고 나니 생활에 리듬이 깨져서 나태해지고 더 공부가 안 되었다.

말은 '행정고시 준비를 한다.'고 학교 도서관에 나갔지만 '4급 공무원시험도 몇 번씩 떨어진 주제에 고등고시는 무슨 고등고시냐?'는 자책감과 그동안 쌓인 피로 때문인지 책만 보면 잠이 와서 1시간 공부하면 2~3시간 엎드려 잠을 잤다.

그러는 동안 돈은 떨어지고, 졸업은 가까워지고, 결혼까지 했으니 마음이 조급해졌다. 아무 직장이라도 다시 들어가지 않으면 안 될 형편이 되었다. 혹시 무슨 시험이 없나? 매일 같이 시험 공고를 주로 하는 서울신문을 뒤적거렸다.

그러던 어느 날 법원직시험 공고가 났다. 5급과 4급 공개채용시험이다. 5급은 그런 대로 많이 뽑았지만 4급은 채용 인원이 고작 30명이었다. 시험 과목 또한 거의 사법시험 과목과 같았다. 행정고시를 준비하던 나에게는 생소한 과목이었다.

그러나 행정직 공무원 생활에 신물이 난 나에게는 법원직 공무원에 대한 일말의 기대감도 있었다. 무조건 응시하기로 결심했다.

5급 공무원을 4년 가까이 하다 그만 두고 다시 5급 공무원 시험을 볼 수는 없는 일이다. 4급 시험을 보기는 보아야겠는데, 뽑는 숫자는 적고 응시자는 많을 것 같았다. 만약 떨어지면 굶어 죽기 십상이다. 응시 원서를 작성할 때 2시간 이상을 망설였다.

'자존심은 상하지만 5급을 볼까?' '아니다! 다시 5급 공무원 시험을 볼 수는 없다. 4급을 보자' 실력도 없으면서 4급 법원직에 배짱 지원을 했다.

원서를 접수하고 그때서야 서점에 들러 가장 부피가 적은 책을 골 라 한 달 정도 골방에 앉아 열심히 공부했다.

장인어른의 신임을 받다

법원직 4급 공무원 시험도 사법시험과 마찬가지로, 1차와 2차로 나누어 실시했다. 1차 시험은 객관식 5지선다형, 2차 시험은 주관식 논문형이다. 4급 공무원시험이라고 쉬운 것은 아니다.

시험이 얼마 남지 않은 어느 날, 장인어른께서 처음으로 딸집에 오셨다. 장인어른이 오셔봐야 별로 대접할 것이 없었다. 더구나 시험 준비를 하고 있으니 어쩔 도리도 없었다.

할 수 없이 평소 먹던 대로 저녁을 대접하고, 우리 부부와 같은 방에서 잤다. 단칸방이라 그럴 수밖에 다른 방법이 없었다. 이야기할 여유도 없이 나는 책상에 앉았고, 책상에 앉아 있는 나를 두고 딸과 정담을 하기도 어려웠기 때문에 장인어른은 일찌감치 주무셨다.

그때까지만 해도 장인어른과 나는 상당히 서먹서먹한 사이였다. 온 집안이 우리의 결혼을 반대했기 때문이다. 귀하게 키운 큰딸을 아무 것도 가진 것 없고, 직장도 없는 사람에게 주기는 너무나 아까웠을 것이다.

그렇지만 가진 것은 없어도 오기 하나로 세상을 살아온 놈인데 반대한다고 해서 그 집 딸과 결혼을 못할 나도 아니다. 아내가 나를 무척 좋아했기 때문에 결혼하는 데 별 어려움은 없었지만 사람을 겉으로만 평가하고 반대하는 처가식구들이 밉기도 했다.

장인어른은 마음씨가 좋으셔서 곧 우리의 결혼을 허락하셨지만 친척들을 설득하는 데는 상당히 힘드셨다고 한다.

자기들이 우리 인생을 살아줄 것도 아니면서 괜히 한 마디씩 던진 친척들의 뒷이야기는 나에게 유쾌하게 들리지는 않았다.

지금이야 우리의 결혼을 반대했던 사람들이 먼저 달려와 자기 자식 취직을 부탁하는 실정이지만, 당시 처가에서는 나를 우습게 보았던 것 같다.

더구나 큰딸을 시집보내는데 살림살이 도구를 하나도 마련해 주지 못했으니 부모 마음은 얼마나 아팠겠는가.

막상 결혼 승낙이 떨어지자 모든 것은 내가 결정했다. 우리 집에서는 예물반지 하나도 해줄 형편이 못 되니, 장롱은 물론 TV, 냉장고 등 살림살이 도구는 아무것도 해오지 말 것을 일방적으로 통보했다.

처가의 입장에서는 신랑 측에서 많은 혼수를 요구하는 것도 부담이 되겠지만, 아무것도 해오지 말라는 통보에도 상당히 부담을 느꼈던 것 같다.

"그럴 수가 있느냐?"

"정 그러시면, 우리 부모님 이불 한 채만 해 주십시오."

장모님의 성화에 대한 나의 마지막 양보였다.

말이 그렇지, 단칸 셋방에 책상 하나만 널렁 놓인 딸집에서 주무시는 장인어른의 마음이 편안하셨을 리 없다.

깊이 주무시지 않고 자주 내 눈치를 살피셨다. 새벽 1시쯤 한번 일어나고, 2시쯤 다시 일어나고, 그렇게 몇 번 반복하시더니 "자라" 단 한 마디를 하셨다.

한숨도 자지 않고 밤을 꼬박 세운 나를 보신 장인어른은 딸에게 "저놈이 보통 놈이 아니다"라는 말을 남기고 떠나셨다고 한다.

그렇게 1달 정도 공부한 후 시험장에 갔다. 시험장에 들어서자마자 주눅이 먼저 들었다. 내가 고등학교 다니면서 가정교사를 할 때 그 집 상하방에 살면서 고시 공부를 하던 분이 있었기 때문이다.

그분은 고려대학교 법과대학을 졸업하고 10년 이상 고시 공부를 하신 분이다. 내가 법대를 간 것도 화장실에서까지 책을 보면서 공부하는 그분의 영향이 컸다. 두꺼운 책에 새까맣게 언더라인이 되어 있었고, 수 년 동안 본 책이라 손 때가 묻어 있었다. 그에 비해 나는 초라하기 그지없다.

'아! 법원직 4급 시험은 저런 분들이 보러오는구나' 시험을 보기도 전에 틀렸구나 하는 생각이 들었다. 사실 당시 법원직 4급 시험은 수년씩 사법시험 준비를 하다가 떨어진 사람들이 마지막으로 보는 시험이었다.

그러나 포기하지 않고 최선을 다했다. 1차 시험에 합격했고, 그때부터 2차 시험 준비를 시작하여 2차 시험도 합격했다. 그러나 그 분은 실패했다. 고려대학교 법대를 나와 10년 이상 고시 공부를 한 사람을 이긴 것이다.

밤샘 공부를 하여 법원직 4급 시험에 합격한 뒤부터 장인어른은 나를 무척 좋아하셨다. 내가 한다는 일은 무엇이든 찬성이셨다. 처가에 가면 그야말로 대통령처럼 대접해 주셨다.

그러시던 장인어른이 회갑도 못 넘기시고 졸지에 교통사고로 별세하셨으니 가슴 아픈 일이다. 다행히 가까운 화순에 모셨기 때문에 적어도 한 달에 몇 번씩은 찾아뵐 수 있어 좋다.

법원행정고시에 합격하다

4급 공무원 공채 시험에 합격하여 법원에 들어간 것은 나에게 있어서는 크나큰 행운이었다. 만약법원에 들어가지 않고 그대로 광주시청에 있었거나 다른 직장에 들어갔더라면 오늘의 내가 없었을지도 모른다.

행정직 공무원과는 달리 법원직 공무원은 시험에 의해서만 승진이 가능하고, 업무 자체가 법을 다루는 것이기 때문에 법학 공부를 하지 않으면 안 된다.

다시 말해서 공부를 하지 않으면 업무도 처리할 수 없고, 승진을할 수도 없다. 직장 분위기가 공부하지 않는다고 나무라는 사람은있어도 사무실에서 책 본다고 꾸지람하는 상사는 없다.

뿐만 아니라 계장만 되면 각자 자기의 고유 업무를 처리하는 '법원주사'라는 독립 관청이기 때문에 누가 자기 일을 해달라는 사람도없고, 내 일을 대신 해주는 사람도 없다.

자기가 맡은 일만 충실히 하면 나머지 시간에 공부를 하든지, 잠깐 쉬든지 간섭하지 않는다.

사실 행정부 공무원들이야 열심히 일하는 사람은 정말 열심히 하지만 그렇지 않는 사람도 있다. 업무가 독립되어 있지 않기 때문에 노는 사람의 일을 다른 사람이 해야 한다. 열심히 일하는 사람이나 그렇지 않는 사람이나 티가 나지 않는 경우가 있고, 오히려 일은 하지 않고 상사에게 아부나 하고 상사의 눈치만 잘 살피는 사람이 먼저 승진하는 경우가 있어 불평불만도 있다. 그렇지만 법원은 그런 것이 행정부보다 덜하다.

그런 부분이 나에게는 결정적인 계기가 되었다. 같이 근무하는 직원들 중 고시 공부를 하는 사람도 있고, 사무관 승진시험 준비를 하는 사람도 있고, 주사보 승진시험 준비를 하는 사람도 있다. 업무 처리를 잘하기 위하여 공부를 하는 사람도 있다. 따라서 공부한다고 특별히 신경 쓰는 사람도 없다.

판사실에 가면 판사님들도 공부하고, 과장실에 가면 과장도 공부하고, 사무실에서는 직원들도 공부를 한다. 법원공무원으로서 공부를 안 하는 사람이 오히려 비정상이다.

춘천지방법원 강릉지원 근무 명령을 받은 후, 어느 정도 업무파악이 끝나자 시간 나는 대로 틈틈이 법원행정고시 준비를 했다. 시험 과목도 4급 시험과 비슷하고, 응시생도 거의 사법시험에 떨어진 사람들이라서 별로 어렵게 생각하지는 않았다.

그런데 막상 1979년도에 첫 시험을 보고 나니 쉬운 일이 아니라는 생각이 들었다. 사실 첫 해에는 공부도 많이 하지 못했고 마음가짐도 단단치 못했다. 어떻게 보면 떨어지는 것이 당연하다. 그러나 4급 공채 시험 동기생들 중 몇 명이 합격하였다는 소식을 듣고 나도 좀 더 노력하면 합격할 수 있다는 자신감이 생겼다.

'내년에는 어떤 일이 있더라도 합격해야겠다.'는 각오로 퇴근 후 집에도 들어가지 않고 1년 동안 열심히 공부했다.

그 다음 해에 있었던 법원행정고시에 다시 응시했다. 내가 생각해 봐도 상당히 잘 보았다고 생각했는데 결과는 역시 낙방이었다.

2번의 시험에서 떨어지고 나니 직원들과 가족들 보기가 부끄러웠다. 그렇지만 직급도 올라가고 고향으로 갈 수 있는 유일한 방법은 사무관시험에 합격하는 것이다.

'이번에야말로 결판을 내야겠다.'는 독한 마음을 먹고 최선을 다했다. 다른 직원들이 피서를 가거나 아름다운 단풍구경을 갈 때도 혼자 남아 책과 씨름을 했다. 몸은 고단했지만 계속 보아온 책이라 독서 속도도 점점 빨라지고 공부도 점점 재미있어 졌다.

「지성이면 감천이라」 하지 않던가? 세 번째 도전인 제5회 법원행정고등고시에 당당히 합격했다. 시험이란 참으로 이상한 것이다. 같은 시험에서 2번씩이나 떨어진 사람이 3번째 시험에서는 성적이 상위권이었다. 더구나 교육 성적이 1등이어서 종합발령순위 1위였다. 지금도 마찬가지이지만 당시 거의 모든 합격자가 서울 근무를 희망했다. 그래서 성적이 좋은 사람 순으로 대법원과 서울고등법원, 서울지방법원 등 재경 법원에 발령이 났다. 그러나 나는 광주를 희망했다.

"당신은 성적이 가장 좋은데 왜 시골에 가려고 합니까? 내 말 듣고 이 자리에서 희망지를 바꾸시오. 나중에 후회하고 다시 서울 오겠다고 하지 말고…" 사무관 임관을 위한 면접에서 면접관이 하신 말씀이다. 참 친절하고 고마우신 말씀이었다.

그 면접관은 나중에 대법원장을 지내신 법원행정처차장 김덕주 씨다. 춘천지방법원에서 원장으로 모셨던 분으로 나를 참 예뻐하신 분이다.

"광주로 가겠습니다."

면접관님의 호의에 너무나 냉정한 대답이었다. 그렇지만 고향으로 가겠다는 생각 외에 다른 생각은 없었다.

"광주가 뭐 그리 좋소?"

"죄송합니다. 노모님이 시골에 혼자 계시니 가까이 가서 모셔야
되겠습니다."

거짓말이다. 어머님은 내가 모시고 있을 때라서 어머님 걱정은
안 해도 되지만 고향 가고 싶은 생각에 어머님 핑계를 친 것이다.

그렇게 하여 나는 꿈에도 그리던 광주, 고향으로 돌아온 것이다.
그것도 두 직급이나 올라간 법원사무관이 되어…….

따져보면 2년 4개월의 짧은 객지 생활이었지만 나에게는 정말 긴
세월이었다.

사법시험에 뜻을 두다

내가 동사무소에 근무할 때 구청 총무과장이 가끔 왔다. 아마 동장과 잘 아는 사이인 것 같았다. 그러나 그가 오면 직원들은 물론 동장까지도 안절부절이었다. 한마디로 쩔쩔맸다. 그의 직급은 사무관이다.

그뿐인가. 시청 총무과에 근무할 때도 과장에게 결재를 받으려면 부동자세를 취하고 서 있어야 했다. 그도 역시 사무관이다. 그래서 나는 사무관이 대단한 자리인 줄 알았다.

공무원 경력이 3년인 내 월급이 5만 원이었을 때, 모시고 있는 계장의 월급이 10만 원인 것을 보고 「계장만 되면 세상 살만하겠구나」 하는 생각이 들었다. 그런데 막상 내가 계장이 되어 13만 원 정도의 월급을 받으니 같은 과에 근무하는 공채 사무관은 대학을 바로 졸업하여 나이도 어리고 근무경력도 짧은데 21만 원의 월급을 받는 것이다. 그때 다시 「사무관만 되면 인간답게 살 수 있겠구나!」 하는 생각이 들었다.

그런데, 이게 웬일인가? 막상 내가 사무관이 되어 보니, 그것도 26살의 젊은 나이에, 공무원 생활을 시작한지 불과 7년 만에 초고

속 승진을 하였음에도 불구하고 별로 만족스럽지 않았다.

월급이야 같은 나이의 공무원 중에서는 거의 최고 수준이었다. 그 이유는 호봉이 높기 때문이다. 그래서 생활에는 별 불편이 없었다.

사무관이 되고 보니 가끔 판사들과 어울릴 때도 있었다. 그런데 즐겁게 놀다가도 「같이 법원에 근무하는 동안에는 저 사람들과 같이 놀 수도 있고, 저 사람들이 승진하면 나도 과장도 되고 국장도 되겠지만, 저 사람들이 퇴직하여 변호사를 할 때 나는 사법서사(지금의 법무사)를 하지 않으면 안 되겠지」 하는 생각이 가끔씩 머리를 스쳐갔고, 그때마다 사법시험에 합격하지 못한 자신이 초라하게 느껴졌다.

어느 겨울, 내 생일날, 박도영 판사 부부를 초청하여 저녁을 같이 먹었다. 그때 우리 어머님이 "어디 판사 손 한번 잡아봅시다"라고 하면서 박 판사의 손을 잡고 오랫동안 부러운 듯 만지작거리시는 모습을 보고 「아! 나도 판사가 되어 어머님을 기쁘게 해드려야겠다」는 생각이 들었다.

사람의 욕심이란 한이 없다더니 시골에서 소 뜯기고, 꼴망태 짊어지고 남의 집 깔담살이(머슴살이)나 해야 마땅한 주제에 법원행정고등고시까지 합격하고서도 만족하지 못하고 다시 사법시험준비를 하다니….

다시 공부를 하면 또 아내는 얼마나 고생을 해야 하는가? 말이 결혼이지 같은 방에서 잠도 자지 못했고, 공부에 지쳐 해쓱한 얼굴색만 내비쳤을 뿐 신혼여행을 가거나, 손잡고 공원에 한번 가보지 못했는데, 사무관이 되어 겨우 살 만하니 다시 사법시험공부라니… 아내에게 미안하기 그지없었다.

그러나 그것은 나의 운명일 뿐 아니라, 나 같은 사람과 결혼한 여자의 운명이다. 사무관 생활 1년 만에 놓았던 책을 다시 잡았다.

그리고 매년 1월 1일이 되면 큰 흰 종이를 가져다가 큰 붓글씨로 〈사법시험합격〉이라고 썼다. 사법시험을 합격하게 해달라는 기도였다. 그것뿐인가? 매일 아침 일어나 아버님 산소 쪽을 향하여 절을 두 번씩 올리고, "아버님 아들에게 힘을 주십시오, 사법시험에 합격하게 해 주십시오"라는 주문을 외웠다. 아내 또한 매일 아침 깨끗한 정화수를 올렸다.

「지금까지 공부한 것은 모두 연습이다. 지금 하는 공부가 내 인생을 좌우할 것이다. 사법시험 외에는 아무 생각을 하지 말자」고 하루에도 몇 번씩 다짐을 했다. 그렇지만 나도 이제 컸다. 친구들과 어울려 술 마실 기회도 가끔 생겼고, 자기 집으로 초대하여 같이 놀자고 하는 직원들도 있었다.

직장 생활을 하는 사람이 공부한다는 핑계로 다른 사람들과 어울리지 않을 수도 없다. 가난과 남편 시험공부 뒷바라지에 지쳐 있는 아내를 위로해주지 않을 수도 없다. 아빠로서 귀여운 딸들과 놀아주지 않을 수도 없다.

그때부터는 정말 1인 2역을 하지 않으면 안 되었다. 그렇지만 아무리 어려워도 반드시 책을 들고 출근하였고, 술을 먹고 늦게 들어와도 공부하는 것은 잊지 않았다.

가장 어려웠던 것은 같은 직장에 근무하는 직원들이 문제였다. 번듯한 집안에서 태어나, 좋은 환경에서 자라 좋은 대학을 나왔고, 나이가 나보다 많지만 직급은 나보다 낮은 분들이 많았다. 그 분들 입장에서는 젊은 사무관이 부럽기도 하고 아니꼽기도 할 텐데, 사법시험 공부를 한다고 까불고 다닐 수도 없는 일이다. 같이 근무하는 공채 사무관 중에는 사법시험을 준비한다고 비교적 한가한 보직을 받은 사람도 있었지만 나는 그러지 않았다. 전혀 티내지 않으려고 노력하였다. 다른 분들과 똑같이 일했다. 아니 오히려 더 힘든 업무를 맡았다. 그러다 보니 공부할 시간이 없었다.

직장 생활을 하면서 7급 공무원시험과, 법원행정고등고시, 사법시험을 합격했다고 하면 직장에서 일은 하지 않고 공부만 한 사람으로 오해할 수도 있다. 그러나, 나는 공부한다는 이유로 직장에서 특혜를 받아본 바도 없고, 다른 사람에게 피해를 준 바도 없었다고 생각한다. 오히려 다른 사람들보다 더 열심히 일하는 모범공무원이었다고 자부한다. 내가 모시고 있었던 상사와 같이 근무했던 동료들이 지금도 거의 시청이나 법원에서 근무하고 있는데 거짓말을 할 수도 없지 않는가?

세 번의 실패

사법시험에 뜻을 두고 근 1년 정도 지난 어느 날, 꿈에서 돌아가신 아버님을 뵈었다. 하얀 한복을 입으시고 부채를 드신 아버님은 인자하신 표정으로 「너는 합격할 것이다. 그리고 교수가 될 것이다」라고 말씀하셨다.

1년 가까이 매일 아침 기도를 드린 덕분이라고 생각하고, 차를 타고 어디를 갈 때나, 길을 걸을 때나, 일할 때나, 공부할 때나 「너는 합격할 것이다」라고 중얼거렸다.

그렇지만 사법시험이 어디 애들 장난인가? 1차 시험에도 합격하지 못했다. 그것도 한두 번이 아니고 연 3회나 떨어졌다. 제24회, 제25회, 제26회 사법시험을 계속해서 보았지만, 번번이 1차 시험에 떨어져 2차 시험장 한번을 구경할 수가 없었다.

한번 떨어질 때는 「다음에는 들겠지」, 그 다음에 떨어질 때도 「다음에는 들겠지」 하면서 자신을 위로해 왔다. 그렇지만, 세 번을 연속 떨어지고 나니 용기가 없어졌다.

같이 공부하는 사람들은 합격하여 잔치를 하는데 떨어진 사람은 쓰린 가슴을 안고 그 축하파티장 부근에서 서성거려야 했다.

특히 견디기 힘든 것은 같이 사무관으로 근무하다 지난해에 사법시험에 합격한 사람들이 사법연수원의 전반기 연수를 마치고 실무수습을 위하여 법원으로 올 때였다.

몇 달 전만 하여도 고통을 같이 하며 함께 공부했던 사람들이 이제는 나와 다른 신분이 되어 옛 동료는 거들떠보지도 않고 판사들과만 어울려 다녔다. 패배자의 슬픔이란 이런 것인가?

사실 직장에 다니면서 시험공부를 한다는 것은 쉬운 일이 아니다. 더구나 사법시험은 우리나라의 수재들이, 그것도 일류 대학을 나와 도서관이나 절에서 머리를 싸매고 해도 될동말동한, 세계에서 제일 어렵다는 시험이 아닌가. 특히 시험을 앞둔 며칠 동안은 모든 것을 잊고 공부에만 몰두해야 한다. 그런데 직장에 다니는 사람이 어디 그럴 수가 있는가?

시험은 일요일에 본다. 그런데 내가 속해 있는 재판부의 법정은 금요일에 열린다. 일요일에 시험을 봐야할 사람이 이틀 전 금요일에도 법정에 들어가야만 한다. 재판이 일찍 끝나지도 않는다. 재판이 끝났다고 해서 바로 독서실로 갈 수도 없다. 부장판사님이 같이 식사하자는데 거절할 수도 없다. 따라가면 속 모르는 판사들은 술을 먹였다. 일요일에 시험 볼 사람이 금요일에 하루 내내 일하고 술까지 마셔야 하니 미칠 노릇이다. 그래도 직장인이라는 것 때문에 신경질을 낼 수도 도망갈 수도 없다.

그러다 보면 밤이 깊어져 버린다. 다른 사람들은 지금 이 시간쯤 정신 없이 공부만 할 텐데 나는 근무 시간이 지난 늦은 밤까지 시간을 허비하고, 그깃도 부족하여 술까지 마셔야 하니⋯⋯.

집에 가는 길에 차창 밖을 내다보며 「이래가지고 시험은 무슨 시험이냐? 시험을 포기하든지, 직장을 그만두든지 둘 중에 하나를 택해야 되지 않겠느냐?」며 눈물을 글썽이며 깊은 생각에 잠기기도 했다.

그러나 정답이 없다. 직장을 그만두면 먹고 살길이 막막하고, 시험을 포기하자니 내 인생이 너무 불쌍하다. 이러지도 저러지도 못한 상태에서 시험을 보면 여지없이 낙방이고…….

갈등과 방황의 연속이었지만, 해야 한다는 의지만은 굳건히 가졌다. 아내를 설득시키고, 틈만 나면 애들을 안아주면서 시간이 없어서 오래 놀아주지 못해도 누구보다도 사랑하고 있다는 것을 확인시켜 주려고 노력했다.

나이가 들어감에 따라 젊은 사람들이 두려웠다.「저들은 나보다 훨씬 좋은 환경에서 컸기 때문에 머리가 좋고, 공부할 시간도 많고, 특히 시험 정보에 정통한데, 내가 감히 저들과 경쟁한다는 것이 무리가 아니냐?」는 생각이 자주 들었다.

시간이 나면 젊은 수험생들과 같이 놀면서 작은 정보라도 얻으려고 노력하였다. 사회가 급변하는 시기인 만큼 법률 문화도 급변하고 있었다.

우리가 학교 다닐 때는 보지도 듣지도 못했던 법률문제가 튀어나오기도 하였고, 무엇보다 젊은 수험생들은 '그룹스터디'라는 좋은 공부 방법을 터득하고 있었다.

나이도 많고, 자기들보다 오랜 기간 동안 공부를 한 나를 대접해 준 것 같기도 했지만 1차 시험 한번 합격하지도 못한 나를 무시하기도 하였다.

죽을 때까지 한다

한두 번 떨어질 때는 가족과 주위 사람들이 "용기를 잃지 말고 계속 노력해 보라."고 위로도 해주더니 세 번째, 그것도 1차 시험에 연속 떨어지자 직장 동료들이 '미친 짓'이라고 숙덕거리기 시작했고, 같이 공부하는 일류대학을 나온 사람들은 '조선대학 출신이 사법시험은 무슨 사법시험이냐? 사무관 시험도 감지덕지지'라고 비웃었다.

한번은 판사님들을 모시고 현장 검증을 갔다오는데 피곤하여 차 속에서 잠깐 졸았다. 모시고 있는 부장판사님이 "이사무관, 피곤하지? 공부하랴 근무하랴 자네도 참 고생이 많네!"라고 했다.

피곤하여 조는 나를 보고 위로해 주는 줄 알았다. 그런데 "이사무관, 그렇게 공부하여 사법고시가 된 단가? 아무나 사법고시에 합격하는 것이 아니야"라고 하면서 자기가 고시 공부 했을 때의 경험담을 들려주었다.

일류 고등학교를 우수한 성적으로 졸업하여 서울대 법대를 들어 갔고, 2학년 때부터 절에 들어가 공부를 하였는데 얼마나 열심히 하였는지 몸무게가 50kg 이하로 떨어져 뱀탕을 많이 먹었다고 했다.

그러면서 직장에 근무하면서 사법고시 공부를 한다는 것은 몸만 버리는 일이지 역부족이라는 충고도 해주었다. 곁에 앉아 있던 두 분의 배석판사들도 부장판사의 말에 동의했다. 기분 나쁘고 실망스러운 충고였으나 말은 맞는 말이다.

공부하는 것에 대하여는 전혀 불만이 없던 아내마저도 지칠 대로 지쳤는지 "이제 그만 하십시오. 우리보다 못한 사람들도 다 행복하게 사는데 우리는 이 꼴이 뭐요?"라고 불평을 하기 시작했다.

사실, 나도 지쳤다. 더 이상 공부를 한다는 것은 무리라는 생각이 들었다. 주제를 파악하지 못한 소치라는 생각도 들었다.

내가 졸업한 초등학교에서는 50년간 단 한 명의 고시 합격자도 배출하지 못하였고, 중학교도 마찬가지이며, 고등학교에서도 가뭄에 콩 나듯이 가끔 고시 합격자가 나왔다. 대학 역시 옛날에는 괜찮았다던데, 그 근래에는 몇 년 가야 하나씩 합격자가 나오는 형편이었다.

스스로를 이기기가 참으로 힘들었다. 「공부만 하는 것도 아니고 직장을 다니면서 어떻게 그 어려운 시험을 합격할 수 있겠느냐?」는 자괴감이 나를 압박했다. 다른 사람의 이야기는 모두 참을 만했는데, 아내의 실망 어린 말은 내 자신을 너무 불쌍하게 만들었다.

「무엇 때문에 내가 이 고생을 했는지」 후회스럽기도 했다. 집을 나와 일주일을 방황했다. 「포기할까?」 「안되지? 마지막으로 한번만 더 해볼까?」

팔짱을 끼고 걷는 남녀, 술집에서 술 마시는 아저씨, 나보다 직급이 낮은 직장 동료들, 거리를 쓰는 청소부 아저씨, 모두들 행복하게 보였다. 그런데 나만 초라하고 세상에서 제일 불행한 사람처럼 느껴졌다.

그러던 어느 날, 술에 만취되어 집에 들어갔다. 아내에게 호기를 부리기 시작했다. 먼저 점잖게 지금까지 고생하며 살아온 데 대한

감사를 표한 후,

"당신 지금부터 내 말 잘 들으시오. 나는 끝까지 하겠소. 50살이 되어도 좋고, 60살이 되어도 좋소. 합격할 때까지 할 것이오. 죽을 때까지 할 것이오. 그것이 못마땅하면 당신은 당신의 길을 가시오. 내가 사법시험 공부를 하다가 죽으면, 내 비석에 「이 사람은 평생 사법시험 공부를 하다가 뜻을 이루지 못하고 애석하게 죽었다.」고 써주시오. 그리고 자식들에게도 분명히 그와 같이 말해주시오"라고 했다.

그리고 대답도 듣지 않고 책 보따리를 들고 법원 앞에 있는 독서실로 갔다. 독방을 하나 얻어 틀어박혔다.

낮에는 사무실에서 근무하고 밤에는 독서실에서 자면서 집과 아내와 가족을 포기했다. 불행인지 다행인지 모르지만 아내는 자기 길을 가지 않고 매일 도시락 세 개씩을 가져다주었다.

그때부터 1년은 정말 긴 기간이었다. 밥도 독서실에서 먹고, 세수도 독서실에서 하고, 잠도 독서실에서 잤다. 근무시간이 끝나면 아무도 없는 2평짜리 골방에 틀어박혀 오직 사법시험만 생각하였다.

때로는 아내와 같이 자고 싶기도 하고, 아이들의 모습이 아른거리기도 했다. 그러나 내 인생을 건 도박판에서 딴눈을 팔 수 없다.

먼저, 1차 시험에 3번씩이나 떨어진 원인 분석에 들어갔다. 가장 큰 이유는 외국어였다.

대학 예비고사시험에서 만점을 받을 정도로 영어 실력이 좋았던 나였지만 고등학교를 졸업한 지 10년이 넘으니 40점대를 넘기기가 어려운 상황이었다.

물론 젊고, 일류 학교를 나온 사람들이 영어를 잘하겠지만 영어가 다른 외국어에 비하여 어렵고, 점수가 잘 안 나오기 때문에 영어를 잘하는 사람들도 영어를 선택하지 않는 것이 일반적이다.

그런데 불쌍한 지방대학 출신들은 영어 외에는 제2외국어를 못하기 때문에 할 수 없이 영어를 선택하지 않을 수 없다. 그래서 더더욱 합격하기가 어려운 것이다.

영어가 아무리 어렵게 출제된다고 해도 처음 사법시험을 볼 때는 그래도 어느 정도 점수가 나왔다. 그런데 마지막의 영어 성적은 어렵게 과락을 면할 정도였다. 다시 영어를 선택하면 실패할 것이 뻔하다. 그렇다고 쫓기는 시간에 가장 많은 시간이 소요되는 영어공부만 하고 있을 수도 없다.

기왕에 망하는 것 외국어를 바꾸기로 독심을 먹었다. 서점으로 갔다. 외국어 기출문제집을 모두 구했다. 그리고 혼자 시험을 보았다. 고등학교 때 조금 공부한 독일어를 제외하고는 한 번도 본적이 없는 문자들 앞에 앉아 프랑스어 시험도, 서반아어 시험도, 중국어 시험도 보았다.

그 중에서 점수가 가장 많이 나오는 과목을 선택하기 위해서였다. 영락없이 미친 짓이다.

다른 과목은 전혀 모르겠는데 그래도 중국어는 아는 한자가 있어서 가뭄에 콩 나듯이 답을 맞히는 경우도 있었고, 어쩐지 친근감이 들었다.

"아! 이것이다. 중국어를 선택하자!"

서점으로 다시 달려갔다. 서점에 있는 중국어 교재를 모두 샀다. 당시만 해도 우리에게 생소한 중국어였기 때문에 교재라고 해봐야 고등학교 교과서와 대학교재 몇 권뿐이었고, KBS(지금은 EBS)방송교재 정도였다.

그때부터 하루에 2시간씩 중국어 공부를 했다. 15분씩 하는 라디오 교육방송도 들었다. 매일 하는 교육방송을 시간을 맞추어 들을 수가 없기 때문에 아내가 녹음을 해두었다가 저녁에 도시락을 가져올 때 그 테이프를 가져다주었다. 잠자기 전에 반드시 그 테이프를 듣고 잠을 잤다.

독학으로 외국어를 한다는 것은 매우 어려운 일이었지만, 교육방
송이 큰 도움이 되었다.

드디어 1차 시험에 합격하다

겨울이 가고, 봄이 오고, 다시
여름이 왔건만 나에게는 지금이 봄인지 여름인지 감각이 없었다.
추우면 이불을 덮고, 더우면 옷을 벗었을 뿐이었다. 난방 시설도 되
어 있지 않는 독서실에서 겨울을 보내기란 정말 힘든 일이었다.

잠잘 곳이 없어서 그런 것도 아니고, 가족이 없어서 그런 것도 아
니다. 따뜻한 집과 가족을 두고서도 내 스스로 사서하는 고생이다.

그렇지만, 밤 12시가 넘으면 집으로 달려가고 싶은 충동이 생겨
미칠 것만 같았다. 법원 구내를 열댓 바퀴 돌아도 보고, 옥상에 올
라가 하나님께 기도하기도 했다. 그러나 외로움을 이기기는 참으로
힘들었다.

1차 시험을 보는 일요일, 아내와 친형보다 더 잘해주는 존경하는
이재강 과장이 독서실로 차(車)를 가지고 왔다. 준비하는 단 1분의
시간이 아까워 아내에게 가방을 챙기도록 하고 나는 책만 보고 있
었다. 그런데, 그 바쁜 시간에 두 분이 방 청소를 하였다. 시험을 보
고 와서 해도 늦지 않을 텐데 무슨 이유로 이 바쁜 시간에 청소를
하는지 의문스러웠지만 모르는 척 했다.

나중에 안 일이지만, 그분들은 그날 내가 얼마나 고마웠는지 모른다고 한다. 아내가 물 컵을 치우다가 거울에 떨쳐버려 '와장창' 하면서 거울과 컵이 한꺼번에 깨져버렸다는 것이다.

시험 보는 날 아침에 거울이 깨져 산산조각이 났으니 아내는 얼굴이 홍당무가 되었고, 형님은 매우 불길한 생각이 들었다고 한다. 재수 없이 시험 보는 날 아침에 거울이 깨진 것이다. 그러나 나는 그것을 전혀 몰랐다.

내가 눈치챌까봐 형님은 몸으로 나를 가리면서 나에게 말을 걸고, 아내는 조심조심 청소를 했다고 한다. 2평짜리 방에서 그런 일이 일어났는데도 나는 전혀 모르고 공부만 하더라는 것이다. 만약 내가 그것을 알았더라면 그날 시험은 망쳤을지도 모르는 일이다.

1차 시험이 끝나자 더 이상은 독서실에 있을 수가 없었다. 피로가 쌓였을 뿐 아니라 그동안 밀린 일도 해야 하고, 가족들도 보고 싶었다. 집에 들어갔다.

1차 시험이 끝나면 곧바로 2차 시험 준비를 해야 하는데 1차 시험에서 3번씩이나 떨어지고 나니 1차 시험 결과를 보지 않고는 2차 시험 준비를 할 생각마저 달아나 버렸다.

더구나 같이 시험을 본 다른 사무관들과 서로 답안지를 맞춰본 결과 내가 가장 점수가 낮았다. 선택 과목인 외국어는 서로 다르기 때문에 맞춰보지 못했지만, 아무래도 또 떨어질 것 같았다. 2차 시험을 준비할 용기를 잃은 것이다.

1차 시험은 외국어가 당락을 결정하는데 나는 생전 처음 공부한, 그것도 교육을 받아 본 적이 없이 독학으로 공부한 중국어를 선택하였으니 중국어에서 좋은 점수를 얻는다는 것도 기대하기도 어려운 형편이었다.

마음이 괴로우면 술을 가까이 하는지, 평소 잘 먹지도 않던 술을 먹는 경우가 많아졌다. 아내 보기가 미안하여 집에 늦게 들어가는 경우도 많아졌다.

그러던 어느 날, 곤드레만드레 술에 취하여 밤 1시경에 집에 들어갔다. 아무래도 또 떨어질 것 같은 불안한 예감이 들고, 시험도 떨어진 주제에 술까지 취하여 늦게 들어가는 것이 미안하여 아내에게 주려고 길가의 포장마차에서 옥수수 몇 개를 사들고 터덜터덜 집으로 들어가고 있었다.

"어디서 이렇게 술을 마시고 들어오세요?"

아내였다. 그러나 평소에 듣지 못하던 상냥한 목소리다.

"미안해요. 다음부턴 술 안 마시고 일찍 들어올게."

"아니에요. 당신이 최고예요. 당신은 해냈어요."라고 했다.

평소 같으면 술 먹고 늦게 들어온다고 한 마디쯤은 했을 아내가 오늘따라 유별나게 아양을 떠니 더욱 불안했다.

"집에 무슨 일 있어? 무슨 일이야?"

"당신 합격했대요."

"말도 안 되는 소리, 합격자 발표 날짜도 아직 멀었는데 누가 그런 소릴 해?"

"정말이래요. 김병대 교수님한테서 전화가 왔는데 분명히 합격자 명단에 당신 이름이 있데요."

문을 열고 집에 들어가니 재강이 형님과 형수씨가 와 계셨다.

"축하하네!"

"축하해요."

"무슨 장난들을 이렇게 심하게 하십니까?"

"그러면 자네가 직접 김병대 교수님께 전화해 보소."

재강이 형님 부부는 정말 좋으신 분들이다. 충금동 동사무소에 근무할 때 같이 근무했던 형님인데 사실 친형보다 더 친하다.

형님도 합격자 발표 날이 가까워지자 불안하여 우리 집에 오셨다가 김 교수님으로부터 전화를 받고 자기들 일처럼 기뻐해 주신 것이다.

김병대 교수님께 전화를 드렸다.

"축하하네!"

"고맙습니다."

김병대 교수님은 대학 은사님인데 다른 대학으로 옮기셔서 전화도 자주 드리지 못한 처지였다. 교수님은 그 해 사법시험위원이었다고 한다. 나는 그것도 모르고 있었다. 대학 다닐 때, 나를 매우 아껴주신 선생님이라 내가 그때까지 포기하지 않고 계속 사법시험을 볼지도 모른다는 생각에 합격자 사정을 끝내고 명단을 확인해 보셨다고 한다.

내 이름이 합격자 명단에 들어 있는 것을 확인하고 전화를 해주신 것이다. 제자가 합격하였으니 기쁘기도 하셨겠지만, 하루라도 열심히 공부하라고 발표 2일 전에 살짝 알려 주신 것이다.

술이 확 깨고 가슴까지 울렁거렸다. 그때부터 2차 시험까지는 꼭 2주일 남았다. 시간이 없다. 바로 택시를 잡아타고 독서실로 달렸다. 아내와 형님 부부는 황당했겠지만 할 수 없는 일이다. 독서실에 도착하여 두근거리는 가슴을 달래며 술김에 밤새 책을 보았다.

그런데 이게 웬일인가, 아침이 되니 눈이 침침해지고 책이 보이지 않았다. 세수를 하고 와도, 수건으로 눈을 닦아 보아도 아무 소용이 없었다. 눈이 까칠까칠 하기도 하고 아프기까지 하여 도저히 책을 볼 수가 없었다. 약국에 갔다. 약사가 조제해 주는 약을 먹고 10분쯤 지나자 이번에는 견딜 수 없도록 배가 아파 왔다.

아마 빨리 낫게 하려고 너무 고단위 처방을 하지 않았는가 하는 생각이 들었다.

절망이다! 시험은 2주밖에 남지 않았는데 몸이 아프니 어쩌란 말이냐! 그 귀중한 시간에 4~5일을 뒹굴기만 하였다. 어디서 내가 아프다는 이야기를 들으셨는지 독서실 할아버지가 찾아오셨다.

그분은 교장선생님 출신으로 정년퇴직을 하고 독서실을 운영하는데 나를 아들처럼 대해주시던 분이다. 배가 아픈 연유를 들으시더니 무슨 비닐봉지를 가지고 와서 염소 똥 같은 푸른 것을 조금 잘라 물에 타주셨다. 그리고 그만큼을 다시 잘라주면서 저녁에 한 번 더 먹으라고 했다.

이상한 일이다. 그것을 먹고 나니 거짓말처럼 몸이 가뿐했다. 그 약이 무슨 약인지 몰라도 그런 것을 따질 때가 아니다.

내가 어렸을 때 아버지는 마당 앞 채전에 꽃이 아주 아름다운 꽃나무 몇 그루를 심으셨다. 그 꽃나무가 어느 정도 자라면 한 그루만 남겨두고 나머지는 모두 뽑아냈다. 열매가 열리면 예리한 대나무 꼬챙이로 열매에 상처를 내고 그 밑에 빈 소라껍질을 받쳐두었다. 그리고 그 꽃나무에서 나온 액체가 소라껍질에 고여 굳으면, 아무도 모르게 문지방에 올려두곤 하셨다.

아버지는 그 약을 매우 소중하고 조심스럽게 다루셨는데 우리 식구들은 그 약을 써본 경험이 없다. 다만 1년에 한두 번씩 동네 아주머니들이 죽을상을 하고 와서 「가슴의 피」(나는 그 병이 무슨 병인지는 모르지만 그것에 걸린 부인이 온방을 뒹굴며 울부짖는 것을 본적은 있다)를 호소하면 아버지는 이리 피하고 저리 피하시다가 어쩔 수 없이 조금, 아주 조금을 물에 타주셨다. 그 후 얼마 안 있으면 그 아주머니는 언제 그랬는지 모르게 금방 얼굴에 화색이 돌았다.

후에 법원에 근무할 때 나는 그것이 "양귀비"라는 것을 알았다.

내가 살던 시골은 의료시설이 전혀 없었다. 교통이 불편했다. 오전, 오후 하루에 두 번 버스가 다녔다. 병이 나면 70리나 떨어진 해남읍이나, 목포로 가야 했다. 돈까지 없는 벽촌이다. 병이 나면 재래적인 민간요법을 쓰는 외에 별 다른 방법이 없다. 특별한 경우가 아니면 병원에 가거나 약을 사 먹는 일은 없었다.

그런 벽지에서 급할 때 쓰시려고 아버지는 그 꽃나무를 한 그루씩 길렀는가 보다. 마을 사람들은 그 누구도 그것이 양귀비인 줄을 몰랐고, 그 약을 얻어먹은 아주머니들마저도 그저 신기한 약을 아버지가 가지고 계신다는 것만 알지 그것이 무엇인 줄은 몰랐던 것 같다.

당시로서는 그런 약의 필요성이 있었을지도 모른다. 그런데 법원에 근무할 때 시골 분들이 그 꽃나무를 기르다 처벌을 받은 것을 보았다.

독서실 할아버지가 준 약이 그 약이 아닌가 하는 의심은 있었지만 모른 척했다. 나중에 안 사실이지만 독서실 할아버지가 나에게 준 약은 양귀비가 아니고 웅담이었다고 한다.

나에게도 하나님의 축복이!

시험 날짜가 너무 임박한 관계로 가슴만 떨렸지, 무엇을 해야 할지 갈피를 잡을 수 없었다. 과목도 한두 과목이 아닌 8과목이고, 한 과목당 책이 한두 권인 것도 아니고, 한 권의 책이 1~2백 페이지 되는 것도 아니다.

더구나 그 전해부터 새로 2차 시험 과목으로 채택된 '국민윤리'라는 과목은 어떻게 공부하는지 조차 몰랐다.

「올해는 최선을 다하기만 하고, 안 되면 내년에 하자」는 생각으로 마음을 편하게 먹었다. 3번이나 떨어진 1차 시험에 합격한 것만도 다행이다. 내년에는 1차 시험이 면제되니 한결 부담이 적을 것이다. 라고 자위하면서 최선을 다한다는 각오로 임했다.

그러나 역부족이었다. 사람의 능력에는 한계가 있지 않는가? 아무리 열심히 해도 하루에 읽는 책의 양은 정해져 있어 8과목의 책을 한 번씩도 제대로 못 읽고 시험 날을 맞았다. 스스로 합격할 수 없다는 생각이 들자 마음은 편했다.

"지금까지는 1차 시험에 떨어져 2차 시험장 한번 구경하지 못했으니 올해는 시험장 구경만 하고 내년에는 1차 시험이 면제되니 걱정할 것 없다."고 아내를 위로하였다.

사실 나처럼 나이 먹고 오랫동안 공부한 사람은 논술형 2차 시험보다 객관식인 1차 시험이 오히려 더 어려울지도 모른다.

시험을 이틀 남겨놓고 서울로 떠났다. 아내와 동행이다. 어머님께는 시험 보러간다고 큰절을 올렸지만, 우리 부부의 마음은 딴 곳에 있었다. 지금까지 신혼여행은 고사하고 부부가 외식 한번 제대로 못했으니 하루치 2과목만 보고 나머지 시험 기간 4일은 설악산에서 해운대까지 동해안 관광을 하기로 약속했다.
「어차피 떨어질 시험, 헛고생하면 무엇 하나?」는 생각에서였다.
돈도 상당히 준비했다. 시험 보러간다고 하니 처가와 직장 동료들이 다소의 경비를 마련해 주었다.
서울에 올라가 수험생으로서는 상상할 수도 없는 고급 호텔인 하이얏트호텔을 찾았다. 한 번도 고급스런 호텔에 들어가 보지 못한 아내를 행복하게 해주기 위해서다.
다행인지 불행인지 모르지만 그 호텔에는 빈 방이 없었다. 그보다 격이 떨어진 그 옆의 타워호텔에 방을 정하고 멍하니 하늘만 쳐다보았다. 시험도 시험이지만 결혼한 지 몇 년 만에 처음으로, 아내와 단둘이, 생전 처음 호텔에 머문다는 것 자체가 행복했다.
아내와 같이 가겠다고 했더니 말리지는 않으셨지만 '과거 보러 간단 놈이 재수 없게 여자는 무슨 여자냐'는 듯이 뻔히 쳐다보시던 어머니 얼굴이 스쳐갔다.

단 하루를 보고 가더라도 시험은 시험인데 책을 봐야겠기에 아내더러 쉬라고 하고 나는 공부를 시작했다. 아내 역시 기분이 좋았는지 침대에 눕자마자 잠이 들었다. 아내는 정말로 여행을 온 것으로 착각했는지 공부하는 나에게 관심을 보이지도 않고 계속 잠만 잤다.

밤이 되자 아내가 저녁을 먹으러 가자고 했다. 밥 먹을 생각도 없었다. 아내를 혼자 보내고 계속 책을 보았다. 자기 혼자 먹기가 미안했던지 아내는 음식을 싸들고 호텔로 왔다. 잠 한숨 자지 않고 책을 보았다.

처음 보는 국민윤리 과목에 불안을 느껴 최소한 한번은 읽고 시험장에 가야한다는 기본 양심에서였다.

시험 날 아침이 되어 아내가 미리 잡아놓은 택시를 타고 시험장인 동국대학교에 들어갔다. 첫 시간이 '국민윤리' 시험이다. 처음 보는 과목이라 가슴만 조이고 있었다.

무슨 문제가 어떤 유형으로 나올지 전혀 감을 잡을 수 없기 때문이다. 문제가 적힌 두루마리가 쫙 펼쳐지는 순간, 살았구나! 하는 안도의 한숨이 나왔다.

「원효사상을 논하라」

이것이 50점짜리 첫 문제다. 나는 몇 년 전 어느 절에서 원효스님에 관한 이야기를 들은 적이 있다. 잘 쓰고 못 쓰는 것을 떠나 한번 들어 본 적이 있는 말이 나오니 가슴이 벅찼다.

그럭저럭 국민윤리 한 과목 시험을 마치고 점심시간이 되었다. 다른 사람들은 모두 시험장을 나갔지만 나는 발이 떨어지지가 않았다.

「1분이 어디냐? 최선을 다하자」

점심을 굶고 책상에 그대로 앉아 오후에 볼 헌법 과목을 공부했다. 한 시간의 짧은 시간이지만 마음이 급하다보니 800페이지나 되는 책 한권을 다 읽을 수가 있었다.

오후 시험까지 무사히 마치고, 호텔로 돌아와 아무 말도 없이 책만 보고 있었다. 아내가 이상한 눈빛으로 바라보았다. 여행가지 않느냐는 눈치였다. 그러나 차마 말을 끄집어 내지 못하고 바라만 보고 있었다.

「오늘 시험은 그런 대로 보지 않았느냐? 내일까지만 보자!」고 마음먹었다. 아내는 안중에도 없이 밥 한 수저 먹지 않고 물만 마셨다. 1분도 자지 않고 다음날 시험 볼 2과목의 책을 빠른 속도로 읽어나갔다.

아무것도 먹지 않고 시험장에 간 남편이 걱정이 되었는지 그 다음날 아내는 점심을 싸들고 시험장까지 들어왔다. 그때 우리 시험장에는 나와 함께 근무하면서 공부한 김전근 사무관과 이재주 사무관이 같이 있었다.

아내는 우리의 입맛에 맞는 점심을 주려고 전라도 사람이 하는 식당까지 찾아가 한식으로 도시락 3개를 싸다가 나와 두 분에게 하나씩 주었다.

그분들은 도시락을 맛있게 먹었지만 나는 젓가락을 들지도 않았다. 아니 젓가락 들 시간이 없었다.

"식사 좀 하세요!"

아내가 걱정스런 표정으로 밥 먹기를 청했지만 아무 말도 들리지 않았다. 주위에 있는 사물이 보이지도 않고, 주위의 말이 들리지도 않았다. 오직 책만 보고 있는 것이다.

그렇게 또 하루가 지나갔다. 역시 시험을 마치고 호텔에 도착하여 어제와 같은 동작을 계속했다. 아내를 쳐다보지도 않았다. 밥도 먹지 않고, 잠도 자지 않았다. 다음날 볼 2과목의 책을 읽을 뿐이다.

그 다음날 점심시간에도 아내는 역시 3개의 도시락을 준비해 왔다. 그분들은 먹었지만, 나는 먹지 않았다. 배가 고프지 않는 것도 아니요, 아내와 싸운 것도 아니고, 도시락의 내용이 나빠서도 아니다. 오직 1분 1초가 아까웠기 때문이다.

그렇게 4일간을 버텼다. 사람이란 참 이상하다. 평소 같으면 한끼만 굶어도 미치게 배가 고프고 하루 저녁만 잠을 못 자도 견딜 수 없도록 잠이 온다. 그런데, 4일간을 아무 것도 먹지 않고, 단 한숨의 잠을 자지 않았는데도 머리는 맑고, 피곤한 줄도 몰랐다.

마지막 시험 시간이 되자 긴장이 풀리기 시작하고, 머리가 아파오기 시작했다. 손에 힘이 떨어져 볼펜을 잡을 수가 없었다. 왼손으로 쓰기도 하고 주먹으로 볼펜을 잡기도 하면서 한자 한자를 써내려갔다.

돌아가신 아버님의 얼굴이 몇 번이고 스쳤다. 인자하신 미소를 머금고 최선을 다하라고 격려하셨다.

"아버님, 저에게 힘을 주십시오. 아버님, 저에게 힘을 주십시오."

수십 번 중얼거리면서 답안을 제대로 완성하지 못한 채 시험 종료 벨소리를 들었다.

시험을 마치고 나오는 나를 걱정스러운 듯 안아주는 아내에게 4일 만에 처음으로 웃음으로 응대했다. 교실을 나오자마자 잔디밭에 덥석 누워 몇 시간을 잤다. 옆에 있는 아내는 물끄러미 바라만 보고 있고……

잠에서 깨니 배가 고팠다. 목도 말랐다. 식당으로 가서 생전 밥구경 못한 사람처럼 원도 없이 많이 먹었다. 그리고 기차를 타고 집으로 향했다.

여행을 간다고 따라왔던 아내는 고생만 하고 아무 재미도 없이 집으로 돌아가고 있는 것이다.

시험을 끝내고, 홀가분한 기분으로 기차를 타고 들녘을 달리는 기분은 정말 좋았다. 지금부터라도 아내와 여행하고 싶은 기분이 들었다. 그러나 이제 돈도 다 떨어지고 내일은 다시 출근해야 된다.

한참을 달려오다 아내에게 입을 열었다.

"여보, 나 시험 합격하면 어쩔까?"

"합격하면 좋지요."

아내는 피식 웃었다. 그리고 나와의 시선을 피하여 먼 산을 바라보았다. 아마 내가 웃기는 소리를 하는 것으로 들었는가 보다.

「사법시험이 무슨 애들 장난인 줄 아시오? 그렇게 짧은 시간에 합격하게?」하면서 비웃었는지도 모른다.

그러나 나는 기분이 좋았다. 어쩌면 합격할 수 있을 것 같다는 생각도 들었다. 「시험보고 나서 잘 보았다는 사람 치고 합격하는 사람 없다」는 걸 알면서도……

그러나 나는 최선을 다했다. 불과 며칠이라고는 하지만 인간이 할 수 있는 데까지는 다 했다.

그렇게 나의 사법시험 공부는 끝난 것이다. 그러나 막상 집에 돌아오니 불안감이 들었다. 시험에 나온 문제를 책에서 찾아보니 내가 쓴 내용과는 상당한 차이가 있었다. 「욕심이지, 무슨 사법시험을 한번 봐서, 그것도 단 며칠 만에 합격할 수 있다는 말인가? 다시 시작하자!」그날로 다시 독서실에 들어갔다.

그 후 합격자 발표가 있기까지 45일 정도 정말 열심히 공부했다. 그 다음 해의 시험을 위하여! 지난번 시험 볼 때와 같은 각오로…

합격자 발표 날짜가 가까워지자 주위에서 "어떻게 되었느냐?"고 자주 물었다. "떨어졌습니다. 내년에 다시 하겠습니다."라고 대답했다. 보통의 경우 합격자 발표 이틀 전쯤이면 대충 결과를 알 수 있다. 고시 잡지사에서 미리 합격자 명단을 입수해 놓기 때문에 잡지사에 전화만 하면 알려준다. 합격 여부를 알아보라는 직원들의 성화에도 불구하고 가만히 있었다.

'들리는 소리에 의하면 김전근 사무관과 이재주 사무관은 떨어졌다고 하더라. 이승채 사무관은 어떻게 되었는지 모르겠다.'고 직원들이 속닥거렸다.

「그분들이 떨어졌으면 나도 떨어졌겠지 뭐, 떨어진 걸 알아보면 무슨 소용이 있어?」라고 마음을 정리하였다.

마음은 그렇게 먹고 있어도 사무실에 계속 앉아 있는 것은 어색했다. 일찍 나가버리려고 책상을 정리하는데, 무슨 카메라가 와서 나를 찍기 시작했다. 방송국에서 나왔다는 것이다.

"무슨 일입니까?"

"이승채 씨 아니에요?"

"맞습니다만!"

"모르고 계셨어요? 합격했습니다."

하늘을 날아갈 것 같은 기분이었다.

전화를 들었다.

"어머님, 합격했습니다. 해내고 말았습니다."

"뭐야?"

다음 말을 잇지 못하시는 어머니와 그 옆에 있던 아내는 울기만 했다.

그 다음날 13개 중앙지와 지방지 신문에 「화제의 인물」이라는 제목으로 나의 사법시험 합격에 관한 박스기사가 실렸다. 그 기사는 연합통신 광주지사에 근무하던 조광흠 기자가 썼다. 기사를 써주신 조광흠 기자님께 감사드린다.

그리고 MBC광주문화방송에 출연하여 10분 동안 인터뷰를 했다. 이문석 PD 선생님(지금은 광주문화방송 총무국장)과 진행을 받았던 김형주 아나운서님(지금은 광주문화방송 편성국장), 촬영을 해 주신 이상묵 국장님께도 감사드린다.

우수한 성적으로
사법연수원을 수료하다

사법시험 합격자 발표일로부
터 사법연수원 입교까지 4개월 동안은 세상에 부러울 것이 없었다.

만나는 사람마다 "축하합니다."라고 칭찬해 주었고, 친척들은 물
론 직장 동료들도 전과 다른 대접을 해주었다. 시내 다방 등 사람이
많이 모이는 곳에서는 나의 사법시험 합격에 관한 이야기로 꽃을
피웠다.

어느 날, 금남로에 있는 신양다방에를 갔다. 나이 드신 어른들이
몇 사람 앉아 계셨다. 그 중 한 분이 "어떤 놈은 시골의 가난한 집에
서 태어나 혼자 학교를 다니고, 직장 생활을 하면서 눈물겹도록 공
부하여 고시를 합격하였다는데, 우리 아들놈은 금이야 옥이야 키워
서 결혼시켜주었더니 날마다 하는 소리가 '아버지가 나에게 뭘 해주
었느냐?'면서 돈만 주라고 한다."고 신세타령을 했다.

사법연수원을 입교하는 날 아내와 어머니를 모시고 갔다. 아들이
사법시험에 합격하여 연수원에 들어가는 것보다 더 기쁜 일이 있을
까?

사실 우리 어머니는 말씀을 잘 안 하셔서 그렇지 속이 참 깊으신 분이다. 기쁠 때나 슬플 때, 즐거울 때나 괴로울 때나 표정을 바꾸시지는 않지만 가끔 내 손을 꼭 잡고 한참 동안 얼굴을 쳐다보시는 분이시다.

그날도 어머니는 내 손을 꼭 잡고 얼굴을 한참 동안 쳐다보셨다.

어머니의 말없는 행동 속엔 '건강 하거라.', '열심히 공부해서 훌륭한 법조인이 되거라.'는 등 여러 가지 주문이 들어 있는 것이다.

부모와 자식 사이에 무슨 말이 필요한가? 서로의 눈빛만 보면 부모는 자식의 마음을, 자식은 부모의 마음을 읽을 수 있는 것이지.

연수원에 들어가자마자 나는 다시 한 번 벽에 부딪쳤다. 지금도 마찬가지지만 사법연수원 내의 경쟁은 참으로 치열하다. 연수원 성적이 좋아야 판사나 검사로 임관할 수 있기 때문이다.

이제까지의 경쟁은 그래도 할 만한 사람들끼리의 경쟁이지만, 사법연수원은 사법시험 합격자들끼리의 경쟁이니 그야말로 '별들의 전쟁'인 것이다.

나는 판사, 검사를 하고 싶어서 사법시험을 본 것이 아니고, 처음부터 변호사를 하기 위한 것이기 때문에 성적에 대한 부담은 없었다. 낙제만 하지 않으면 변호사자격은 주지 않겠느냐고 가볍게 생각했다.

그러나 막상 입교하고 나니 출신학교 별로 따로 모여 그룹스터디를 하고, 세미나도 하는데 나는 어디 낄 데가 없었다. 겉으로는 「죽자 살자 공부하여 사법시험에 합격해 놓고, 연수원에 들어와 또 죽자 살자 공부하느냐?」며 외톨토리 신세를 자위했지만, 한편으로는 불안하기도 하고, 한편으로는 일류학교 나온 사람들이 부럽기도 했다. 그런 이유 때문에 사람들이 일류학교를 선호하는가 보다.

연수기간 동안 나는 공부보다는 사람을 많이 사귀려고 노력했고,

그 중에서도 고향이 다른 경상도, 충청도, 서울 사람들과 가까이 하려고 했다. 또한, 직장에 다니면서 공부하느라고 읽지 못했던 책도 많이 읽었다.

사법연수원의 교육 과정은 별로 힘든 것은 아니다. 1학년 때는 국가5급(사무관) 월급을 주고, 2학년 때는 4급(서기관) 월급을 주며, 시설도 어느 교육기관에 못지않게 훌륭하다. 지방 사람들을 위하여 기숙사도 있다.

서울에 기거할 곳이 없어 기숙사에 들어갔다. 최재경 검사와 최원길 변호사가 룸메이트였다. 그분들은 모두 경상도 사람이었는데 나보다 나이가 상당히 어렸다.

밥은 식당에서 사 먹고 잠만 기숙사에서 잤다. 그분들은 서울대와 고려대 출신들과 그룹스터디를 한 후, 술 한 잔씩 마시고 밤늦게 들어오기 때문에 대화할 기회도 많지 않았지만, 그들 두 사람은 가끔 재미있는 이야기를 했다. 그러나 나와는 별로 놀아주지 않았다. 처음에는 나이 차이가 많아서 그런 것으로 알았고, 나 자신도 어린 사람들과 조잘거리고 싶은 생각이 없어서 내 할 일만 했다.

나는 다른 데 갈 곳이 없기 때문에 오후 5시경 방에 들어와 청소도 하고 빨래도 했다. 내 것은 물론 그 분들이 벗어놓은 양말이며, 와이샤쓰며, 심지어는 속옷까지 빨아 널어놓곤 했다. 그들은 아침에 깨끗이 빨아진 양말을 신고 가면서도 "누가 빨았느냐"고 묻거나 "고맙다"는 인사도 하지 않고 그냥 나갔다. 「참, 이상한 사람들이다. 요즘 젊은 사람들은 다 그런가?」 생각도 해보았다.

그로부터 한 달쯤 지났을까? 볼 일이 있어 시내에 나갔다가 조금 늦게 들어왔는데 방이 깨끗이 청소되어 있고, 내가 벗어놓은 양말도 널려 있었다. 별 일도 다 있다고 생각하고 있는데,

"형님! 우리, 술 한 잔 하러갑시다." 최원길 씨의 말이다.

"좋습니다. 좋은 일 있소?"

"형님! 우리는 학교 다닐 때 선생님이 '전라도 사람들은 거짓말을 잘하여 믿을 만한 사람이 못 되니 사귀지 말라'고 하셨는데, 전라도 사람 중에도 형님처럼 좋은 사람도 있네요" 최재경 씨의 겸연쩍은 인사다.

"뭐라고요?"

우리는 그날 저녁 고주망태가 되도록 마셨다. 그리고 전라도와 경상도의 벽을 허무는 데 최선을 다하기로 약속도 하였다. 그 후 우리는 친형제처럼 잘 지냈고, 지금도 서로 의좋게 지내고 있다.

사귀어 보기도 전에 전라도 사람에 대해 그런 선입견을 가지고 있으며, 더구나 수업 시간에 선생님이 그런 말을 했다는 것이 믿을 수 없는 일이지만, 만약 그런 일이 있었다면, 이건 정말 심각한 문제다.

그런 사고와 환경 속에서 어떻게 영·호남이 화합할 수 있다는 말인가? 국가의 장래를 위해서라도 서로가 그런 언행은 삼가야 할 것이다.

7년 이상 법원에 근무한 나에게 연수 내용 자체는 힘든 것도, 어려운 것도 아니었다. 10개월간의 전반기 교육을 마친 후 광주지방검찰청에서 검사시보로서 실제 수사 업무에 종사했다. 나에게 배당된 사건은 물론, 지도부장께서 담당하신 사건의 일부도 처리해 주었다.

검사시보를 하는 기간 중 특별히 추억에 남는 일은 없지만, 13건의 구속 사건을 처리하였는데, 피해자와 합의가 안 되어 어쩔 수 없는 1건을 제외한 12건의 피의자를 모두 '무혐의', '기소유예', '구약식기소'를 하고 석방했다. 구속 기소했던 1건도 나중에 합의가 되어 보석을 청구하자 판사에게 '석방하심이 타당합니다.'라는 의견서를 보냈다. 그랬더니 차장 검사님의 즉각적인 호출이 있었다.

"이승채 시보, 자네 검사자질이 없구먼!"

"무슨 말씀이십니까?"

"자네가 처리하는 사건을 유심히 보았는데 13건 중 12건을 석방하고, 1건 마저 석방함이 타당하다니 이게 무슨 검사인가?"

"예. 저는 검사자질이 없습니다. 막상 피의자를 조사해보면, 그럴 만한 사정이 있고, 한번만 용서해 주면 다시는 그런 짓 안 하겠다고 하는데 딱하지 않습니까? 말이 교도소지 그곳에 간 사람의 마음은 어떻겠습니까?"

내 말을 들은 차장 검사님은 하도 어이가 없는지 더 이상 다른 말은 안 하셨다.

"그래, 이리 앉아 차나 한 잔 하고 가소. 검사지망 할 생각은 없는가?"

"예. 솔직히 저는 검사할 자신이 없습니다. 죄지은 사람을 벌해야 하는데 포승줄에 묶여오는 피의자만 보면 측은한 생각부터 드니 어떻게 검사를 하겠습니까?"

그때의 차장 검사님은 지금 법무부장관으로 계시는 김정길 씨였다. 고등학교 선배님으로 나를 매우 아껴주시는 분이다. 당신 생각으로는 은근히 내가 검찰 쪽으로 오기를 바라시는 것 같았다. 그러나 적성에 맞지 않는 검사를 누가 권한다고 지망할 수는 없는 일이 아닌가?

시보 생활 중에서 가장 기억에 남는 것은 변호사 시보 기간이었다. 지금은 돌아가신 이형년 변호사님의 사무소에서 변호사 실무를 했는데, 그분은 천성적으로 심성이 좋고, 낙천적인 분으로 평소 내가 존경하는 분이셨다. 특별히 지도해 주시는 것은 없지만 따뜻하게 대해주시고, 어려운 연수생에게 용돈까지 주셨다.

나는 그분의 은혜를 잊을 수 없다. 그분 입장에서는 얼마 안 되는 돈이었을지 모르지만 연수생에게는 굉장한 돈이었다. 그분으로부터 받은 용돈으로 아내에게 옷도 한 벌 사주고, 외식도 시켜 주었다.

거의 모든 연수생이 법원과 검찰실무는 열심히 해도 변호사 실무는 소홀히 하는 경향이 있다. 더구나 변호사 실무가 끝나자마자 사법연수원에 들어가 곧바로 후기 시험을 봐야하기 때문에 2개월간의 변호사 실무수습기간 중 한 달만 연수를 하거나 아예 지도 변호사에게 인사만 하고 공부한다고 서울에 올라가 버리는 사람이 많다.

지도 변호사도 연수생이 있는 것을 귀찮게 생각하는 분이 있어 사실 변호사 연수가 제대로 되지 않고 있는 실정이었지만, 나는 2개월의 변호사 연수기간 동안 단 하루도 쉬지 않고 매일 출근하여 소장도 쓰고, 준비서면도 쓰고, 답변서도 쓰고, 당사자 면담도 하는 등 정작 내가 변호사인 것처럼 일했다.

12월 1일부터 연수원 후기시험을 보는데, 11월 30일 토요일 오전 근무까지 했으니 아마 동기 연수생 중 변호사 실무를 나보다 열심히 했던 사람은 없을 것이다.

그렇지만 그것이 헛되지 않았다. 그것이 인연이 되어 내가 변호사 개업을 할 때 광주에서 가장 유명했던 그분과 합동사무소를 운영하는 영광을 얻었다. 연수원 후기시험 중 민사실무시험에서는 2개월 동안 직접 사건을 처리한 경험이 많은 도움이 되었고, 변호사 개업을 하였을 때도 전혀 당황할 것이 없었다.

후기 시험을 마치자마자 판사나 검사로 임관될 것은 생각도 못하고 광주에 내려와 이형년 변호사님이 계시는 삼호센타 건물에 조그마한 사무실을 얻었다. 집기를 마련하는 등 변호사 개업 준비를 완벽하게 해두었다. 기왕에 변호사가 되기 위해서 사법시험을 보았고, 낙제할 정도로 공부를 못하지는 않았기 때문에 머뭇거림이 없이 하루라도 빨리 개업을 하려는 생각이었다.

내가 원한다고 임관이 되는 것도 아니고, 사법시험 성적이 꼴찌에 가까울 뿐 아니라 연수원에서도 젊고, 일류 대학 나온 사람들을 이길 자신이 없었다.

"단 하루라도 판사 어머니란 말을 들어보고 죽자."는 어머니와 "기왕에 사법시험에 합격했으면 판사를 해야지 처음부터 변호사가 무엇이냐?"고 나무라는 장인 장모님께 "성적이 안 좋아서 어쩔 수가 없습니다. 정말 면목 없습니다."라는 말로 그분들을 설득하였다.

그런데 의외의 결과가 나왔다. 사법연수원을 우등으로 수료하게 된 것이다. 사법연수원 우등수료자 명단이 법률신문에 게재되어 그것을 본 아내가 시어머니와 친정부모에게 고해바쳐 내 입장이 아주 난처하게 되었다.

「그래 죽은 사람 소원도 들어준다는데 살아 계신 부모님들의 소망을 저버려서야 되겠느냐?」는 생각에서 판사를 지망했다.

그리하여 짧은 기간 동안이나마 판사를 하면서 좋은 경험과 많은 공부를 하였다.

판사가 되다

내가 판사가 된 것은 기적에 가까운 일이었다.

나는 초등학교를 10세(만 9세)에 입학했다. 그렇기 때문에 내 동창생들은 대부분 동생과 나이가 같다. 초등학교를 입학할 나이가 되어 동네 친구들과 마찬가지로 어머니의 손을 잡고 학교에 갔으나 다른 사람은 입학을 하고 오는데 나는 그냥 돌아왔다.

그 다음 해에 나보다 한살 아래 아이들과 같이 학교에 입학하러갔다. 그렇지만 역시 입학하지 않고 다시 돌아왔다. 어린 나이에 "왜 학교에 보내주지 않느냐?"고 울고불고 사정을 했지만, 어머니는 아무 말도 없이 내 손을 잡고 그냥 집으로 돌아왔다. 사정이나 알면 섭섭하지나 않을텐데, 사정을 모르니 복장이 터질 노릇이다.

그 당시 우리 동네에는 학교를 아예 못 다니는 아이들도 있었다. 그래서 나는 어머니가 학교를 안 보내려고 그러신 줄로만 알았다.

10살이 되던 해에야 나는 초등학교에 입학했다. 동네친구들은 3학년인데 나는 1학년이다. 그래도 학교에 다닌다는 것이 얼마나 즐거웠는지 모른다. 내가 크는 동안, 아니 지금까지도 늦게 학교에 다닌 것이 부끄럽고, 불편한 일이었지만 어쩔 수 없는 일이다.

대학을 졸업할 때까지 나는 왜 어머니가 입학하러 갔다가 2번씩이나 그냥 돌아왔는지를 몰랐다.

나의 대학 졸업식장에도 어머니는 참석하지 못했다. 어머니뿐만 아니라 우리 식구는 아무도 오지 않았다. 대학졸업식에서 사각모자를 쓰고 찍은 사진을 보시며 어머니는 이렇게 말씀하셨다.

"가정 형편이 어려워 학교를 많이 보내지 못할 것 같고, 어차피 열댓 살 먹으면 남의 집 깔담살이(소를 먹이는 머슴)를 보내야겠는데, 그렇다고 아들을 까막눈 만들어 놓을 수도 없어 초등학교 2학년까지만 보내야 되겠는데 너무 어린 나이에 학교를 보내놓으면 이름자도 쓰지 못할 것 같아 최대한 늦게 학교를 보내려는 깊은 뜻(?)이 있었다고 한다. 그런데, 막상 학교를 보내놓고 보니 공부를 잘해서 '1년만 더 보내자, 1년만 더 보내자.' 한 것이 초등학교를 졸업하고, 중학교를 졸업하고, 고등학교를 졸업하고, 대학교를 졸업했다는 것이다. 사정이 그러했다는데 학교 늦게 보낸 부모를 원망할 수 있겠는가.

사실, 우리 동네에는 나와 초등학교 동창생이 남녀 합하여 18명이나 된다. 그 중에서 중학교를 진학한 여학생은 한 사람도 없고, 남학생들 중에서도 나와 손원식, 정영기라는 친구 셋만이 중학교에 들어갔다.

부끄러운 일인지, 자랑스런 일인지는 몰라도 나는 우리 마을이 배출한 두 번째 대학생이다.

지금은 모두 나름대로 잘 살고 있지만, 내 친구 중에는 남의 집 머슴살이를 한 사람, 서울에 가서 구두닦이를 한 사람, 목욕탕 때밀이를 한 사람, 짜장면 집 종업원을 한 사람이 많고 공무원 생활을 하거나 남이 부러워하는 직장에 다닌 사람은 거의 없다.

내가 어렸을 때 아버님은 "너, 커서 면사무소 소사(급사)라도 해먹으면 소원이 없겠다."는 말씀을 자주 하셨다. 당시는 면사무소 소사를 하기도 쉬운 일은 아니었다.

내가 초등학교 6학년 때 광주서중학교에 시험을 보러간다니까 우리집 밑에 사는 손성만이라는 사람이 "내 손에 장을 지져라. 너의 집 형편에 무슨 중학교를 간다는 것이냐? 못 올라갈 나무는 쳐다보지도 마라."고 말한 적이 있다. 그 말을 한 것 때문에 나는 당시 30이 넘은 그 사람과 몽둥이를 들고 몇 시간을 싸운 적이 있지만, 말인즉 맞는 말이었는지도 모른다.

내가 판사가 되리라고는 나를 낳아서 길러주신 부모님은 물론, 나를 가르쳐 주신 선생님들, 형제, 일가친척들, 사랑하는 아내, 처가식구들, 심지어는 나 자신까지도 생각지 못한 것이다.

어렸을 때 꿈이 대통령 아닌 사람 없고, 판사 아닌 사람 없다지만, 나는 현실과 동떨어진 꿈을 꿔본 적은 없다.

어쩌다 고등학교를 졸업하고 말단 공무원 시험에 합격하여 다시 한 단계 높은 공무원 시험에 응시하고, 다시 한 단계 높은 시험에 합격하곤 하여 사법시험까지 합격하기는 하였지만 사실 나도 뭐가 뭔지 잘 모르는 일이다.

사법시험에 합격했다고 해서 그냥 판사가 되는 것도 아니다. 면접시험에서 2번씩이나 혼이 났다.

그 첫 번째는 사법시험의 면접시험이다. '2차 시험만 합격하면 면접시험은 형식적이겠지'라고 생각했는데, 5공 시절에는 2차 시험 합격자를 조금 많이 뽑아놓고, 학교 다닐 때 시위에 가담하거나, 가족의 사상에 문제가 있는 사람은 3차 면접시험에서 걸러냈다. 그런 사람이 없으면 성적순으로 뒤에서부터 잘라버렸다.

우리 동기생들은 2차 시험에서 308명이 합격하여 298명이 최종적으로 합격했다. 10명이 면접에서 떨어진 것이다. 어떤 사람은 사법시험에 합격했다고 온 동네사람들을 불러다 잔치까지 했는데 면접에서 떨어져 창피를 당한 사람도 있다고 들었다.

수험 번호순으로 들어가서 면접시험을 보았다. 내 앞에 서 있던 사람들은 2~3분, 길어야 5분 정도 있다가 나왔는데, 나는 보내 주질 않는 것이다. 신상에 관한 것은 단 한마디도 물어보지 않고, 두 분의 면접관이(한 분은 대학교수이고, 한 분은 현직 부장판사였다) 번갈아 가면서 학술적인 질문을 계속했다. 거침없이 대답을 한 것은 아니었지만 그런 대로 대답을 잘 했다. 민법에 관해서 물어보다, 상법에 관해서 물어보고, 헌법도 물어보고, 형법도 물어보고, 소송법도 물어보고, 약 30분간을 잡아놓고 별 것을 다 질문하였다. '그래도 법원 밥을 7년이나 먹었는데, 면접관 앞에서 벌벌 떨 내가 아니다.'는 배짱으로 임했다.

한참을 묻던 두 분의 면접관은 서로 이마를 맞대고 한참 무슨 이야기를 하더니 고개를 갸우뚱거리면서 다시 묻기 시작했다. 이제는 전번의 질문보다 훨씬 어려운 것을 물었다. 그 중에는 보통 학생들은 알기 어려운, 법률 전문가도 대답하기 어려운 질문도 있었다. 어떻게 되었던 10년 이상 법학 공부를 하였고, 집중적인 공부를 못하여 시험은 늦게 합격하였지만 법원사무관으로서 실무도 익힌 터라 아는 데까지 대답했다.

"이승채 씨! 공부 참 많이 했네, 수고했어요."

면접관으로부터 해방되어 나오자, 웅성거리고 서있던 수험생들이 "무슨 말을 그렇게 오래 물어봅디까?"라고 물었다. "학문적인 질문을 많이 하더라"고 대답했더니, 그 중에 누군가가 "이승채 씨는 위험해요. 성적이 나쁜 모양입니다."라고 겁난 소리를 했다.

계속된 그 사람의 이야기는 사정권에 걸린 사람은 합격시킬 것인가? 불합격시킬 것인가를 결정해야 하기 때문에 심하게 물어본다는 것이다. 자기는 작년에 커트라인에 걸려 면접에서 혼나고 떨어진 후 올해 다시 합격했다고 했다. 올해는 별로 안 물어 보는 것으로 보아 자기는 성적이 좋은 것 같다는 친절한 설명까지 곁들였다. 그 말을 들으니 현기증이 났다. 즉시 총무처 고시과로 달려가 내 성적을 좀 알려달라고 사정했다. 합격자 발표를 하기 전까지는 정확한 성적을 알려줄 수 없다면서 "성적이 좋지는 않습니다. 그러나 합격선에는 들것 같습니다."라고 이야기 해주었다.

그때부터 최종 합격자 발표시까지 그것 때문에 혼자서 애를 많이 태웠다. 합격자 발표 후 사법연수원에서 성적을 열람해본 결과 내 성적은 꼴찌에서 몇 번째 안 되었다.

또 한 번은, 판사 임관을 위한 마지막 면접이다. 판사 임관을 위한 면접이야 이미 내 발령순위를 알고 있었고, 공무원 생활을 오래 했으니 신원조회에 걸릴 것도 없고, 사상 관계는 말할 것도 없었기 때문에 흠잡을 것이 없었다. 사법시험 성적은 1등이나 꼴등이나 별 차이가 없지만, 연수원 성적은 상위권과 하위권의 차이가 크게 벌어지기 때문에 발령 순위를 정하는 데는 연수원 성적이 크게 작용한다.

비록 사법시험 성적은 꼴찌에 가깝지만 사법연수원을 우등으로 수료했기 때문에 나의 발령순위는 16위였다. 아무리 판사임용을 적게 한다고 해도 1년에 30명 이상은 하므로 아무 걱정이 없었다.

그럼에도 불구하고, 앞자리에 나를 앉혀놓은 5명의 면접관은 아무 말도 물어보지 않고, 자기들끼리 머리를 맞대고 "참 이상하다, 이럴 수가 있는가? 이러니 시험의 신뢰도를 믿을 수가 있는가?"라고 서로 이상하다는 눈빛만 주고받았다.

그분들이야 나를 모르겠지만, 모두 법원의 고위직들이기 때문에

나는 그분들을 익히 알고 있는 터라,

"뭐가 잘못된 게 있습니까? 뭐가 이상합니까?"라고 오히려 면접 관에게 먼저 물었다.

"이승채 씨! 참 이상합니다. 당신은 판사 지망생 중 사법시험성적은 꼴등인데, 사법연수원성적은 1등이니, 사법시험 꼴등짜리가 어떻게 연수원성적이 이렇게 좋습니까?"

그럼 내가 사법연수원에서 부정행위를 했다는 말인가?

"네, 그것은 제가 직장을 다니면서 공부했기 때문에 집중적으로 책을 보지 못하여 사법시험 성적이 나쁩니다." 그 말을 들은 후에야 면접관들은 이해가 간 모양이다.

"네, 알겠습니다. 어느 직장에 있었습니까?"

"법원에 있었습니다."

"사무관으로? 고생 많이 하셨구먼, 훌륭한 법관이 되십시오."

이렇게 하여 나는 법관이 되었다. 그 고비 고비가 쉽지 않았지만 내가 생각한 것보다 수월하게 모든 것이 해결된 것이다.

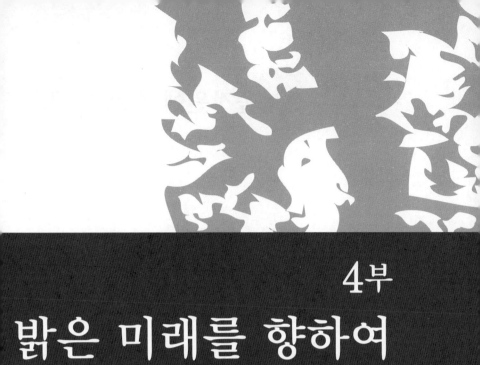

4부
밝은 미래를 향하여

겨울정원에 홀로 핀 철쭉

겨울 정원에 철쭉꽃이 피었다. 그것도 딱 한 송이.
동백도 아직 머물어만 있고,
개나리는 깊은 잠에 잠겼는데
속없는 철쭉이 혼자만 일찍 깨어 찬바람과 싸리눈에 모지게 당하
고 있다.

속없는 철쭉아! 지금은 겨울이다.
철모르고 피어 있는 널 또라이라 할 거다만
눈 속에서 보는 네 모습이 이쁘기는 참 이쁘다.
봉래산 장송은 독야청청 한다는데 동정(冬庭)의 너는 독야불긋 하
는 거냐?

남들은 모두 뽕따러 하의도로 가는데
서석대에 홀로 남은 나도 사실은 또라이야!
또라이 철쭉아! 우리, 또라이끼리 술이나 한잔할거나

1999. 12. 15.

때로는 정신 나간 봉사를 하라

'**인생에** 있어 때로는 정신 나간 봉사를 하라' 야간열차를 타고 가면서 어느 책에서 읽은 글귀이다. 그것이 착한 일이고, 그 일을 하는데 마음이 내키면 앞뒤 가리지 말고 하라는 충고의 말이다.

1999년 11월 29일 월요일, 금세기 마지막 쓸쓸한 가을날이다. 월요일엔 재판이 없기 때문에 변호사들에게는 가장 마음이 편한 날이다. 그렇지만 나에게는 꼭 그렇지도 않다. 로타리클럽의 주회에도 참석하여야 하고, 교도소에서 나를 애타게 기다리는 피고인들도 만나야 하며, 그동안 보지 못했던 사람들도 만나야 하고, 가끔은 서울에도 올라가야 한다. 허나 오늘은 로타리클럽주회도 야간에 하고 낮에는 별다른 스케줄이 없다.

전화벨이 울렸다.

"변호사님, 계십니까? 오늘 바쁘십니까?"

"아니요."

"지금 놀러가도 좋습니까?"

"좋습니다."

"오늘 저에게 시간을 좀 내 주실 수 있습니까?"

"좋습니다."

"제가 좀 귀찮게 해도 좋습니까?"

"그럼요!"

어린이집 원장 선생님이었다. 내가 생각해 보아도 시원시원한 답변이었다. 그분이 여자였기 때문이었을까. 오늘따라 한가했기 때문이었을까. 그 이유는 모르지만, '오늘은 바쁩니다.' '지금은 시간이 없습니다.' '몇 시에 무슨 약속이 있습니다.' '그건 곤란한데요.'라는 평상시의 답변에 비하면 파격적이었다.

같이 있던 지방의원 한 분과 원장 선생님, 수행하는 직원과 함께 차를 탔다.

"어디로 갈까요?"

"아무 데라도 시내를 벗어나 밖으로 나갔으면 좋겠습니다."

어린이집 원장님은 좋은 일이 있는지, 나쁜 일이 있는지 모르지만 아무튼 가슴이 답답한 일이 있는 것 같았다.

"선암사나 갈까요?"

내가 물어도 아무도 말이 없다. 아무 데도 좋다는 뜻인지, 아무 데도 가고 싶지 않다는 뜻인지 알 수 없다. 그러나 자동차는 호남고속도로를 순천 쪽으로 달리고 있다. 차가 동광주 톨게이트에 도착했을 때 '사회복지법인 덕산'이라고 쓰인 버스가 옆에 정차했다.

"저 곳 참 좋은 일 하는 곳입니다."

몇 년 전에 사회복지법인 덕산을 한번 구경한 적이 있기 때문에 일행에게 가볍게 말을 걸었다.

"어린이들을 데리고 가본 적이 있습니다. 산속에 있어 조용하기도 하고, 경치도 좋고, 좋은 일 하는 곳이라 정말 마음에 들었습니다. 변호사님! 우리 선암사 가지 말고 그리로 가요."

"좋습니다."

약 30분 후 우리는 '사회복지법인 덕산'에 도착했다. 일이 있어서 온 것도 아니고, 그렇다고 그곳의 경치를 구경하러 온 것도 아니요, 견학을 온 것은 더욱 아니다. 말 그대로 발 닿는 곳에 도착한 것이다.

그러나 들어서는 순간, 그곳에서 교육을 받은 장애자 부부가 결혼식을 했다는 소식, 장애인 올림픽에서 수상을 했다는 소식을 전하는 화보가 우리들의 가슴을 찡하게 했다.

「하늘이 사람에게 부(富)와 귀(貴)를 주시는 것은 스스로를 여유 있게 하라는 것이 아니다. 자신이 가진 것으로 다른 사람이 못 가진 것을 구제하라고 주신 것이다. 굶주린 사람에게는 먹이도록 하고 추위에 떠는 사람에게는 옷을 입도록 하는 것, 이것이 바로 하늘이 주신 부유함을 저버리지 않는 것이다.」라는 장양호의 삼사충고에 나온 말을 쓴 큰 액자가 현관에 붙어 있었다.

그렇다. 시골에서 꼴망태를 짊어지고 다니던 나에게 변호사를 하도록 하고, 집과 자동차를 준 것은 나 혼자만 잘 먹고 잘 살라는 것은 아니다. 나보다 능력이 없는 사람들을 보살피며 그들과 함께 살아가라는 책임을 나에게 지운 것이다.

관장실에 들렀다. 이곳의 관장님은 내가 대학을 다닐 때 경제학을 강의하시던 고제원 박사님이다. 여기까지 왔으니 은사님께 인사는 드리고 가야 도리인 것 같아서였다.

"아이고, 이게 누구십니까? 이렇게 귀한 손님이 오셨습니까?"

고제원 관장님은 나를 보시더니 친아들을 본 것보다 더 반갑게,

당신의 은사가 찾아온 것보다 깍듯이 맞아 주셨다. 찾는 손님이 별로 없어 모처럼 방문객이 오니 당황하여 그러시는지, 정말로 내가 반가워서 그러시는지는 모르지만 관장님은 한참 동안 여러 직원들에게 우리를 맞을 준비를 지시하셨다.

"소회의실에 불을 좀 넣고, 차를 준비하세요. 그리고 복지관을 한 번 돌아 볼 준비를 하세요. 우리 복지관의 팜플렛을 4장만 가져오세요. 방명록도 가져오세요. 후원회 초청장도 4장만 가져오세요."

그러고 보니 관장실이 썰렁하였다. 초겨울이어서 기온이 영하로 떨어졌음에도 불이 들어오지 않았다. 70세가 넘은 노인이 불도 들어오지 않는 방에서 오바코트를 걸치고 근무하고 계셨다. 명색 관장실에 비서 아가씨도 없었다. 손님에게 차를 대접할 도구도 없다. 소회의실은 이사장실 옆에 있었다. 그곳은 이사장님이 손님을 접견하는 곳인 것 같았다. 역시 불은 들어오지는 않았으나 양지쪽에 있어 햇빛 덕분에 관장실보다는 따뜻했다.

차를 한잔 마시고 관장님의 안내로 여기저기를 둘러보았다. 시설은 참으로 잘 되어 있었다. 모든 시설이 장애인 위주로 되어 있었다. 장애인들이 문고리를 돌리는 것이 어렵기 때문에 모든 출입문은 미닫이로 되어 있었고, 공부하는 방, 화장실, 운동장, 기숙사, 식당, 휴게실, 병원, 보장구 등이 잘 갖추어져 있었다. 비록 몸은 말을 듣지 않으나 정신은 멀쩡한 사람, 몸은 우리와 다름이 없으나 정신이 온전치 못한 사람, 정신과 신체가 모두 정상이 아닌 사람들로 가득 찼다. 어린이로부터 40대까지 있었다. 말을 듣지 않는 팔을 움직여 그림을 그리고 있는 사람, 입에 막대를 물고 컴퓨터 자판을 두드리고 있는 사람. 휠체어를 타고 어디를 바쁘게 가고 있는 사람, 몸 전체를 이상하게 흔들면서 밝은 미소로 우리를 맞아주는 사람, 누구 한 사람 헛눈 파는 사람이 없었다. 무엇인가를 해 보겠다고 모두들 열심이다.

어느 방에 들어가니 간식 시간인지 과일 화채를 먹고 있었다. '아차! 오는 길에 과일이라도 몇 상자 사올 걸…' 하는 생각이 들었다. 직원들이 근무하는 사무실은 물론 관장실까지도 난방이 들어오지 않았지만 장애인들이 공부하는 방이나, 기숙사, 식당, 심지어는 화장실까지 모두 따뜻했다. 자기들은 추워도 참으면서 장애자들을 배려하는 마음에 저절로 고개가 숙여졌다. 갈 때는 소풍하는 기분으로 갔지만 올 때는 그냥 올 수가 없었다. 오늘따라 가진 돈도 별로 없다.

수행하는 직원에게 지갑을 써내주었다. 그리고 얼마 안 되지만 지갑에 있는 돈 모두를 봉투에 담아 후원금으로 내도록 했다.

복지관을 나와 송순 선생의 면앙정과 정철 선생의 송강정을 구경하고, 로타리클럽의 야간주회에 참석했다. 로타리클럽 역시 봉사단체로서 주회 때마다 성금을 내야한다. 그런데 지갑에 들어있던 돈을 모두 복지관의 후원금으로 내버렸으니 로타리주회에서 성금을 낼 돈이 없을 것 같았다.

성금을 내지 못하는 사정을 이야기하려고 회원들에게 지갑을 펼쳐 보였다. 그런데 예상 밖으로 약간의 돈이 남아 있었다. 헤아려 보니 10만 원이었다. 직원이 로타리주회의 성금은 남겨 놓았던 것 같다.

"회장, 회우, 여러분! 안녕하십니까? 저는 오늘 참으로 기분이 좋습니다. 모처럼 낮에 시간이 나서 담양에 있는 '사회복지법인 덕산'이라는 복지시설에 들렀습니다. 그곳에서 자활의 의지를 불태우는 장애인들과 그들을 보살피는 관계자들을 보고 가슴이 뭉클하여 지갑에 있는 돈 전부를 후원금으로 냈습니다. 그래서 오늘은 성금을 낼 돈이 없는 줄 알았습니다. 그런데 우리 직원이 10만 원을 남겨두었군요. 그곳도 봉사활동을 하는 곳이고, 로타리클럽도 봉사활동을 하는 곳이니, 남아 있는 돈 10만 원 모두 성금하겠습니다."

회원 모두가 박수를 쳤다. 어디에선가 "버스비는 남겨두어야지?" 하는 말도 들렸다.

로타리주회를 마치고 바람 끝이 찬 시내로 나왔다. 주머니에는 단돈 1원도 없다. 돈이 없어 춥고 배고프던 학창 시절이 생각났다. 버스비가 없어 슬픈 날이 있었다. 오늘도 역시 버스비가 없다. 그러나 오늘은 슬프지 않다. 마음이 기쁨으로 충만해 있다. 오늘 나의 「정신 나간 봉사」로 단 한 시간이라도 따뜻하게 겨울을 보내는 이웃이 있다면 하늘이 나에게 조그마한 복을 주면서 명(命)한 책임을 다 하는 것이리라.

요즈음의 변호사는?

무엇이 되겠다는 것보다 죽지 않고 살아남아야 한다는 강박감에 짓눌려 살던 나에게 어느 날 갑자기 얼척없는 꿈이 하나 생겼다. 말단의 9급 공무원 생활을 할 때, 나보다 2배를 받는 계장의 봉급 봉투를 보고, 계장만 되면 살겠구나 하는 생각이 들어 필사적으로 공부하여 7급 공채에 합격했다. 계장이 되고 나니 나보다 나이 어린 사무관은 주사보다 훨씬 많은 봉급을 받는 것이 아닌가. 다시 공부하여 법원행정고등고시에 합격하였다. 최연소는 아니지만 그래도 젊은 나이에 직급은 사무관이니 스스로 출세했다는 생각이 들기도 하고 가끔 어깨가 올라가는 경우도 있었다. 사법시험을 합격한 판사님들을 모시고 재판에 참여하는 일을 하였지만, 봉급은 거기서 거기였다. 일은 물론 판사보다 편하고, 마음도 오히려 판사보다 편했을지도 모른다. 그런데 판사들과 어울려 다니던 어느 날, '늙어서 저 사람들이 변호사를 할 때, 나는 사법서사를 해야 하는구나' 하는 생각이 들었다.

그때서야 새삼스럽게 생긴 꿈이 변호사다. 서른세 살의 늦은 나이에 사법시험에 합격하여 사주에 없는 짧은 판사생활을 마감하고

199

변호사 개업을 하는 순간 기쁘기 그지없었다. 눈코 뜰 새 없이 바쁘기는 했어도 생활은 박진감이 있었으며, 고맙다며 손을 잡고 눈물을 흘리는 아낙네도 있었다. 맛있는 음식도 먹어보고, 고급 술집도 들어가 보고, 고급 옷도 입어 보고, 어머님과 장모님께 용돈도 두둑이 드리고, 특히 가난에 쪼들린 아내에게 두툼한 봉투도 줄 수 있어서 좋았다.

그로부터 10년, 밤잠을 설쳐가며 일을 했다. 솔직히 사건도 많이 맡았다. 의뢰인에 이익이 되는 일이라면 자존심이 상하는 일이 있더라도 참았다. 이 세상에 수천 가지의 직업이 있지만 남에게 고통을 주는 것이 아닌, 남의 고통을 덜어주고, 남의 아픈 곳을 긁어주는 변호사라는 멋진 직업을 갖게 된 것을 항상 감사한 마음으로 살아왔다. 불평을 해 본 적은 없다.

그런데 세상이 변하기 시작했다. 텔레비전에 변호사의 세금문제가 오르내리기 시작하면서 주위의 시선이 따가워졌다. 2번에 걸쳐 고강도의 세무조사를 받기도 했다. 법조비리가 터지자 판사실 출입까지 금지되었다. 세금을 내는 국민이 공무원의 방을 들어 갈 수도 없고, 동기생 판사를 만나도 악수하기도 두렵다. 고맙다고 박카스를 사들고 찾아오는 사람보다는 항의하는 사람이 많아졌다. 무죄를 주장하는 사기 사건을 무료로 변론해 주었더니 판사는 뻔 한 것을 가지고 무죄를 주장한다는 듯 법정에서 여러 번 핀잔을 주었고, 피해자라는 사람은 수차 전화를 하여 그런 사람인 줄 몰랐는데 알고 보니 '도둑을 변호하는 악덕 변호사'라고 악담을 퍼부었고, 실형이 선고되자 피고인은 '당신이 한 것이 무엇이냐' 항의했다.

기존의 변호사가 미워서 그런지, 고시 준비생들이 예뻐서 그런지는 모르지만 앞으로 사법시험 합격자를 대폭 늘린다고 한다. 이 시대의 변호사는 동네북인가. 어디에 하소연 할 곳도 없다. 변호사회 보가 아니면 이런 글은 실어주지도 않을 것이다. 설사 실어 준다고 하더라도 비난의 전화가 빗발칠 것이다. 변호사의 꿈을 가졌던 것이 잘못일까.

어디까지 갈 것인가. 지금도 변호사가 되려는 젊은이들이 구름처럼 몰려들고, 법에 「변호사는 기본적 인권을 옹호하고 사회정의를 실현함을 사명으로 하는 사람」으로 규정되어 있음에도 국민들이 두 번째로 미워하는 직업이 변호사라고 한다. 개인적으로 보면 변호사들이 그렇게 나쁜 사람들이 아닌데 왜 국민들이 미워할까? 이유 없는 시기일까? 돈을 너무 많이 받아서? 너무 똑똑한 소리들을 하고 다녀서? 너무 이기적이어서? 만약 국민의 절대다수가 변호사 제도를 없애는데 찬성한다면 우리는 어디로 가야하는가. 변호사 하기가 점점 어려워지고 있는 것 같다.

(이 글은 2000년도에 광주지방변호사 회보지에 게재했던 것이다)

변호사 수임료는 월부가 안 됩니까?

1999년 11월 18일 법원에서 재판을 마치고 지친 몸으로 사무실에 돌아왔다. 몇 분의 손님이 와서 직원들과 무엇인가 열심히 이야기를 하고 있었다.

피로도 풀 겸 목도 추길 겸 따뜻한 커피를 한 잔 마시고 있었다. 몸집이 큰 여자 한 분이 다가왔다.

"변호사님이세요?"

"예."

"몇 말씀 드리고 싶은데요."

"제가 지금 매우 지쳐 있으니 직원들과 먼저 이야기를 하시거나 잠시만 기다려 주시지요. 차 한 잔 마시고 이야기합시다."

"제가 지금 바쁘고, 30분 이상 기다렸습니다."

여자의 모습도 많이 지쳐 있는 것 같았다. 물론 변호사 사무소에 찾아오는 사람 중 상당수는 지쳐 있는 것이 현실이지만….

화장은 했지만 세수를 하지 않았는지 외모가 깨끗해 보이지도 않았고, 눈 화장은 또 너무 짙게 해 아이섀도의 검정이 얼굴에까지 번져 있었다. 마치 집시의 모습과 흡사했다.

우선 따뜻한 차 한 잔을 권했다. 차는 안중에도 없는 듯했다. 보통 손님의 경우 먼저 직원들과 이야기를 하고 나중에 변호사를 만나도 되는데, 이분의 경우는 직원들과는 전혀 이야기를 하지 않고 변호사만 직접 만나려고 하고, 세상사가 모두 싫은 것 같은 표정을 짓고 있어 무슨 일인지 궁금하기도 하고, 혹시 내가 잘못한 것이라도 있는가? 은근히 걱정이 되었다.

"무슨 일 있습니까?"

"저는 인천에서 왔습니다. 죄송합니다. 어제 밤 밤차를 타고 와 세수도 못 해서 모습이 이렇습니다."

무슨 사연이 있는 것 같은데, 자기가 보기에도 외모가 말이 아니었던지 세수를 못 한 이야기를 먼저 했다. 사실, 얼른 보기는 하루뿐이 아니라 여러 날 세수를 안 한 모습이었다.

"무슨 일로 광주까지 오셔서 세수도 못하고 다니십니까?"

"남자를 하나 사귀고 있습니다. 저는 남편과 이혼을 하고 딸을 둘 데리고 있고, 그 남자 역시 이혼하여 아들을 하나 데리고 있습니다. 저는 호프집을 하는데 그 남자가 자주 찾아와서 처지가 같은 사람끼리 가까워졌습니다. 그런데 시간이 흐르자 그 남자가 저에게 남편 행세를 하고 폭행까지 하여 경찰에 고소를 하였습니다. 그래서 그 남자가 구속되었습니다."

"아주머니의 고소로 구속되었다면, 아주머니가 합의만 해 주면 크게 문제될 것 같지는 않는데요."

"저는 이미 고소를 취소하여 저를 폭행한 것에 대하여는 문제가 없습니다."

"그럼 무엇이 문제입니까?"

그 여인이 이야기한 사연은 대충 아래와 같았다.

사귀는 남자는 신용카드를 사용하고 그 대금 300여만 원을 갚지 못하여 사기죄로 기소중지 되었고, 기소중지가 되어 있기 때문에 일정한 주거를 가질 수 없어 자연히 주민등록이 말소되었는데, 먹고살기 위하여 공장에라도 취직하려면 주민등록증이 있어야 하기 때문에 길에서 주운 남의 주민등록증에서 사진을 떼고 자기의 사진을 붙여 가지고 다녔다는 것이다.

그런데 이 여인의 고소로 조사를 받을 때 경찰관이 신분증을 보자고 하니 그 주민등록증을 보여주었다는 것이다.

그래서 그 사람은 ①폭력행위등처벌에관한법률위반 ②사기 ③공문서 위조 ④위조공문서행사죄로 꽁꽁 묶여 자기의 고소취소와는 아무 관계없이 석방되기가 어렵게 되었다는 것이다.

"사실 돈이 전혀 없습니다. 하루에 10여만 원을 벌면 그것을 가지고 인천에서 광주까지 왔다가 사식과 영치금을 조금 넣어주고 나면 저는 밥 먹을 돈도 없습니다. 그 사람의 형제들이 두 분 있는데 모두 모른 척해 버립니다. 남편도 아니지만, 그간에 정이 들어서 그 사람을 교도소에 두고는 도저히 잠을 잘 수가 없습니다. 변호인이라도 선임해 주면 원이 없겠는데…."

변호인 선임문제를 말하면서 그 여인은 눈물을 뚝뚝 떨쳤다.

"어떻게 저희 사무소에 오시게 되었습니까?"

"광주에 아는 사람이 한 사람도 없어 법률구조협회라도 찾아가려고 했는데 전화가 ARS 전화여서 도저히 통화를 할 수가 없었습니다. 그래서 모든 것을 포기하고 인천으로 도망쳐 버리려고 택시를 탔습니다. 얼마나 슬프던지 택시에서 엉엉 울었지요. 택시 기사가 '무슨 일이냐'고 물어 자초지종을 말했더니, '작년에 광주시장에 출마한 분인데 그분에게 가면 어려운 사정을 들어준다는 소문이 있더라.'면서 이 사무소에 데려다 주었습니다."

"그래요? 그 택시기사가 저를 안다고 합디까?"

"전혀 모르는 사람이라고 했습니다. 택시 번호라도 적어둘 걸 정신이 없어서… 변호사님! 변호사 선임비가 몇 백만 원씩 한다는데 돈이 없습니다. 좀 도와주십시오! 수임료는 월부로는 안 됩니까?"

"월부요? 카드로 한다는 이야기는 들었습니다만, 변호사 수임료를 월부로 한다는 이야기는 변호사 생활 10년에 처음 듣습니다."

"저희들은 돈이 없습니다. 그러나 제가 장사를 합니다. 한 달에 얼마씩은 보내드릴 수 있습니다."

그 여인의 말이 너무 진지하고 눈물겨워 고개를 끄덕끄덕하였다.

"한 달에 얼마씩 월부로 할까요?"

"저희도 먹고는 살아야 하니까 한 달에 20만 원씩밖에 보낼 수 없습니다."

"그럼 몇 달간 보내렵니까?"

그 여인의 이야기에 호기심이 생겼다. 물론 그 남자의 사건을 맡아도 한두 달이면 사건이 끝나버릴 것이고, 사는 곳도 광주가 아닌 인천이고, 더 솔직히 이야기하면 처음 보는 여인과의 약속이라 지켜지리라고는 생각하지 않았다. 더구나 자기나 그 남자나 돈이 전혀 없는 사람들이라고 했다.

그렇지만 월부로 선임비를 내겠다고 하는데, 냉정하게 거절할 수도 없고, 자기의 애인을 위하여 이렇게 진지하게 말하는데 무료변론을 해 주는 것도 그렇고… 그 여인의 말이나 끝까지 들어보고 싶었다.

"변호사 선임비가 얼마입니까?" 여인이 물었다.

"보통 얼마라고 하던가요?"

"다른 사람들 말로는 서울에서는 500만 원 정도라고 하던데…."

"광주는 그보다는 덜 받습니다."

"얼마나 드리면 될까요?"

돈도 없다면서, 그것도 월부로 하자면서 흥정을 한다.

"얼마나 주시고 싶습니까?"

"한 300만 원 정도면 안 될까요?"

"부가가치세는요?"

나도 본격적인 흥정에 들어갔다.

"부가가치세도 있습니까?"

"그럼요."

여인의 표정을 자세히 살펴보았다. 밝지는 않았다. 말은 하고 있지만 걱정이 태산인 듯했다.

"기왕에 흥정을 하였으니 좀 더 깎아 드리지요. 20만원씩 10달 간 200만원을 이 통장으로 보내주십시오."

지금은 단 돈 만 원도 없어 보이는 여자에게 온라인 통장번호를 가르쳐 주었다. 첫 회분 20만 원만 보내면 변론을 해주겠다는 생각을 하였다.

"그 대신 첫 회분 20만원은 내일 당장 보내야 합니다."

"감사합니다. 정말 감사합니다. 그 기사 말이 맞군요?"

그렇게 험상궂던 여인의 얼굴이 밝아졌다. 소녀처럼 기뻐했다.

"짜장면 한 그릇 시켜드릴까요. 배고프실 것 같은데."

여인은 아침부터 못 먹은 듯했다. 짜장면 이야기를 하니 갑자기 시장기가 도는지 여인은 망설였다. 여직원이 짜장면집에 전화까지 했다.

짜장면을 먹고 갈 것같이 2~3분 더 앉아 있던 여인이 갑자기 일어났다.

"저 가보겠습니다."

"시켜 놓은 짜장면은 어떻게 하고요?"

"제가 지금 이러고 있을 때가 아닙니다. 이 기쁜 소식을 빨리 그 사람에게 알려 주어야겠어요. 그리고 변호사님 맘 변하기 전에 빨리 인천에 가서 20만원을 부쳐야겠어요."

여인은 황급히 문을 열고 달려갔다.

1999. 11. 19.

어떤 유산을 남길 것인가?

나는 부모로부터 받은 유산이 전혀 없다. 물론 여기서 말하는 유산은 재물을 말하는 것이다. 나를 낳아 건강하게 길러주시고, 양심 바르게 살라고 가르쳐 주신 것 이상 큰 유산이 없으련만, 속칭 이야기하는 재산이라고는 단돈 1원도 상속받은 바 없다. 그것이 나에게는 가장 떳떳하고 자랑스러운 것이다.

만약, 아버님이 우리 동네에서 가장 부자였다고 하자. 그렇다면 아마 논을 100마지기 정도 소유하였을 것이고, 그것을 상속재산으로 남겼다고 한다면, 우리 형제가 9남매이므로 나에게 떨어진 것은 논 10마지기 정도였을 것이다.

그것을 돈으로 계산하면, 현재의 시가인 평당 10,000원씩 계산하더라도 2천만 원 정도밖에 안 되는 재산이다. 물론 2천만 원이 적은 돈이라는 것은 아니다. 그러나 그 돈은 내가 변호사로서 활발히 활동할 때를 생각하면 한달 판공비 정도밖에 안 된다.

돈 쓰기 좋아하는 내가 부모님이 남겨주신 재산을 모두 탕진하고, 몰골 험하게 고향에 내려간다면,

"저놈 봐라! 즈그 아버지가 남겨준 문전옥답 다 팔아먹고 저 몰골하고 무슨 낯짝으로 부모 산소에 오는지 모르겠다."며 고향 어른들이 손가락질 할 것이 아닌가.

우리 동네에서 제일 부잣집이라고 해봤자 논이 50마지기 정도밖에 없었다. 다행히 우리 아버지는 그것마저도 가지지 못해 아들들을 고생시키기는 하셨지만 자식들이 동네 사람들로부터 그런 수모를 당하는 것은 면해주셨다.

대신 명절 때마다 아들, 손자, 며느리, 수십 명이 5대의 승용차를 타고 가서 무슨 잔치를 하는 것처럼 아버님 산소에 성묘하고, 마을 사람들에게 양말 한 켤레라도 선물할 수 있는 영광을 가질 기회를 주셨다.

솔직히 말해서 나는 아버님과는 달리 자식에게 얼마라도 남겨줄 것이 있을 것이다. 그러나 자식에게 많은 재산을 남겨주고 싶은 생각은 없다.

수십억 원의 돈을 벌어 그것을 자식들에게 고스란히 물려주었다고 하더라도 내가 죽은 다음에 나를 아는 사람들이 내 자식들에게 "네 아버지가 누구냐?"고 물어 "이승채 변호사입니다."라고 대답할 때, "아버지가 돈은 많이 벌어서 너희가 호의호식하고 잘 살았을지는 몰라도 너희 아버지는 '악덕변호사'였다."고 말한다면, 자식들의 마음이 어떠하겠는가?

비록 많은 재산을 물려주지는 못 했더라도 "우리 아버지가 이승채 변호사입니다."라고 떳떳하게 대답할 수 있고, "응 그래, 너희 아버지는 비록 많은 돈을 벌지 못 했어도, 가난하고 힘없는 사람들의 편에 서서 평생 봉사한 훌륭한 변호사였다. 너희 아버지 생전에 신세 많이 졌으니 내가 차 한 잔 대접하마."라는 말을 들을 수 있다면, 진정 그 말 한마디는 수천억의 유산 상속보다도 값진 것이 아니겠는가?

'콩 심은 데 콩 나고, 팥 심은 데 팥 난다.'는 속담과 같이 부모가 성실하고 착하게 살면 자식도 그것을 본받아 성실하고 착하게 살겠지만, 부모가 욕심을 부려 남을 괴롭히면서 돈, 돈, 돈하고 산다면 그 자식도 그런 방식으로 살아갈 가능성이 많다고 본다. 그것보다 더 나쁜 유산이 있겠는가?

인생은 하루, 이틀 살다 가는 것이 아니고, 나 혼자만 살다 가는 것도 아니다. 적어도 몇 십 년은 살아야 하고, 그 뒤를 이어 우리 후손들이 살아가는 것이다.

변호사가 된 것에 후회는 없다

어느 날, 사랑니를 앓아서 빼려고 치과 병원에 갔다. 아무 쓸데도 없다는 사랑니가 턱 구석지에 박혀서 빠지지 않는다. 의사 선생님이 땀을 뻘뻘 흘리면서 고생을 하였다. 그 의사는 나의 고등학교 후배다. 망치로 쳐서 부수고, 드릴로 가는 등 힘든 작업을 하였고, 시간도 많이 소요되었다.

"형님! 우리는 이렇게 어렵습니다. 이 고생하고 이를 빼도 단돈 5,000원밖에 벌지 못합니다. 완전히 공사판의 노동자와 같습니다."

작업을 마친 후 의사 선생님이 푸념을 하였다.

"고생했어, 정말 고마워! 차라도 한잔하세!"

"시간이 없습니다. 그냥 가십시오!"

"자네, 치과의사가 그렇게 힘이 드는가?"

"보시고도 그런 말하십니까? 더러워서 못해 먹겠습니다."

"그래, 그렇다면 이 의사면허증 내가 가지고 가겠네!"

의사면허증을 가지고 가겠다는 소리에 후배는 어안이 벙벙하다는 표정을 지었다.

"사실, 자네들 의사뿐이 아니라 우리 변호사들도 말할 수 없이 힘이 든 다네, 자네들은 선생님 소리나 듣지만 우리들은 도둑놈 소리 까지도 듣네."

"변호사도 힘들겠지요?"

"힘이 들지. 그러나 동생, 이 세상에 있는 수천, 수만 가지의 직업 중에서 남의 아픈 곳을 치료해 주고, 남의 고통을 해결해 주는 직업이 얼마나 되겠는가? 남의 아픔과 괴로움을 해결해 주는 직업을 가진 자네나 나는 정말 축복 받은 사람들이라고 생각하네. 설사 수고비를 받지 않더라도 남에게 아픔을 주는 직업보다는 남의 아픔을 덜어주는 직업을 갖는 것이 좋지 않겠는가? 그런데 우리는 그런 좋은 직업을 가지고 있으면서 돈까지 벌 수 있으니 얼마나 행복한 사람들인가?"

후배는 아무 말이 없었다.

솔직히 말해서 의사나 변호사는 남이 부러워하는 직업일 수도 있다. 그리고 어떤 사람들은 의사나 변호사들이 너무 쉽게, 많은 돈을 번다고 생각하고 있다. 그러나 쉽게, 많은 돈을 버는 직업이 어디 있겠는가? 보수는 노력한 만큼 지급되는 것이다. 보수를 적게 받는 직업은 육체적으로는 힘들지 모르지만 정신적으로는 덜 피곤할 것이다. 그러나 보수를 많이 받는 직업은 육체적으로는 물론 정신적으로도 무척 피곤하다.

의사가 환자를 치료함에 있어 혼신의 노력을 다 해야 하듯이, 변호사도 어떤 사건을 처리함에 있어 혼신의 노력을 다 하지 않으면 안 된다.

변호사에게는 사건 하나가 일상의 업무 중 하나일지도 모른다. 하지만 그 사건을 맡긴 사람의 입장에서는 일생일대에 거의 한번밖에 없는 중요한 일이다. 그런 일을 함에 있어 어찌 한 치의 소홀함이 있겠는가?

허나 변호사의 일이라는 것이 쉽게 남의 눈에 보이지 않는다. 사건을 의뢰한 당사자들의 입장에서는 '법정에서 말로 몇 마디 하는 것'이 변호사가 하는 일의 전부인 것으로 아는 경우도 있다. 그러나 법정에서 몇 마디 말을 하기 위해서는 몇 백 쪽 또는 몇 천 쪽 되는 기록을 읽어야 한다. 그리고 판사가 이해할 수 있는 준비서면을 작성하여야 한다. 당사자들은 변호사가 법정에서 말로 몇 마디 하는 것만 보지, 밤이 깊은 시간에 아무도 없는 사무실에서 기록을 읽는 것이나 준비서면을 쓰는 것은 보지 못한다. 그렇기 때문에 그런 말이 나올 법도 하다.

4~5년 전의 일이다. 어느 건설회사로부터 사건을 맡았다. 사건 처리를 잘 부탁한다는 뜻에서인지 그 회사 사장님이 저녁을 사주었다. 식사를 하던 중

"변호사라는 직업이 참 좋은 것 같아요. 말로 몇 마디만 하면 수백만 원씩 들어오고…."

대답할 가치도 없다고 생각하여 묵묵히 음식만 먹었다.

"우리 건설업계는 돈 벌기가 참 어렵습니다. 변호사와는 달라요. 중노동을 해야 얼마간의 돈이 생깁니다."

"변호사도 쉽지는 않아요."

"뭐가 쉽지 않아요. 변호사는 거저지요."

"사장님, 오늘 저녁에 바쁘십니까?"

"아니오, 저녁만 먹으면 다른 일이 없습니다."

"그러면 오늘 저녁 저와 같이 일 좀 합시다. 그렇지 않아도 사장님과 직접 대화를 해야 하는데 직원들하고만 상대를 하니 정확한 내용을 파악하지 못했어요."

"그렇게 해 주시면 영광이지요. 기꺼이 그렇게 하겠습니다."

저녁을 든든히 먹고, 그 사장님과 나는 변호사 사무실로 왔다. 3권씩이나 되는 기록을 꺼냈다. 두 사람이 힘을 합하여 하나하나 읽

었다. 그리고 사건의 개요를 정리했다.

사장님의 표정이 처음에는 신기한 듯했다. 소송에 관한 일을 처음 해 보기 때문이었을 것이다. 1시간이 지나고, 2시간이 지나고, 3시간이 지나자 흥미를 잃기 시작했다. 새벽 2시가 되자 꾸벅꾸벅 졸기 시작했다.

"이제 그만 합시다."

"하던 일을 다 마쳐야지, 하다 그만 두면 처음부터 다시 해야 합니다. 이제 저 혼자 하겠으니 사장님은 한 숨 자십시오."

새벽 4시가 되었다.

"사장님, 갑시다!"

코를 드르렁거리고 자는 사장님을 깨웠다.

"예? 다 끝났어요?"

잠결에 벌떡 일어나 입가에 묻은 액체를 닦으면서 아주 계면쩍은 표정을 지었다.

"변호사도 쉬운 직업이 아니네요. 저는 천금을 주어도 못하겠네요."

돈만 많이 받아먹고 일은 안 한다고 생각했던 의뢰인이 변호사가 자기 사건을 위하여 밤 세워 일하는 것을 보고는 놀라는 것 같았다. 그리고 푸른색 수표 한 장을 책상 위에 두고 머리를 긁적이며 사무실을 떠났다.

두 번의 죽을 고비

나는 두 번의 죽을 고비를 넘겼다.

평소 몸이 건강하여 병원에 입원해 본 적도 없고, 예방 주사 외에는 주사를 맞아본 기억도 별로 없다. 그런데, 교통사고가 두 번씩이나 났다.

한 번은 1982년이었고, 또 한 번은 1993년이었다.

광주법원으로 발령 받은 후 직장 동료들과 같이 운전면허를 취득하였다. 차를 살 만한 형편은 못 되었지만 머지않아 다가올 '마이카 시대'에 대비하기 위하여 우선 운전면허라도 받아놓아야 한다는 생각에서였다. 운전면허를 취득하고, 시내연수까지 마쳤지만 차를 운전할 기회가 없었다.

자전거를 처음 배울 때와 마찬가지로 운전을 배워 놓으니 운전을 하고 싶은 생각이 들었다. 택시를 타고 가면서도 기사가 어떻게 운전하는지 자세히 보고, 운전기사와 운전에 관한 이야기를 하기도 하였다. 그때만 해도 친구들이 차를 가지고 있는 경우가 드물었기 때문에 친구 차를 얻어 탈 기회도 많지 않았다.

1982년 가을 시제를 모시러 고향에 가려는데 집안 형님이 자기는 못 가겠으니 자기의 차를 타고 갔다 오라고 했다. 운전을 하고 싶은 생각도 있었지만, 자가용을 타고 고향에 간다는 생각에 가슴이 뿌듯하기까지 했다. 사실 애들을 셋씩이나 데리고 버스를 몇 번씩 갈아타면서 고향에 간다는 것은 보통 힘든 일이 아니다. 더구나 조상의 시제 날이라 술도 몇 병 사고 과일도 사 가지고 가야하는데 차를 갈아타기 위하여 그런 것들을 이리 저리 옮기기란 보통 일이 아니다.

비록 우리 차는 아니지만, 아내와 아이들을 태우고 도로를 싱싱 달리는 기분은 이루 말할 수가 없었다. 운전이 서투르기 때문에 아주 조심조심 하면서 해남읍에 도착했다. 해남읍까지는 포장이 되어 있지만, 해남에서 산이면 가는 길은 포장되지 않아 고향에 갈 때마다 출렁거리는 버스를 타고 가야만 했고, 비라도 오는 날에는 옷이 엉망진창이 되었다.

그런데, 산이면 가는 길을 포장하기 위해서 노면을 닦고 있는 것이 아닌가? 아내를 데리고 고향에 갈 때마다 도로 포장도 안 된 오지가 고향인 것이 부끄러웠는데, 우리 고향 길을 포장하는 것을 보니 마치 내 가족을 위한 포장 공사라도 하는 것 같아 아내에게 자랑스러운 생각까지 들었다. 아스팔트를 씌우기 전에 번지르르 닦아놓은 노면은 포장한 도로 못지않게 상태가 좋았다.

"여보, 우리 고향도 이제 포장되는가 보다. 도로 포장만 되고 차만 한 대 사면 고향에 다니기도 이제는 아무것도 아니다."라고 말했다. 시골 오지에서 태어난 죄로 몇 시간씩 버스를 타고 고향에 다닐 때마다 느꼈던 아내에 대한 미안함을 달래면서 잠깐 헛눈을 파는 사이 갑자기 전면에 옛날의 도로상태가 나타났다. 급브레이크를 밟는 순간 차가 홀랑 넘어져 바퀴를 하늘로 쳐들고 개간하기 위하여 나무를 벌채해 둔 야산을 잔디스키를 타듯 밀려갔다.

머리가 모래에 긁히는 느낌을 받았다. '만약 이렇게 내려가다 배 어놓은 나무뿌리에 걸리거나 저수지에 차가 빠지면 꼼짝없이 죽는다.'는 생각이 들었다. 그러나 차는 멈추지 않고 내리막 언덕에서 가속도가 붙어 더욱 힘차게 내려갔다. 차의 천장이 찢어져 이제는 내 머리가 땅 바닥에 직접 부딪쳤다.

얼마나 내려갔을까? '와장창' 소리와 함께 차가 원 상태대로 다시 뒤집히면서 멈춰 섰다. 운전대를 꽉 잡고 있었다. 몇 바퀴를 굴렀지만 정신은 말짱했다.

순간, 초원에 나뒹구는 아내와 아이들의 모습이 보였다. 그대로 있다가 차가 폭발하면 나도 죽는다. 나라도 살아야 우리 애들을 묻어줄 것이 아닌가? 차 문을 박차고 밖으로 나왔다.

"여보, 피가 많이 흘러요." 아내가 손수건을 가지고 머리에서 나는 피를 닦아주려 하였다.

'응, 너는 살았구나!' 아내가 살아있음을 확인하고 정신없이 들판을 뛰어 다녔다.

"아빠, 내 신발! 아빠, 내 과자! 아빠, 내 옷!'

딸들이 이리 저리 뛰어다니면서 각자 자기의 신발과 과자와 옷을 챙기고 있었다.

"하나, 둘, 셋, 넷, 하나, 둘, 셋, 넷."

소풍 나온 돼지처럼 몇 번이고 아내와 아이들의 숫자를 세어보았다. 분명히 넷이다. 나까지 다섯. 모두 살아 있다. 들판에는 시제에 쓰려고 사 가지고 간 술병이며, 과일이 어지럽게 흩어져 있었다.

'하나님 감사합니다! 하나님 감사합니다!'

몇 번이고 외치다 정신을 잃었다. 주위사람들의 부축으로 택시를 타고 해남병원으로 향했다. 가는 길에 정신을 차려보니 몸에 아무 이상이 없는 것 같았다. 머리가 터져 피가 흐르고 있었을 뿐 몸이 날아갈 듯이 가볍고 기분이 좋았다.

그런데 만약에 병원에 가서 교통사고가 난 것이 소문이 나면 경찰이 찾아올 것이고, 그렇게 되면 처벌을 받아야 한다. 다른 사람이 다쳤으면 몰라도 나와 우리 가족밖에 다치지 않았는데… 법원에 다니는 사람이 운전 부주의로 사고를 내고 재판을 받는다는 것이 창피할 것 같았다.

"기사님, 우선 누나 집에 가서 몸 좀 씻고 병원에 갑시다."

병원에 가기 전에 해남읍에 있는 누나 집으로 갔다. 우리의 모습을 본 누나는 깜짝 놀라 어쩔 줄을 몰랐다.

"빨리 병원으로 가야지. 이리로 오면 어떡하냐? 빨리 병원으로 가자."

"누나, 가만 있어. 우선 마실 물 한 컵 주고 대야에 물 좀 떠와. 세수라도 하고 가야지."

마루에 온 가족을 눕혀놓고, 의사라도 되는 양 모두 진찰했다. 아내의 팔, 다리를 주물러보고, 아이들을 하나씩 살펴보았다. 아무리 만져 보아도 부러진 곳도 없고 찢어진 곳도 없다.

매형에게 부탁하여 부서진 차를 자동차 공업사에 넣어 놓으라고 해놓고, 광주에 있는 병원으로 간다는 핑계를 대고 집으로 돌아왔다.

집에 오니 머리가 깨질듯이 아프고, 온 몸이 쑤셨지만 재판을 받을 것이 두려워 병원에 가지 못하고 집에서 그냥 누워있기만 했다.

1993년 가을, 역시 시제 모시러 가는 길이다.

그전에는 돈이 없어서 못 갔지만 변호사까지 되었으니 종친들에게 줄 수건이며, 제주며, 과일을 상당히 장만하여 떠나려는데 매년 시제마다 따라갔던 아내가 그날은 같이 가기가 싫다면서 나더러 혼자 다녀오라고 한다. 사실, 쌍둥이 아들들이 아직 어려 그 애들을 데리고 같이 가자는 것 자체가 무리였다.

아침에 사무실에 출근하였다가 조금 늦게 출발을 했다. 기사에게 빨리 가자고 말하고 싶었다. 긴장할까봐 독촉하지는 않았다. 하지만 속으로는 급했다.

11시까지는 도착해야 시제에 참여할 수 있는데 그런 사정을 모르는 기사는 평상시대로 천천히 운전하였다.

영암까지는 도로가 잘 뚫려서 그런 대로 잘 갔다. 그런데 영암에서 해남으로 가는 도로는 편도 일차로이다. 더구나 앞에 큰 트럭이 진행하고 있었다. 기사도 아무 불평 없이 몇 킬로미터를 그 트럭을 따라 천천히 진행하였다. '추월해 버려라.'라는 말을 몇 번 하려다가 참았다. 산을 올라가는 구불구불한 도로라서 추월을 한다는 것은 매우 위험한 일이다.

산을 거의 올라가 불티재에 이르렀을 때 시야가 조금 트이자 기사가 추월을 시도했다. 그런데 이럴 수가 있는가? 앞서 트럭이 추월을 못하게 갑자기 핸들을 왼쪽으로 꺾어버린 것이다. 순간 우리차도 핸들을 왼쪽으로 꺾었는데 차가 도로를 이탈하여 낭떠러지로 들어가 큰 나무를 들이받았다.

트럭이 좌측으로 꺾는 순간 나는 사고가 날 것을 감지했다. 차가 흔들리는 동안 나는 다치지 않으려고 발버둥을 쳤다. 비행기를 탈 때마다 승무원이 안전수칙을 설명했지만, 듣는 둥 마는 둥 했다. 그러나 막상 차가 낭떠러지로 추락하려하니 승무원이 가르쳐준 대로 앞 의자에 머리를 들이박았다.

'와장창' 소리와 함께 차가 섰다. 추월하기 위하여 탄력을 받은 상태였기 때문에 상당한 속도였는지 차에 부딪친 큰 나무가 넘어졌다. 안경을 벗을 여유가 없어 안경이 깨지면서 그 파편이 얼굴에 박혀 온통 피투성이가 되었다.

순간 정신을 잃었다가 일어나 문을 열고 나왔다. 기사가 운전석에 머리를 처박고 쓰러져 있었다. '너는 죽었구나.' 하는 생각이 들었다. 그도 그럴 것이 나는 뒷좌석에 탔고, 앞 의자에 머리를 쳐 박는 등 최대의 방어 자세를 취하였지만, 기사는 나무에 정면으로 부딪쳤기 때문이다.

차 앞문을 열고, 기사를 끄집어내려는데 그가 눈을 슬그머니 뜨고 나를 보면서 일그러진 차 문을 통해 스스로 나왔다. 미안한 표정을 지었다.

아무 생각도 없었다. 우선 두 사람이 죽지 않고 살았다는 것에 감사할 따름이다. 병원에 가려고 지나가는 차를 잡아도 아무도 세워주지 않았다. 우리 차를 앞서가다 사고를 유발했던 트럭은 간 곳이 없고, 온 몸이 피범벅이 된 나를 본 택시는 차 더러워지는 것이 두려운지 그냥 지나가는 것이다.

아무리 세상이 각박하다고 하지만, 사람이 교통사고를 당해 피를 흘리면서 길가에 서 있는데 어떻게 그냥 지나갈 수가 있을까? 비상수단을 쓰는 수밖에 방법이 없다. 술 취한 사람처럼 도로한 가운데를 점령한 후 지나가는 택시를 세웠다.

"기사님, 교통사고를 당했습니다. 가까운 병원까지만 태워다 주시오. 100만 원 드리겠소."라고 했더니 기사 하는 말이, "나는 괜찮은데, 손님이 있어서…"라고 했다. 차안을 보니 아주머니가 애를 안고 타고 있었다.

"아주머니 같이 좀 갑시다. 아주머니 택시비는 내가 내겠습니다."

어렵게 택시를 타고 가는 길에 하도 화가 나서 택시기사에게 화풀이를 했다.

"어떻게 생긴 인간들이 사람이 다쳐서 피를 흘리고 있는데 그냥 지나 갈 수 있다는 말이오?"

"피를 흘려 시트에 얼룩이 나면 그것을 세탁해야 하고 그 동안 일도 못하고, 우리도 애로가 있단 말입니다."

"시트 세탁비가 얼마인지 모르지만 그것이 사람 생명보다 중하다는 말이요?"

기사는 아무 말도 못했다.

병원에 도착하여 약속대로 100만 원짜리 수표를 꺼내 주었다. 기사는 미안한 듯 그냥 택시비만 주라고 했다. 이제야 인간 본연의 자세로 돌아온 것 같았다.

충분한 택시비와 손님 아주머니에게도 얼마간의 돈을 주고, 병원으로 들어갔다. 급히 수술 준비를 하고 침대에 누웠다. 정신이 들고 보니 이제는 얼굴에 험상궂은 흉터가 생기는 것이 두려웠다.

"선생님, 죄송합니다. 저는 광주에 사는 이승채 변호사입니다. 사실 저는 얼굴 하나 가지고 벌어먹고 삽니다. 그런데 얼굴이 이렇게 망가졌으니 큰일입니다. 흉터가 생기지 않도록 수술 좀 잘 해주십시오."

그 말을 들은 의사 선생님은 수술하려던 것을 그만두고,

"이 변호사님, 사실 저는 일반 외과의사이고, 기술이 부족하여 수술을 잘할 수 없습니다. 제가 응급조치만 해드릴 터이니 빨리 광주에 있는 대학 병원에 가서 수술을 받으십시오. 서두르지 않으면 상처가 굳어 수술하기가 곤란합니다."라고 말한 후 병원비도 받지 않고 택시를 잡아 광주로 보내주셨다.

그 즉시 광주에 와서 성공적인 수술을 받았다. 그것도 공짜로, 그덕분에 지금 내 얼굴에는 쉽게 알아볼 수 없을 정도의 미세한 흉터밖에 없다.

나도 변호사를 하고 있지만 영암의 의사 선생님처럼 솔직하지는 못하다. 영암의 의사 선생님과 내 얼굴을 수술해주신 이원구 박사님(현, 광주보훈병원장) 덕택에 지금 나는 아무렇지 않게 활동하고 있다.

이름도 모르는 영암의 훌륭한 선생님과 바쁘신 가운데 제가 교통사고를 당했다는 말을 듣고 훌륭한 선생님을 소개해 주신 유제운

선생님, 그리고 후배라는 이유 하나만으로 치료비도 받지 않고 최선을 다하여 치료해 주신 이원구 박사님께 감사드린다.

위와 같이 두 번의 교통사고를 당한 후, 내가 조심해 운전하는 것은 물론, 기사에게도 자주 주의를 준다. 절대 과속하거나 부당한 추월을 하지 말라고 한다. 만약 교통법규를 위반하면 용서하지 않는다.

한번은 기사가 신호위반을 한 적이 있다.

"차를 세워라."

차를 도로변으로 세우고 옆에 있던 교통경찰을 불렀다.

"우리 기사가 저기서 신호 위반을 했으니 범칙금을 메기시오."

"저는 못 보았는데요."

"내가 증인이잖소. 빨리 범칙금 통고서를 끊으시오."

내 말을 들은 교통경찰은 이상한 사람이라는 표정을 지으며 자리를 피하려고 했다. 자리를 피하려는 교통 경찰관에게 사정을 하면서까지 범칙금을 납부한 적이 있다. 그 뒤부터 내 차를 운전하는 사람은 누구든 교통법규를 위반하지 않으려고 노력한다.

農者天下之大本

　　나는 농촌에서 태어나기도 했지만, 집에 특별히 일할 사람이 없고, 아버님이 책만 읽으시는 분이어서 어려서부터 어머니의 농사일을 도운 관계로 농사일을 썩 잘한다.

　　낫으로 풀도 잘·베고, 호미로 김도 잘 매고, 삽질은 물론 농촌에 사는 사람도 잘하지 못하는 쟁기질도 할 줄 안다. 그냥 쟁기질을 하는 것이 아니라 잔골을 낼 줄도 안다. 그 정도면 농촌에 살아도 상머슴 노릇은 할 수 있을 것이다.

　　요즘 농촌 사람들도 농사짓기가 싫어서 너도나도 농촌을 떠나 도시로 가는 현상이지만, 농사를 짓는 즐거움이 얼마나 큰지를 농사를 지어보지 않는 사람은 모를 것이다.

　　나는 화순군 동복면에 2,000여 평의 밭을 가지고 있다. 변호사가 시골에 밭을 샀다고 하면, 사람들은 혹시 부동산 투기를 하지 않았는가 의심할지도 모른다.

　　그러나 내가 화순에 밭을 산 것은 부동산 투기와는 거리가 멀다. 하도 오지라서 개발될 가능성이라고는 전혀 없고, 유격훈련장 입구로서 군사보호지역에 접해 있기 때문에 인적마저 뜸한 곳이다.

내가 변호사를 개업한 후 경제적으로 조금 여유가 생기자 마음씨 착한 아내가

"여보, 이제 우리도 먹고살 만하니 남을 위한 일을 조금씩 해야 되지 않겠습니까?"

"무슨 일?"

"당신처럼 어렵게 공부하는 사람들을 도와주는 일이 어떨까요?"

"그래서 몇몇 학생들에게 장학금을 주고 있지 않습니까?"

"어디 조용한 곳에 고시원을 지어서 숙식을 제공해 주고 마음 놓고 공부하게 해주면 어떨까요?"

"좋긴 하지만 쉬운 일은 아닐 텐데?"

"우선 시작해서 적은 숫자라도 해봅시다."

남편이 어렵게 공부한 것을 지켜보았던 아내가 그것이 마음에 걸렸던지 제일 먼저 생각해낸 것이 어렵게 고시 공부하는 사람들을 도와주는 일을 생각해낸 것이다. 얼마나 고맙고 대견스러웠던지 즉시 실행에 옮기기로 했다.

아내는 광주에서 가까운 나주, 담양, 장성, 함평, 화순 등지를 복부인처럼 돌아다니면서 적당한 땅을 보았다고 한다. 위치가 좋은 곳은 값이 비쌀 뿐 아니라 시끄럽고, 값이 싼 곳은 너무 멀거나 교통이 불편하고, 적당한 땅을 사기가 매우 힘들었다고 한다.

그렇게 한 달쯤 돌아다니다가 골라놓은 곳이 화순 밭이다. 거리도 광주에서 30~40분 거리이니 적당하고, 개발 가능성도 없으니 값도 싸고, 군사보호시설에 가까이 있으니 조용하여 아주 안성맞춤이었다. 조그만 집도 하나 있는데 그곳에 살던 사람이 오래 전에 농촌을 떠났는지 다 허물어져 있었다.

그곳으로 결정하고 농지의 일부를 형질변경 하여 조그마한 고시

원을 지으려고 했다. 그러던 어느 날 내가 춘천지방법원에 근무할 때 모시고 있던 김상철 변호사님이 서울시장에 임명되었다. 그런데 '농지를 전용하여 정원을 만들고, 원두막을 지었다.'고 언론이 시끄럽게 하더니 7일 만에 물러나고 말았다.

그 여파로 농지를 전용하여 고시원을 짓는다는 것은 생각지도 못하게 되어버린 것이다. 이렇게 시끄러울 때 억지로 할 것이 아니라 조용해지면 정당하게 허가를 받아 형질변경을 하기로 하고 고시원 짓는 일을 중단하였다. '좋은 일을 하려고 하면서 남에게 욕먹을 필요가 뭐가 있느냐'는 생각이었다.

그렇지만 사놓은 농토를 놀릴 수도 없는 일이 아닌가? 농사를 짓기로 했다. 내가 농사를 짓겠다고 하니 주위사람들이 모두 웃고, 그 동네 사람들도 농사짓기가 그렇게 쉬운 줄 아느냐고 비아냥거렸다.

"나는 먹고살려고 농사를 짓는 것이 아니고 취미로 하는 것이니까 손해볼 것은 없습니다."

라고 한 후 몇 년 동안 묵혀두어 잡초가 무성한 밭을 경운기로 갈아 엎었다. 그리고 고추도 심고, 고구마도 심고, 참외도 심고, 수박도, 호박도, 가지도, 토마토도, 부추도, 씨앗을 구할 수 있는 것은 모두 심었다.

다행히 몇 년 동안 묵혀둔 밭이라서 그런지 지력은 대단히 좋았다. 비료와 농약을 하지 않아도 고추가 주렁주렁 열리고, 고구마며, 상추며, 배추가 다 잘 자랐다.

농사일을 전혀 해보지 않는 아내를 가르쳐 가면서, 나도 모르는 것은 동네 아주머니들에게 물어보거나 책을 봐 가며 일을 했다. 수확은 얼마 되지 않을지 모르지만 우리 밭에서 생산되는 것은 모두 완전한 무공해 식품이다.

시간 날 때마다 온 가족을 데리고 가서 돼지 목살을 푹 삶아놓고 무공해 상추를 뜯어다 배불리 먹어가면서 땀 흘려 일하는 즐거움은 풀장에 가서 헛돈 쓰는 것보다 훨씬 낫다.

일하다 지루하면 그 앞에 있는 냇가에 고무보트를 띄워놓고 아이들과 뱃놀이를 하면 신선이 따로 없다.

1994년 여름은 덥고, 가뭄이 심하여 한낮에 구부리고 일을 하다 보면 안경에 땀이 고여 앞이 보이지 않을 정도였다.

상당히 많은 평수에 고추를 심었는데 가뭄에 말라죽으려고 하므로 이틀 걸러 고추밭에 물을 주어야만 했다. 밀짚모자를 쓰고 수영복 바지를 갈아입고 물을 주고 있는데, 양산을 쓴 도시 아줌마들이 지나가면서 "아저씨 수고하십니다."라고 하기에 "감사합니다." 했더니 자기들끼리 하는 말이 "농촌 사람들은 참 불쌍해! 이렇게 더운 날도 일을 하고 있으니, 저기서 몇 푼이나 나온다고……. 촌에 안사는 것이 천만다행이지……."라고 했다.

"아주머니 그런 말 말고 우리 고추나 좀 따 가십시오. 완전 무공해 고춥니다."

"정말이요?"

"그래요."

아주머니들은 자기들 욕심껏 고추를 따가면서 10,000원짜리 한 장을 주었다.

"그냥 가십시오. 가을에 고추가 익으면 또 와서 마음대로 따가십시오."라고 했더니 별 우스운 아저씨가 다 있다는 표정을 지으면서 갔다.

가족들과 같이 가지 못할 때는 운전을 하는 진영이와 같이 밭에 간다. 나는 괜찮지만 진영이에게 미안할 때가 있다. 그때마다 진영이에게 "지금 어떤 사람들은 돈을 주고 골프장에서 사서 땀 흘리고 있는데 우리는 이렇게 돈을 벌면서 땀을 흘리고 있으니 얼마나 좋으냐?"라고 하면 착한 진영이는 피식 웃기만 한다.

도시에서만 자란 딸들과 쌍둥이 아들들을 데리고 밭에 가면 얼마나 즐거워하는지 모른다.

고구마가 묻혀 있는 곳은 땅에 금이 가 있다. 애들은 그것을 모르기 때문에 자기들은 아무리 땅을 파도 고구마가 안 나오는데, 아빠가 파는 곳에서는 언제나 고구마가 나오니 신기해하기도 한다. 어쩌다 자기들이 판 곳에서 고구마가 나오면 "고구마다!"라고 함성을 지른다.

조상 대대로 지어온 농사가 우리 대에서 끊기는가 했더니 다행스럽게 밭이 생겨 무공해 농사를 짓고, 내 자식들에게도 수확의 즐거움을 맛보게 해주니 얼마나 좋은 일인가?

100만 원 정도를 들여 농사를 지으면 수확은 10만 원 정도밖에 나오지 않는다. 농사일이 서툴러서 그런 것도 있지만, 수확량의 대부분을 남에게 나누어주기 때문이기도 하다.

그것을 본 우리 사무실 직원들은 미쳤다고 한다. 하지만 나는 "내가 들인 100만 원은 우리나라 어딘가에 있지만 놀려놓은 땅에서 수확한 10만 원은 하늘에서 떨어진 것이다. 그러므로 90만 원을 손해본 것이 아니고 10만 원을 번 것이다."라고 말한다.

지난 가을 라면박스 30개 정도의 고구마를 캐서 고구마를 심지 않는 그 동네 사람들에게 한 박스씩 선물하였다.

"살다 보니 변호사로부터 고구마를 얻어먹겠다."고 하면서 모두들 좋아했고, 우리가 먹고 남은 고추를 아는 사람들에게 나누어 주었더니 역시 좋아들 했다.

지금도 우리 밭에 고구마가 많이 심어져 있고, 고추가 빨갛게 익어 있는데 시간이 없어 추수를 못 하고 있다. 가만히 앉아서 갖다주기만 바라지 말고 고구마도 캐다 먹고 고추도 따다 먹는 사람이 있었으면 좋겠다.

　그리고 내년에는 나와 같이 땀 흘리며 같이 농사지을 사람이 좀 있었으면 좋겠다. 단, 거기에 들어가는 재료비는 내가 모두 부담하는 조건으로,

「도시에 사는 사람들이여! 여가선용으로 농촌에 노는 땅을 조금씩 사서 농사를 지어보시오. 내가 아는 선생님 한 분은 시골에서 올라와 농사일을 하고 싶다는 어머니를 위해 30년 전에 광주 근교에 밭 3,000평을 산 것이 이제는 땅값이 올라 거부가 된 사람도 있다오. 착한 마음을 먹고 농촌을 도와주면 나중에 그분과 같이 복을 받을 일이 있을지 누가 압니까?」

200년을 사는 방법

사람은 누구나 건강하게 오래 살기를 바랄 것이다.

그러나 사람의 수명은 유한하여 보통 사람은 70~80살을 살면 죽게 되어 있고, 요즘처럼 사고가 많은 때에는 젊은 사람도 어느 날 갑자기 죽는 경우가 있다.

어렸을 때 '짧고 굵게 사느냐? 길고 가늘게 사느냐?'의 문제에 관하여 대부분의 사람들은 짧고 굵게 사는 것이 현명하고, 사나이답다고 생각했을 것이다.

짧고 굵게 살았다면, 지금쯤 나는 죽었을 것이다.

물론 나는 굵게 살아오지 못했으니 염려할 것은 없지만 오히려 가늘게 살아온 것이 다행이라는 생각마저 든다.

이제 인생의 반 정도는 산 것 같다. 그렇다면 아무 것도 해놓은 것 없이 앞으로 40년 후에는 죽어야만 한다는 말인가? 억울하기 그지없다.

어떻게 태어난 인생이고, 어떻게 살아온 인생인데 앞으로 40년만 살다가 죽어야 한다는 말인가? 안 된다. 200년은 살아야 한다.

나는 200년을 사는 방법을 알고 있다.

진시황이 구하지 못한 불로초를 구한 것도 아니고, 삼천갑자 동방석이를 만난 것도 아니다.

그런데 어떻게 200년을 산다는 것인가?

이해가 안 갈지 모르지만 나는 분명히 200년을 사는 방법을 알고 있다.

여러 사람의 인생을 사는 것이다.

그렇다고 다른 사람의 생명을 빼앗아 산다는 이야기는 아니다.

1인 4역 내지 5역을 하는 것이다. 지금까지도 1인 2역 정도를 하고 살아왔으니 실은 내 나이가 60 정도 되었는지도 모른다. 앞으로 적어도 1인 4역만 하면서 40년을 더 산나면 160년을 더 살 수 있다.

실제 나는 4역 이상을 하고 있다.

변호사를 하고 있고, 대학에서 겸임교수로 강의도 하고 있고, 농사도 짓고 있고, 정치도 하고 있다.

사람이 어떻게 1인 4역을 할 수 있느냐는 의문을 가질 수 있고, 욕심 많게 여러 가지 일을 하다가 한 가지 일도 제대로 못 할 수도 있으니 변호사나 잘하라고 말하는 사람도 있다. 그 말들이 틀린 말은 아니다. 그러나 시간이 남는다고 반드시 그 시간을 효과적으로 이용하는 것은 아니다. 쓸데없는 잡담을 하거나, 안 해도 되는 일을 하면서 그 아까운 시간을 허비해 버리는 경우가 많다.

나는 여러 가지 일을 하고 있지만, 그중에서 단 한 가지 농사를 짓는 것 말고는 다른 세 가지 일은 결코 다른 사람에게 지지 않을 자신이 있다.

변호사 사무실도 누구 못지않게 잘 운영하고 있고, 대학에서도 열심히 가르치고 있다.

이렇게 여러 가지 일을 하다보면 퇴근도 없고, 휴일도 없다. 변호사 사무실의 퇴근 시간이 다시 다른 일을 시작해야 하는 시간이고,

다른 사람이 쉬는 토요일, 일요일이 나의 농사일 하는 날이다. 그러다 보니 잠잘 시간이 별로 많지 않다. 밤에 집에 들어가서 새벽까지 기록을 보거나, 책을 보거나 이렇게 글을 쓰다보면, 뒷골이 땡길 때가 많다. 한참 앉아 있다가 일어서면 현기증이 날 때도 있다. 어쩔 때는 '내가 왜 이렇게 살아야 하는가? 그렇지 않는 사람도 다 잘 사는데 나는 이렇게 고생만 하다 죽을 운명을 타고났는가?'라는 푸념도 해본다.

변호사들이 별로 힘들이지 않고 쉽게 돈을 버는 것으로 생각하는 사람들이 있는 것 같다. 물론 봉급생활을 하는 사람에 비하여 많은 보수를 받는 것은 사실이지만, 변호사 업무가 그렇게 쉬운 것은 아니다.

변호사가 쉽게 돈을 번다고 생각하는 사람들은 변호사가 하는 일이 법정에서 판사에게 말 몇 마디하는 것이 전부인 것으로 알고 있기 때문이 아닌가 한다. 변호사가 법정에서 하는 말은 별 것이 아니지만, 그 말을 하기 위해서 수백 페이지에 달하는 기록을, 그것도 소설처럼 재미있는 것도 아닌 문장들을, 이 잡듯이 샅샅이 읽어야 하고, 건 건마다 수백 페이지에 달하는 준비서면 등 서면을 작성하여야 한다.

더구나 낮 시간에는 법정에서 순서를 기다리며 앉아 있어야 하기 때문에 기록을 보는 일과 서면을 작성하는 일은 밤에 집에서 해야 한다. 아무도 그 사정을 알 리가 없다.

이렇듯 1인 4역을 무난히 해낼 수만 있다면, 나는 앞으로도 160년 쯤 더 살 수 있다.

이 세상에 태어나 어차피 언젠가는 죽을 목숨이라면 아끼고 아껴서 어디다 쓸 것인가? 최선을 다해서 살다가 떠날 때는 말없이 그리고 후회 없이 떠나면 그만이 아니겠는가?

타다 말고 남아 있는 장작개비가 비 맞아 길거리에 버려져 있는 것처럼 추한 것은 없다. 자기 몸을 완전히 태워버리고 흔적도 없이 사라지는 것이 최선의 길이라고 생각한다.

천천히 그리고 더불어 삽시다

"**예술은** 길고, 인생은 짧다."는 말이 있다. 그러나 따지고 보면 인생도 상당히 긴 것이다. 이 세상에 수십만 종의 동물이 살고 있지만 사람보다 더 오래 사는 동물은 그리 많지 않다.

그런데, 거리에 나가보면 무슨 사람들이 그리도 바쁜지 모르겠다.

다른 사람은 아랑곳없이 먼저 지나가려고 비집고 들어가는 사람, 다른 사람은 모두 순서를 기다리고 있는데 염치없이 새치기를 하는 사람, 문이 열리자마자 다른 사람이 내리기도 전에 엘리베이터에 오르는 사람, 앞에 가는 차가 조금만 천천히 가도 경적을 울리거나 전조등을 반짝반짝 켜면서 빨리 가라고 쫓는 사람, 그것도 부족하여 추월금지 구역에서 '쌩' 하는 소리가 날 정도의 속도로 앞차를 추월해 가는 사람, 정지신호임에도 불구하고 무작정 달리는 사람, 신호가 바뀌었음에도 계속 앞차를 따라가다 꽁무니를 내놓고 정차하여 다른 차가 옴짝달싹도 못하게 거리를 막아놓는 사람…. 이루 글로 다 표현할 수가 없다. 마치 오늘만 살고, 내일은 그만 살 사람들같다.

인생은 오늘만 있는 것이 아니다. 우리에게는 희망찬 내일이 기다리고 있다. 그렇게 바쁘면 10분만 먼저 출발하면 될 텐데, 아무 일도 없이 빈둥거리다가 거리에만 나오면 바빠지는 사람들이 많다.

더 이해할 수 없는 일이 있다. 고속도로에서 과속으로 추월해가던 차가 휴게소에서 오랫동안 놀고 있는 것이다. 천천히 가다가 조금만 쉬면 될 것을 과속으로 달려가서 많이 쉬는 이유를 알다가도 모르겠다.

6·25 동란이 끝날 무렵 세계에서 가장 못사는 나라라고 하여도 과언이 아닐 정도였던 나라가 짧은 기간에 이렇게 놀랄 만큼 경제 성장을 하였고, 유엔안전보장이사회 회원국, 내년에는 유엔의 의장국이 될 가능성이 크다고 한다. 이 정도로 국제적 위상이 올라갔으면 이제 우리도 여유를 가지고 살아가도 되지 않겠는가?

생각해 보면 5천 년 역사상 지금처럼 풍족하게 살았던 때는 없었다. 우리 조상들은 우리보다 가난하게 살았으면서도 풍류를 즐기고, 여유를 가지고 살았는데 왜 우리는 이렇게 허둥대면서 살아야 하는가?

나만을 생각할 것이 아니라, 남도 생각하면서 더불어 살 수는 없는 것인가? 우리 모두 다시 한 번 생각해 봐야할 문제다.

이기적인 생활 방식은 자식 교육에 있어서 더욱 뚜렷이 나타난다. 변호사를 하면서 비행 소년들의 사건을 처리한 경험이 많다.

"변호사님, 우리 아이는 그렇게 착할 수가 없어요. 그런데 친구를 잘못 만나 이런 일을 저질렀어요."라고 말하는 사람이 대부분이다. 자기 아이가 잘못하여 친구까지 버렸다는 사람은 단 한 사람도 보지 못했다. 모두들 자기 아들이 가장 착하다고 생각하는데 왜 이렇게 비행청소년이 많다는 것인가? 남을 헐뜯을 것이 아니라 자기 자신을 먼저 뒤돌아보아야 하지 않는가?

물론, 인구억제정책으로 애들을 하나, 둘만 낳으니 금이야 옥이야 기르는 것도 좋지만 너나 나나 할 것 없이 애들을 너무 이기적으로 기르는 것 같다. 자기 자식이 귀하면 남의 자식도 귀한 줄 알아야 하는데 남의 자식을 생각할 마음의 여유가 없는 것 같다.

나는 애들이 다섯이나 있다. 그래서 남의 집 아이들을 그냥 보아 넘기지 않는다. '저 애들이 잘 되어야 우리 애들도 잘된다.'는 생각을 가지고 언제, 어디에서든 우리 애들 또래를 만나면 안아도 주고 맛있는 것도 사준다.

길거리를 지나가다가 서 있는 학생들이 있으면 '배고프지?' 하면서 빵을 사준다. 애들은 이상한 아저씨가 다 있다는 표정으로 의아해 하기도 한다. 특히 여고생의 경우엔 더욱 그렇다.

학교에서 하교하는 학생들은 모두 배가 고픈 상태다. 아무리 부잣집 아이라도 학생들은 주머니에 돈이 없을 수가 있다. 견물생심이라고 빵집 옆을 지나가다가 빵이 먹고 싶어 본의 아니게 비행을 할 수도 있다. 그런 학생들에게 몇 천 원을 투자하면 그런 것을 막을 수 있다.

아무리 내 자식을 잘 길러 놓은들 무슨 소용이 있는가? 이웃집에 망나니가 하나 있어 우리 아이를 숲속으로 끌고 가 버리면 그만일걸….

우리 아이가 잘되게 하기 위해서는 이웃집 망나니가 잘되게 온갖 노력을 경주하여야 한다. 이웃집 망나니는 우리 아이와 더불어 살아갈 동반자이기 때문이다.

천천히 그리고 남과 더불어 살아갑시다!

그때, 그대는 어디서 무엇을 하였는가?

1980년 5월.

5월은 계절의 여왕이라고 하던가?

그런데 1980년 5월은 왜 그렇게 따뜻하지 못하였는가?

그리고 무엇 때문에 그 후 십수 년간 우리는 계절의 여왕 5월을 되찾지 못했었는가?

1980. 5. 20. 나에게 마지막 신체검사를 받으라는 통지가 나왔다. 대학과 대학원을 다니는 동안 신체검사가 연기되었다.

그때 나는 춘천지방법원에 근무하고 있었다.

5월 17일, 신체검사를 받으러 광주로 가려고 아침 일찍 서울 가는 버스에 올랐다. 버스터미널에서 산 신문을 펼치자 "비상계엄 전국 확대", "김대중 씨 구속"이라는 우울한 기사가 대문짝만 하게 실렸다.

그 당시는 극도로 말조심을 해야 하는 시기였고, 더구나 춘천은 그 정도가 더 심했으며, 전라도 사람은 입이 있어도 감히 자기의 의사를 자유롭게 표현하지 못하던 시기였다. 가슴이 터질 것만 같았다. 묵묵히 신문기사만 읽고 있는데,

"이번 조치는 정말 졸작입니다. 민주주의가 실현되는가 했더니, 더 심한 친구가 나타난 것 같습니다. 김대중 씨가 무엇을 잘못했다고 잡아넣는지 모르겠습니다."

같은 과에 근무하는 송일룡 계장이 내 옆자리에 앉으면서 계엄확대조치와 김대중 씨 구속사건을 강도 높게 비판하였다.

당시 강원도 사람들은 그런 비판은커녕, 계엄사령부 발표를 성경책 구절처럼 철저히 믿고, 학생들이나 재야단체가 시위를 하면 무턱대고 "미친놈들"이라고 욕을 하는 실정이었다. 그렇지만 송계장은 강원도 사람이긴 해도 정의감이 강하고, 야당기질이 있어 법원 내에서도 비판적인 발언을 가끔 하는 사람이었다.

송계장과 국가의 장래를 심각하게 고민하면서 서울에 도착했다. 그때까지 서울은 평상시와 다름이 없었다.

내가 광주에 도착한 것은 그날 오후 5시쯤이었다. 금남로를 가려고 택시를 타고 유동 3거리를 들어오니 길 오른쪽에 무슨 트럭들이 쭉 세워져 있고, 개구리 복장을 한 군인들이 트럭 주위를 서성이고 있었다. 금남로에 차량 통행은 금지되었으나 사람들은 걸어 다니고 있었다.

'무슨 예비군 훈련을 금남로에서 하는가?'

의문을 품고 한일은행(지금의 한빛은행) 앞까지 걸어오는데 아무래도 공기가 이상했다. 아무리 보아도 예비군 훈련을 하는 것 같지는 않았다. 그렇지만 군인들이 금남로를 점거하고 있으리라고는 생각도 못했기 때문에 그것이 5·18의 시작인지는 몰랐다.

"아…" 하는 비명소리가 나더니 여학생 한 명을 서너 명의 장정들이 사지를 잡아 끌고 가 트럭에 밀어 넣는 장면이 눈에 들어왔다.

"저놈들, 뭘 하는 겁니까?" 주위에 있는 행인에게 물어보았다.

"내용은 잘 모르지만 계엄군이 데모하는 학생들을 잡아가는가 봅니다."

그때까지만 해도 시민들도 무슨 일이 일어났는지 잘 모르고 있었다.

공중전화기로 가서 친구 강순길 군과 정선태 군에게 전화를 하였다.

"너, 지금 어디 있니?"

"금남로에."

"금남로? 지금 괜찮니?"

"무슨 예비군 훈련을 한 것 같은데 잘 모르겠어."

"지금 금남로에 있는 놈들은 예비군이 아니고, 계엄군이야, 젊은 사람은 모두 잡아간대. 너 거기 있다가 잘못하면 큰일 나니까 빨리 이리와."

"나는 공무원인데 무슨 일이 있을라고?"

"그놈들이 공무원은 봐주나? 봉변 당하지 말고 빨리 이리와."

우리는 양동에 있는 정선태 군 어머님이 운영하는 식당에서 만나기로 하였다.

"야, 여기 오다 혼날 뻔했다." 순길이가 조선대학교 부근, 지산동에서 도착하여 한 첫마디다.

"왜?"

"이 새끼들이 골목길에 서 있다가 젊은 사람만 보면 무조건 때리고, 대들면 잡아간다. 나를 보더니 다짜고짜 쫓아오기에 줄행랑을 쳤다. 아무런 잘못도 없이 도망하다니 원."

순길이의 말을 들어보니 내가 본 금남로의 상황보다 골목길의 상황이 더 나쁜 것 같았다.

"왜 그러는 거니?"

"난들 알겠느냐만, 아무래도 무슨 일이 일어날 것만 같아."

"너희들, 절대 밖에 나가면 안 된다. 꼼짝 말고 여기 있어야 돼.

군인들이 너희와 같은 젊은 사람들만 보면 무조건 때리고 잡아간단
다."

우리를 식당 다락방으로 몰고 간 선태 어머님의 말씀이다.

나와 순길이, 선태는 1973년 고등학교 3학년 때, 유신반대 시위주
동을 했다가 혼난 전과가 있다. 그리고 똑같이 불의를 보면 참지 못
하는 성격이다. 그것을 잘 아시는 어머니의 특별 분부였다.

우리는 이틀 동안 다락방에 앉아 "이 나라가 어디로 가려고 이러
는지 모르겠다."는 한탄을 수 없이 하였다.

5월 20일, 병무청에서 막둥이 동생 승곤이와 함께 신체검사를 받
았다. 아무래도 바깥공기가 이상한 것 같았다.

병무청 직원들이 신검이 끝난 장정들에게 개별적인 행동을 못하
도록 엄격히 통제하고, 집단적으로 버스에 태워 집에까지 데려다
주었다.

나는 병무청에서 내준 차를 타고 동생과 같이 버스터미널까지 갔
다가 춘천으로 돌아갔기 때문에 그 후에 일어난 자세한 내용은 모
르지만, 그날도 광주는 공포의 도가니였다.

공무원인 나와 교사인 순길이는 그렇게 지냈지만, 정선태 군은
우리가 떠난 후 거리로 나가 군중에 쌓여 우리나라 민주화에 기여
했고, 그 후에도 계속 민주화운동을 하였다.

아무리 공무원 신분이라고 하지만 연약한 여자가 장정들에게 끌
려가는 것을 보고서도 항의 한마디 못 하고, 옆 사람에게 무슨 일이
냐고 물어본 내 자신이 지금까지도 부끄럽다.

나는 지금도 광주 민주화운동에 관한 이야기가 나오면 할 말이 없
다.

그때 그 현장인 금남로에 있었으면서도 나는 광주시민이 아닌 졸
장부였다.

왜 그때 공무원 신분을 내던지지 못했는가?

다시 또 국가에 환난이 닥칠 경우에도 나는 내 자신만 생각할 것인가?

5월만 되면 자신에게 자주 물어보는 말이다.

"그때, 그대는 어디에서 무엇을 하고 있었는가?"

"어두운 식당 다락방에 숨어, 입으로만 민주주의를 외쳤네."

이것이 나의 5·18에 대한 대답이다. 몇 번 생각해 보아도 졸장부다.

춘천에 올라가 뉴스를 보니 연일 나오는 텔레비전 화면은 금남로 한복판에서 어느 불쌍한 초급장교(소위) 한 사람이 수십 명의 시위대로부터 돌멩이 세례를 당해 피를 질질 흘리고 있었다.

"광주폭도"들이 강탈한 장갑차를 타고 거리를 질주하는 "무법천지"를 보여 주기도 하였다. 보는 사람마다 "그 장교가 안타깝다." "광주폭도들을 처단하여야 한다."는 말만 하였지, 군인들이 잘못했다는 말은 단 한마디도 없었다.

"분명 저것은 아니었는데?" 내가 본 것을 몇몇 전라도 사람들에게 이야기해 주었다.

"이 계장, 그런 소리하면 큰일 나네! 입 조심하소." 전라도 사람들까지도 나에게 그런 소리를 못 하도록 말렸다.

내 말이 틀리다는 이야기는 아니지만 그런 말을 하는 나는 물론, 그런 말을 같이 들은 자기들의 신변에도 어떤 위험이 올까봐 미리 방어하는 말이다.

그 무렵 조달청 춘천지청에서 지청장과 과장 두 명이 간부회의를 하던 중 전라도 출신 과장이 "김대중 씨가 무슨 잘못을 했다고 그러는지 모르겠다."는 말을 단 셋이 있는 데서 했다고 한다. 그런데, 그

239

회의가 끝난 후 30분도 못 되어 그 말을 했던 과장이 보안대에 끌려 갔다는 소문이 돌았다. 분명 그 세 사람 중 한 사람이 신고해 버린 것이다. 무서운 세상이다.

전라도 사람들은 사무실에서 전화도 함부로 못 했다. '꿀 먹은 벙어리'처럼 지내야만 했다.

당시 법원에서도 전 직원을 대법정에 모아놓고 "김대중은 누구인가?"라는 교재로 김대중 선생의 사상 강의를 하였다. 김대중은 증조부 때부터 빨갱이라는 것이다.

"그때도 우리나라에 공산당이 있었습니까?"

한참 열띤 강의를 하던 총무과장 한상근에게 내가 질문을 하였다.

"이 계장, 그런 질문은 안 하는 것이 신상에 좋을 것이오."

엄중 경고한다는 식의 딱 부러진 일성이었다. 다시 무슨 말을 했다가는 어떤 일이 벌어질지 모른다.

하도 광주 사람들을 욕하는 직원들에게 "강원도 사람들은 왜 이렇습니까? 내가 만약 무기고에서 총을 꺼내 나눠준다면, 당신들은 싸우기는커녕 엿 사먹어 버릴 것이요. 공산당이 쳐들어와도 당신들이 싸운다는 보장이 어디 있소. 그만 합시다."라고 소리 지른 후 근무도 중단하고 그냥 퇴근해 버린 적이 있다. 혹시 누가 잡으러 오지 않나 며칠간 가슴이 조마조마하기도 하였다.

그해 춘천에서 '소년체육대회'가 개최되었다.

춘천에서 처음 있는 체육대회라 연일 텔레비전만 켜면 체육대회 이야기뿐이었다.

몇 천 리 떨어진 고향에서 학생들이 춘천까지 오는데 전라도 향우회에서는 위문 갈 엄두를 내지 못했다. 전라도 사람 티낸다는 비난이 두려웠던 모양이다.

더구나 테니스 경기는 법원 구내 코트에서 열렸다. 법원에 다니는 전라도 사람들끼리 사과 한 상자 사다 주자고 해도 반대하는 사람들이 많았다.

아무리 우리가 기죽어 지낸다고 하더라고 너무하지 않느냐고 불평한 후, 지금은 돌아가신 이성채 사무관과 이영윤 계장, 나 셋이서만 과일 한 상자씩 사 가지고 경기장마다 위문을 갔다.

전라도 선수단이 그렇게 초라하고 불쌍할 수가 없었다. 5·18 탓인지 선수들은 물론 임원진도 아무 힘이 없어 보이고, 누구하나 찾아오는 사람도 없었다. 물론 메달도 하나 못 따는 꼴찌였다.

그때, 그대는 어디에서 무엇을 하고 있었는가?

항상 내 마음을 아프게 하는 내 자신의 질문이기에 나는 광주에 온 후 5월의 그날이 오면 체육복으로 갈아입고, 모자를 눌러쓰고 아내와 함께 학생들 틈에 끼어 시위를 하였다.

만약 판사가 학생들과 시위하는 것을 누가 보았다면 당장 목이 달아났겠지만, 나와 내 아내를 알아보는 사람은 아무도 없었다.

그 후 전두환, 노태우 등 5·18 책임자들을 고소·고발할 때, 고소·고발인 변호사 6인 중 한 명으로 참여하기도 하였다.

5 · 18 특별법을 기초하다

1995년 11월 24일은 역사적인 날이다. 김영삼 대통령께서 강삼재 신한국당 사무총장을 통하여 5·18 특별법 제정 결정을 발표한 것이다.

대통령의 발표문은 아래와 같다.

— 5·17 쿠데타는 국가와 국민의 명예를 국내·외에 실추시킴은 물론 민족의 자존심을 한없이 손상시켜 우리 모두를 슬프게 만들었다. 특히 국가 최후의 보루이자 조국과 민족을 지키기 위해 헌신해 온 선량한 군인들의 명예를 더럽혔다. 따라서 쿠데타를 일으켜 국민에게 슬픔과 고통을 안겨준 당사자들을 처리하기 위해 나는 반드시 5·18 특별법 제정이 필요하다고 생각한다. 5·18 특별법 제정을 계기로 이 땅에 정의와 진실, 그리고 법이 살아 있다는 것을 국민에게 보여주는 계기가 되도록 하겠다. —

대통령의 5·18 특별법 제정 결정 발표 다음날인 1995년 11월 25일에 나는 신한국당 5·18 특별법 기초위원에 위촉되었다. 5·18 특별법 기초위원은 현경대, 변정일, 박헌기, 강신옥, 정시채 의원과 김광일, 김찬진, 강현욱 지구당 위원장 그리고 나였다.

나는 광주 현지 사람으로서 광주 문제를 해결하는 5·18 특별법 기초위원에 위촉된 것에 대하여 무거운 책임감을 느끼지 않을 수 없었다.

5·18 관련자들에 대한 고소·고발인 변호사의 한 사람인 나는 지구당 위원장에 임명된 1994년 말부터 기회 있을 때마다 높은 사람들에게 광주문제의 해결을 건의하면서 5·18 특별법 제정을 촉구해 왔다.

광주문제의 해결 없이 '세계화다, 국민 화합이다, 일류 국가 건설이다.'라고 외치는 것은 아무 효과가 없다는 것이 나의 지론이었다.

총칼을 가지고 국헌을 문란케 하고, 정권을 찬탈한 사람들이 활개치고 살고 있으며, 그들에게 저항한 사람들이 오히려 내란죄 등으로 재판을 받아 죄인으로 낙인찍혀 있는 마당에 무슨 국민화합이며, 무슨 일류 국가 건설이냐는 것이었다.

그러나 나의 힘이 미력하여 아무도 내 말을 깊이 있게 들어주지 않는 것 같더니 드디어 대통령이 결단을 내린 것이다. 5·18 특별법 제정 결정은 민주화를 바라는 위대한 우리 국민들의 승리이자 김영삼 전 대통령의 용기 있는 결단이었다. 감히 그 누구도 쉽게 결정할 수 없는 역사상 가장 어렵고, 가장 크고, 가장 중요한 결정이 아닌가 생각된다.

기초 위원으로 위촉된 순간부터 나는 잠을 이룰 수가 없었다. 15년 쌓인 광주 시민의 한과 그동안 맺힌 국민의 응어리를 완전히 풀어주어 다시는 5·18을 가지고 국력을 낭비하는 일이 없도록 완벽한 법률을 만들어 내야할 텐데…….

법안 기초를 위해 서울에 올라가기 전에 5·18에 대한 그간의 자료를 가능한 한 많이 수집하여 노트북 컴퓨터에 수록하였다. 그리고 11월 26일 오후에 5·18 관련단체와 관계자 여러분을 찾아뵈었다.

조비오 신부님, 강신석 목사님, 정동년 의장님, 이광우 교수님, 방철호 목사님, 명노근 교수님, 안성례 광주직할시의회 5·18 특위 위원장 등을 만나 5·18 특별법에 어떤 내용을 포함시키고, 광주문 제를 어떻게 해결했으면 좋겠다는 말씀을 들었다. 그리고 여러분의 변호사들에게 전화를 하여 공소시효에 관한 문제 등 5·18 특별법 제정에 관한 법률적 문제를 의논하였다.

1995년 11월 27일에 기초위원회 1차 회의에서 나는 김찬진, 박헌 기 위원과 같이 법안작성위원에 선발되었다. 회의는 9명의 위원들 이 모여서 하지만, 실제 법안작성 작업은 위 세 사람이 하여 그 다 음 회의에서 그것을 토대로 토론하는 형식이다.

대통령께서 5·18 특별법안 작성을 당에 지시하셨을 뿐 아무런 지 침이나 방향도 없었다. 우리 위원들에게 주어진 것은 오직 종이 몇 장과 볼펜 한 자루였다. 밑그림을 그리기가 매우 어려웠다.

논의를 공소시효에 제한하자는 위원도 있었지만, 우리는 가능한 한 모든 것을 논의하여 현재의 여건에서 만들 수 있는 최선의 법률 을 만들어 보자고 하였다. 위원회에서 논의된 사항을 일일이 여기 에 쓸 수는 없으나 좋은 법을 만들려고 부단히 노력했던 것은 사실 이다.

5·18 특별법 기초위원의 자격으로 나는 광주에 내려와 금수장 호 텔에서 5·18 관련 단체회원들과 언론인들로부터 의견을 듣기도 하 였고, 거의 2주일간 재판 일정을 모두 연기하고 서울에 있는 여관 에 머물면서 특별법 기초에만 매달렸다.

그래도 다른 사람들은 다른 일을 보기도 하였겠지만 나와 김찬진 위원은 전혀 다른 일을 할 수가 없었다. 남이 지어 놓은 집을 보고 '잘 지어졌다', '잘못 지어졌다.' 하기는 쉽지만 실제 자기 손으로 집을 짓기는 그리 쉬운 일이 아니다.

나는 '내 일생일대에 가장 중요한 일을 하고 있다.'는 생각으로 임했다. 사실 국회의원 생활을 몇 십 년 한다고 하더라도 자기 손으로 직접 이렇게 중요한 법률을 만들 기회는 흔치 않을 것이다.

우리나라에 수천 개의 법률이 있지만, 대부분 다른 나라의 것을 베껴오거나 다른 나라의 것을 참작하거나, 적어도 그에 관한 전문가들이 기초를 잡아주는 것을 심사만 할 정도이지, 전혀 백지 상태에서 새로운 법을 만들어 내는 경우는 드물 것이다.

나는 노트북 컴퓨터와 법전, 그리고 교과서 몇 권을 짊어지고 불도 안 들어오는 김찬진 위원 사무실에서 새벽까지 작업을 했다. 국회의원이 아닌데다가 나이도 젊고, 다른 사람들은 서류 봉투 하나만 가지고 다니는데, 나는 컴퓨터와 법전, 교과서를 가지고 다니니 처음에는 기자들이 나는 기초위원이 아닌 실무자인 것으로 알고, 회의장에 들어서자마자 다른 위원에게는 인터뷰 요청을 하였지만 나에게는 물어보지도 않았다.

물론 나중에 눈치를 채기는 했지만…….

특히 어려웠던 것은 특별검사제도의 도입과 특별재심에 관한 것이었다.

야당과 국민들이 우리의 검찰을 신뢰하지 못하여 특별검사제 도입을 강력히 주장하였기 때문에 가능하면 특별검사제를 도입할 방법이 없는지를 심사숙고하였다.

사실 법조인의 한 사람으로서 특별검사제가 우리 실정에 맞지도 않고, 12·12 군사반란사건과 5·17 쿠데타 등 우리 역사상, 아니 세계 역사상 가장 방대하고, 가장 어렵고, 가장 중요한 사건을 특별검사 몇 사람에게 맡겨서 제대로 수사가 되겠느냐는 회의도 있었지만, 광주시민과 5·18 단체, 그리고 국민의 대다수가 특별검사제의 도입을 바라고 있으므로 나는 특별검사제도의 도입을 주장하였다.

그러나 대세에 밀려 할 수 없이 제정신청제도라도 두어야 한다고 주장하여 관철되었다. 대부분 위원들이 12·12와 5·18 관련자들을 처벌할 수 있는 법률을 만드는 데 신경을 쓰고 있었으나, 나는 대통령의 5·18 특별법 제정 결정으로 12·12와 5·18 관련자들이 처벌받는 법률을 만드는 것은 거의 기정사실이라고 생각하고 광주시민의 명예를 회복하는 규정을 두는 것에 신경을 썼다.

법안을 작성하면서 특별 재심에 관한 부분을 삽입해 두었더니 그 다음날 심한 논란이 있었다. "법체계상 맞지 않다", "현행 형사소송법으로도 얼마든지 재심을 할 수 있다"는 것이다. 법체계상 문제가 있는 것은 나도 인정하였다. 그러나 현행 형사소송법상으로 재심 사유가 제한되어 있기 때문에 재심이 쉽지 않다.

기초위원 한 사람 한 사람을 개별적으로 만나 광주시민의 명예를 회복시켜 주지 않고는 5·18 특별법의 제정 의의가 없고, 광주시민의 가슴속에 응어리가 계속 남아 있는 한 국민화합을 이룰 수 없다고 설득한 결과 한 분, 한 분 내 견해에 찬동했다.

물론 내가 기초한 5·18 특별법의 내용에 만족하지는 않는다. 5월 18일을 국가기념일로 지정하는 것과 5·18 희생자들 및 피해자들을 국가유공자로 대우하는 규정을 두었으면 완벽했을 터인데, 그것은 국회의 논의 과정에서 야당과의 타협 조건으로 남겨두었었다. 그런데 국회에서 초안이 그대로 통과되어 버린 것이다. 후에 정부는 5월 18일을 국가기념일로 지정하였지만, 5·18 관련자들의 국가유공자대우는 아직도 실현되지 않고 있다. 그러나 언젠가는 그것이 실현되리라고 본다.

그 후 나는 5·18 관련자들의 특별재심사건을 맡았다. 그 사건을 처리하면서 내가 기초한 법률을 다시 읽어보았다. 글자 하나 토시

하나도 내 손으로 쓴 법률을 읽으면서 가슴이 찡했다. 몇 번을 읽어
보아도 상당히 잘 된 법규정이라고 자부했다.

　내 자식들도 법과대학을 다닌다. 내 자식들이 아버지가 기초한
5·18 특별법을 보면 다시 감회가 새로울 것이다.

　5·18 특별법의 공식명칭은 「5·18민주화운동등에관한특별법」과
「헌정질서파괴범죄의공소시효등에관한특례법」이다.

아! 대한민국

나라가 잘되려면 어린이들이 건강해 지고, 여자들이 예뻐진다고 한다.

텔레비전에 나오는 그때를 아십니까? 라는 프로그램을 보면서 우리 아이들은 이상한 그림을 보는 것처럼 신기해 하지만 그것이 바로 우리의 모습이었다.

캄보디아나 소말리아에서 영양실조에 걸려 배가 볼록 나온 어린 아이들을 보면 남의 일 같지 않다.

지금이야 우리나라가 세계에서 몇 번째 안 가는 경제 대국이 되었지만 우리가 어렸을 때만 하여도 세계에서 몇 번째 안가는 가난한 나라 중의 하나였지 않는가?

나는 초등학교 다닐 때 선생님들로부터 "일본 사람들은 어쩐데, 한국놈들은 어쩐다." "미국 등 선진국에서는 어쩐데, 우리나라는 어쩐다."는 등 한국을 스스로 비하하여 우리는 도저히 가능성이 없다는 말을 수 없이 들어왔다.

그런데 우리나라가 이렇게 발전하고 잘살게 된 것이다. 나는 외국을 여행할 기회가 몇 번 있었다. 어렸을 때 그렇게 동경했던 선진 국들을 가 보아도 우리보다 훨씬 잘살고 있다는 생각은 들지 않았 다. 오히려 우리의 것이 그들의 것보다 낫다고 생각되는 부분도 많 았다.

특히 '우리 민족이 그들보다 우수하지 않는가?' 하는 생각이 자주 들었다. 그런데 왜 우리를 가르친 선생님들은 그렇게 비관적인 생 각을 하셨을까? 식민사관 때문이었을까?

민주주의가 가장 발달하고 모든 사람이 평등하게 산다는 미국에 서 흑인이 시장을 하고, 국회의원을 하는 것은 보았지만, 백인이 청 소부를 하거나 호텔 보이를 하는 것을 보지 못했다. 분명 흑인과 백 인은 평등하지 못한 사회라는 느낌이 들었다. 뿐만 아니라, 세계에 서 가장 부강하고 복지시설이 잘 되어 있다는 나라의 가장 큰 도시, 뉴욕 거리에서 거지들이 구걸하고 있는 모습을 많이 보았다.

또, 온 국민이 골고루 평등하게 잘산다는 공산주의국가였던 러시 아나 중국에서 이런 것이 지상 낙원인 공산주의 국가란 말인가? 하 는 실망감을 느끼기도 하였다. 전 인민이 평등하게 못사는 것이 공 산주의가 표방하는 지상낙원이라는 것인가? 러시아의 경제는 정말 어려운 것 같았다. 그렇지만 전직 공산당 간부였거나 KGB간부였던 사람들은 부정을 하여 고급 자동차를 몰고 다니는 것이다.

어느 사회나 그 나름대로의 문제점은 있는 법, 인간이 살고 있는 곳에 낙원과 같은 곳은 없다고 생각한다.

가난한 아프리카나 동남아 국가들을 생각해볼 때 우리는 상당한 수준의 생활을 하고 있으면서도 자부심을 가지지 못하는 것 같다.

미국이나, 유럽, 캐나다 등 선진국과 비교해볼 때, 영토의 규모로 보나 부존자원으로 보나 우리는 도저히 따라갈 수 없을 정도인데도 우리는 그들 나라보다 더 편히, 더 안락하게 살지 못해서 불만이 많다.

나는 몇 년 전 운동권 학생들을 변론하면서 가끔 "우리나라는 미국의 식민지"란 이야기를 들었다. 그보다 더 불쾌하고, 기분 나쁜 소리는 없다. 설사 우리나라가 미국의 식민지라고 하더라도 국가의 장래를 생각하는 젊은이라면, 그것이 아니라고 우겨야할 텐데 분명히 독립한, 부강한 나라에서 살면서 스스로 우리가 미국의 식민지라고 주장하고 있으니 기가 막힐 노릇이다. 제발 이제 그런 소리는 그만하기 바란다. 그 소리를 미국 사람들이 들으면 얼마나 유쾌해 하겠는가?

이렇게 훌륭한 나라 사람들을 비하하여 한국놈은 안 된다는 식민지 교육을 시켜 온 선생님들도 반성해야 한다. 적어도 선생님이라고 하면 자라나는 세대에게 희망을 주고 대한민국에 태어난 것에 대하여 자부심을 갖도록 교육시켜야 한다.

물론, 대한민국의 모든 제도와 생활양식이 가장 우수하다는 것은 아니다. 부정부패가 만연되어 있고, 부가 편중되어 많은 문제점이 있는 것은 안다. 그러나 그것을 개선하려는 노력은 하지 않고 불평불만만 하는 것은 온당치 못하다. 분명 이대로 몇 십 년만 더 노력한다면 우리는 세계 일류 국가가 될 것이다.

거리에 나가보면 우리 어린이들의 모습이 얼마나 건강하고 예쁜가?

뒷모습을 보고 여자의 나이를 알아맞힐 수 있는가?

거리를 거니는 젊은 아가씨들이 얼마나 아름다운가?

저렇게 어린이들이 건강하고, 여자들이 예쁠 때 우리의 장래는 밝은 것이다.

우리의 결혼 문화 이대로 좋습니까?

안녕하십니까? 변호사 이승채입니다.

하늘은 높고 말은 살찐다는 계절, 가을입니다. 가을이 되면 젊은 청춘 남녀들이 행복한 사랑의 보금자리를 꾸미기 위하여 다투어 결혼식을 합니다.

결혼은 누구에게나 평생 잊을 수 없는 가장 뜻 깊은 날이 될 것입니다. 그래서 우리는 결혼을 대사라고 합니다.

결혼은 성스러운 것입니다. 그러므로 결혼식은 엄숙하고 경건하게 치러져야 한다고 생각합니다.

그런데 요즘의 결혼 실태는 어떻습니까.

토요일과 일요일의 정오쯤이 되면, 결혼식장을 찾아가는 차량의 행렬들로 예식장 부근의 도로는 꽉 막히고, 어렵사리 예식장에 도착하면 엘리베이터 앞에 수십 명씩 줄을 서서 서로 타려고 발버둥을 치고, 예식이 시작되었음에도 아랑곳없이 예식장 안은 시장바닥처럼 소란스럽기만 합니다. 예식이 끝나면 피로연을 한다고 식당에 모여 서로 먼저 먹으려고 야단들입니다.

그야말로 아수라장입니다.

그것뿐입니까. 그런대로 사회생활을 한다는 사람들에게는 1주일에 3~4건씩 청첩장이 옵니다. 세금고지서도 아닌데 얼굴만 아는 사람은 모조리 청첩장을 보내는 것 같습니다. 청첩장 받고 안 갈 수 있습니까? 토요일, 일요일은 결혼식 때문에 가족과 함께 쉴 수도 없습니다.

또한, 남의 결혼식장에 빈손으로 갈 수도 없습니다. 아무리 못해도 4~5만원을 넣은 봉투를 가지고 가야 합니다.

신부는 장롱, 텔레비전, 냉장고 등 온갖 혼수를 마련하여 가지고 가야하고, 심지어는 몇 천만 원, 몇 억 원의 지참금까지 가지고 가는 경우도 있다고 합니다.

과연, 이러한 우리의 결혼 문화는 바람직한 것일까요.

결혼 예식은 반드시 예식장에서 해야 할까요. 공원이나 학교 운동장, 공회당 같은 곳에서 하면 안 될까요? 성직자들 앞이나 판사 또는 관계 공무원 앞에서 혼인서약을 하고, 새살림을 차리면 안 될까요?

꼭, 무작위로 청첩장을 보내 많은 사람을 불러 모아놓고 결혼식을 해야 할까요. 양가 부모와 가까운 일가친척끼리 모여 덕담과 축배를 들면서 간단히 예식을 올리면 안 될까요?

호화 혼수를 마련한다고 행복이 보장될까요. 신혼살림에 꼭 필요한 간단한 살림 도구만 마련하면 안 될까요?

남의 결혼식에 가서 한번쯤 짜증나는 경험이 있다면, 내 결혼부터, 내 자녀의 결혼부터 고쳐 나갑시다.

MBC 칼럼 이승채였습니다.

1999. 11. 5.

건전한 휴대폰 문화

이제는 전화선도 없는 전화기를 호주머니에 넣고 다니는 시대가 되었습니다. 휴대 전화기의 보급 대수가 2,500만 대를 넘었다고 합니다. 남녀노소, 직장인 심지어는 학생, 가정주부, 음식점에서 일하는 아줌마들까지도 휴대폰을 가지고 다닙니다. 길거리에서도, 차 속에서도, 산 위에서도, 바다 한가운데서도 전화를 할 수 있습니다.

참 편리한 세상입니다.

우리가 어렸을 때는 우체국 아가씨가 공전식 전화기의 손잡이를 한참 돌린 후 "해남?" "목포?"하고 소리 질렀는데….

그리고 1970년대에는 청색전화다 백색전화다 하여 전화를 가설하는데 웃돈을 주어야 했는데….

이제 전화기를 호주머니에 넣고 다니다니, 뿐만 아니라 원래 우리가 개발한 기술은 아니지만 휴대폰을 만드는 기술이 거의 세계의 으뜸이라니 자랑스럽기도 합니다. 그러나 문제가 좀 있는 것 같습니다.

첫째는, 공해입니다.

사무실에서도, 식당에서도, 극장에서도, 버스에서도 '찌르릉! 찌르릉!' 휴대폰 울리는 소리와 '여보세요!'하고 전화하는 소리에 정신이 없습니다. 심지어는 교회의 예배나 미사시간에도, 재판을 하는 법정에서도 휴대폰이 울려 엄숙한 분위기를 깨뜨리는 경우가 가끔 있습니다.

둘째는, 중요한 대화를 단절시킵니다.

심각한 이야기를 하고 있는 중에 갑자기 걸려오는 상대방의 휴대전화 때문에 대화가 단절되는 것이 다반사입니다. 그것뿐입니까? 중요한 일로 조용한 곳에 식사 약속을 하였지만 서로 간에 울려대는 휴대폰을 받느라고 정작 할 이야기는 못하고 돌아오는 경우도 있습니다.

셋째는, 과소비의 문제입니다.

우리는 과소비하면 으레 고급 승용차를 타고 다니고, 향락 업소에서 마시고 춤추며, 고급 옷을 입거나 비싼 다이아몬드 장식품을 몸에 지니고 다니는 것을 연상하게 됩니다. 물론 그것도 과소비이고, 칭찬할 일은 못되겠지만, 수입도 없는 사람들이 휴대 전화기를 가지고 다니면서 쓸데없는 전화를 하는 것 역시 개인적으로 과소비이고, 국가적으로도 크나큰 손실이라 아니할 수 없습니다. 모르면 몰라도 세금보다 휴대 전화 요금이 더 많은 사람이 상당히 있을 것입니다.

아무리 편리한 문명의 이기라고 할지라도 아무나 가지고 다니면서 아무렇게나 사용해도 되는 것은 아닙니다. 휴대 전화기는 건전하고 생산적으로 사용하여야 합니다. 법정은 물론 교회, 공연장 등

공공장소에서는 반드시 전화기의 전원을 꺼야하고, 다른 사람과 대화중에는 되도록 사용을 자제하여야 합니다. 뿐만 아니라 학생, 가정주부 등 꼭 필요하지 않는 사람은 가지고 다니지 않아야 합니다. 휴대 전화기는 유선 전화기나 공중 전화기의 사용이 곤란한 경우에만 사용하여 꼭 필요한 사람이 사용하지 못하는 일이 없도록 해야 합니다.

건전한 휴대폰 문화의 정착이 절실히 요구되는 때가 아닌가 생각됩니다.

빨리빨리보다는 안전하게

나라 돌아가는 모양이 뭔가 좀 불안한 생각이 들지 않습니까?

금방 선진국이 될 것만 같더니 IMF 국제통화기금의 구제금융을 받은 나라가 되었습니다.

성수대교가 무너지고, 삼풍백화점이 내려앉았습니다. 비행기가 자주 추락합니다. 해마다 홍수로 수만 명의 이재민이 발생합니다.

올 여름에는 씨랜드 수련원에서 23명의 어린아이가 불에 타 처참하게 죽었습니다. 그로부터 불과 몇 개월도 되지 않아 인천에 있는 한 호프집에서 다시 화재가 발생하였습니다.

광주 출신의 전 국가대표 필드하키 선수 김순덕 씨는 씨랜드 참사 때 아들을 잃었습니다. 그는 국가로부터 받은 훈장을 반환하겠다고 했습니다. 조국의 영광을 위하여 젊음을 바쳤던 그가 남은 둘째 아들의 안전을 위해서 조국을 떠나겠다는 것이었습니다.

씨랜드 화재나 이번 인천 호프집의 화재는 재해가 아닌 인재입니다. 부도덕한 업주와 돈에 눈이 어두운 악덕 공무원들의 합작품이라고나 할까요.

폐쇄 명령이 내려진 업소에서 버젓이 영업을 해도 공무원들은 뇌물을 받고 눈감아 주었다고 합니다. 화재 원인은 그곳에서 일하던 14~15세짜리 소년들의 불장난이었다고 합니다. 정말 어처구니없는 일이 아닐 수 없습니다.

그런데 정부는 미봉적인 사고 처리에만 급급하고 있습니다. 사고가 나면 사망자 1인당 얼마씩의 위로금을 지급하고, 업소 주인을 구속하고, 공무원 몇 사람을 징계하는 것으로 끝내야 되겠습니까?

저는 전국의 모든 건물, 교량, 도로, 항만 등 위험이 있는 시설물의 정기적인 안전 진단이 필요하다고 생각합니다. 눈감고 아웅하는 식의 안전 진단이 아닌 철저한 안전 진단 말입니다.

그리고 무엇이든 빨리빨리 할 것이 아니라, 조금 늦더라도 안전하고 철저하게 하는 지혜가 필요하다고 봅니다.

전남일보 1999. 11. 25.

5부
설교 모음

동족 간의 전쟁은 막아야 합니다

1. 한반도의 위기 상황

　한반도에는 대규모의 살상무기가 있습니다. 남과 북이 동족상잔의 전쟁을 겪었고, 전쟁이 끝난 후에도 서로 적대시 하면서 60년 가까이 전쟁준비를 해왔기 때문입니다. 한반도 주변의 상황도 복잡합니다. 세계 초강대국인 미국, 일본, 중국, 러시아가 한반도를 둘러싸고 있습니다. 이들은 서로 이해관계가 다릅니다. 서로 자기의 이익을 위하여 경쟁합니다. 한반도 북쪽에는 세계에서 유래를 찾아볼 수 없는 3대 세습의 실패한 정권이 있습니다. 국민들은 굶어죽는데 자기들은 부자간의 권력세습에만 관심을 가집니다. 대규모 살상무기와 적대적인 초강대국의 경쟁, 실패한 망나니 정권이 존재하는 한반도는 세계 어느 곳보다 전쟁이 일어날 가능성이 높습니다. 한반도는 전쟁의 조건을 완벽하게 갖추고 있습니다.

2. 연평도의 포격사건

2010년 11월 23일 연평도에서 포격사건이 일어났습니다. 전쟁을 방불케 하는 폭격이었습니다. 북한은 군인은 물론 민간인에게까지 포격을 가하는 만행을 저질렀습니다. 젊은 우리의 아들들이 죽고 다쳤습니다. 민간인 사망자도 두 사람이고, 다친 사람도 있으며, 주민이 거의 피난을 하였습니다. 전쟁을 방불케 하는 상황이 전개되었습니다.

3. 왜 이런 일이 일어났을까요?

첫째는, 나쁜 사람들 때문입니다.

누가 뭐라고 해도 나쁜 사람들은 김정일 등 북한의 위정자들입니다. 호전적인 북한의 군인들입니다. 그들이 무슨 말을 하여도 변명이 되지 않습니다. 동족의 민가에 최신 화력의 포탄을 170발이나 쏴댄다는 것이 말이나 됩니까? 지금 세상이 어떤 세상인데 27살의 어린애를 후계자로 삼으려고 한다는 말입니까? 세계 어느 곳에 그런 일이 있습니까?

둘째는, 화가 났을 것입니다.

북한 정권은 자기들이 잘한다고 국민들을 속여 왔습니다. 자기들이 세계에서 가장 정치를 잘하는 나라이고, 국민들이 가장 행복하게 사는 지상의 낙원이라고 선전해 왔습니다. 그리고 남쪽에는 미제국주의자들에게 눌려 사는 불쌍한 동포들이 비참한 생활을 하고 있다고 거짓말을 해 왔습니다.

그런데 G20 정상회의를 서울에서 개최하였습니다. 세계의 정상들이 서울에 와서 국제회의를 했습니다. 대한민국의 대통령이 그 회의의 의장을 했습니다. 환장할 일이지요.

이웃 나라 중국, 광저우에서 아시안게임을 하고 있습니다. 한국이 일본을 앞서 2등을 하고 있습니다. 북한도 출전했고, 자기들도 눈과 귀가 있는데 한국 선수들의 기량과 성적을 모르겠습니까? 미칠 지경이었을 것입니다.

이제 북한 국민들에게 뭐라고 거짓말을 하지요? 한국이 세계 정상회의를 개최하고, 아시안게임에서 2등을 하는 선진국이라고 솔직히 털어 놓을까요? 그럴 수는 없었을 것입니다. 한국의 위상을 보는 북한의 지도부는 화가 날 수밖에 없습니다. 못난 사람은 자연히 그렇게 되는 것입니다. 자기가 잘못한 것은 생각지도 않고 남이 잘되는 꼴을 보지 못하는 법입니다.

셋째는, 자기들도 힘이 있다는 것을 보여주고 싶었을 것입니다.

남한은 이렇게 발전하고 부강한 나라가 되어 세계가 부러워하는데 우리들은 무엇을 하고 있느냐고 북한 국민들이 물으면 뭐라고 대답할까요? "한번 보시겠습니까? 우리도 힘이 있습니다."라고 말했을 것입니다. 그리고 국면 전환용으로 불장난을 한 것입니다. 북한 위정자들이 주민들에게 보여준 불꽃놀이가 바로 전번의 천안함 사건과 이번의 연평도 포격사건입니다. 그것이라도 보면서 북한 사람들은 속이 시원했을지도 모릅니다.

넷째는, 같이 살자는 부르짖음인 것 같습니다.

남쪽은 선진국이 되어 가고 있는데, 자기들은 식량이 부족하여 굶고 있습니다. 어린이들이 말라가고 있습니다. 하지만 자기들도 가진 것은 있습니다. 핵무기와 미사일, 곡사포입니다. 그것을 가지고 강도짓을 하고 싶은 것입니다. 먹을 것을 달라, 공장도 세워 달라. 관광도 좀 와서 '달러'도 좀 써 달라. 그렇지 않으면 핵무기와 미사일, 곡사포를 쏴서 너희들도 못살게 만들어 버리겠다는 협박입니다.

4. 어떻게 해야 할까요?

첫째는, 하나님의 공정하신 심판을 보여주어야 합니다. 연평도 포격사건을 보고 받은 후의 대통령의 지시에 대하여 말이 많습니다. 확전을 방지하라는 말을 했느냐, 하지 않았느냐 하는 것입니다. 확전을 방지하라는 말은 맞는 것 같습니다. 저 사람들이 못된 짓을 한다고 우리도 맞대응해서는 아니 됩니다. 어떻게든 전쟁은 막아야 하니까요? 저들의 의도가 무엇인지 파악을 하여 1~2발의 엄포라는 생각이 들면 우리는 참아주어야 합니다. 응사를 해서 더 많은 희생을 자초할 필요야 있겠습니까?

하지만, 하나님은 공정하시다는 것은 보여주어야 합니다. 그런 짓을 한 사람은 반드시 하나님의 심판을 받는다는 것을 보여주어야 합니다. 자기가 한 것과 같은, 아니 그보다 몇 배가 더 큰 하나님의 심판을 받는다는 것을 알게 해 주어야 합니다. 전번에 참았던 천안함 사건과 이번의 연평도 포격 사건을 합하여 응분의 조치를 취해야 합니다.

둘째는, 주어야 합니다. 깡패가 예뻐서 주는 것은 아니지 않습니까? 무서워서 주는 것도 아니지 않습니까? 나와 내 자식과 내 아내를 지키기 위해서 주는 것이 아니겠습니까? 전쟁이 일어나면 우리의 재산이 무슨 소용이 있습니까? 우리들과 우리들의 자녀들의 생명이 위험한데 재산 타령을 하고 있을 여유가 어디 있습니까? 줘야 합니다. 줘서 막을 수만 있다면 아끼지 말아야 합니다. 배고픈 호랑이가 달려드는데 어떻게 합니까? 돈이 아깝습니까? 목숨이 아깝습니까?

셋째는, 우리도 무기를 가져야 합니다. 우리도 핵무기를 개발하여야 합니다. 미사일도 가지고 있어야 합니다. 곡사포도 준비해야 합니다. 북한과 비슷한 수준으로 가져서는 아니 됩니다. 북한을 압도하는 무기를 가져야 합니다. 이제 우리는 돈이 있습니다. 돈이 있는데 무엇을 못하겠습니까? 세계 제1의 조선국에서 무엇이 두렵습니까? 유조선도 좋지만, 항공모함도 건조해야 합니다. 원자력발전소가 있는데 핵을 보유하지 못할 이유가 어디 있습니까? 지금까지는 미국과 일본의 눈치를 보느라고 핵무기를 개발하지 못했을지 모르지만 이제 미국도 일본도 북한 핵무기의 위협을 알고 있습니다. 이번 기회에 우리도 핵을 가져야 합니다. 유명한 제철소와 자동차 공장이 있는데 장갑차와 곡사포가 부족할 이유가 무엇입니까? 북한에게 보여주어야 합니다. 자기들이 장난을 쳐보았자 아무 소용이 없다는 것을 보여주어야 합니다. 우리는 IMF도 견뎌낸 사람들입니다. 조금 덜 쓰고, 유학 좀 덜 가고, 골프를 안 하는 한이 있더라도 필요한 것은 만들어야 합니다. 전국에 있는 골프회원권을 가진 사람들과 별장을 가진 사람들, 콘도를 가진 사람들이 1년만 참으면 모든 것이 가능합니다.

넷째는, 연평도를 비롯한 서해 5도, DMZ, NLL 등 북한과의 접경 지역을 개방해야 합니다. 개성에 공단을 세우듯, 서해 5도에 공장을 세워서 북한 사람들이 그 공장에 와서 일할 수 있게 해주어야 합니다. DMZ도 개방하여 남북한 사람들이 들어가 같이 농사도 짓고, 목축도 하게 해야 합니다. NLL도 지키고 있지만 말고, 남북한 어선이 공동으로 어업을 할 수 있게 해야 합니다. 설마 자기 국민들이 근무하는 공장이 있는 서해 5도에 포격을 하겠습니까? 자기 어민들이 같이 조업을 하는 NLL에서 무력시위를 하겠습니까? 그리고 개성공단과 같이 북한의 여러 곳에 공장을 세워, 북한 주민들에게 한국을 보여주어야 합니다.

5. 결론

반란을 일으키고, 하나님을 비난하고, 우상을 숭배하며 동족 간에 전쟁을 일으킨 여로보함이 다시 힘을 회복하지 못하고 죽고 말듯이, 3대가 정권을 세습하고, 하나님을 믿지 않고, 동족의 민가에 포격을 한 북한 정권이 유지될 수 없습니다. 얼마 남지 않았습니다. 이스라엘이 통일이 되고, 독일이 통일이 된 것과 같이 우리나라도 곧 통일이 될 것입니다.

하지만 그 통일은 전쟁을 통한 통일이 되어서는 아니 됩니다. 베트남과 같은 통일이 되어서는 아니 됩니다. 북한은 전쟁을 하여도 잃을 것이 없을지 모릅니다. 하지만 우리는 끝장입니다. 어떻게 건설해 놓은 공장입니까? 어떻게 만들어 놓은 도로입니까? 어떻게 지어 놓은 빌딩입니까? 어떻게 모아 놓은 재산입니까? 이런 것들을 잿더미로 만들 수는 없습니다.

조금 떼어주더라도 지켜야 합니다. 우리가 좀 더 열심히 일하면 북한까지 먹여 살릴 수 있습니다. 전쟁은 막아야 합니다. 60년간 평화가 유지되니 대한민국이 이렇게 발전을 하였는데 앞으로 계속 평화가 유지된다면 우리는 얼마나 살기 좋은 나라가 되겠습니까? 북한정권이 폭력배라면, 우리는 재벌 2세입니다. 조금 주어야 합니다. 안 주면 우리의 안전을 보장할 수 없습니다. 하지만 계속 퍼주기만 할 것이 아니라, 우리도 폭력배를 제압할 수 있는 힘을 길러야 합니다.

하나님의 기적을 보다

– 성경본문 마가복음서 8:11-13

1. 기적에 대하여

하나님은 전지전능하십니다. 하나님은 모든 것을 알고 계시며, 모든 것을 할 수 있습니다. 하나님은 우리 인간의 생각으로는 도저히 상상할 수 없는 일들을 할 수 있고, 실제 그런 일들을 하신 분이십니다.

성경에는, 하나님이 행하셨다는, 많은 기적들이 기록되어 있습니다. 출애굽기에 '홍해가 갈라진 것', '만나가 하늘에서 내려온 것', 복음서에 '하나님이 독생자 예수 그리스도를 내려주신 것', '동정녀가 아들을 낳는 것', '빵 5조각과 물고기 2마리로 5천 명을 먹인 것', '물로 포도주를 만든 것', '죽은 나사로를 살리신 것', '나병환자 등 수많은 병자들을 고치신 것' 등 많이 있습니다.

그런 것들을 믿지 못하는 불신자들이 있습니다. 그런 것은 불가능한 일이라고 말하는 사람들도 많습니다. 하나님을 믿는다고 하면서도 하나님이 행하셨다는 그런 기적들은 믿지 못하는 사람도 있습니다. 사람의 생각으로, 자기 기준으로 그런 일이 일어날 수 없다고 단정해 버립니다. 그렇다면 성경에 기록된 하나님이 행하신 기록들은 거짓말이라는 것입니까? 아닙니다. 성경에 거짓말은 없습니다.

하지만 믿는 사람들도 성경에 기록된 기적들을 직접 본 것은 아닙니다. 자기가 직접 보거나 듣지는 못했지만, 성경에 그렇게 기록되어 있으니 의심하지 않고 그런 일이 있었을 것이라고 믿는 것에 불과합니다. 확신을 하는지, 그냥 그랬을 것이다 하고 넘어가는지에 따라 믿음의 차이가 날 뿐입니다.

2. 증거를 보여주십시오.

신약성경 마가복음서 8장1절에, 바리새인들이 예수님에게 '하늘로부터 내려온 표징'을 요구하였습니다. 그것은 예수께서 하늘로부터 내려온 증거를 제시하라는 것입니다. 하나님의 전지전능하심과 하나님이 행하신 여러 기적에 대하여 증거를 대라는 것입니다.

하나님을 믿지 못하는 사람들은 증거를 요구합니다. 자기 자신들의 눈으로 보지 못하였기 때문에 그것을 믿지 못하는 것입니다. 하나님을 믿지 못하는 것입니다. 하나님을 믿지 못하면 누구를 믿는다는 것입니까?

예수님은 표징을 거절하였습니다. 믿지 못하고 증거를 요구하는 사람들에 대하여 마음속으로 깊은 탄식을 하셨습니다. "어찌하여 이 세대가 표징을 요구하는가? 내가 진정으로 너희에게 말한다. 이 세대는 아무 표징도 받지 못할 것이다."라고 말씀하셨습니다.

하나님을 믿지 못하고 증거를 대라는 사람들은 불쌍한 사람들입니다. 하나님을 알지 못하고, 하나님을 느끼지 못하고, 하나님을 믿지 못하는 사람처럼 불쌍한 사람은 없습니다. 하나님과 함께하지 못하고 하나님으로부터 떨어져 있는 사람처럼 불쌍한 사람은 없습니다. 자기 곁에서 항상 자기를 돕고 있는 하나님을 느끼지 못하는 사람은 불행한 사람입니다.

더 나아가 하나님에게 "당신이 하나님이라는 증거를 대라.", "당신이 할 수 있는 기적을 우리가 보는 앞에서 보여 달라.", "당신이 전지전능하다는 것을 직접 우리가 보기 전에는 믿을 수 없다."고 말하는 사람은 불경스러운 사람입니다. 하지만 우리는 축복받은 사람들입니다. 이번에 다른 세대는 보지 못한 하나님의 기적을 직접 보았습니다.

3. 우리는 기적을 보았습니다.

2010년 10월 13일 12시 11분(현지시간 0시 11분), 우리는 기적을 보았습니다. 하얀 안전모를 눌러 쓴 7세의 소년은 끝내 울음을 터뜨렸습니다. 구조 캡슐이 땅 위에 모습을 드러내는 순간, 엄마와 함께 초조하게 아빠를 기다리던 바론 군은 한걸음에 아빠에게 달려갔습니다. 그리고는 69일 만에 만난 아빠의 두 팔에 안겼습니다. 세계 역사에 그 보다 더 감격적인 순간은 없었습니다. 세계 역사에 그보다 더 큰 기적은 없었습니다. 우리는 성경책에 기록된 것보다 더 큰 기적을 우리의 눈으로 똑똑히 보았습니다. 하나님의 능력을 보았습니다. 하나님이 하시는 일을 우리의 두 눈으로 분명히 보았습니다.

69일 동안 지하 622미터의 갱도에 갇혀 있었던 33명의 광부들이 모두 구출되었습니다. 그런데 그들은 33명이라고 말하지 않았습니다. "우리는 하나님과 함께 34명이었다."고 말하고 있습니다. 지하 갱도에 갇힌 사람은 분명히 33명이고, 구출된 사람들도 33명인데 그들은 한 사람이 더 있었다고 증언하고 있습니다. 하나님이 자기들과 함께 계셨다는 것입니다. 그리고 그 하나님이 자신들을 보호해 주시고 살려주셨다는 것입니다. 그들은 하나님이 살아 계시다는 것을 증언하였습니다. 그들은 하나님이 우리와 떨어진 하늘나라에 계시지 않고, 자기들이 갇힌 622미터 지하의 갱도에 함께 계셨다는 것을 증언하였습니다.

2010년 8월 5일 칠레 북부 산호세 광산이 붕괴되었습니다. 그곳에서 일하던 광원들이 매몰되었습니다. 일주일이 지나도록 아무 소식도 없었습니다. 사람이 땅속에 갇혀서 살 수 있는 기간이 있습니다. 아마 일주일은 넘기지 못할 것입니다. 그것은 오직 인간의 판단이긴 하지만 그 이상은 살아 있을 것이라고 생각하는 사람이 이상한 사람 취급을 받을 것입니다. 일주일이 지나자 페루 정부는 "매몰된 광원들이 돌아올 확률은 거의 없다."고 발표하였습니다. 그들에 대한 구출을 포기한 것입니다. 그들이 모두 죽었을 것이라고 단정해 버린 것입니다.

그런데 사건 발생 17일 뒤인 2010년 8월 22일 바론 군에게 기적 같은 소식이 들려왔습니다. 아빠와 동료들이 아직도 전원 살아 있다는 것입니다. 그 뒤로 바론 군은 광산 주변에서 살다시피 하면서 "아빠를 무사히 돌려 달라."고 매일같이 기도하였습니다. 드디어 2010년 10월 13일 낮 12시 11분, 검은 선글라스를 쓰고 안전장구를 착용한 채 아버지가 당당하게 캡슐에서 걸어 나왔습니다. 환한 미소를 지었습니다. 첫 번째로 구조된 바론 군의 아버지 아발로스(31세) 엄지손가락을 들어 보이며 하나님을 찬양하였습니다. 그리고 그 뒤 40분마다 한 사람씩 22시간에 걸쳐 33명의 광원 모두가 다 구조되었습니다.

이보다 더 감동적인 드라마가 어디 있습니까? 이보다 더 큰 기적이 어디 있습니까? 이보다 더 한 하나님의 은혜가 어디 있습니까? 이 보다 더 확실한 하나님에 대한 증거가 어디 있습니까?

현장에서 구조되는 광원들 한 사람 한 사람과 포옹을 하던 피네라 칠레 대통령은 "오늘 밤은 칠레 국민과 전 세계가 영원히 잊지 못할 멋진 밤"이라며 "우리는 이들에게서 희망과 동료애가 무엇인지를 배우고 있다."고 말했습니다.

그렇습니다. 2010년 10월 13일 칠레 광원 33명이 구조되는 기적은 우리 크리스천에게 영원히 잊지 못할 귀한 기억이 될 것입니다. 우리는 그 장면을 통하여 하나님을 보았습니다. 하나님의 살아 계심을 똑똑하게 증언하는 사람들을 보았습니다. 사랑을 보았습니다. 지옥을 보았습니다. 인내를 보았습니다. 믿음을 보았습니다. 시련과 극복을 보았습니다. 인간이 생각하지 못하는 것도 일어난다는 기적을 보았습니다. 하나님의 능력을 보았습니다. 구원을 보았습니다. 하나님 앞에 겸손한 사람들의 모습도 보았습니다. 지금까지 살아온 인생을 지하 622미터에 다 묻고 새롭게 태어났다는 '거듭 남'에 대한 증언도 들었습니다. 죽은 자의 화려한 부활도 보았습니다.

33명의 칠레 광원들의 매몰과 갱도 생활, 그리고 구출의 드라마 속에는 성경에 기록된 많은 것이 들어 있습니다. 이런 드라마를 보

면서도 "아! 그런 일도 있었어?", "그런 일도 있을 수 있구나!" 하고
그냥 지나쳐버린 사람들은 불행한 사람들입니다. 자신이 그 드라마
의 주인공이 되어야 하는 것입니다. 자신이 622미터의 갱도에 갇혔
다 69일간 그곳에서 생환한 광원이 되어야 하는 것입니다. 지신이
69일 만에 지옥에서 구원을 받은 사람이 되어야 합니다. 하나님을
직접 보고, 하나님과 함께 했던 사람이 되어야 합니다.

앞으로 저는 칠레 광원 33인에 대한 설교를 시리즈로 할 것입니
다. 그곳에 성경에 기록된 많은 것이 있기 때문입니다. 옛날에 기
록된 성경의 예화보다는 최근에 일어난 칠레의 기적이 우리에게 더
싱싱한 것이기 때문입니다. 이제 칠레 광원들에 대한 이야기는 책
과 영화, 드라마를 통하여 수없이 출간되고 방영될 것입니다. 여러
분은 그것을 보고 또 보면서 하나님의 살아 계심과 하나님의 능력
과 하나님의 사랑을 느끼시기 바랍니다. 여러분이 직접 갱도에 묻
혔다 69일 만에 구출된 칠레 광원이 되시기 바랍니다.

인생3모작
− 성경본문 사도행전 20:22-24

1. 인생3모작

요즘, 인생의 2모작을 이야기하는 사람들이 많습니다. 이모작이란 한 해에 농사를 한 번만 짓는 것이 아니고, 한 번 농사를 짓고 나서 다시 그곳에 한 번의 농사를 더 짓는다는 것입니다. 그렇게 말하면 인생의 2모작이란 인생을 두 번 사는 것을 말하는 것 같습니다. 고령화 시대가 가속화되면서 한 번의 인생살이로는 부족한 것 같은 생각을 하는 사람들이 많아진 것 같습니다.

그러나 인생의 2모작은 배부른 사람들이 하는 소리 같습니다. 성공한 사람들이, 하던 일에서 은퇴하여 노년을 어떻게 행복하고 편안하게 살 것인가를 논하는 것이 인생의 2모작인 것 같습니다. 그런데 하던 일에서 성공하지 못한 사람들은 어떻게 해야 합니까? 1모작이 아직 끝나지도 않는데 어떻게 2모작을 한다는 말입니까?

그래서 저는 성공한 사람들의 인생2모작이 아닌 노력하는 사람들의 인생3모작을 말씀드리고 싶습니다. 성경에 나타난 인생3모작의 대표적인 모델은 모세입니다. 모세는 120살을 살았습니다. 모세는 120년간, 40년씩 나누어서 3번의 새로운 인생을 살았습니다. 모세의 인생은 기구합니다.

①모세는 히브리 사람들이 종살이 하던 이집트에서, 히브리 사람 레위 가문에서 태어났습니다. 당시 이집트 파라오는 '히브리 사람의 남자 아이가 태어나면 모두 강물에 던지고 여자 아이들만 살려두라'고 명령하였습니다. 하지만 모세의 어머니는 모세가 하도 잘생겨서 강물에 버리지 못하고, 남모르게 석 달 동안이나 길렀습니다. 더 이상은 감출 수 없어서 3년이 지난 후 강물에 버렸습니다. 그때 바로 (파라오)의 딸이 강물에 흘러가는 모세를 건져 길렀습니다. 그래서 모세는 이집트 왕자로 자랐습니다. 모세는 이집트의 왕실에서 좋은 교육을 받고 훌륭한 인품을 지닌 사람으로 성장하였습니다. 모세의 첫 번째 40년은, 이집트 왕궁에서 파라오의 아들 람세스와 함께 교육받으며 귀하게 살았습니다.

②세월이 지나 모세가 어른이 되어 왕국 바깥으로 나갔는데 히브리 사람이 이집트 사람에게 매를 맞고 있었습니다. 그래서 모세는 그 이집트 사람을 쳐 죽였습니다. 모세는 살인죄를 지었습니다. 파라오가 그것을 알고 모세를 죽이려고 찾았습니다. 모세는 미디안으로 피신을 가서 그곳에서 양을 치면서 살았습니다. 모세는 미디안 제사장 르우엘의 딸 십보라와 결혼하여 자식을 낳고 살았습니다. 이렇게 모세의 두 번째 40년은 도망자의 고단한 삶이었습니다.

③하지만 모세의 나이 80세에, 장인 이드로의 양떼를 몰고 하나님의 산 호렙산으로 갔을 때에, 하나님이 모세를 불렀습니다. 하나

님은 "이제 내가 내려가서 이집트 사람의 손아귀에서 히브리 사람들을 구하여, 이 땅으로부터 아름답고 넓은 땅, 젖과 꿀이 흐르는 땅으로 데려 가려고 한다."고 말하였습니다. 모세는 하나님의 명령으로 히브리 사람들을 종살이 하던 이집트로부터 탈출시키는 민족의 지도자로 살았습니다. 모세의 마지막 40년은 하나님의 명령대로 사는 값진 삶이었습니다.

위와 같이 모세의 삶은 박진감이 넘치는 3모작이었습니다. 하지만 모세는 가나안 땅으로 들어가지는 못하였습니다.

2. 목표를 향하여 가는 길

신약성경 사도행전 20:22에 바울은, 성령에 매여서, 예루살렘으로 달려가는 길입니다. 목표를 향하여 가고 있습니다. 바울은 "거기에 무슨 일이 내게 닥칠지 모른다."고 했습니다. 그렇습니다. 우리의 앞길에 어떤 어려움이 있을지 모릅니다. 그러나 우리는 목표를 향하여 똑바로 나아가야 합니다.

모세는 120년을 살았지만, 우리는 아마 그렇게 오래 살지는 못할 것입니다. 그러나 우리도 우리의 삶을 3단계로 나누어서 3모작을 하는 것이 좋을 것이라고 생각합니다. 90년을 산다고 가정하면, 30년씩 3단계로 나누는 것이 좋을 성 싶습니다.

①목표를 향하여 달려가는 길은 처음의 30년입니다. 바울사도가 성령에 매여서 예루살렘을 향하여 아무 생각도 없이 달려가듯, 우리도 하나님과 함께 하나님이 기뻐하시는 우리의 삶을 위하여 30년은 열심히 공부하고, 열심히 노력하고, 열심히 단련하고, 열심히

준비하여야 한다고 생각합니다. 저는 제가 목표로 하는 사법시험을 향하여 달려갔습니다. 아무 것도 보지 않았습니다. 오직 내 머릿속에는 사법시험 합격이라는 단어 외에는 아무것도 없었습니다. 그렇게 달려간 저는 드디어 사법시험에 합격하였습니다. 제가 목표를 향하여 달리는 30년은 어려움도 있었고, 죽을 고비도 있었고, 장애물도 있었습니다. 그러나 저는 장애물 경기를 하듯 모든 어려움을 다 이겨냈습니다. 밥이 없었어도 굶어 죽지 않았고, 돈이 없었어도 학업을 중단하지 않았습니다. 아내에게 예물반지 하나 사주지 못했지만 부끄럽지 않았습니다.

저의 첫 번째 30년을 정말 열심히 사는 기간이었습니다.

3. 성령이 일러주시는 길

그러나 우리가 목표로 하는 것은 성령이 일러주는 것이어야 합니다. 자기 마음대로 목표를 정하는 것이 아닙니다. 성령이 일러주는 목표야 말로 올바른 것이요, 성공할 수 있는 것입니다. 그리고 그 목표를 향하여 가는 길도 성령이 일러주는 길이어야 하는 것입니다. 성령이 일러주지 않는 길은 올바른 길이 아닙니다. 성령이 일러주지 않는 길은 삐뚤어진 길입니다. 사탄이 인도하는 길입니다. 사탄이 인도하는 길을 걸으면 실패하고 맙니다. 사망에 이르고 맙니다. 사탄은 우리가 성령이 일러주는 길을 가는 것을 방해합니다.

우리는 성령이 인도하는 길을 따라 열심히 달려가서 어느 정도 목표를 달성하여야 합니다. 시험에도 합격하고, 직장도 얻고, 결혼도 하고, 자녀도 낳고, 집도 사고, 사회적 명성도 얻어야 합니다. 신앙적인 결실도 맺어야 합니다.

저는 결혼하여 좋은 가정도 이루었고, 자식들을 낳았고, 판사도 하였고, 변호사도 하였으며, 박사학위도 받았습니다. 그리고 정치도 하였습니다. 변호사로 종사하는 동안 어느 정도 재산도 모았고, 어느 정도 명성도 얻었고, 사회적인 지위도 생겼으며, 무엇보다도 중요한 아내와 자식, 형제와 조카들이 있습니다. 주위가 모두 행복하고 든든합니다.

저의 두 번째 30년은 정말 행복한 기간입니다.

4. 달려갈 길을 다 달리고

목표를 향하여 달리다, 어느 정도 목표에 도달하면 사람이 나태해지기 쉽습니다. 쉬고 싶고, 지금까지 열심히 살았다는 무용담을 하고 싶습니다. 그러나 인생은 그것으로 끝나는 것이 아닙니다. 마지막 3모작은 주님으로부터 받은 사명을 다하는 것입니다. 하나님의 은혜의 복음을 증언하는 일을 하여야 하는 것입니다. 물론 처음부터 하나님의 사명을 받은 일을 목표로 하고, 그 길을 달려가고, 그것으로 인생을 마치면 좋겠지만 그렇지 못한 경우에도 인생의 3모작은 반드시 하나님의 복음을 전하는 일을 하여야 하는 것입니다.

모세가 80세에, 하나님의 명령에 따라, 이스라엘 민족을 위한 지도자가 되었듯이 저도 나이 50이 넘어 하나님의 부르심을 받았습니다. 신학대학원에 들어갔습니다. 목회자가 되어 예수님으로부터 받은 사명을 수행하기 위한 것입니다. 자식 같은 사람들과 딱딱한 나무의자에 앉아서 공부하는 것이 육체적으로는 힘들었지만, 저는 항상 그것이 즐거웠습니다. 성령에 이끌리어 살았습니다.

이제 저는 하나님의 은혜의 복음을 증언하는 일을 하다가 삶을 마칠까 합니다. 바울 사도는 사도행전 20:24에서 "하나님의 은혜의 복음을 증언하는 일을 다 하기만 하면, 나는 내 목숨이 조금도 아깝지 않습니다."라고 말했습니다. 저도 마찬가지입니다. 제가 비록 목표로 했던 것을 다 이루지는 못한다고 할지라도, 하나님이 내게 주신 일을 다 하기만 하면, 저도 목숨이 아깝지 않습니다.

제 인생의 3모작에는 돈도 중요한 것이 아닙니다. 명예도 귀한 것이 아닙니다. 권력도 필요 없습니다. 오직 하나님과 하나님의 말씀입니다. 하나님의 일을 하러가는 거기에 무슨 일이 내게 닥칠지, 나는 모릅니다.

몹쓸 인간
— 성경본문 누가복음서 4:18

1. 몹쓸 인간

우리가 살아가면서 듣지 말아야 할 가장 큰 욕은 '몹쓸 인간'일 것입니다. 몹쓸 인간이란 쓸데가 없는 사람이라는 것입니다.

하나님은 인간을 다양하게 창조하셨습니다. 어떤 사람은 예쁘게, 어떤 사람은 크게, 어떤 사람은 건강하게, 어떤 사람은 똑똑하게…. 반면 그렇지 못하게 창조하신 경우도 있습니다. 하지만 이 세상에 놋쇠그릇만 필요한 것이 아닙니다. 질그릇도 쓸데가 있습니다. 잘생긴 사람, 건강한 사람, 키가 큰 사람, 똑똑한 사람만 쓸데가 있는 것이 아닙니다. 그렇지 못한 사람도 모두 자기의 자리가 있습니다. 다 자기의 일이 있습니다. 다 자기의 사명이 있습니다.

그런데 몹쓸 인간이라니요. 안 됩니다. 그런 소리를 하여서도, 그런 소리를 들어서도 안 됩니다. 쓸모 있는 인간이 되어야 합니다. 꼭 필요한 사람이 되어야 하고, 꼭 필요한 사람이라는 소리를 듣고 살아야 합니다.

2. 잘못된 생각

우리는 마치 귀한 직업과 천한 직업이 있는 것처럼 생각하고 있습니다. 높은 자리와 낮은 자리가 있는 것처럼 계층을 만들어 놓고 있습니다. 좋은 직장과 나쁜 직장이 있는 것처럼 생각합니다. 그리고 귀한 직업, 높은 자리, 좋은 직장이라고 생각하는 것만 향하여 돌진하고 있습니다. 뒤도 돌아보지 않습니다. 지위가 높고 돈을 많이 벌어야만 귀한 사람이고 쓸모 있는 사람으로 잘못 생각하고 있는지도 모릅니다.

최근 조선일보에 이런 기사가 났습니다. 50대 중반부터 60대 초반까지의 사람들이 가장 힘들게 산다는 것입니다. 연봉을 8,000만 원 9,000만 원 받던 고수득의 직장인들이 50대 중반에 퇴직을 합니다. 갑자기 수입이 없어집니다. 통계상 직장을 그만둔 50대 가장의 평균 월수입이 30만 원이라고 합니다. 도저히 생활을 할 수 없는 소득입니다. 그것이 국민연금이 나오는 60대까지 계속되다가 60대가 되어 몇 십만 원의 국민연금을 받으면 허리를 조금 편다는 것입니다.

연봉 8,000만 원 9,000만 원을 받는 직장이었으면, 그 직장은 좋은 직장이었을 것입니다. 그 사람은 높은 사람이었을 것입니다. 그런데 50대 중반에 자녀들이 대학에 다닐 시기에 퇴직을 하여 수입이 30만 원으로 떨어지고 맙니다. 그것이 무슨 좋은 직장입니까? 그것이 무슨 높은 자리입니까? 그런데 우리의 젊은이들은 그런 직장에 들어가기 위하여 죽을힘을 다 합니다. 남들이 간다고 해서 따라가다 보니 그런 일이 생기는 것입니다. 농사를 짓거나 장사를 하거나 기술을 가지고 있는 사람은 그런 일이 벌어지지 않습니다.

3. 우리는 귀하게, 높게 대접받을 수 있고, 그렇게 대접받아야 합니다

사람은 누구나 귀하게 취급되기를 원합니다. 정중하게 대접해 주기를 바랍니다. 누구나 필요한 곳에 쓰임받기를 좋아합니다. 하나님께서도 우리를 귀하게 쓰시기를 원하십니다. 그러므로 이 세상에는 몹쓸 인간, 쓸모없는 사람은 하나도 없습니다. 누구나 다 귀하고, 예쁘고, 귀한 사람이 될 수 있습니다. 얼굴이 좀 못생겨도 괜찮습니다. 팔 다리가 좀 부자연스러워도 괜찮습니다. 공부를 좀 못해도 좋습니다. 좀 어눌해도 괜찮습니다. 그런대로 다 쓸모가 있습니다. 다만, 나는 하나님께서 귀하게 창조하신 쓸모 있는 사람이라는 자부심을 가져야 합니다.

저는 어렸을 때 참으로 몹쓸 말을 많이 듣고 자랐습니다. 물론 똑똑하다는 말을 듣기도 했지만 조금만 말을 안 들으면, ①빌어먹을 놈, ②못된 놈, ③망할 놈, ④바보 같은 놈, ⑤호랑이 물어갈 놈, ⑥추접한 놈 등 도저히 용납할 수 없는 말들을 듣기도 하였습니다. 나뿐만 아니라 우리 친구들도 다 마찬가지입니다. 그 당시 사람들의 입에서는 어린이들에게 그런 소리를 많이 했습니다. 칭찬보다는 꾸중이 많았습니다. 사실 망할 것도 없는 나에게, 못된 짓을 하지도 않는 나에게, 빌어 먹어보지 않는 나에게, 왜 그런 소리를 했는지 모르겠습니다. 하지만 나는 그런 말에 개의치 않았습니다. 혹시라도 그런 일이 있을까 경계는 하였지만 좋은 생각만 하고 살았습니다.

자식에게, 친구에게, 이웃에게 몹쓸 사람이라는 이야기를 해서는 아니 됩니다. 그리고 스스로 쓸모없는 인간이라는 생각을 하여서도 아니 됩니다.

4. 귀하고 쓸모 있는 사람이 되는 길

가장 귀한 사람은 하나님의 선택을 받은 사람입니다. 하나님의 자녀가 된 사람입니다. 주님의 영이 내린 사람입니다. 하나님의 신이 들린 사람이 가장 귀한 사람입니다. 하나님을 가슴에 안고 사는 사람, 하나님의 말씀대로 사는 사람, 그 사람이 가장 쓸모 있는 사람입니다.

주께서 기름 부은 사람이 가장 복 있는 사람입니다. 하나님으로부터 기름 부음을 받은 사람이 가장 높은 사람이고, 가장 귀한 사람이며, 가장 대접받아야 하는 사람입니다.

하나님께서는 우리에게 가난한 사람들에게 복음을 전해 달라고 기름을 부어주셨습니다. 하나님을 알지 못하는 사람이 가장 불쌍한 사람입니다. 하나님을 알지 못하는 힘없고 불쌍한 사람들에게 '하나님께서 당신의 죄를 용서하여 주시고, 당신을 구원하셔서 천국으로 인도하시기를 원합니다. 그런 일을 하시기 위하여 예수께서 죄 없이 십자가에 못 박혀 죽으셨습니다.'라는 말씀을 전하는 사람이 가장 착한 일을 하는 사람입니다.

포로 된 사람에게 자유를 주고, 눈먼 사람을 다시 보게 하고, 억눌린 사람을 풀어주는 것이 하나님의 자녀들이 해야 할 일입니다. 그런 일을 하는 사람이 가장 쓸모 있는 사람입니다. 우리가 어떤 자리에 있든지, 어떤 일을 하든지, 돈을 많이 벌든지, 돈을 벌지 못하든지 상관이 없습니다. 하나님의 기쁜 소식을 전하고, 잡힌 자를 풀어주고, 눈먼 자에게 다시 보게 하는 일을 하는 사람이라면 그 사람은 가장 귀한 일을 하는 사람이고, 가장 대접받을 사람이고, 하나님의 사랑을 가장 많이 받은 사람입니다.

여러분은 어떤 사람이 되고 싶습니까? 쓸모없는 몹쓸 사람이 되고 싶은 사람은 없을 것입니다. 귀하고 쓸모 있는 사람이 되고 싶으면 늘 기도하십시오. 하나님과 대화하십시오. 하나님께서 전도하라고 여러분에게 기름 부어 주실 것입니다. 억울하고 힘든 사람을 도와달라고 명령하실 것입니다. 병든 사람을 고쳐달라고 말씀하실 것입니다. 배고프고 목마른 사람에게 먹을 것과 마실 것을 달라고 하실 것입니다. 그대로 하십시오. 그것이 가장 쓸모 있는 사람입니다.

반면에, 사람을 억압하는 사람, 사람을 병들게 하는 사람, 남을 가슴 아프게 하는 사람, 남의 먹을 것을 빼앗아 먹는 사람, 남의 마실 것은 자기가 마셔버린 사람, 힘들고 지친 사람을 보고 그대로 눈 감고 있는 사람, 남의 슬픔에 무관심하는 사람, 내 것 내가 먹고 산다고 자랑하는 사람, 불난 집에 부채질 하는 사람, 이런 사람은 몹쓸 사람입니다.

너희는 회개하고, 살아라

― 성경본문 에스겔서 18:27-28, 32

1. 세상에 깨끗한 사람은 하나도 없다

하나님께서는 우리를 깨끗하게 창조하셨습니다. 하나님께서는 우리를 하나님의 형상대로 만드셨습니다. 하나님의 모습은 우리의 모습과 같습니다. 그런데 우리는 세상을 살아가면서 많은 잘못을 저지르고 맙니다. 우리들 스스로의 욕심 때문에 잘못을 저지른 경우도 있고, 본의 아니게 자신도 모르는 사이에 잘못을 저지른 경우도 있습니다. 세상이 우리를 가만 두지 않기 때문입니다.

아담과 이브는 에덴동산에서 평화롭게 살았습니다. 하나님과 함께 살았습니다. 그런데 뱀이 유혹하였습니다. 뱀의 유혹에 빠진 이브가 선악과를 따 먹음으로 인하여 그들은 에덴동산에서 쫓겨나고 말았습니다. 선악을 안 뒤부터 인간은 자기의 모습이 부끄러워 옷을 입고 삽니다. 하나님께서 당신의 형상대로 지어주신 자신의 모습이 왜 부끄럽습니까? 하나님의 모습대로 만들어진 인간의 모습이 왜 부끄럽습니까? 왜 그것을 가립니까? 인간을 제외하고 옷을 입고 다니는 동물은 없습니다. 그들은 하나님이 만들어 주신 자신들의 모습을 부끄러워하지 않습니다. 본래의 모습을 가리려 하지 않습니다. 그런데 왜 인간은 자기의 본래 모습을 감추려고 할까요? 죄가 있기 때문입니다.

그것도 부족하여 어떤 사람들은 개에게도 옷을 입히는 사람이 있습니다. 왜 그럴까요? 그 개도 죄를 지었기 때문입니다. 개가 개 같이 살지 않고 사람처럼 사는 죄를 지었기 때문입니다. 개가 개밥을 먹지 않고 사람 밥을 먹습니다. 개가 개집에서 살지 않고 사람의 집인 아파트에서 삽니다. 개가 개와 살지 않고 사람과 같이 삽니다. 그것이 부끄러워 개도 옷을 입고 사는 것입니다. 옷을 입고 사는 개는 개가 아닙니다. 그것은 개만도 못한 개입니다. 죄를 많이 지어 개소리를 듣지 못하는 개입니다.

우리 사람들도 마찬가지입니다. 하도 많은 죄를 지어 사람 소리를 듣지 못하는 사람도 있습니다. 개만도 못한 사람, 짐승 같은 사람들이 너무나 많습니다. 하나님이 만들어 주신 인간의 모습은 어디로 가버리고 자신의 모습이 부끄러워서 어떻게 할지를 모르는 사람들이 너무 많습니다. 자신의 모습을 자꾸 가리고 싶습니다. 얼굴도 고치고, 눈도 고치고, 이름도 바꾸고, 족보도 바꾸고, 고향도 버리고 싶어 하는 사람들이 많습니다. 아무도 모르는 곳에서 살고 싶다고 말하는 사람들이 많습니다. 그래! 이것이 우리 인간의 모습입니다. 깨끗한 사람은 하나도 없습니다. 부끄럽지 않은 사람은 하나도 없습니다.

2. 회개하라

우리는 빨리 가면을 벗어야 합니다. 성형수술 한 얼굴을 본래의 얼굴로 되돌려 놓아야 합니다. 잘못된 삶을 바꾸어야 합니다. 옷을 입는 개는 개 노릇을 못합니다. 그 옷을 벗어야 진정한 개가 될 수 있는 것입니다.

하나님이 창조하신 본래의 모습에서 너무 많이 변해버린 우리의 모습을 원래의 모습으로 되돌려야 합니다. 하나님이 보시기에, 옷을 입고 다니는 개는 죽일 놈입니다. 가면을 쓰고 다니는 사람도 죽일 놈입니다. 하나님이 보실 때, 죽일 놈들이 너무 많습니다. 어쩌면 하나님 보시기에 우리들 모두가 죽일 놈들인지도 모릅니다. 아마 그럴 것입니다.

우리는 이렇게 하나님을 슬프게 해서는 안 됩니다. 우리를 낳아주신 하나님을 가슴 아프게 해서는 안 됩니다. 그것은 부모님께 불효하는 것이나 마찬가지입니다. 사람으로 만들어 놓으니까 개 같은 행동을 하고 다니는 사람, 개를 데려다가 사람처럼 살게 만드는 사람, 모두 개만도 못한 사람들입니다. 그들을 바라보는 하나님은 얼마나 한숨이 나오겠습니까? 아들을 낳아서 애지중지 길러 놓으니 짐승 같은 행동을 하고 다닌다면, 그것을 바라보는 그 부모의 마음은 어떠하겠습니까?

우리는 빨리 우리의 본모습을 찾아야 합니다. 지은 죄를 씻어내야 합니다. 마음속에 가지고 있는 인간답지 않는 생각들을 버려야 합니다. 하나님이 창조하신 모습, 부모님이 낳아주신 원래의 모습으로 돌아가야 합니다. 자기의 잘못된 모습을 고쳐야 합니다. 잘못

된 생각을 바꿔야 합니다. 잘못된 과거를 눈물을 흘리면서 회개해야 합니다.

3. 하나님이 원하시는 것은 사는 것입니다

하나님은 우리를 창조하시고 우리에게 복을 주셨습니다. 우리가 행복하고, 편안하게 살기를 원하십니다. 구약성경 에스겔서 18:32에서 보는 바와 같이 하나님은 죽을죄를 지은 사람이라도 그가 죽는 것을 절대로 기뻐하지 않습니다. 하나님은 아무리 잘못한 사람도 뉘우치고 용서 받기를 원하십니다. 회개하고 살기를 원하십니다.

그러므로 우리는 실망할 필요가 없습니다. 용서 받지 못할 잘못은 하나도 없습니다. 잘못을 저지르지 않는 사람은 한 사람도 없습니다. 그러므로 우리는 누구나 잘못을 뉘우치기만 하면 용서 받을 수 있고, 회개하기만 하면 살 수 있습니다. 죄가 무거워 죽일 사람은 하나도 없습니다. 그러므로 너무 자책할 필요도 없습니다. 모든 사람은 다 용서 받을 수 있습니다. 단, 하나의 조건이 있습니다. 회개하여야 한다는 것입니다. 잘못을 뉘우치지 않으면 용서 받지 못합니다. 회개하지 않으면 용서해 주지 않습니다.

판사는 잘못한 사람을 살리기 위해서 있는 것이지, 처벌하기 위해서 있는 것이 아닙니다. 판사가 있으니까 잘못을 저지른 사람이 교도소에서라도 살 수 있지, 판사가 없다면 피해자들로부터 복수를 당하여 살 수 없을지도 모릅니다.

우리는 이 사실을 주위에 널리 알려야 합니다. 사람은 누구나 잘못을 저지를 수 있다고, 하지만 그 잘못은 용서 받지 못할 만한 잘못이 아니고 회개하기만 하면 얼마든지 용서 받을 수 있다고 말해 주어야 합니다.

요즘 국무총리, 장관, 대법관 등 국가의 중요 직책에 임명될 사람들에 대하여 국회에서 인사청문회를 합니다. 그렇게 잘나고 깨끗하게 보였던 사람들이 인사청문회에 나오면 땀을 뻘뻘 흘립니다. 지금까지 가면을 쓰고 숨기고 살다가, 뭐 한자리를 하려고 하니까 숨겨진 것이 다 탄로가 납니다. 깨끗한 사람이 하나도 없습니다. 회개하지 않아도 될 사람이 하나도 없습니다.

그러므로 우리들은 우리들 스스로 잘못을 회개하여 하나님께 다 털어놓고 용서를 받아야 하지만, 자기의 잘못을 알지도 못하고, 자기는 깨끗하다고 착각하는 사람들에게 다가가 회개하고 용서 받으라고 말해주어야 합니다.

4. 죽지 말고 살아라

하나님이 원하시는 것은 죽지 말고 사는 것입니다. 아무리 큰 죄를 진 사람도, 아무리 많은 죄를 진 사람도 하나님은 죽기를 원치 않습니다. 그 사람들이 이 세상에서 사라지는 것을 기뻐하지 않습니다. 그러므로 사형제도는 폐지되어야 하는 것입니다. 어떤 사람도 죽일 만한 죄를 범한 사람은 없다는 것입니다.

그런데 요즘 목숨을 버린 사람들이 많습니다. 유명한 사람들이 더 그렇습니다. 노무현 전 대통령이 그랬고, 몇몇 연예인들이 그랬습니다. 그 사람들은 자기의 잘못과 부끄러움이 세상에 알려지는 것이 창피했을 것입니다. 하지만 그들은 하나는 알고 둘은 모르는 사람들입니다. 믿음이 없는 사람들입니다. 자기들의 죄가 얼마나 크든 하나님은 그 사람의 죽음을 기뻐하지 않는다는 것입니다.

하나님은 자기의 잘못을 다 떨어놓고, 회개한 사람을 사랑하신다는 것입니다. 그리고 그 사람에게 복을 주시고 그 사람이 새로운 삶을 아름답게 사는 것을 원하신다는 것입니다.

지도자의 조건
― 성경본문 민수기 13:30-14:10

1. 지도자란?

지도자는 단체 등의 조직·방침·정책 등을 결정하고, 그 구성원들을 본래의 목적을 향하여 통솔하고 인도하는 사람을 말합니다. 지도자는 목적달성을 위하여 구성원들을 지도하고 이끄는 사람입니다.

가정에도 지도자가 있어야 하고, 사회에도 지도자가 있어야 하며, 국가에도 지도자가 있어야 하는 것입니다. 지도자가 없으면 그 조직은 갈 길을 잃고 우왕좌왕하다 멸망하고 말 것입니다.

그러므로 그 조직의 잘되고 못됨은 지도자가 어떤 사람이냐? 그 지도자가 얼마나 열정을 가지고 조직을 위하여 헌신하느냐에 따라 그 조직의 운명이 달라집니다.

2010년 6월 2일은 지방선거를 하는 날입니다. 시·도지사와 시장·군수, 시·도의원, 시·군·구의원, 교육감, 교육위원을 뽑는 선거입니다. 도지사, 시장, 군수, 구청장, 도의원, 시의원, 구의원, 군의원들은 모두 우리가 살고 있는 지역의 지도자들입니다. 그 자리에 어떤 사람이 앉느냐에 따라 우리 지역이 달라집니다. 좋은 지도자를 뽑으면 우리 지역이 발전할 것이고, 좋지 못한 사람을 지도자로 뽑으면 우리 지역이 낙후될 것입니다. 그러므로 선거는 다른 사람을 벼슬시키는 남의 일이 아니라, 우리가 좋은 지도자를 뽑는 우리의 일입니다. 그러므로 적극적으로 선거에 참여하여 가장 좋은 지도자를 뽑아야 합니다.

2. 지도자의 조건

지도자는 아무나 할 수 있는 것이 아닙니다. 지도자는 조직의 구성원들을 지도하고 이끌 수 있는 능력이 있어야 하기 때문입니다. 그런 자질과 능력이 없는 사람이 지도자가 되면, 그 조직은 발전할 수 없는 것입니다.

동양에서는 최고 지도자가 갖추어야 할 여러 가지 조건과 자질을 다루는 분야를 제왕학(帝王學)이라고 하였습니다. 최고지도자가 갖추어야 할 자질과 조건으로 크게 4가지 꼽습니다.

첫째는 건강입니다.

둘째는 비전입니다.

셋째는 정열입니다.

넷째는 설득력입니다.

가. 첫 번째의 건강에 대해서는 더 이상 말할 필요가 없습니다. 건강을 잃으면 모든 것을 잃기 때문입니다. 건강은 지도자뿐만이 아니라 모든 사람에게 해당되는 조건이라 할 것입니다.

나. 두 번째의 비전은 미래를 제시할 수 있는 능력입니다. 구성원들에게 지금은 어려울지라도 이 어려움을 극복하고 나가면 밝은 내일이 있음을 보여 줄 수 있는 능력을 말합니다. 다른 말로 하면 희망을 보여주는 능력입니다.

다. 세 번째 조건인 정열, 곧 passion은 지도자가 지녀야 할 기본입니다. 이 정열은 다름 사람에게 전염되는 속성을 가지고 있습니다. 독일의 철학자 헤겔은 『역사철학』이라는 책에서 "인류사에 큰 업적을 남긴 지도자들의 공통된 특성은 그들이 모두 정열을 지닌 사람들이었다."고 하였습니다.

라. 마지막 조건인 설득력은 현대 사회에서 일꾼이 지녀야 할 필수조건입니다. 아무리 좋은 정책이라 할지라도 구성원들을 설득하지 못하면 성공에 이를 수 없습니다. 중요한 것은 설득력은 타고난 것이 아니라 훈련에 의하여 체득된다는 것입니다. 고 노무현 대통령의 경우를 보면, 그 분이 생각하고 결정하는 정책들은 대부분 훌륭한 것이었다고 생각합니다. 그러나 크게 성공하지 못했습니다. 그 이유는 국민을 설득하지 못하였습니다. 나 홀로 최고의 정책이었을지도 모릅니다.

3. 여호수아의 자질과 능력

가. 이집트를 탈출한 이스라엘 사람들은 광야에서 40년을 보내고, 이제 하나님이 이스라엘 사람들에게 주기로 약속한 '젖과 꿀이 흐르는 땅' 가나안으로 쳐들어가기 위하여 가나안 땅을 탐지하기 위하여 정탐꾼을 보냈습니다. 모세는 이스라엘의 12지파에서 한 사람씩의 지도자를 뽑아 그들로 하여금 가나안 땅을 정탐하고 돌아오도록 하였습니다.

나. 그들은 가나안 땅을 정탐하고 40일 만에 돌아왔습니다. 그리고 모세와 아론과 이스라엘 자손의 온 회중에게 보고하였습니다. 그들은 가나안 당에서 가져온 과일을 보여주었습니다. "우리에게 가라고 하신 그 땅에, 우리가 갔었습니다. 그곳은 정말 젖과 꿀이 흐르는 곳입니다. 이것이 그 땅에서 난 과일입니다. 그렇지만 그 땅에 살고 있는 백성은 강하고, 성읍들은 견고한 요새처럼 되어 있고, 매우 큽니다." 땅은 좋은데 백성이 강하고, 성읍이 요새와 같아 점령하기가 어렵다는 것입니다. 패배주의적 생각입니다. 그 사람들의 말이 맞는 말일지도 모릅니다. 그렇다면 어떻게 하자는 것입니까? 이스라엘 사람들에게 대안이 있습니까? 달리 방법이 없는데 무서워하고 벌벌 떨고 있는 사람에게는 패망이 있을 뿐입니다. 희망은 절벽입니다. 그런 말을 듣고 있는 이스라엘 백성들의 심정은 어떠하겠습니까?

다. 그 말을 듣고 있던 갈렙이 모세 앞에서 백성들을 진정시키며 격려하였습니다. "올라갑시다. 올라가서 그 땅을 점령합시다. 우리는 반드시 그 땅을 점령할 수 있습니다." 그러나 그와 함께 올라갔다온 사람들은 말하였습니다. "우리는 도저히 그 백성들에게 쳐 올라가지 못합니다. 그 백성들은 우리보다 더 강합니다." 그러면서 그 사람들은 그들이 탐지하고 온 가나안 땅에 대하여 나쁜 소문을 퍼 뜨렸습니다. "우리가 탐지하려고 두루 다녀본 그 땅은, 그곳에 사는 사람을 삼키는 땅이다. 또한 우리가 그 땅에서 본 백성은, 키가 장대 같은 사람들이다. 우리는 스스로 보기에도 메뚜기 같았지만, 그들의 눈에도 그렇게 보였을 것이다."

라. 그들의 말이 맞는 말일지도 모릅니다. 그 땅에 사는 사람들이 너무 강해, 이스라엘 백성들이 메뚜기처럼 보였을지도 모릅니다. 그런데 어쩌자는 것입니까? 광야에서 굶어 죽자는 것입니까? 아니면 다시 이집트로 돌아가자는 말입니까? 이렇게 하나 저렇게 하나 죽기는 마찬가지입니다. 그 땅에 사는 사람들이 그렇게 강하고 쳐들어갈 수 없는데, 하나님은 왜 이스라엘 백성들에게 그 땅을 주겠다고 약속하였을까요? 그들은 하나님의 말씀까지도 믿지 않는 것입니다.

마. 그 말을 들은 이스라엘 사람들이 자기들을 이집트에서 끌고 나온 모세와 아론을 원망하면서 "차라리 우리가 이집트 땅에서 죽었더라면 더 좋았을 것이다. 아니면 차라리 이 광야에서라도 죽었더라면 더 좋았을 것이다. 그런데 주님은 왜 우리를 이 땅으로 끌고 와서, 칼에 맞아 죽게 하는가? 왜 우리의 아내들과 자식들을 사로잡히게 하는가? 차라리 이집트로 돌아가는 것이 좋겠다."
참으로 싸가지 없는 소리입니다. 그것이 더 좋겠으면, 그렇게 하면 될 것이지 왜 남을 원망하고 하나님을 원망하는 것입니까? 무슨 일이 잘못되면 조상 탓, 남의 탓을 하는 사람들의 전형적인 속성입니다. 해 보지도 않고 안 된다는 것입니다. 그렇게 하면 죽는 수밖에 다른 방법은 없습니다.

바. 그러면서 그들은 반기를 듭니다. 모세에 대하여 반란을 일으킬 기세를 보입니다. "우두머리를 세우자. 그리고 이집트로 돌아가자."

하나님이 세우신 이스라엘 사람들의 지도자 모세가 있는데, 다른 지도자를 세우자고 합니다. 그리고 모세가 이끌고 나오고, 하나님이 홍해를 가르셔서 탈출한 이집트로 다시 돌아가자고 합니다. 이집트로 돌아가면 이집트 사람들이 그들을 환영합니까? 이집트 사람들이 그들을 살려두겠습니까? 대안이 없는 못된 짓입니다. 망할 사람들의 짓거리는 그렇습니다.

사. 그때 여호수아가 말합니다. "우리가 탐지하려고 두루 다녀본 그 땅은 매우 좋은 땅입니다. 주님께서 우리를 사랑하신다면, 그 땅으로 우리를 인도하실 것입니다. 젖과 꿀이 흐르는 땅으로 우리를 인도하실 것입니다. 여러분은 주님을 거역하지 마십시오. 여러분은 그 땅 백성들을 두려워하지 마십시오. 그들은 우리의 밥입니다. 그들의 방어력은 사라졌습니다. 주님께서 우리와 함께 계시니, 그들을 두려워하지 마십시오."

아. 그렇습니다. 여호수아의 말은 비전이 있습니다. 희망이 있습니다. 설득력이 있습니다. 믿음이 있습니다. 긍정적입니다. 가능한 이야기입니다. 거기에는 생명이 있습니다. 이스라엘 백성들이 사는 길은 오직 가나안 땅으로 들어가는 길밖에 다른 대안이 없습니다.

자. 모세가 하나님의 산으로 올라갈 때, 부관 여호수아를 데리고 갔습니다(출애굽기 24:13). 믿음직스러운 사람이기 때문입니다. 여호수아는 모세가 죽자 모세의 뒤를 이어 이스라엘의 지도자가 되었습

니다. 그리고 이스라엘 사람들을 이끌고 가나안 땅으로 들어가 아무 문제없이 가나안 땅을 모두 점령하였습니다.

차. 불가능하다는 것이 가능했습니다. 지도자의 판단과 지도력은 조직을 죽이기도 하고 살리기도 합니다.

4. 결론

여러분, 우리는 모두 지도자입니다. 작게는 가정에서부터 크게는 국가에 이르기까지 우리의 역할은 지도자의 역할입니다. 작은 직장의 작은 부서를 책임지더라도 여호수아처럼 건강해야 합니다. 비전이 있어야 합니다. 정열적이어야 합니다. 설득력이 있어야 합니다.

모두 훌륭한 지도자의 자질과 역량을 갖추기 바랍니다. 안 된다는 생각보다는 된다는 생각을, 패한다는 생각보다는 승리한다는 생각을, 실패한다는 생각보다는 성공한다는 생각을, 돈을 잃는다는 생각보다는 딴다는 생각을, 죽는다는 생각보다는 산다는 생각을, 시험에서 떨어진다는 생각에 앞서 합격한다는 생각을, 선거에서 낙선한다는 생각에 앞서 당선된다는 생각을, 망한다는 생각보다는 흥한다는 생각을 가지십시오. 여러분은 분명히 성공할 것입니다. 잘될 것입니다. 승리할 것입니다. 아멘.

부모님이 바라는 것

— 본문 신명기10:12-16

1. 어버이날

어제는 어버이날이었습니다. 그래서 오늘은 하나님이 당신의 백성들에게 바라는 것이 무엇인가를 통하여 부모님이 우리에게 바라는 것이 무엇인지를 생각해 보는 시간을 갖겠습니다.

하나님은 우리를 지으셨습니다. 부모님은 우리를 낳으셨습니다. 하나님이 우리를 창조하신 역사는 우리의 부모님들의 몸을 통하여 실현된 것입니다. 그래서 우리가 존재하는 것은 하나님과 부모님의 공동 공로라 하겠습니다.

하나님은 인간을 창조하시고, 인간에게 복을 주셨습니다. 그리고 "생육하고 번성하여 땅에 충만하여라. 땅을 정복하여라. 바다의 고기와 공중의 새와 땅 위에서 살아 움직이는 모든 생물을 다스리라." 하셨습니다. 그리고 온 땅의 채소와 곡식과 짐승과 새와 모든 생명 있는 것을 인간의 먹거리로 주셨습니다.

하나님이 자기가 창조하신 인간에게 복을 베푸시고 모든 것을 먹거리로 주시듯이 우리 부모님도 당신들이 낳으신 우리에게 모든 것을 주십니다. 뱃속에 10개월 담고 다니시고, 당신의 피와 같은 젖을 먹이시고, 정성을 다하여 기르시고, 가르치시고, 또 돌아가실 때는 당신이 가진 모든 재산을 남겨주십니다. 부모님은 당신의 목숨까지도 우리에게 주실 것입니다.

그러므로 하나님의 은혜와 어버이의 은혜는 거의 버금가는 것입니다. 우리에게는 하나님이 곧 어버이요, 부모님이 곧 우리의 하나님인 것입니다.

2. 부모님이 바라는 것

저는 '우리가 사는 목적은 하나님을 기쁘게 하기 위한 것'이라고 자주 말합니다. 하나님이 우리를 창조하신 목적은 기쁨을 받으시기 위한 것입니다. 하나님과 마찬가지로 우리의 부모님도 기쁨을 받으시려고 우리를 낳으셨을 것입니다.

따라서 우리는 늘 하나님의 뜻이 어디에 있는지, 부모님이 바라는 것이 무엇인지를 생각하면서 살아야 하겠습니다. 그리고 하나님의 뜻에 맞는, 부모님이 바라는 사람이 되어야 하겠습니다. 그것이 인간의 본분입니다. 하나님의 뜻을 거스르고, 부모님의 바람에 반하는 사람은 못 된 사람입니다.

하나님이 우리에게 바라는 것은,
첫째; 하나님을 경외하는 것입니다. 경외한다는 말은 공경하고 두려워 한다는 것입니다. 하나님을 높이 받들고, 하나님의 말씀을 거슬러 살지 않는가? 늘 두려워해야 한다는 것입니다. 부모님에 관한 것도 마찬가지입니다. 부모님을 존경하고, 부모님의 맘을 상하게 하지 않는가? 늘 두려워해야 합니다. 하나님을 능멸하고, 부모님을 무시하고, 하나님을 무서워하지 않고, 부모님을 두려워하지 않는 사람은 못된 사람입니다.

둘째; 하나님의 길을 따르는 것입니다. 하나님과 늘 동행하여야 하는 것입니다. 하나님이 어느 방향으로 가시는가를 늘 기도하여 그 길을 따라야 합니다. 부모님도 마찬가지입니다. 부모님과 반대의 길을 가서는 아니 됩니다. 부모님과 반대의 생각을 해서는 아니 됩니다. 가문의 전통을 따라야 합니다. '하나님은 하나님이고 나는 나다.'라고 생각하거나 '부모님은 부모님이고 나는 나다.'고 생각하는 사람이 있다면 그것은 잘못된 것입니다. 하나님의 길과 부모님의 길을 따르는 것이 하나님이 바라시는 것입니다.

셋째; 하나님을 사랑하는 것입니다. 하나님은 신명기 6:5에서,「마음을 다하고 뜻을 다하고 힘을 다하여, 하나님을 사랑하라」고 하셨습니다. 예수님께서는 마태복음서 22:37에서, 「네 마음을 다하고, 네 목숨을 다하고, 네 뜻을 다하여 너의 하나님을 사랑하여라.」라고 말씀하셨습니다. 하나님을 사랑하되, 적당히 입으로만 사랑하는 것이 아니라, 마음을 다하고, 뜻을 다하고, 목숨을 다하여 사랑하여야 한다는 것입니다. 자기의 모든 것을 다 바쳐 하나님을 사랑하여야 한다는 것입니다. 역시 우리는 부모님을 사랑하여야 합니다. 하나님을 사랑하듯이 부모님도 마음을 다하고, 뜻을 다하고, 목숨을 다하여 사랑하여야 합니다. 그것은 하나님이 우리를 사랑하는 방식입니다. 부모님이 우리를 사랑하는 방법입니다. 하나님은 우리에게 아끼는 것이 없습니다. 부모님도 우리에게 아끼시는 것이 없습니다. 하나님이 이 세상에 있는 것 중 어떤 것을 아껴놓고 인간에게 주지 않는 것이 없습니다. 부모님이 숨겨놓고 자식에게 주지 않는 것이 있습니까? 하나님은 계산을 하지 않습니다. 부모님은 자식과 계산을 하지 않습니다. 그러므로 우리도 하나님께, 부모님께 아껴놓거나 숨겨놓은 것이 있어서는 아니 됩니다.

넷째; 하나님을 섬기는 것입니다. 하나님을 찬양하는 것입니다. 하나님의 은혜와 사랑을 늘 생각하고, 늘 감사하고, 늘 찬양해야 합니다. 부모님에 대해서도 마찬가지입니다. 하나님을 찬양하듯 부모님을 찬양해야 합니다. 하나님을 비난해서는 아니 되듯, 부모님을 비난해서는 아니 됩니다. 누가 무슨 말을 하든지 자식은 부모님을 비난해서는 아니 됩니다. 낳아주고 길러주신 부모님을 원망해서는 아니 됩니다. 하나님의 은혜와 사랑에 감사하듯 부모님의 은혜와 사랑을 잊어서는 아니 됩니다.

다섯째; 하나님의 명령과 규례를 지키는 것입니다. 하나님의 명령과 규례는 성경에 있습니다. 성경말씀대로 사시기 바랍니다. 부모님의 말씀과 가문의 전통을 지키시기 바랍니다.

3. 무엇 때문에 그렇게 하여야 하는가?

무엇 때문에 하나님은 그런 것을 바라시며, 무엇 때문에 부모님은 그런 것을 바라실까요? 그것은 다름 아닌 우리들이 '행복하게 살도록' 하기 위한 것입니다. 출애굽기 20:12를 보십시오. 십계명 중 다섯 번째 계명입니다. 하나님은 "너희 부모를 공경하여라. 그래야 너희는 주 너희 하나님이 너희에게 준 땅에서 오래도록 살 것이다."

라고 하셨습니다. 부모님을 공경해야 오래도록 산다고 했습니다. 하나님이 바라는 것과 부모님이 바라는 것은 우리가 행복하게 사는 것입니다. 오래도록 사는 것입니다.

　하나님을 사랑하고 부모님을 공경하는 사람은 오래 살 것입니다. 하나님과 동행하며 부모님을 말씀을 따라 사는 사람은 행복하게 살 것입니다. 오래 살 것입니다. 반대로 하나님을 거역하고, 부모님께 불효하는 사람은 행복하지 못할 것입니다. 생명이 길지도 못할 것입니다. 이것은 제 이야기가 아닙니다. 성경에 기록된 하나님의 말씀입니다. 행복하게 오래 살고 싶으면 알아서 하십시오.

죽음의 고비에서
우리를 건져주시는 하나님

- 본문 고린도후서 1:9-10

1. 삶과 죽음의 사이

2010년 3월 26일 승조원 104명이 타고 있던 초계함 천안함이 침몰하였습니다. 그중 58명이 구조되고 46명이 실종되었는데, 실종자 중 38명은 싸늘한 시신이기는 하지만 주검은 찾았습니다. 하지만 주검까지도 찾지 못한 사람이 아직도 8명이나 됩니다.

또 2010년 4월 10일에는 레흐 카진스키 폴란드 대통령이 탄 비행기가 러시아에서 추락하여 카진스키 대통령 부부 등 탑승자 96명 전원이 사망하였습니다.

그것뿐만이 아닙니다. 2010년 초 아이티에서 지진이 나 많은 사람이 참사를 당하여 아직도 복구가 되고 있지 않는데, 2010년 4월 14일 중국 칭하이성에서 지진이 또 발생하여 1,144명이 사망하였습니다.

텔레비전만 틀면 사람이 죽습니다. 지금 이 순간에도 여러 가지 이유로 사람이 죽어가고 있습니다. 사람이 살아 있지만, 언제 어떻게 죽을 것을 아는 사람이 없습니다. 정리할 시간을 주지도 않고 찾아오는 것이 죽음입니다. 예고도 없습니다. 사람으로서는 피할 길도 없습니다. 나이가 많은 사람에게만 찾아오는 것이 아닙니다. 태어나기도 전인 뱃속의 아이에게도 찾아오는 것이 죽음이며, 어머니의 뱃속에서 갓 태어난 갓난아이에게도 찾아오는 것이 죽음입니다. 소년에게도, 청년에게도, 건강한 사람에게도, 돈 많은 사람에게도, 유명한 사람에게도, 잘생긴 사람에게도 불쑥 찾아오는 것이 죽음입니다.

이렇게 보면 사람이 살아 있다고 말하기 어려운 상황입니다. 살아 있기는 하지만 우리는 삶과 죽음의 경계선 상에 놓여 있기 때문입니다. 삶과 죽음은 종이 한 장 차이입니다. 삶과 죽음은 일각의 차이입니다. 삶과 죽음은 불과 몇 미터 차이입니다.

같은 배인 천안함에 104명의 승조원이 타고 있었습니다. 함수(뱃머리) 부분에 타고 있는 사람도 있었고, 함미(배 뒤쪽) 부분에 타고 있는 사람도 있었습니다. 같은 시간에, 같은 배에 타고 있었는데 함수 부분에 타고 있었던 사람은 모두 살고, 함미 부분에 타고 있었던 사람은 죽었습니다.

폴란드 대통령이 탄 비행기는 나뭇가지에 걸렸습니다. 불과 몇 센티미터만 더 높이 날았더라도 추락하지 않았을 것입니다.

이렇게 삶과 죽음의 경계선은 분명하게 그어져 있지 않습니다. 나는 죽지 않고 오래 살 것이라는 생각을 하지 마십시오. 우리는 삶과 죽음의 경계선 상에 놓여 있다는 생각을 하시기 바랍니다.

2. 죽음의 고비에서 건져 주시는 하나님

구약성경 창세기에 나오는 이야기입니다. 홍수가 났을 때에도, 하나님은 의로운 노아와 그 가족들은 건져 주셨습니다. 소돔과 고모라를 멸하실 때도 하나님은 롯과 그의 딸들은 건져 주셨습니다. 하나님은 형제들이 구덩이에 던졌다가 미디안 상인들에게 팔아버린 요셉을 죽음에서 건져주셨습니다.

하나님은 이번에 침몰한 천안함에서 58명의 승조원들을 죽음에서 건져주셨습니다.

어떻게 보면, 우리는 이미 죽음을 선고받은 사람들인지 모릅니다. 우리가 죽고 사는 것은 우리의 의지대로 되는 것이 아닙니다. 살고 싶으면 살고, 죽고 싶으면 죽는 것이 아닙니다. 우리가 죽고 사는 것은 오직 하나님의 의지에 달려 있습니다. 하나님이 부르시면 가야하고, 하나님이 건져 주시면 사는 것입니다. 오직 우리의 생사여탈권은 하나님께 있습니다. 그래서 우리는 하나님을 의지하고 하나님을 믿어야 하는 것입니다.

언제 어떻게 우리에게 죽음이 올지 모릅니다. 교통사고가 날지, 우리가 살고 있는 아파트가 지진으로 무너질지, 전쟁이 날지, 무서운 병에 걸릴지, 아무도 모릅니다. 목사도 모르고, 스님도 모르고, 점쟁이도 모르고, 대통령도 모릅니다.

우리가 죽고 사는 것을 부모도 막아 줄 수 없습니다. 형제도 막아 줄 수 없습니다. 그 누구도 막아 줄 수 없습니다. 오직 하나님만이 우리를 죽음에서 건져주실 수 있습니다.

우리는 오직 하나님을 의지할 수밖에 없습니다. 하나님은 산 사람을 죽이기도 하지만, 죽음을 맞이한 사람을 죽음에서 건져주시기도 하고, 죽은 사람을 살리기도 하실 수 있는 분이기 때문입니다. 삶과 죽음의 위험한 경계선 상에 놓여 있는 우리를 하나님이 죽음의 고비에서 건져주실 것이라는 희망을 가져야 합니다. 지난날에도 수많은 죽음의 고비에서 우리를 건져주셨고, 지금도 죽음의 고비에서 우리를 건지시고 계시며, 앞으로도 건져주시리라는 희망을 하나님께 두어야 합니다. 배의 선장도 믿을 수가 없습니다. 비행기의 기장도 믿을 수가 없습니다. 자동차의 운전자도 믿을 수가 없습니다.

사고가 난 배의 앞쪽에 타는 것과 뒤쪽에 타는 것이 무슨 차이가 있습니까? 누가 58명을 살리려고 그들을 함수에 태웠습니까? 그리고 그들이 원래부터 그곳에 타고 있었습니까? 어떤 경로로 어떻게 이동했는지도 모릅니다. 함미에 타고 있다가 심부름으로 함수로 온 사람도 있을 것이고, 함수에 있다가 용변을 보려고 함미로 간 사람도 있을 것입니다. 순간의 선택은 우리가 하는 것이 아닙니다. 그것은 오직 하나님이 하시는 것입니다.

그러므로 우리는 삶과 죽음의 문제를 고민할 필요가 없습니다. 그냥 하나님께 맡기면 됩니다. 사는 것과 죽는 것을 우리가 결정할 수 없는 것인데, 그것을 걱정한들 무슨 소용이 있겠습니까? 그런다고 죽을 준비만 하고 있을 수도 없습니다. 우리의 죽음은 하나님의 것입니다. 하나님은 자녀들인 우리를 죽이시지 않고 늘 죽음에서 건져 주실 것입니다. 그것은 하나님이 하실 일입니다.

3. 우리가 할 수 있는 일

그럼 우리는 무엇을 해야 합니까? 죽음을 두려워해서는 아니 됩니다. 언제든지 우리의 육신이 죽을 수 있다는 각오를 해야 합니다. 하지만 절대 하나님은 우리가 죽도록 가만히 두시지 않을 것이라는 생각을 하여야 합니다. 우리가 죽을 위험에 놓일 때에 우리의 하나님은 우리를 죽음에서 건져주실 것이라는 믿음을 가져야 합니다. 그리고 우리가 살아 있는 것은 우리의 뜻이 아니고 하나님의 뜻이니, 우리의 삶을 하나님께 감사하여야 합니다. 하나님이 주신 이 귀한 삶을 기쁨으로 받아야 합니다. 이 귀한 삶의 순간순간들을 그냥 허비하지 말고 값지게 보내야 합니다. 항상 기뻐해야 합니다. 범사에 감사해야 합니다. 늘 기도해야 합니다. 더 나아가 우리의 육신이 죽더라도 우리는 하늘에 올라가 하나님과 영원히 산다는 희망을 가져야 합니다. 아멘.

사람을 얻는 자 천하를 얻는다

— 성경본문 창세기 23:1-16

1. 인간관계의 중요성

"사람을 얻는 자 천하를 얻는다." 드라마 선덕여왕에서 미실이 한 명대사 중의 하나입니다. 우리는 사람과 관계를 맺으며 살아갑니다. 우리의 삶에 있어서 인간관계는 무엇보다도 중요합니다. 어떤 사람과 어떤 관계를 맺고 사는가 하는 점이 우리 삶의 성공과 실패를 좌우합니다.

사람과 사람 사이에는 좋은 인연이 있고, 나쁜 인연이 있습니다. 배우자를 누구를 만나느냐? 친구를 누구를 만나느냐? 이웃을 누구를 만나느냐? 하는 점은 참으로 중요합니다. 배우자를 잘못 만나 싸우기만 하다가 결국에는 이혼하고 인생이 파탄에 이른 사람, 친구를 잘못 만나 낭패를 보는 사람, 이웃을 잘못 만나 삶이 편안하지 않는 사람들이 많습니다. 한편 남편을 잘 만나서 평생 왕비처럼 편안하게 사는 사람도 있고, 친구를 잘 만나 큰 덕을 보는 사람도 있고, 이웃을 잘 만나 크게 출세한 사람도 있습니다.

더구나 지도자가 되려는 사람은 사람을 잘 만나야 합니다. 배우자를 잘 만나야 하고, 친구를 잘 만나야 하고, 이웃을 잘 만나야 합니다. 지지자를 잘 만나야 합니다. 자기와 동거 동락할 동지를 만나야 합니다. 그렇지 않고 배신자를 만나거나 사기꾼을 만나면 절대로 출세할 수도, 부자가 될 수도 없습니다.

좋은 배우자, 좋은 친구, 좋은 이웃을 만나기 위해서는 먼저 자기가 좋은 배우자, 좋은 친구, 좋은 이웃이 되어야 합니다. 자신이 배우자에게 거짓말을 하고, 자신이 친구를 배신하고, 자신이 이웃을 무시하는데, 상대방이 자기를 믿어줄 리가 없습니다.

"사람은 돈보다 중요합니다." 아니 "사람은 천하보다 중요합니다." 그러므로 돈 때문에 배우자와 싸워서는 아니 됩니다. 돈 때문에 친구나 이웃과 다퉈서는 아니 됩니다. 돈을 벌고 싶으면 먼저 사람을 벌어야 합니다. 대통령이 되고 싶으면, 국회의원이 되고 싶으면, 장관이 되고 싶으면, 먼저 좋은 배우자, 좋은 친구, 좋은 이웃을 만들어야 합니다.

하지만 그것은 쉬운 일이 아닙니다. 자기를 좋아하는 사람보다는 이유 없이 싫어하는 사람이 많고, 자기를 칭찬하는 사람보다는 공연히 비난하는 사람들이 더 많습니다. 자기를 지지하는 사람들보다는 자기를 반대하는 사람들이 더 많습니다.

그러므로 부자가 되고자 하는 사람, 높은 사람이 되고자 하는 사람은 미리 사람관리를 잘해야 합니다. 자기를 싫어하는 사람보다는 좋아하는 사람이 많게, 자기를 비난하는 사람보다는 칭찬하는 사람이 더 많게, 자기를 반대하는 사람보다는 지지하는 사람이 더 많게 작업을 하여야 합니다. 그것이 경영입니다. 시간도 많이 걸리고 돈도 많이 듭니다.

좋은 배우자를 얻는 것, 좋은 친구를 얻는 것, 좋은 이웃을 얻는 것, 공짜로 되지 않습니다. 시간과 돈을 투자하지 않으면 안 되는 일입니다. 하지만 그런 일은 무엇보다도 중요한 일입니다. 좋은 배우자를 얻지 못하면, 좋은 친구를 얻지 못하면, 좋은 이웃을 얻지 못하면, 돈도 벌 수 없습니다. 지위도 얻을 수 없습니다.
천하를 얻고 싶으면 먼저 사람을 얻어야 합니다.

2. 아브라함과 헷사람들과의 관계

가. 구약성경 창세기에 나오는, 아브라함은 아버지 데라를 따라 가나안 땅으로 오려고 바빌로니아의 우르를 떠나서, 하란에 이르렀습니다. 아브리함의 아버지 데라는 하란에다가 자리를 잡고 그곳에서 살다 죽었습니다.

나. 하나님이 아브라함에게 말씀하셨습니다. "너는 네가 살고 있는 땅과, 네가 난 곳과, 너의 아버지의 집을 떠나서, 내가 보여주는 땅으로 가거라."

다. 아브라함은 하나님의 말씀에 순종하여, 아내 사라와 조카 롯과 하란에서 모은 재산과 거기에서 얻은 사람들을 거느리고 가나안 땅으로 가려고 길을 떠나서, 마침내 가나안 땅에 이르렀습니다. 하나님은 "내가 너의 자손에게 이 땅을 주겠다."고 아브라함에게 약속하셨습니다.

라. 그런데 가나안 땅에 기근이 들어서 얼마 동안 몸 붙여서 살려

고 이집트로 갔습니다. 이집트에서 아내를 빼앗긴 아브라함은 이집트를 떠나서 네겝으로 올라갔고, 다시 헤브론의 마므레, 곧 상수리나무들이 있는 곳으로 가서 거기서 살았습니다.

마. 그러므로 아브라함은 헷사람들에게 더부살이를 하는 나그네였습니다.

3. 아브라함의 헷사람들과의 인간관계

가. 아브라함은 아무 근거도 없이 가나안으로부터 나와 이집트를 거쳐 헤브론에서 일시 머무르는 사람이었습니다. 그러나 아브라함은 그곳 사람들과의 관계가 참으로 좋았습니다.

나. 아브라함의 아내 사라가 127세로 사망하였습니다. 아브라함은 아내 사라를 생각하며 곡을 하면서 울었습니다. 아내가 죽은 것이 슬펐습니다. 거기에 더하여 아브라함에게는 하나의 큰 걱정이 있었습니다. 아내를 장사할 땅이 없었습니다. 사랑하는 아내가 죽었는데 아내를 장사할 만한 땅이 없는 남편의 걱정과 슬픔이 오죽하겠습니까?

다. 그래서 아브라함은 이웃 헷사람들에게 이렇게 말합니다.
"나는 여러분 가운데 나그네로, 떠돌이로 살고 있습니다. 죽은 나의 아내를 묻으려고 하는데, 무덤을 쓸 땅을 여러분에게서 좀 살 수 있게 해 주시기 바랍니다."

라. 헷사람들이 아브라함에게 대답합니다.
"어른은, 하나님이 우리 가운데 세우신 지도자이십니다. 우리의 묘지에서 가장 좋은 곳을 골라서 고인을 모시기 바랍니다. 어른께서 고인의 묘지로 쓰시겠다고 하면, 우리 가운데서 그것을 자기의 묘 자리라고 거절할 사람이 없습니다."

이 얼마나 고마운 말입니까? 떠돌이에게, 나그네에게, 괄시를 하지 아니하고, 아브라함을 하나님이 세우신 자기들의 지도자라고 말합니다. 그리고 가장 좋은 지기들의 묘 자리를 하나 골라 고인을 모시라고 합니다. 얼마나 아브라함의 대인관계가 좋았으면 그런 말이 나오겠습니까?

마. 아브라함이 다시 말합니다.

"여러분이, 내가 나의 아내를 이곳에다 묻을 수 있게 해 주시려면, 나의 청을 들어주시고, 나를 대신해서, 에브론에게 말을 전해 주시기 바랍니다. 그가 자기 밭머리에 가지고 있는 막벨라굴을 나에게 팔도록 주선해 주시기 바랍니다. 값은 넉넉히 쳐서 드릴 터이니, 내가 그 굴을 사서, 여러분 앞에서 그것을 우리의 묘지로 삼도록 해주시기 바랍니다."

바. 그때 헷사람들 틈에 앉아 있다가 이 말을 들은 에브론이 이렇게 말합니다.

"제가 그 밭을 드리겠습니다. 거기에 있는 굴도 드리겠습니다. 나의 백성이 보는 앞에서 제가 그것을 드리겠습니다. 거기에다가 돌아가신 부인을 안장하시기 바랍니다." 그러면서 애브론은 은 사백 세겔이나 나가는 땅을 아브라함에게 거저 가져가라고 말합니다.

사. 이에 감동한 아브라함은 은 사백 세겔을 에브론에게 주고 그 밭을 사서 아내 사라를 장사했습니다.

4. 결론

우리 속담에 "천 냥 빚도 말 한 마디로 갚는다."는 말이 있습니다. 항상 다른 사람에게 따뜻한 말을 하고, 다른 사람에게 사랑이 가득한 행동을 한다면 다른 사람도 우리를 그렇게 대해 줄 것입니다. 그러나 그것이 쉽지는 않습니다. 눈앞의 작은 이익에 연연하여 우리는 친구와 싸우고, 형제와 다투고, 이웃과 반목합니다. 그러다 보면 그보다 훨씬 큰 것을 잃습니다. 그런 것을 일컬어 "소탐대실(小貪大失)"이라고 합니다.

우리도 아브라함처럼 대인관계를 원만히 하여 인기 있는 사람이 됩시다. 작은 것에 연연하지 말고, 멀리 큰 것을 봅시다. 자기가 좀 손해를 보면 세상은 평화로워 집니다. 작은 이익 때문에 남편과 싸우고, 형제와 반목하고, 이웃과 얼굴 붉히는 일이 없이 합시다.

섬기는 사람이 되어라

- 성경본문 마태복음서 20:25-28

1. 섬김

섬김이라는 말은 윗사람을 잘 모시어 받든다는 말입니다. 자식이 부모를 잘 모시는 것, 신하가 왕을 받드는 것, 동생이 형에게 잘하는 것, 부하직원이 상사를 잘 보필하는 것, 종업원이 사장에게 충성을 다 하는 것 등이 모두 섬김입니다. 남을 섬기는 사람의 대명사는 종입니다. 자식이나 동생, 신하와 부하직원, 종업원은 부모, 왕, 형, 상사, 사장을 의무적으로 섬겨야 되는 것은 아닙니다. 그러나 종이 주인을 섬기는 것은 의무적입니다.

일본 말에 사무라이는 말이 있습니다. 칼을 차고 다녔던 무사입니다. 사무라이라는 말은 모시는 자, 섬기는 자를 뜻하는 말입니다. 그들은 주군의 명령이 있으면, 배를 갈라 죽는 할복자살을 합니다. 사무라이는 주군을 위하여 언제든지 목숨을 내놓는 섬기는 자입니다.

섬김이 제대로 되지 않았을 때, 듣는 비난이나 벌은 참으로 가혹

합니다. 부모를 잘못 모시면 불효자식이 됩니다. 임금을 제대로 받들지 못하고 대항하면 역적이 됩니다. 아랫사람이 윗사람을 섬기지 아니하고 마음대로 하려고 하면 하극상이 됩니다. 그렇게 되면 세상이 뒤집히는 것입니다.

이렇듯 섬김은 세상이 바로 가는 잣대가 되는 것입니다. 섬김이 제대로 된 나라는 부강해지는 것이고, 섬김이 잘되는 가정은 행복해지는 것이고, 섬김이 있는 회사나 교회는 성장과 부흥이 있는 것입니다.

또한 섬김이라는 것은 희생이며 봉사입니다. 받는 것이 아니고 주는 것입니다. 억압 때문에 할 수 없이 억지로 섬긴다면 몰라도, 마음에서 우러나와 정성을 다 해서 섬기는 것이라면 섬김을 받는 사람은 물론 섬기는 사람도 무척 행복할 것입니다.

2. 목을 뻣뻣하게 세우는 사람

세상에는 목을 뻣뻣하게 세우는 사람이 있습니다. 쥐꼬리만 한 권력을 쥐면 자기밖에 모르는 사람이 있습니다. 별 것도 아닌 재산을 가지고 있으면서 안하무인으로 행동하는 사람들이 있습니다. 6·25 한국전쟁 때, 인민군들이 쳐들어와 머슴살이 하던 사람들에게 안장을 채워주었습니다. 그러자 그들이 주인과 지주들을 데려다 죽이고 때리는 등 온갖 만행을 저질렀습니다. 무식한 사람들이 조그마한 권력이 쥐게 되니 눈에 보이는 것이 없어진 결과입니다.

일본인들에게 가장 존경 받는 인물, 풍신수길(토요토미 히데요시)이라는 사람이 있습니다. 그는 일찍이 오다 노부나가의 신발을 지키는 신발지기였다고 합니다. 하지만 추운 날 다른 당번들이 내오는 신발은 차가웠으나, 풍신수길이 당번인 날은 항상 신발이 따뜻했다고 합니다. 알고 보니 풍신수길은 항상 신발을 품안에 소중히 넣고 무슨 보물단지처럼 감싸고 있었던 것입니다. 비록 미천한 신분이지만 신발을 지키는 것만큼은 천하제일이 되겠다는 굳은 의지였다고 합니다.

그런 풍신수길은 후에 일본 최대권력자가 되었습니다. 우리나라에게는 슬픈 일이지만 그는 조선정벌을 계획했고 임진왜란을 일으킨 장본인이기도 합니다. 우리에게는 이가 갈리는 사람입니다. 그가 조선을 정벌할 계획을 세우고 조선을 정탐하기 위하여 조선으로부터 통신사를 받았습니다. 그때 조선통신사는 원숭이처럼 천하게 생긴 도요도미 히데요시의 용모를 보고 그를 멸시하며, 그런 사람이 어떻게 대 조선을 침략할 수 있느냐고 판단하였다고 합니다. 조선통신사의 잘못된 판단으로 인하여 조선은 일본의 침략을 받고 말았습니다.

조선말에 나라를 통치한 흥선 대원군 이하응이 있습니다. 그는 몰락한 왕족이었습니다. 그는 목숨을 부지하기 위하여 미친 것 같은 행동도 하였고, 시정잡배와 같이 행동을 하기도 하였습니다. 사실 그에게는 큰 꿈이 있었습니다. 자신의 아들을 왕으로 만들어 천하를 호령하는 것입니다. 그는 그 꿈을 이루기 위하여 자기 자신을 낮추었습니다. 당시는 세도정치가 극에 달한 때라 왕족 중 튀어나는 사람이 있으면 목숨을 부지할 수 없었기 때문입니다. 그래서 그는 왕족이 아닌 평범한 사람처럼 행동을 했으며, 잘나고 점잖은 행동을 하는 것이 아니라 망나니처럼 행동했다고 합니다. 그런 행동 때문에 그는 군관으로부터 뺨을 맞기까지 했습니다. 일개 군관으로부터 뺨을 맞고 말할 수 없는 분노를 느꼈지만 대원군은 아무 말 없이 그 자리를 피했습니다. 거기서 화를 내며 왕족이라는 행세를 했다가는 자신의 꿈이 물거품이 되기 때문입니다. 후에 권력을 손에 쥔 대원군이 그 군관을 불렀습니다. 그리고 물었습니다. "너 지금도 나의 뺨을 칠 수 있느냐?" 그 군관이 대답했습니다. "나리께서 지금도 그와 같은 행동을 한다면 저는 지금도 나리의 뺨을 치겠습니다." 그 말을 들은 대원군은 비록 자기의 뺨을 친 군관이지만 크게 등용하였습니다.

3. 백성에게 세도를 부리는 고관

신약성경 마태복음서 20:25-26에서 예수님은 이방민족들의 통치자들은 백성을 마구 내리누르고, 고관들은 백성에게 세도를 부린다고 말씀하십니다. 당시 이스라엘은 로마의 식민지였습니다, 본디오 빌라도 같은 로마의 총독은 이스라엘 백성을 마구 내리누르는 억압적인 통치를 하였습니다. 우리가 일본의 식민지가 되었을 때 일본 총독은 어찌 했습니까? 또 그들 밑에서 일을 하는 관리들은 세도를 부립니다. 일본 총독 밑에서 일하던 친일파들의 행동이 얼마나 악랄했습니까? 지금도 고등계 형사라는 말이 있지 않습니까?

그러나 예수님은 그렇게 해서는 안 된다고 말씀하십니다. 너희 가운데 위대하게 되고자 하는 사람은 누구든지 너희를 섬기는 사람이 되어야 한다고 말씀하십니다. 그렇습니다. 위대한 사람은 뭔가 달라야 합니다. 아무나 위대한 사람이 되는 것은 아닙니다. 역사상 위대한 사람들은 모두 자기를 희생하는 사람들입니다. 목에 힘을 주고 남에게 못할 일을 하는 사람, 남을 괴롭히는 사람은 위대한 사람이 될 수 없습니다. 슈바이처, 테레사같이 자신을 희생하여 남을 위한 일을 하는 사람만이 위대한 사람이 되는 것입니다.

예수님께서는 "너희 가운데 으뜸이 되고자 하는 사람은 너희의 종이 되어야 한다."고 말씀하십니다. 으뜸이 되고자 하는 사람은 남을 억누르고 무시하는 사람이 아니라 그 사람들의 종이 되어야 한다는 것입니다.

4. 섬기는 사람이 됩시다.

예수님의 말씀대로, 국가에서나 가정에서나 학교에서나 교회에서나 위대하게 되고자 하는 사람, 으뜸이 되고자 하는 사람은 그 집단의 구성원들을 가장 잘 섬기는 사람이 되어야 할 것입니다. 종이 되어야 할 것입니다. 대통령은 국민의 공복이 되어야 하고, 가장은 가족들의 생계를 위하여 최선을 다하는 사람이 되어야 하고, 학생회장이나 사장은 학생들과 사원들의 종이 되어야 할 것입니다. 교회에서 직분을 맡은 목사, 장로, 전도사, 집사 등은 대접을 받으려 할 것이 아니라 교인들을 대접하고 섬기는 주님의 종이 되어야 할 것입니다.

저도 반민족행위자였습니다

- 성경본문 고린도후서 5:17

1. 세상은 변합니다.

시간은 멈추는 법이 없습니다. 끊임없이 흘러갑니다. 그에 따라 모든 것이 변화합니다. 그대로 멈추어 있는 것은 없습니다. 날마다 해가 뜨는 시간과 위치가 다릅니다. 날마다 달의 모습이 다릅니다. 하늘의 구름도 흘러갑니다. 나무와 풀들도 변합니다. 키가 크고 꽃이 피고 열매가 맺고, 그런가 하면 시들어 없어집니다. 동물도 마찬가지입니다. 태어나서 자라고 성장하면 새끼를 낳고, 그런가 하면 늙어져 죽습니다.

이렇게 모든 것이 변하는데 사람의 생각이나 마음도 변하지 않겠습니까? 사람의 마음이 하루에도 12번씩 바뀐다고 합니다. 사실은 12번이 아니라 수백 번씩 바뀔지도 모릅니다. 이렇게 우리는 바뀌면서 변화하고, 변화하면서 새롭게 되는 것입니다.

2. 새사람

가. 2009년이 지나고 2010년 새해가 되었습니다. 우리는 이제 더이상 2009년에 있지 않습니다. 새해인 2010년에 있습니다. 2009년은 역사 속으로 지나갔습니다. 2009년에 존재하였던 우리의 모습은 2010년에는 존재하지 않습니다. 해가 바뀌어 새해가 되었듯이 우리도 사람이 바뀌어 새사람이 되었습니다.

나. 경상남도 진주에 우수용이라는 할아버지가 있습니다. 그분은 나이가 86세로 일제 강점기에 조선인 징병 1기생이었다고 합니다. 그는 자기들 시대는 이미 저물었다고 했습니다. 살아 있는 사람도 얼마 남아 있지 않아 얼마 안 있어 모두 사라질 것이고, 그렇게 되면 자기들의 세대는 침묵할 수밖에 없어 죽기 전에 꼭 해 두고 싶은 말이 있어 조선일보에 '저도 반민족행위자였습니다'라는 글을 썼습니다.

조선 사람으로서 일본 자살특공대 가미카제(神風) 대원이었던 경남 사천시 출신 탁경현이라는 사람이 1945년 5월 11일 비행기를 몰고 오키나와 섬에 정박 중이던 미군 함대를 향해 돌진, 자폭하여 생을 마감했던 바로 그날, 자기는 대전에 있는, 일본군 제224부대 안에서 징집된 육군 일등병으로 폭약상자를 등에 메고 적군의 전차 밑으로 뛰어들어 자폭하는 훈련을 열심히 하였다고 합니다. 그런데 3개월 후에 해방이 되어, 자기는 해방된 조국으로 돌아와 6·25 한국전쟁 때 참전하였고, 그 공로로 지금은 국가유공자 대우를 받으면서 안락하게 살고 있다고 했습니다.

그는 말합니다. 탁경현이란 사람과 자기는 당시 20대 전반으로 같은 세대이고, 자기들은 태어날 때부터 일본 국민이었고, 나라를 잃은 백성으로 일본군에 입대하였는데, 하나는 '친일인명사전에 반민족행위자'로 낙인 찍혀 있고, 자기는 국가유공자로 대우를 받고 있다는 것입니다. 그러면서 자기도 일본군에 들어가 충성을 다 했던 반민족행위자였으므로 '친일인명사전에 반민족행위자'로 명단에 들어갔더라면 차라리 동시대를 살았던 사람으로서 마음이 편안할 것 같다고 했습니다. 6·25 전쟁에 참여한 국가유공자라는 면죄부에 숨고 싶지 않다고 했습니다. 그분의 이야기는 지나간 시대에 살았던 슬픈 사람들을 '반민족행위자'라고 낙인찍는 것은 옳지 않다고 이야기하는 것 같습니다.

그는 이렇게 이야기 합니다. '마지막으로 한 가지만 덧붙이겠습니다. 6·25 전쟁 중에 다부동 전투를 승리로 이끌어 나라를 백척간두에서 건진, 자랑스러운 국민적 영웅을 일본군 하급장교였다는 이유로 반민족행위자로 규정지은 것은, 마치 그가 한 때 로마의 관리였다는 전력을 들어 저 위대한 성자인 사도 바울을 악마로 몰아세우는 것과 다른 것입니까?'

다. 그렇습니다. 우리는 모두 죄인이었습니다. '의인은 없나니 하나도 없나니'라고 했습니다. 하나님 앞에서 떳떳한 사람은 하나도 없습니다. 그러므로 우리는 우리가 죄인임을 숨길 이유가 없습니다. 우리의 죄를 솔직하게 털어 놓을 줄 알아야 합니다. 국가유공자인 우수용 씨가 자기는 일본군 자살특공대로 반민족행위자였다고 자백하는 것과 같이, 매일 하나님 앞에 자기의 잘못을 자백해야 하는 것입니다.

라. 하지만 그것이 자백으로 끝나버려서는 아니 됩니다. 반민족행위자였던 우수용 씨가 국가유공자로 변한 것과 같이, 죄인인 우

리도 날마다 새로운 사람으로 변해야 합니다.

3. 그리스도 안에서 새로운 피조물

저는 그리스도를 모르고 살아온 사람들입니다. 하나님을 모르고 살아온 사람들입니다. 하지만 하나님의 은혜로 복음을 듣고 세례 받고, 신학대학원을 졸업하고 목사가 되어 하나님의 사역에 동참하는 영광스러운 일을 하고 있습니다. 그리고 이렇게 여러분에게 하나님의 말씀을 전합니다.

여러분도 마찬가지입니다. 우리는 그리스도 안에서 새로운 사람으로 다시 태어난 사람들입니다. 우리의 옛 모습은 이미 없어졌습니다. 하나님을 모르고 살았던, 예수를 믿지 않고 살았던 우리의 과거는 지나갔습니다. 보십시오. 우리는 하나님의 자녀가 되었습니다. 우리의 모습 어디에서 하나님을 모르고 살았던 옛것이 남아 있습니까? 우리의 마음 어디에 예수님을 믿지 않았던 옛 생각이 남아 있습니까? 우리는 새사람이 되었습니다.

사도 바울은 예수그리스도를 따르는 사람들을 핍박하는 선봉장이었습니다. 신약성경 사도행전 9장에 기록된 것과 같이, 주님의 제자들을 위협하면서, 살기를 띠고 있었습니다. 그는 자진하여 대제사장에게 가서, 다마스쿠스에 있는 여러 회당으로 보내는 편지를 써 달라고 했습니다. 그는 예수를 믿는 사람은 남자나 여자나 가리지 않고, 닥치는 대로 묶어서, 예루살렘으로 끌고 오려는 것이었습니다. 그러나 그는 "사울아, 사울아, 네가 왜 나를 핍박하느냐?"라는 예수님의 음성을 듣고 마음을 고쳐먹었습니다. 그리고 가장 훌륭한 제수님의 제자가 되었습니다.

새롭게 예수님의 제자로 변한 사도 바울에게서는 더 이상 예수님을 핍박하였던 모습을 찾아 볼 수가 없었습니다. 그는 더 이상 적그리스도가 아닙니다. 그는 가장 뛰어난 예수님의 제자이고, 가장 유명한 예수님의 사도인 것입니다.

4. 결론

위와 같이 우리의 옛것은 모두 없어졌습니다. 그리스도를 욕했던 우리의 모습도 사라졌습니다. 하나님을 모르고 마음대로 행동하였던 우리의 마음도 변했습니다. 이제 우리는 하나님의 자녀로서 하나님과 함께, 예수님과 함께 하고 있습니다. 우리 모두는 그리스도 예수 안에서 완전히 새로운 사람들이 되었습니다.

이제 누구도 우리에게 다른 말을 할 수는 없습니다. 당신이 언제부터 교회에 다녔느냐고 말할 수 없습니다. 당신이 언제부터 예수를 믿었느냐고 말할 수 없습니다. 당신이 언제부터 목사였느냐고 말할 수 없습니다. 당신이 언제부터 하나님의 찬양했느냐고 말할 수 없습니다.

혹시 그런 말을 한 사람이 있다면, 우리는 그를 교회로 데리고 나와야 합니다. 전도해야 합니다. 그로 하여금 회개하게 하여야 합니다. 그 사람도 예수 그리스도 안에서 새로운 사람이 되도록 해 주어야 합니다.

무슨 일을 하려면
목숨을 걸고 해야 한다
- 성경본문 마가복음서 8:31-38

1. 고난의 십자가

하나님의 아들인 예수님은 영광을 받으시려고 이 땅에 오신 것이 아닙니다. 고난을 십자가를 지기 위해서 오신 것입니다. 그러므로 십자가에 달리신 고난의 그리스도를 알지 못하고서는 예수님에 대한 올바른 견해를 가질 수 없습니다. 많은 사람들을 모아놓고 강연하고, 제자들로부터 대접받고, 유대인의 왕으로서 세상을 통치하면서 영화롭게 사는 것이 그리스도가 아닙니다. 세상의 모든 죄를 짊어지고 속죄의 죽음을 맞이하는 것이, 그로 인하여 우리의 죄를 모두 사하여 주시는 것이 십자가에 못 박힌 그리스도입니다.

그래서 예수님께서는 자신의 죽음과 부활을 예언적으로 말씀하였습니다. '인자는 반드시 많은 고난을 받고, 장로들과 대제사장들과 율법학자들에게 배척을 받아, 죽임을 당하고 나서, 사흘 후에 살아나야 한다.'는 것을 사람들에게 가르쳤습니다. 세상으로부터 대접을 받는 것이 아니라 배척을 당하고, 이 세상에서 영화롭게 사는 것이 아니라 고난을 받고 죽임을 당한다는 것입니다. 하지만 그것으로 끝나버리는 것은 아니고 영광스럽게 부활하신다는 것입니다.

하지만 베드로는 그런 말을 하시는 예수님이 싫었습니다. 예수님을 따라다니는 제자들은, 예수님의 말씀을 들으려고 모이는 사람들은 죽는 것을 원치 않았습니다. 어떻게 하면 이 세상에서 부자로, 권세를 누리면서, 영화롭게 살 것인가만 생각하였습니다. 예수님이 그리스도라는 사실은 알고 있었지만 십자가에 못 박혀 죽으실 고난의 그리스도라는 것은 몰랐습니다. '현재는 자기들이 이렇게 힘들고 어렵게 살지만, 그리스도께서 세상을 구하려 오셨으니 언젠가는 좋은 세상이 올 것이다. 그리스도가 통치하는 좋은 날이 오면 자기들도 한자리 할 수 있을 것이다. 그리고 자기들도, 지금의 관리들이나 부자들처럼, 잘살 수 있을 것이다.'라는 생각을 하였습니다. 그런데 예수께서 고난을 받고 죽임을 당한다는 말씀을 내놓고 하시니 베드로는 불만이 많았습니다. '그러면 누가 선생님을 따라다니겠습니까? 선생님을 따라 다녀봤자 무슨 영화가 있겠습니까? 제발 그런 말씀 좀 하지 마십시오.'라고 항의하였습니다. 베드로는 예수님의 꾸중과 같이 하나님의 일은 생각하지 않고 사람의 일만 생각하기 때문에 그런 말을 한 것입니다.

2. 십자가를 지고, 목숨을 걸고 나를 따라 오너라

예수님은 "나를 따라오려는 사람은, 자기를 부인하고, 자기 십자가를 지고 따라오너라."라고 말씀하십니다. 자기 것을 잃지 않으려고 하고, 자기를 지키려고, 고난을 피해가려고 하면서 어떻게 십자가를 지신 예수님을 따라갈 수 있겠습니까?

무슨 일을 성공하려면, 훌륭한 사람이라는 말을 들으려면, 영웅으로 대접을 받으려면, 자기를 버려야 합니다. 어려움을 당해야 합니다. 위험을 무릅써야 합니다.

2011년 4월 27일 재·보궐선거가 있었습니다. 저는 그 선거를 통하여 많은 것을 배웠습니다. 민주당의 손학규 대표가 경기도 성남시 분당을 선거구에서 국회의원에 당선되었습니다. 손학규 씨는 민주당의 대표최고위원입니다. 국회의원을 하려는 사람이 아니고 대통령을 하려는 사람입니다. 국회의원 선거에 나가서 당선되지 않아도 국회의원보다 더 높은 제1야당의 대표로서 대접받고 있습니다. 분당을 선거구는 민주당이 단 한 번도 이겨보지 못한 한나라당의 텃밭입니다. 한나라당에서는 '천당 밑에 분당'이라고 합니다. 대한민국에서 가장 한나라당을 지지하는 강남과 그 아래 분당을 이야기하는 것입니다. 사람들은 분당의 선거는 당연히 한나라당이 이기는 것으로 생각하였습니다. 분당에서 민주당이 이기리라고 생각한 사람은 아마 한 사람도 없었을 것입니다. 그런데 손학규 대표는 분당을 선거에 출마하였습니다. 손학규 대표는 3년 전, 18대 국회의원선거에 서울 종로구에서 출마하여 낙선한 사람입니다. 당시에도 손학규 씨는 통합민주당 대표였습니다. 제1당의 대표가 국회의원 선거에서 떨어진 것입니다. 한나라당의 바람에 해볼 수가 없었습니다. 그런데 이번에는 종로도 아닌 분당에 출마한 것입니다. 전번에 떨어진 종로보다 분당이 더 어려운 지역입니다. 출마하고 싶어서 출마한 것도 아닐 것입니다. 민주당의 입장에서 보면 대한민국에서 가장 어려운 선거구입니다. 그래서 누가 분당을 선거에 출마할 사람이 없습니다. 출마해 보았자 떨어질 것이 빤하기 때문입니다. 그래서 어떤 사람이 "당대표인 손학규가 출마해야 한다."고 말했습니다. 그 사람도 진심은 아니었을 것입니다. 그냥 장난삼아

해본 말이었을 것입니다. 민주당에서는 가장 어려운 선거이니 가장 센 사람이 나가야 한다는 것이었을지도 모릅니다. 아마 손학규 대표가 안 나갈 것으로 생각하고 찔러본 말일 수도 있습니다. 그런데 그것이 문제가 되었습니다. 손학규 대표를 반대하는 진영의 사람들이 그 말을 계속하였습니다. 어떻게 보면 그 선거에 나가서 이기기를 바라는 것이 아닐 수도 있습니다. 손대표가 분당을 선거에 나가서 떨어져 거지가 되는 꼴을 보고 싶었을지도 모릅니다. 그렇게 되면 손학규 대표의 정치생명은 끝나는 것입니다. 나라면 그 선거에 나가지 않았을 것입니다. 그냥 웃어넘기면서 적당히 떨어질 사람을 공천하고 몸을 사리고 있다가 대통령선거에 나가려 했을 것입니다. 그런데 손학규 대표는 분당을 선거에 나가겠다고 했습니다. 분당을 선거가 어렵다는 것을 누구보다도 잘 알고 있는 사람의 결정입니다. 누가 공천을 해 주는 것도 아니고, 자기가 자기를 공천하는 것입니다. 출마의 변은 "전쟁이 났는데 장수가 뒤에서 보고만 있으면 되겠느냐 내가 앞장서겠다."는 것이었습니다. 저는 그 선거구에 여러 번 갔습니다. 손학규 대표와 민주당을 돕기 위해서입니다. 상대는 한나라당의 전대표인 강재섭 후보입니다. 5선의원 출신입니다. 15년간 분당에서 살았다는 것입니다. 손학규 대표는 강재섭 대표의 말처럼 날아온 철새입니다. 집도 없어 월세로 얻었다고 비난했습니다. 한나라당에서 민주당으로 갔다며 '배신자'라는 노인들도 많았습니다. 분위기가 전과 같지는 않았지만 당선은 쉽지 않을 것이라는 것이 선거를 돕는 사람들의 일치된 견해였습니다. 손학규 대표는 혼자 선거운동을 하였습니다. 당대표로서 당원들을 동원하여 세과시를 하지도 않았습니다. 거리를 돌아다니면서 목청껏 외치지도 않았습니다. 조용히 혼자 구석구석을 찾아다니면서 최선을 다 하였습니다. 선거 이틀을 남겨놓고 손학규 대표는 기자회견을 하였습니다. 이번 선거에 자기의 모든 것을 걸겠다고 했습니다. 변화를 바라는 사람이면 자기를 지지해 달라는 것입니다. 하지만 이번 선거에서 낙선하면 국민들이 변화를 바라지 않는 것으로 알고 모든 것을 포기하겠다고 했습니다. 당대표직도 대통령을 하는 것도 모두 내놓겠다고 했습니다.

2011년 4월 27일 밤 손학규 대표는 당선되었습니다. 세상을 바꾸어 버린 것입니다. 한나라당의 텃밭에서 민주당 대표가 우뚝 서 버린 것입니다. 기적이 일어난 것입니다.

그러나 나는 그것을 기적이라고는 생각하지 않습니다. 목숨을 건 결과라고 생각합니다. 손학규 대표는 이번 선거에 자기가 가진 모든 것을 걸었습니다. 재산도, 명예도, 당대표의 지위도, 앞으로 있을 대통령 후보의 위치도 모두 걸었습니다. 그리고 성공했습니다. 저는 내년에 있을 대통령 선거에서도 손학규 대표가 성공하리라고 믿습니다.

내 가정을 먼저 생각하고, 돈 나가는 것을 무서워하고, 선거에 떨어져 패가망신하는 것을 두려워하면 성공하지 못합니다. 가정을 버리지 않고, 재산을 버리지 않고, 목숨을 버리지 않고 무슨 일을 하겠다는 것입니까?

3. 제 목숨을 구하고자 하는 사람은 잃을 것이다.

예수님은 "누구든지 제 목숨을 구하고자 하는 사람은 잃을 것이요, 누구든지 나와 복음을 위하여 제 목숨을 잃은 사람은 구할 것이다."라고 하십니다. 죽는 것을 두려워하고, 패가망신하는 것을 두려워하는 사람은 아무것도 이룰 수 없습니다. 예수님의 제자가 될 수 없습니다. 예수님의 사람이 될 수 없습니다. 성공한 사람이 될 수도 없습니다.

무슨 일을 할 때는 목숨을 걸고 해야 합니다. 전 재산을 걸고 해야 합니다. 집안의 명예를 걸고 해야 합니다. 요즘 "짝패"라는 드라마를 합니다. 거기에 '포수'와 '천둥이' '갑바치 아가씨'가 나옵니다. 그들은 세상을 변화시키기 위하여 목숨을 건 사람들입니다. 아마 그들은 성공할 것입니다. 비참하게 죽을지는 몰라도 세상을 바꾸는 사람들이 될 것입니다. 여러분도 무슨 일을 하려면 목숨을 걸고 하십시오. 졸장부가 되지 마십시오. 한 자락 접어놓고 하지 마십시오.

원수를 사랑하라. 일본을 사랑하라

- 성경본문 마태복음서 5:43-48

1. 일본과 우리나라

한국과 일본, 중국은 아주 가까운 나라입니다. 이웃나라입니다. 우리와 중국은 땅이 붙어 있습니다. 한국과 중국은 고조선 시대부터 사회, 경제, 문화 정치에 있어서 아주 밀접한 관계를 가지고 있었습니다. 우리는 거의 중국에 붙어서 살아왔습니다. 한국과 중국은 거리도 가까운 이웃이지만 마음도 가까운 나라입니다.

하지만 한국과 일본은 다릅니다. 일본 역시 중국처럼 거리는 가까운 나라입니다. 하지만 마음은 그렇게 가까운 나라가 아닙니다. 일본은 문화적으로는 백제의 영향을 많이 받았다고 합니다. 하지만 그것은 먼 옛날의 일이고, 그 후에는 일본이 한국의 영향을 받은 것 같지는 않습니다. 또 한일합방 전까지는 한국 역시 일본의 영향을 받은 것 같지 않습니다. 임진왜란을 통하여 천주교와 고구마 등 몇몇 물품이 들어왔을 따름입니다. 일본과 한국은 거리는 가까운 나라이지만 마음은 가까운 나라가 아닙니다. 일본은 끊임없이 우리나라를 쳐들어왔습니다. 끊임없이 괴롭히고, 약탈해 갔습니다. 40여 년을 식민지로 만들어 우리의 삶과 문화를 말살시켰습니다. 어떻게 보면 일본은 우리의 이웃이라기보다는 원수 같은 나라입니다.

사실 우리가 중국에 의존하여 살아온 삼국시대, 고려시대, 조선 시대에 일본은 영국, 네델란드 등 서방, 유럽과 교류를 하였습니다. 그래서 우리보다 훨씬 먼저 서방의 문물을 받아들였습니다. 그리고 우리보다 앞서 갔습니다.

한일합방이 되어 우리를 강압적으로 지배하던 시기는 물론, 해방 이 되어서도 우리는 일본에 많이 의지했습니다. 한국의 법률, 제도, 문화, 교육, 삶의 방식, 방송, 가요, 회사, 공장, 철도, 고속도로, 항 만, 조선(造船)산업, 관광 등 거의 모든 분야에서 일본의 영향을 받 지 않는 것이 거의 없습니다. 아니 심하게 이야기하면 일본과 거의 같다고 보면 맞을 것입니다. 일본에 의존해 있던 우리나라가 최근 에 일본에 영향을 미치기 시작하였습니다. 연예인들의 한류입니다. 그래도 그것은 아직 미미합니다.

돌이켜보면 지난 50~60년간 우리는 일본을 부지런히 따라갔습니 다. 그런데 하나님의 축복으로 우리도 상당히 발전을 하였습니다. IT와 전자산업, 조선업에서는 일본을 앞선 것도 같고, 자동차산업, 제조업, 법률, 제도, 문화 등도 많이 따라 잡았습니다. 일본으로부 터 배우고, 일본을 따라하다 보니 우리도 발전했다는 것입니다. 이 제 한국은 일본만은 못하지만 동남아에서 무시하지 못할 잘사는 나 라가 되었습니다. 그것은 솔직히 일본의 덕이 많았습니다.

2. 한일전

일본과 한국은 무엇을 하든지 전쟁입니다. 축구를 하여도 한일전이고, 배구를 하여도, 농구를 하여도 한일전입니다. 김연아와 아사다 마오의 스케이트도 사실은 한일전이었습니다. 다른 나라에게는 저도 상관이 없는데 일본은 이겨야 합니다. 일본과의 경기는 뛰는 선수건 관람하는 국민이건 사력을 다 합니다. 이기면 그렇게 통쾌하고 지면 분통이 터집니다. 그런 한일전 덕분에 우리나라의 스포츠도 크게 발전하지 않았나 생각이 듭니다. 스포츠에서는 이제 우리가 일본을 뛰어 넘었습니다. 아시안게임이나 동계올림픽에서 우리가 일본보다 성적이 더 좋습니다.

일본과 우리나라는 이렇게 싸워왔습니다. 일본과 우리는 선의의 경쟁을 하는 것이 아니라 모든 면에서 죽기 아니면 살기로 전쟁을 해 왔습니다. 그것이 우리를 발전시키는 계기가 되었을지도 모릅니다.

저는 한일전 축구경기 때마다 내 아들 경호와 싸웁니다. 경호 앞에서는 일본 선수들에 대한 객관적인 칭찬도 못합니다. 솔직히 말씀드리면 제가 보기에는 근래 한국축구와 일본축구는 상당히 차이가 납니다. 일본이 잘합니다. 헌데 내 아들은 그것을 인정하지 않습니다. 무조건 일본을 무시하고, 깔아뭉개려고 합니다. 일본이 이기는 것에는 승복하지 않습니다. 무섭습니다. 아빠가 일본 선수를 칭찬하면, 차마 아빠에게 달려들지는 못해도 분을 참느라고 숨을 몰아쉬기까지 합니다. 이것이 한국 사람들의 일본에 대한 감정입니다.

그것뿐이 아닙니다. 저는 20여 년 전 어머니를 모시고 일본에 여행을 간 적이 있습니다. 자매결연한 가나자와 로타리클럽의 행사에 참가한 것입니다. 헌데 일본에 내리자마자 우리 어머니가 힘이 하나도 없었습니다. 걸음도 제대로 못 걸으시고, 식사도 거의 못하셨습니다. 저는 어머니가 비행기 멀미를 하시는 것으로 생각했습니다. 그런데 그것이 아니었습니다. 어머니는 일본에 내려서 일본인들을 보는 순간 오금이 저린 것입니다. 식민지시대를 살면서 얼마나 일본인들에게 당했는지 일본인들을 보자마다 무서워서 어떻게 하지를 못하는 것이었습니다. 그러나 어머니는 천천히 회복이 되었습니다. 어머니는 아들인 제가 일본 사람들 앞에서 연설도 하고, 일본 사람들이 저에게 친절하게 대하면서 예의도 갖추고, 심지어는 아첨도 하는 것을 보시고 매우 놀랐나 봅니다. 그리고 귀국하여 고향에 가서 당신의 친구들에게 한다는 말씀이 "우리 아들이 대단한 놈이다. 일본 사람들도 우리 아들 앞에서는 꼼짝을 못하더라."는 것입니다. 일본 사람이 얼마나 무서웠으면 그러셨겠습니까? 그것이 우리 조상들의 일본에 대한 감정입니다.

3. 일본의 지진

우리는 3·1절만 되면 일본에 대한 의분이 복받칩니다. 광복절만 되면 일본의 식민지 통지를 되새깁니다. 2011년 3·1절에 저는 신문에서 '안중근 의사의 손녀와 이또오 히로부미 손자에 관한 기사'를 읽었습니다. 안중근 의사의 손녀는 독립군의 후손으로 가난하고 불쌍하게 살다가 3·1절에 세상을 떴는데 이또오 히로부미의 손자는 일본에서 장관이 되었다는 것입니다. 슬픈 이야기였습니다. 저는 또 그날 텔레비전에서 방영하는 특선영화 '일본의 침몰'을 보았습니다. 그런데 그로부터 12일 후인, 2011년 3일 12일 일본에서 사상 최강의 지진이 일어났습니다. 마치 영화 '일본의 침몰'과 '해운대'를 다시 보는 것 같았습니다. 상상의 영화의 장면이 현실로 다가온 것입니다.

2011년 3월 1일 '일본의 침몰'이라는 영화를 볼 때는 은근히 일본에 저런 날이 왔으면 좋겠다는 생각이 들기도 하였습니다. 근데 2011년 3월 12일 막상 일본에 지진이 나고, 쓰나미가 몰려와 집과 자동차, 선박이 파도에 휩쓸려 온 도시가 폐허가 된 것을 보고 가슴이 아팠습니다. 수많은 사람들이 죽고, 다치고, 실종되어 가족을 찾는 것을 보고 눈물이 났습니다. 설상가상으로 원자력발전소가 폭발하여 방사선 위험까지 있다고 하니 정말 답답합니다.

이제 일본의 문제는 남의 일이 아닙니다. 온 인류의 문제입니다. 우리의 문제입니다. 강 건너 불구경할 일이 아닙니다. 원수 같은 나라 일본의 불행이 우리의 행복일 수는 없습니다.

"일본의 지진이 기쁨이다"고 인터넷에 올린 사람도 있습니다. "하나님이 혼자 전쟁을 하고 계신다."는 어느 목사 사모의 말도 들었습니다. "인민의 수고를 덜어주기 위하여 위대한 수령님이 일본을 혼내고 있다."는 북한 방송도 들었습니다. 그러나 그런 말은 해서는 아니 될 말입니다.

4. 원수를 사랑하라. 일본을 사랑하라

우리는 자연의 대재앙 앞에 겸손해져야 합니다. 그리고 우리 인간의 연약함을 다시 한 번 뼈저리게 느낄 수 있어야 합니다. 언제든 우리에게도 닥칠 가능성이 있는 것입니다. 일본의 대재앙 앞에 교만해져서는 아니 됩니다. 그것을 즐겨서도 아니 됩니다. 슬픈 사람들과 같이 울어주고 도와주어야 합니다.

여러분. 지금 휴대전화를 꺼내십시오. 060-700-1119를 누르십시오. 2,000원이 빠져나갑니다. 그 돈은 대재앙으로 슬픔에 젖어 있는 일본 사람들을 돕는 데 쓰일 것입니다. 이것이 우리가 할 일입니다. 이것이 우리가 일본을 돕는 일입니다. 우리, 일본과의 과거에 너무 집착하지 맙시다. 그리고 일본을 불쌍히 여기십시다. 일본을 사랑합시다, 일본을 도웁시다. 지금 일본은 우리의 도움이 필요합니다.

마태복음서 5:44에서 예수님은 "너희 원수를 사랑하고, 너희를 박해하는 사람을 위하여 기도하여라."라고 말씀하십니다. 우리, 그렇게 우리를 박해했던 일본을 위하여 기도합시다. 일본에 더 이상의 재앙이 없기를 빕시다. 원자력발전소가 안전하기를 기도합시다. 더 이상 희생자가 발생하지 않게 해 주시기를 바랍시다. 일본이 희망을 되찾고 빨리 회복되기를 기도합시다.

부모는 자식의 거울, 자식은 부모의 편지

— 성경본문 에베소서 6:1-5

1. 서론

연세대학교 신학대학 권수영 교수는 KBS TV 아침마당에 나와 "거울부모가 되자"라는 주제로 강의를 하였습니다. 그분은 상담학을 전공으로 하는 교수로 자녀교육에 관하여 상당히 설득력이 있는 이야기를 하였습니다.

그분의 이야기는 '말 잘 듣는 아이가 위험하다'는 것입니다. 우리들은 흔히 말 잘 듣는 아이를 예뻐합니다. 그리고 칭찬합니다. 자식이 말을 잘 듣고 착하다고 다른 사람에게 자랑합니다. 그런데 아이가 왜 선생님이나 부모의 말을 잘 들을까요? 선생님이나 부모가 훌륭해서 일까요? 선생님이나 부모의 말이 옳다고 생각하기 때문일까요? 아마 아닐 겁니다. 부모의 말이 거슬리고, 선생님의 말이 옳지 않다고 생각할 수도 있습니다. 하지만 아이는 부모의 말이나 선생님의 말이라면 다 잘 듣습니다. 그것은 부모나 선생님이 무섭고 두렵기 때문입니다.

말 잘 듣는 아이들의 부모는 대부분 엄한 부모입니다. 선생님도 마찬가지입니다. 저는 권수영 교수의 말을 들으면서 엄하고 무서운 부모의 말을 잘 듣는 아이는 위험하다는데 공감하였습니다.

첫째, 자기의 의사를 표시하지 못합니다. 엄한 부모나 선생님에게 자기의 의견을 말했다가는 혼날 것이 빤하기 때문입니다.

둘째, 스트레스가 많이 쌓입니다. 부모의 말이 귀에 거슬리고 옳지 않다고 생각하면서도 무서워서 그 말을 잘 듣는 아이에게 얼마나 많은 스트레스가 쌓이겠습니까?

셋째, 그 아이는 또 자기의 부모 같은 부모가 됩니다. 그것이 습관화되어 있고, 자기 몸에 익숙하기 때문입니다.

그렇다고 말 안 듣는 아이가 안전하다는 것은 아닙니다. 말을 잘 들어도 문제이고 말을 듣지 않아도 문제라는 것입니다. 이렇게 자식 키우기가 어렵습니다. 좋은 부모 되기가 힘듭니다.

자식 키우기만 어려운 것이 아닙니다. 자식노릇 하기도 어렵습니다. 어떻게 하는 것이 부모를 기쁘게 하는 것인지 알 수가 없습니다. 돈을 많이 드려야 좋아하시는 건지? 맛있는 음식을 많이 드려야 하는 건지? 좋은 집을 지어주어야 하는 건지? 좋은 직장을 다녀야 하는 건지? 좋은 옷을 사 드려야 하는 건지? 잘 모르겠습니다.

하지만 한 가지 분명한 것이 있는 것 같습니다. 그것은 부모와 자식 간에 소통이 잘 되어야 한다는 것입니다. 좋은 부모는 자식의 입장을 생각해 주는 부모이고, 좋은 자식은 부모의 마음을 알아주는 자식이라는 것입니다.

어떻게 하면 자식의 입장을 생각해준 부모가 될 수 있으며, 부모의 속을 알아주는 자식이 될 수 있을까요?

2. 소통의 중요성

소통은 막히지 않고 잘 통하는 것입니다. 요즘 대통령이 소통을 강조하고 있습니다. 무엇이든지 막혀 있으면 일이 잘되지 않습니다. 하수관이 막혀 있으면 물이 내려갑니까? 하수도 물이 내려가지 않으면 얼마나 답답합니까?

부모와 자식 사이가 막혀 있으면 어찌되겠습니까? 자식과 부모가 마음이 통하여 막힘이 없어야 합니다. 자식과 부모가 말이 통하지 않습니다. 부모는 '옛날에는 그러지 않았다'고 말하고, 자식들은 '시대가 변했다'고 말합니다. 누구 말이 맞습니까? 둘 다 맞습니다. 부모가 살아 온 옛날에는 요즘 같지 않았습니다. 부모의 말이 맞습니다. 시대가 변했습니다. 그것도 벼락같이 변했습니다. 그런데 옛날 생각만 하고 있으면 되겠습니까? 자식 말도 맞습니다. 부모 말도 옳고 자식 말도 옳은데 어떻게 판결을 합니까? 서로 자기 말이 맞는다고 우기면 벽이 쌓이고 막힙니다. 둘 다 맞는 말을 하고도 상대방에게 상처를 주고, 자기도 상처를 받습니다.

그것은 머리로 대화를 하기 때문입니다. 어떻게 하면 상대방이 자기의 말을 옳다고 긍정하고 꼼짝 못하고 항복하게 할 것인가를 생각하면서 대화를 하기 때문입니다. 지식으로 대화를 하기 때문입니다. 자기가 배운 것, 자기가 아는 것만 가지고 대화를 하기 때문입니다. 머리 높이로 대화를 하기 때문입니다. 부모는 부모가 가지고 있는 지식과 눈높이로 대화를 하고 자식은 부모와 다른 시대에, 다른 환경에서 배운 지식과 눈높이를 가지고 대화를 하기 때문입니다. 그러면 대화가 되지 않습니다.

보통, 소통이라 하면 대화를 많이 하는 것을 생각하게 됩니다. 그런데 생각이 다른 부모와 자식이 서로 자기의 말이 맞는다는 식으로 대화를 많이 하면 할수록 터지기는커녕 더 막힙니다. 그런 대화는 하면 할수록 손해입니다. 부부간에도 마찬가지입니다. 대화를 많이 하면 할수록 싸우기만 하고 상처만 커지고 결국에는 법원으로 가야합니다.

그렇다면 어떻게 해야 할까요? 가슴으로 대화를 해야 합니다. 자기 이야기를 할 것이 아니고 상대방의 이야기를 해야 합니다. 자식에게 부모의 말을 잘 들어야 한다고 말해서는 아니 됩니다. 그리고 말을 듣지 않으면 꾸지람을 하고 매를 때려서도 아니 됩니다. 자식이 진정으로 부모의 말을 잘 듣도록 만들어야 합니다. 자식으로 하여금 부모님의 말씀이 옳다는 생각을 가지도록 해 주어야 합니다. 무조건 공부를 잘하라고 해서는 안 됩니다. 공부 못해서 꾸중 듣고 싶은 사람이 어디 있습니까? 자식에게 공부 잘하라고 말하는 부모도 학교 다닐 때는 공부하기를 싫어했습니다. 공부도 못했습니다. 그러면서 자식에게 공부 잘하라는 말을 어떻게 할 수 있습니까? 자식이 말을 듣지 않습니다. 이럴 때는 공부하지 않는 자식의 입장을 이해해야 합니다. 그리고 자기도 그 나이 때는 공부가 하기 싫었다는 말도 해야 합니다. 엄마와 아빠도 학교 다닐 때 공부를 못해서 꾸지람을 들었다는 말을 해야 합니다. 그리고 그 결과가 어떠했다고 말해 주어야 합니다. 그래야 자식이 공감을 합니다.

가슴으로 대화하지 않고, 상대방을 이기려고 말씨름을 하는, 머리로 대화를 하면 소통은 되지 않습니다. 부모 – 자식 간에 꼭 말을

해야 되는 것이 아닙니다. 눈빛만 보면 알 수 있습니다. 이런 말을
하는 저는 어떨 것 같습니까? 저도 마찬가지입니다. 한국의 전형적
인 엄한 아버지입니다. 그것은 잘못된 것입니다. 좋은 부모는 자기
의 입장보다는 자식의 입장을 먼저 생각해야 되는 것입니다.

3. 부모는 자식의 거울, 자식은 부모의 편지

저는 큰 형님이 돌아가셨다는 말을 듣고 급히 빈소로 달려갔습니
다. 그런데 영정사진을 보고 깜짝 놀랐습니다. 돌아가신 아버지의
영정사진이 형님의 빈소에 걸려 있는 것이 아닙니까? 이게 어떻게
된 것인지 정말 당황했습니다. 그런데 그것은 아버지의 사진이 아
니고 형님의 사진이었습니다. 형님의 사진 속 모습이 아버지와 똑
같아 저도 알아볼 수 없을 정도였습니다. 나이 차이가 난 아버지와
형님을 볼 때는 구분이 되었습니다. 하지만 돌아가신 아버지가 60
세에 찍은 사진과 형님이 60세에 찍은 사진을 보니 정말 똑같았습
니다. 그렇습니다. 현재 자식의 모습은 자기가 그 나이였을 때 부모
의 모습입니다. 현재 부모의 모습은 자식의 미래의 모습입니다.

그러므로 부모와 자식 사이에는 거짓말을 하려야 할 수가 없습니
다. 그러므로 부모와 자식은 머리로 대화를 할 것이 아니라 가슴으
로 대화를 해야 합니다. 남과 대화를 하는 것이 아니고 과거의 자
신, 또는 미래의 지신과 대화를 하여야 합니다. '저 자식이 멍청하
다'고 생각되면 '자기도 저렇게 멍청했다'고 생각을 하고 그 멍청한
자식을 설득시키려고 노력을 해야 합니다. 부모가 무엇을 잊어버리
면 치매기가 있다고 생각하지 말고 자신도 그 나이가 되면 부모처
럼 된다는 생각을 하고 부모의 입장을 이해해야 합니다.

성도 여러분!

내 자식이 착한 아이, 말 잘 듣는 아이가 되기를 바라지 마십시다. 엄마, 아빠 말 잘 듣고 동생들 잘 돌보고, 공부 잘하면, 그것이 장난감이지 자식입니까? 그것이 심부름꾼이지 지식입니까?

내 아내가 현모양처가 되기를 바라지 맙시다. 내 아내가 현명한 어머니가 되고, 착한 아내가 되면, 그 아내 자신은 어디로 가겠습니까? 앙상한 뼈만 남은 나무토막밖에는 남지 않습니다. 아내가 자식을 덜 돌보더라도 학교에 가서 공부하게 하십시오. 남편의 밥을 한 끼 굶기는 한이 있더라도 모임에 나가서 친구들과 수다 떨며 놀게 하십시오.

아버지와 남편을 처자식을 먹여 살리는 사람으로 만들지 마십시오. 흔히 우리나라 남자들은 처자식을 먹여 살리기 위해서 고생한다고 합니다. 처자식을 먹여 살리는 사람이라면 머슴이지 무슨 가장입니까? 한번쯤은 모든 것을 잊고 여행을 떠나게 해 주십시오. 아무도 없는 곳에서 혼자 시집을 읽을 수 있게 해 주십시오. 가장이 없어도 처자식이 굶지 않는다고 말해 주십시오. 당신이 없으면 우리 식구는 모두 굶어 죽는다고 말하면, 남편은 어떻게 하라는 것입니까? 죽을 권리도 없지 않습니까?

무엇보다도 중요한 것은 우리의 마음을 비춰 줄 거울이 필요합니다. 물론 하나님이 그 거울입니다. 우리는 기쁘나 슬프나 괴로우나 즐거우나 하나님을 바라보고 하나님에게 우리를 비춰봅니다. 하지만 부모, 자식 간에도 하나님처럼 서로에게 거울이 되어 주어야합니다.

일하기 싫어하는 사람은 먹지도 말라

– 성경본문 데살로니가후서 3:1-15

1. 세상에서 가장 행복한 일

세상에서 가장 행복한 일은 '열심히 일하고 맛있는 음식 먹는 일'일 것입니다. 땀 흘려 일하고 가족들과 한상에 둘러앉아 맛있는 음식을 먹는 그림을 그려 보십시오. 얼마나 멋지고 행복합니까?

뼈가 빠지도록 일을 하고도 먹을 것이 없으면 불행합니다. 그보다 더한 슬픔이 어디 있겠습니까? 하지만 일은 하지 않고 빈둥빈둥 놀기만 하면서 산해진미, 맛있는 음식을 먹는 것도 행복은 아닙니다. 그것은 사람이 아니라 돼지입니다. 사람은 반드시 자기 손으로 열심히 일을 해야 합니다. 그리고 그 일한 만큼 정당한 보수를 받아야 합니다. 그것을 가지고 가족이 한 상에 둘러앉아 맛있는 음식을 먹어야 합니다. 이것이 인생이요, 행복입니다.

열심히 일하고 맛있는 음식을 먹는 즐거움을 모르는 사람은 진정으로 행복한 사람이라고 말할 수 없습니다. 사랑하는 성도 여러분!

오늘부터 여러분의 한 끼 한 끼의 식사가 모두 그런 행복한 시간이
되기를 주님의 이름으로 축원합니다.

2. 일하기 싫어하는 사람은 먹지도 말라

일하기 싫어하는 사람이 많습니다. 사람이 일을 하지 않고 어떻
게 살아갈 수 있습니까? 어떻게 먹고 살 수 있습니까? 하나님께서
는 인간을 창조하실 때, 모두 먹고 살 수 있도록 복을 주셨습니다.
그러나 그 말은 가만히 앉아 있어도 다 먹고살 수 있도록 창조하셨
다는 말은 아닙니다.

저는 어느 운명학자와 이런 이야기를 나눈 적이 있습니다. 그 사
람이 저에게 이렇게 말했습니다. "당신은 참으로 복 있게 생겼습니
다. 평생 돈 걱정 안 하고 부자로 살겠습니다." 그래서 저는 비웃었
습니다. "선생님! 아무리 복을 타고 났다고 하더라도 일을 하지 않
고 놀기만 하면 부자로 살 수 있습니까? 감나무 아래 누워 있으면
감이 입으로 떨어집니까?"
라고 반문했습니다. 그러자 그 사람은 빙그레 웃으면서 "이 변호사
님! 하나는 아시는데 둘은 모르시는 분이네요. 부자로 살 복을 타고
난 사람은 부자로 살 복만 받은 것이 아니라, 부지런히 일할 복을
같이 타고 나는 것입니다."
저는 그 말을 듣고 크게 감명을 받았습니다.

우리 하나님은 인간을 창조하실 때, 모두 자기 나름대로 쓸모가
있게 만드시는 것입니다. 질그릇을 만들 때, 반드시 임금님 상에만
올라가게 만드는 것이 아니고, 서민의 상에도, 천민의 상에도 필요
한 질그릇을 만듭니다. 심지어는 돼지에게 밥을 주거나 닭에게 모

이를 주는 질그릇도 필요합니다.

크기와 용도는 다를지 모르지만 모두 쓸모가 있습니다. 나름대로 다 가치가 있는 것입니다. 그러므로 인간은 모두 귀하고 쓸모가 있는 것입니다. 그러므로 우리는 자기의 처지와 분수를 생각하면서 자기에게 주어진 일을 열심히 해야 하는 것입니다.

3. 게으름에 대한 경고

하지만 사람은 게으름을 피우고 싶습니다. 그것은 마귀의 장난입니다. 하나님께서 주신 복을 제대로 받지 못하도록 방해하는 것이 곧 게으름입니다. 구약성경 잠언의 말씀에도 "'조금만 더 자야지, 조금만 더 눈을 붙여야지, 조금만 더 팔을 베고 누워 있어야지' 하면 가난이 강도처럼 들이닥치고, 빈곤이 방패로 무장한 용사처럼 달려들 것이다."라고 합니다.

게으름을 피우면 가난할 수밖에 없습니다. 그러므로 스스로 게으름을 피워서도 안 되지만 게으름을 피우는 사람과 가까이 해서도 안 됩니다. 친구를 보면 그 사람을 안다고 했습니다. 게으른 사람의 친구는 역시 게으르고, 부지런한 사람의 친구는 역시 부지런합니다. 그러므로 신약성경 데살로니가후서 3장6절은, 무절제하게 사는 사람은 멀리하라고 경고하고 있습니다.

4. 스스로 모범을 보임

바울사도는 누구를 가르칠 때, 말로만 하는 것이 아닙니다. 스스로 솔선수범하는 것입니다. 바울사도는 데살로니가전서 5:17에서

'끊임없이 기도하십시오.'라고 했습니다. 그리고 디모데 후서 3:3에서 '나는 밤낮으로, 끊임없이 기도한다.'고 했습니다.

말과 행동이 다른 것이 가장 문제입니다. 사람이 자기가 말한 대로 살기는 어렵습니다. 특히 남을 가르치는 사람은 책에 써진 것을 가르치기 때문에 말은 책에 쓰인 대로 하지만 자기가 가르친 대로 행동하기가 어렵습니다.

그렇지만 바울사도는 다릅니다. 자신 있게 '우리를 본받아야 합니다.'라고 가르칩니다. 여기서 '우리'는 바울사도 자신과, 같이 사역하는 실루아노와 디모데를 말합니다.

'왜 본받아야 하느냐?' 하는 것은 여러분이 더 잘 알고 있다고 했습니다. 얼마나 자신의 행동에 자신감이 있으면 이런 말을 하겠습니까? '우리는 여러분 가운데서 무절제한 생활을 한 적이 없습니다.'라고 이야기 합니다. 우리가 여러분과 같이 있는 동안 흠 있는 행동을 한 일이 없고, 게으름을 피우는 등 무절제하게 생활한 적이 없다는 것입니다.

'아무에게도 양식을 거저 얻어먹는 일이 없고….'라고 합니다. 목회자는 당연히 성도들로부터 양식을 공급받아야 합니다. 성도들은 항상 목회자의 생활에 부족함이 없도록 식량도 주고, 사택도 주고, 자녀들의 학비도 마련해 주어야 합니다.

그것이 하나님의 뜻입니다. 하나님은 제사장직을 수행하는 레위지파에는 토지를 분배하지 아니하였습니다. 그들은 다른 지파와 달리 일을 하지 아니합니다. 오직 제사장직만 수행합니다. 대신 다른 11지파에서 10의 1조를 바칩니다. 그것이 레위인의 몫입니다. 천주교 신부도 그렇고, 다른 교회의 목사들도 그렇습니다. 성도들과 똑같은 일을 하지는 않습니다. 목회만 합니다. 신부나 목사의 생활비는 성도들이 책임집니다. 그러나 바울사도는 달랐습니다. 지기들이 먹을 양식은 자기들이 일을 하여 직접 마련했습니다. 이것을 '자비량'이라고 합니다.

사도 바울은 '누구에게도 짐이 되지 않으려고, 수고하고 고생하면서 밤낮으로 일하였습니다.'라고 합니다. 성도들에게 짐이 되지 않으려고 수고하고 고생하면서 밤낮으로 일하였다고 했습니다.

바울사도는 자기가 먹을 양식을 자기가 마련하면서 그것을 자기 혼자만 먹지 않았을 것입니다. 혹시 배고픈 사람이 있으면 같이 나누었을 것입니다. 우리 인사말이 "식사하셨습니까?"입니다. 이것을 두고 얼마나 못 먹고 살았으면 인사가 '밥 먹었느냐?'고 물어보는 것이겠느냐고 슬퍼하는 사람들이 있습니다. 하지만 저는 그렇게 생각하지 않습니다. 그 인사야 말로 참으로 좋은 인사말이라고 생각합니다. 외국 사람들은 '굿모닝?'입니다. "굿모닝?"이라고 물어본 후, 굿모닝이 아니라고 대답하면 어떻겠다는 것입니까? 하지만 "식사하셨습니까?"는 다릅니다. 안 먹었으면 같이 먹자는 것입니다. 배고프면 밥을 주겠다는 것입니다. 얼마나 자비롭고 은혜로운 인사말입니까? 깊이 생각해보지 않고 무조건 다른 나라 것만 좋다고 하고 우리 것을 무시하는 사람들의 말이 아니가 생각합니다.

바울사도는 장막을 짓는 직업을 가진 분이었습니다. 요즘으로 말하면 건축업자였습니다. 목회자였지만 성도들이 주는 양식으로 생활하지 않고 자기에게 필요한 양식은 자기가 벌었습니다.

5. 자비량을 하는 이유

데살로니가후서 3장 9절에서 바울사도는 '자비량을 하는 이유는, 우리에게 권리가 없어서가 아니라, 우리가 여러분에게 본을 보여서, 여러분으로 하여금 우리를 본받게 하려는 것입니다.'라고 합니다. 목회자로서 성도들이 마련해주는 식량과 사택과 생활비를 받을 권리가 없는 것이 아니라, 비록 목회자라고 하더라도 스스로 절제하며 부지런히 일해서 스스로 그런 것을 마련하는 본을 성도들에게 보인다는 것입니다.

요즘 목회자들은 성도들과 같은 일을 하지 않습니다. 성직자가 성도들과 같이 직업을 가지고 일을 하는 것이 거룩한 일이 아닌 것으로 생각하는지도 모릅니다. 우리 교단은 목회자가 다른 직업, 즉 이중직을 수행하는 것을 금하고 있습니다. 저도 변호사로서 목사 안수를 받는 것이 걸림돌이 되었습니다. 하지만 오늘의 성경 말씀을 보면 그것은 이상합니다. 목회자도 성도들과 같이 직업을 가지고 수고하고 고생하면서 밤낮으로 일을 하는 것이 아름다운 모습인 것 같습니다. 저는 정말 열심히 일합니다. 자신 있게 말하지만 바울사도도 저처럼 일하지는 않았을 것입니다. 사건도 많고 도와줄 사람도 많고 부양할 가족도 많습니다. 제가 만약 스스로 돈을 벌지 않고, 우리 집 생활비를 여러분에게 맡긴다고 하면 여러분은 어떡하시겠습니까?

6. 결론 - 조용히 일해서, 자기가 먹을 것을 자기가 벌어서 먹으십시오

일할 수 없는 나이가 들거나 건강이 허락하지 않아서 일을 하지 못하는 것은 어쩔 수 없습니다. 그러나 그렇지 않다면 자기가 먹을 것은 자기가 벌어야 합니다. 남에게 짐이 되어서는 안 됩니다. 어떤 사람은 일을 하고 싶어도 일할 곳이 없다고 합니다. 그것은 핑계입니다. 일할 곳은 사방에 널려 있습니다. 거리에 청소를 하여도 그 주위에 있는 식당에서 밥은 줄 것입니다. 학교 앞에서 어린이들의 손을 잡고 길을 건너 주어도 밥은 먹을 수 있을 것입니다. 식당에서 손님 안내만 해 주어도 밥은 줄 것입니다. 주차장에서 차 유리창만 좀 닦아 주어도 식사는 해결할 수 있을 것입니다. 일은 하고 싶은데 일할 곳이 없다는 말은 게으른 사람이 하는 핑계에 불과합니다.

조용히 일해서, 자기 먹을 것을 자기가 벌어야 합니다.

염려를 축복으로

– 성경본문 마태복음 6:25-34

1. 세상살이의 근심걱정

요즘 국가 경제가 좋지 않습니다. 경기가 좋지 않으니 자연히 사람들의 수입이 줄어듭니다. 수입이 줄어드니 마음이 불안해지고 초조해집니다. 언제 다시 경기가 좋아질지 기대할 수도 없습니다. 사업하는 사람들은 언제 부도날지도 모른다는 불안감에 떨고 있습니다. 취직이 안 됩니다. 대학을 졸업한 사람들이 자기들의 장래가 어떻게 될지 예측할 수가 없습니다. 이미 취업을 해 있는 사람들도 마찬가지입니다. 언제 그만 둘지 몰라 밤잠을 설치는 경우가 있습니다. 가정마다 빚이 들어나고 있습니다. 은행 대부금 걱정, 아이들 납부금 걱정, 아파트 관리비 걱정, 병원비 걱정, 노후 생활자금 걱정으로 하루도 마음 편할 날이 없습니다.

돈뿐만이 아닙니다. 건강도 걱정입니다. 텔레비전만 보면 날마다 암 걸린 사람들이 많고, 사고로 죽은 사람도 많고, 화재가 나서 많은 사람들이 목숨을 잃기도 합니다. 언제까지 내가 살 수 있을 것인지, 생각만 해도 불안합니다. 나는 나지만, 연로하신 부모님은 어떨지, 어린 자식은 어떨지, 지금은 건강하지만 아내가 갑자기 세상을 떠나면, 남편이 갑자기 중병이나 걸리면 어떻게 살아가야 할지 정말 걱정이 안 되는 것이 하나도 없습니다.

날씨도 걱정입니다. 오늘은 눈이 많이 온다던데 넘어지면 어쩌나 걱정이 됩니다. 서울을 가야하는데 승용차를 타고가야 하는지, 버스를 타고 가야 하는지, 기차를 타고 가야 하는지, 비행기를 타고 가야 하는지? 어느 것이 가장 안전한지 걱정입니다. 혹시 교통사고라도 나서 죽거나 다치면 큰일이기 때문입니다.

불교에서는 세상을 사는 것이 고해라고 합니다. 고해는 고통의 바다를 말합니다. 현실의 이 세계에는 고통이 끝도 없이 가득 차 있다는 것을 바다에 비유한 것입니다. 고해는 괴로움으로 가득한 인간세계를 말하는데, 번뇌가 가득한 극악중생이 거처하는 세계입니다. 그런 고통에서 벗어나는 것이 해탈이라고 합니다.

그렇다면 이렇게 고통스럽게 걱정하면서 사는 것보다는 차라리 죽는 것이 낫지 않겠습니까? 맞습니까? 하지만 무엇이 축복이네 무엇이 축복이네 하여도 살아 있는 것보다 더 축복이 어디 있겠습니까? 산 짐승이 죽은 정승보다 낫다는 말이 있지 않습니까? 무슨 복, 무슨 복 해도 살아 있는 복보다 더 큰 복이 없습니다.

살아 있는 것이 축복입니다. 살아 있음을 축하하고 찬송해야 합니다. 살아 있음을 축하하지 아니하고 날마다 근심과 걱정으로 가득 차 있는 사람은 참으로 복이 없는 사람입니다.

2. 복 있는 사람

예수님을 믿어 하나님의 자녀가 된 사람들은 복을 받을 사람이 아닌, 이미 온갖 복을 받은 복 있는 사람입니다.

2009년 1월 16일 미국 허드슨 강에 비행기가 추락하였습니다. 이륙한지 4분 만에 비행기가 새떼에 부딪쳐 기관에 고장을 일으켰습니다. 기장인 조종사는 이성을 잃지 않고 침착하게 비행기를 허드슨 강에 불시착시켰습니다. 주위에 있던 배들이 다 달려들어 비행기가 가라앉지 않도록 조치를 취하였습니다. 그리고 승객을 하나하나 모두 구제했습니다. 150여 명의 승객이 하나도 다치지 않고 모두 무사히 구출되었습니다. 기장은 승객이 모두 구출되었는지 비행기 안을 3번씩이나 돌아본 후 맨 나중에 비행기에서 빠져 나왔습니다. 참으로 은혜로운 일이 일어났습니다. 기적이 일어났습니다. 그것은 하나님의 능력이 아니면 도저히 불가능한 일입니다.

비행기가 강물에 불시착할 때 조금이라도 균형을 잃어 날개가 먼저 물에 닿는다든지 하면 폭파한다고 합니다. 그런데 그 비행기는 정상적인 활주로에 착륙하듯이, 새가 가라앉듯이 사뿐히 물위에 불시착하였습니다. 물에 비행기가 떠 있을 수가 없습니다. 물속으로 가라앉으면 모두 익사하고 맙니다. 그런데 그 시각이 출근시간이어서 허드슨 강에 많은 배들이 오가고 있었습니다. 비행기가 강물에 내려앉는 것을 보고 모든 배들이 그쪽으로 달려들었습니다. 자기들이 가진 장비를 모두 동원하여 비행기를 가라앉지 못하게 부양조치를 취하였습니다. 그리고 승객을 모두 구출하였습니다. 이것이 기적이 아니고 무엇이 기적이라는 말입니까?

그런데 그 기적은 복 있는 사람이 있어 일어난 기적입니다. 기장입니다. 그는 새떼에 부딪쳐 기관이 고장난 비행기를 멋지게 강물에 불시착시켰습니다. 그리고 가장 먼저 빠져 나올 수 있었지만 승객과 승무원을 모두 구출하고, 그것도 3번씩이나 비행기 속을 돌아보고 마지막으로 비행기에서 나왔습니다. 이 얼마나 대단하고 복 있는 사람입니까? 그가 아니었더라면 그 비행기에 있었던 사람들은 모두 무사하지 못했을 것입니다. 복 있는 기장 한 사람 때문에 하나님은 기적을 보이셨고, 그 사람 하나 때문에 모든 사람이 살아난 것입니다.

그 비행기에 있었던 사람은 비행기가 새떼에 부딪쳐 "꽝" 소리가 나는 순간, 아찔한 죽음의 순간을 직감했다고 증언을 했습니다.

다른 사람은 모두 사고를 걱정하고, 죽음을 걱정했습니다. 하지만 기장은 삶을 예측했습니다. 새떼에 부딪쳐 비행기가 날 수 없으니 이제는 죽었구나 하는 생각을 하지 않았습니다. 비행기를 강물에 불시착하면 살 수 있다는 생각을 했습니다. 그리고 죽음보다는 삶을 생각하고, 이성을 잃지 않고 침착하게 최대한 안전한 상태로 불시착하였습니다. 그런 사람을 하나님이 버리시겠습니까? 강에 있던 배들을 동원하여 구출한 것입니다. 복 있는 사람의 태도는 이렇습니다.

저는 여러분에게 여러 번 강조했습니다. 목사가 무엇이냐? 무엇을 하는 사명을 띤 사람이냐? 목사는 모든 사람이 구원받아 천국에 가는 것을 보고 가장 늦게 천국에 가는 사람이라고 했습니다. 그러니 여러분, 목사가 먼저 천국에 갈 사람이라고 생각하지 마십시오. 여러분보다 늦게, 여러분이 다 구원 받는 것을 보고 맨 나중에 따라가겠습니다.

3. 쓸데없는 걱정

마태복음 6:25에서 우리주님은 "목숨을 부지하려고 무엇을 먹을까 또는 무엇을 마실까 걱정하지 말고, 몸을 감싸려고 무엇을 입을까 걱정하지 말아라. 목숨이 음식보다 소중하지 아니하냐? 몸이 옷보다 소중하지 아니하냐?"고 말씀하십니다. 모든 것은 우리를 지으시고, 돌보시는 주권자인 하나님에게 달려 있습니다. 우리가 걱정한다고 해결된 문제가 아닙니다.

주님은 "공중의 새를 보아라. 씨를 뿌리지도 않고, 거두지도 않고, 곳간에 모아들이지도 않으나, 너희의 하늘 아버지께서 그것들을 먹이신다. 너희는 새보다 귀하지 아니하냐?"고 말씀하십니다. 하찮은 새들에게도 하나님은 충분히 먹을 것을 준비하시는데 하나님의 자녀들에게는 어떠하겠느냐는 것입니다. 모든 것은 하나님이 모두 책임지고 계시니, 곳간에 모아들이는 것은 신경 쓰지 말고, 다만 먹이를 찾아 열심히 날아다니는 공중의 새와 같이 부지런히 일하라는 말씀을 하셨습니다. 새들도 물질생활을 걱정하지 않는데 하나님의 자녀인 우리가 물질생활까지 걱정할 이유가 어디 있습니까?

우리가 걱정하고 염려한다고 해서 해결이 됩니까? 키가 작은 사람이 한 자라도 키를 키울 수가 있습니까? 명이 짧은 사람이 수명을 단 하루라고 연장할 수가 있습니까? 그것은 모두 쓸데없는 근심과 걱정입니다.

우리가 언제, 경제가 좋다고 이야기한 때가 있었습니까? 그때는 죽겠다고 했는데 지나고 보니 그때가 좋았다고 이야기하는 것입니다. 사람이 못 될 것 같다고 걱정하고 근심하던 자식이 자라서 훌륭한 사람이 되고, 저것을 누가 데려갈까 걱정하던 말썽꾸러기들이 시집·장가가서 더 잘 살지 않습디까? 공부를 잘한 사람이 반드시 출세합니까? 뒤에서 꼴찌 하던 사람도 출세하여 부자로 잘사는 사람이 얼마든지 있습니다.

그리고 우리가 하는 걱정이라는 것이 반은 지나가버린 과거의 일이고, 그 반은 아직 오지도 않는 미래에 대한 불안입니다. 지나가버린 것을 후회하고 불안해한다고 해서 인생을 거꾸로 돌려 다시 살고 올 수 있습니까? 오지도 않는 내일의 일을 왜 미리 당겨다 고민을 합니까?

4. 그렇다면 걱정하지 말고 무엇을 하여야 할까요?

마태복음 6:31-34은 "그러므로 무엇을 먹을까, 무엇을 마실까, 무엇을 입을까, 하고 걱정하지 말아라. 이 모든 것은 모두 이방사람들이 구하는 것이요, 너희의 하늘 아버지께서는, 이 모든 것이 너희에게 필요하다는 것을 아신다. 너희는 먼저 하나님의 나라와 하나님의 의를 구하여라. 그리하면 이 모든 것을 너희에게 더하여 주실 것이다. 그러므로 내일 일을 걱정하지 말아라. 내일 걱정은 내일이 맡아서 할 것이다. 한 날의 괴로움은 그날에 겪는 것으로 족하다."고 하십니다.

우리는 모든 것을 하나님에게 맡기고 오직 하나님의 나라와 하나님의 의만 구하면 됩니다. 아멘!

하나님을 찬양하고, 하나님께 영광을 돌리는 삶만 생각하고, 하나님으로부터 받은 복을 나누어 축복과 감사 속에서 행복하게 살 생각만 하면 됩니다. 비행기가 추락하더라도 죽을 생각보다는 강물 위에 안전하게 불시착시켜 살 생각을 해야 합니다. 왜 죽는 생각, 아픈 생각, 망할 생각, 떨어질 생각, 못될 생각을 합니까? 잘 살 생각, 병이 나을 생각, 흥할 생각, 합격할 생각, 오래 살 생각, 잘 될 생각을 해야 합니다.

근심과 걱정을 멀리하고 축복된 생활을 해야 합니다. 오늘 살아 있음에 감사하고, 내일 당장 죽더라도 후회가 없어야 합니다. 어제는 자나갔고, 내일은 오지도 않았습니다. 오직 우리에게 있는 것은 오늘 이 순간뿐입니다. 이 순간 우리는 사랑해야 합니다. 감사해야 합니다. 하나님을 찬양해야 합니다. 기뻐해야 합니다. 웃어야합니다. 아멘!

오늘을 복되게 살라

– 성경본문 전도서 7:8-14

1. 지금이 내 인생의 최고의 순간

여러분! 지금, 행복하십니까?

아멘! 하고 큰 소리로 대답하십시오. 지금 이 순간이 행복하지 아니하면 우리의 인생은 의미가 없습니다. 지금 행복하지 않는데, 앞으로 우리에게 행복한 날이 올까요?

지금 이 순간이 우리 인생에 있어서 최고의 순간입니다. 절정입니다. 클라이맥스입니다. 어제는 의미가 없습니다. 전에 내가 무엇이었는데, 우리 아버지는 전직 장관이었는데, 우리 할아버지는 우리 동네에서 제일 부자였다는데, 이런 소리는 아무 의미가 없습니다. 어제보다 오늘이 못하다는 것입니다. 과거보다 현재가 더 못하다는 것입니다. 조상보다 자신이 못하다는 것입니다. 그런 생각을 하고 사는 것은 행복이 없습니다. 기쁨이 없습니다. 희망도 없습니다. 오직 아쉬움과 후회만 있을 뿐입니다. 미래 지향적이 아닌, 과거 지향적인 삶입니다. 우리의 팔·다리를 묶어 놓는 올가미입니다.

우리 하나님께 기도합시다. 하나님! 지금 이 순간이 우리의 마지막 순간인 것처럼 살게 해 주십시오. 지금 이 순간을 복 받은 최고의 순간이라고 감사의 기도를 하게 해 주십시오. 오늘 이 순간을 위하여 우리의 모든 것을 바치게 해 주십시오. 지금 이 순간, 우리 서로 사랑하게 해 주십시오.

여러분! 혹시 이 순간 교회에 나와 예배드리면서 집안 걱정을 하고 있지는 않습니까? 공부 걱정을 하고 있지 않습니까? 설교말씀은 듣지 않고 다른 책을 보고 있지는 않습니까?

교회에 와서 집안 걱정을 하거나 학교 걱정을 하고, 집에서나 학교에서 교회 걱정을 하고 있는 사람은 소중한 시간을 잘못 사용하고 있는 사람입니다. 자기가 있는 그 장소, 그 시간, 그 일에 충실하십시오.

내가 경험하는 이 시간에 나의 모든 것을 쏟아 부어야 합니다. 그래야만 오늘의 이 시간이 생명력이 있는 시간으로 나에게 다가옵니다. 순간 지나가는 귀한 이 시간에 이미 가버린 과거를 회상하거나 아직 오지도 아니한 불확실한 미래에 대한 몽상을 하고 있다면 우리의 인생은 없는 것이 되어버립니다.

러시아의 문호 톨스토이는 『사람은 무엇으로 사는가?』라는 작은 글에서 이렇게 말합니다. "잘 기억해 두시오, 가장 적당한 시기란 오로지 이 순간일 뿐입니다. 지금이라는 시간만이 우리 인간을 통제할 수 있기 때문입니다. 뒤집어 말하면 우리가 통제할 수 있는 시간은 단지 지금뿐이라는 것입니다. 그리고 가장 필요한 사람은 지금 당신 앞에 있는 그 사람뿐입니다. 다음에 누구를 만날 수 있을지는 아무도 모릅니다. 또한 가장 중요한 일은 다른 사람에게 선행을 베푸는 일입니다."

이 말은 가장 소중한 시간은 지금 이 순간이라는 것입니다. 가장 귀한 사람은 지금 바로 우리 앞에 있는 사람이라는 것입니다. 가장 중요한 일은 남에게 선행을 하는 것이라는 것입니다.

2. 움직이는 현재를 포착하는 것은 내가 살아 있다는 증거

오늘만이 우리가 움직일 수 있고, 오늘만이 우리가 통제할 수 있는 시간입니다. 죽음이란 무엇입니까? 오늘과 단절되는 것입니다. 우리가 통제할 수 없는 것입니다. 움직일 수 없는 것입니다. 어제의 사건, 어제의 추억으로 끝나는 것이 곧 죽음입니다. 죽음에는 과거만 있을 뿐 현재는 없습니다. 다가오는 미래를 맞이할 수 없는 아픔이 다름 아닌 죽음입니다.

독일의 문호 프리드 휘들러는 시간을 이렇게 정의하였습니다. "미래는 머뭇거리며 내게 다가온다. 현재는 화살처럼 날아가 버린다. 과거는 영원히 정지해 있다." 과거와 미래 현재 중 움직이는 것은 현재뿐입니다. 이 움직이는 현재를 포착하는 것은 내가 살아 있다는 증거입니다. 가만히 누워서 과거의 영광만 회상해 보십시오. 하나라도 잡히는 것이 있습니까? 미래의 허황된 꿈만 꾸고 있어 보십시오. 허망하기만 합니다. 벌떡 일어나야 합니다. 빨리 헛된 꿈에서 깨어나야 합니다. 밖으로 나가 움직이는 오늘을 잡아야 합니다. 먹을 것이 없는지, 할 일이 없는지, 갈 곳이 없는지, 만날 사람이 없는지, 기도할 일이 없는지, 사랑할 사람이 없는지 찾아야 합니다.

오늘을 복되게 사는 것은 하나님의 은혜입니다. 사랑하면서, 감사하면서 살아야 합니다. 아무리 생활이 가난하고 고달프더라도 그것은 축복입니다. 아무리 힘들고 어려운 삶이라고 하여도 죽은 어제보다는 낫습니다.

3. 옛날이 좋았지!

전도서 8장 10절의 말씀을 보겠습니다. 「옛날이 지금보다 더 좋은 까닭이 무엇이냐고 묻지 말아라. 이런 질문은 지혜롭지 못하다.」

그때가 좋았는데! 옛날의 금잔디! 젊었을 때는 이랬는데! 너희 엄마 젊었을 때는 참 예뻤다! 이런 말은 인생을 망치는 말입니다. 옛날을 자주 회상하거나 과거에 연연하는 것은 죽음으로 가는 길입니다. 과거에 있었던 일이 우리의 인생을 지배하고 있다면 오늘의 소중함을 잊고 사는 것입니다. 그것은 지혜롭지 못한 일입니다. 아니 가장 멍청한 일입니다. 우리에게 어제는 이미 사라지고 없는 것입니다. 과거는 과거일 뿐 되돌릴 수도 없고 생명력도 없습니다. 오늘이 우리 인생에 있어서 가장 복되고 소중한 날입니다.

지금 이 순간은 다시 받을 수 없는 하나님의 선물입니다. 내가 가진 모든 것입니다. 어떤 값진 물건보다도 더 귀한 것입니다. 우리는 이 순간에 최선을 다 해야 합니다.

4. 해서는 아니 될 일과 꼭 해야 할 일

구약성경 전도서 7:8-14의 말씀은, 현재를 삶에 있어, 해서는 아니 될 일과 꼭 해야 할 일을 가르치고 있습니다.

해서는 아니 될 일은, 급하게 화를 내지 말라는 것입니다. 급하게 화를 내는 것은 절말 나쁜 일입니다. 분노의 대부분은 과거 지향적입니다. 이미 지나가 버린 과거의 일에 대하여 화를 내는 것입니다. 내가 누구인데 무시하느냐는 것입니다. 과거의 영광을 잃어버린 것에 대한 아쉬움을 나타내는 것입니다. 그 대부분은 남을 원망하는 것입니다. 미래를 향하여 나아가는 것이 아니라, 현재를 실망하고, 자기를 부정하는 것입니다. 금방이라도 죽음을 맞이할 것 같은 태도를 취합니다. 분노는 사람의 영혼을 망가뜨리는 영적인 병입니다. 부정적인 말과 비판적인 말만 하는 것입니다.

사람은 나이가 들어갈수록 옛날 생각을 많이 하게 된다고 합니다. 왕년의 자신을 자주 과시한다고 합니다. 자기 조상들의 업적을 늘 들먹인다고 합니다. 그것은 죽음으로 가고 있다는 증거입니다. 혹시 어제가 좋았는데! 그때가 좋았지! 하는 생각이 자주 들면, 깜짝 놀라십시오. 그런 생각을 해서는 아니 됩니다. 과거를 변화시킬 수 있는 사람은 아무도 없습니다. 돌이킬 수도 없는 옛날을 생각하면서 분노하는 것은 인생에 도움이 되지 않습니다.

옛날을 회상하지 않는 것, 과거에 집착하여 급하게 화를 내지 않는 것은 지혜입니다. 그런 지혜는 아무것도 한 일이 없이 부모로부터 유산을 받은 것만큼이나 좋은 일입니다. 세상을 살면서 아버지의 유산 덕을 보듯, 그 덕을 보기 때문입니다. 아버지의 유산인 돈이 사람을 보호하듯, 지혜도 사람을 보호합니다. 하지만 유산으로 받은 돈보다는 급하게 화내지 않는 지혜가 더 좋습니다. 그것은 지혜가 사람의 목숨까지 살려주기 때문입니다.

꼭 해야 할 일은, 좋을 때는 기뻐하고, 어려울 때는 생각하여야 합니다. 사람은 기쁠 때도 있지만 어려울 때도 있습니다. 하나님을 믿지 않는 사람들은 기쁜 일이 있으면 기고만장합니다. 모든 것은 자신의 능력입니다. 못할 것이 없는 사람처럼 말합니다. 나폴레옹처럼 "내 사전에 불가능은 없다"고 합니다. 그러다 곧 어려운 일이 닥치면 하나님을 원망합니다. 잘되면 내 탓, 못되면 조상 탓입니다.

우리 – 하나님을 믿는 사람들은 기쁜 일이 있을 때는 하나님께 감사하여야 합니다. 아무 능력도 없는 나에게 능력 주시는 하나님께 감사의 기도를 해야 합니다. 어려운 일이 있을 때 역시, 하나님을 생각하여야 합니다. 내가 하나님께 잘못한 것이 없는가? 깊이 회개하여야 합니다. 그리고 능력의 하나님이 캄캄한 구덩이에서 건져주실 것이라는 확신을 가져야 합니다.

우리에게 하나님은 좋은 때도 있게 하시고, 나쁠 때도 있게 하시는 분입니다. 하나님이 하시는 일을 누가 알 수 있겠습니까? 하나님이 하시는 일을 깊이 묵상하여야 합니다. 하나님이 하시는 일은 언제나 선한 것입니다. 하나님이 구부려 놓으신 것을 누가 펼 수 있겠습니까?

5. 결론

일은 시작할 때보다 끝낼 때가 더 좋습니다. 시작할 때는 과거이고 끝낼 때는 현재입니다. 시작이 태어날 때를 이야기한다면, 끝낼 때는 죽을 때입니다. 내가 어떤 사람으로 태어났느냐? 하는 것보다 어떤 사람으로 살고 있느냐? 가 중요합니다. 어떤 사람으로 죽느냐? 하는 것이 중요합니다. 지금 이 순간이 지나면 죽는다는 생각을 해 보십시오. 낭비할 시간이 없습니다. 죽기 전에 부모님께 못

다한 효도를 해야 합니다. 아내에게, 남편에게 섭섭하게 한 것은 없는가? 살펴보아야 합니다. 후회 없는 사랑을 해야 합니다. 형제에게도 앙금이 있다면 빨리 풀어야 합니다. 자식들도 돌봐야 합니다. 어느 세월에 과거에 집착할 여유가 있습니까? 미래의 몽상에 잠길 시간이 어디 있습니까?

마음은 자만할 때보다 참을 때가 더 낫습니다. 왕년의 자신에 억매여 자기를 무시하는 것 같은 생각에 사로잡혀 급하게 화를 내는 것보다 참는 것이 더 낫습니다.

평창, 위대한 승리

― 본문 마태복음 7:7

1. 평창의 2018년 동계올림픽 유치

2011년 7월 7일 밤 12시 20분. 우리나라에 또 하나의 역사적인 일이 일어났습니다. 강원도 평창이 세 번째 도전 만에 2018년 동계올림픽 개최지로 선정된 것입니다.

강원도 평창은 남아공 더반에서 열린 제123차 국제올림픽위원회(IOC) 총회의 2018년 동계올림픽 개최지 선정 1차 투표에서 독일 뮌헨, 프랑스 안시를 따돌리고 개최지로 선정됐습니다. "평창"하는 자크 로케 IOC위원장의 한마디가 동계올림픽의 새 지평을 열었습니다. 평창은 2003년 캐나다 밴쿠버(2010년 올림픽), 2007년 러시아 소치(2014년 올림픽)에 간발의 차로 뒤져 고배를 마셨던 아픔을 뒤로하고 3수 끝에 동계올림픽 개최의 업적을 달성했습니다.

압승이었습니다. 평창은 1차 투표에서 총투표 95표 중 과반수를 훌쩍 넘는 63표를 획득했습니다. 독일 뮌헨은 25표, 프랑스 안시는 7표를 얻는 데 그쳤습니다. 평창은 2차 투표 없이 바로 2018년 동계올림픽 개최지로 선정됐습니다.

두 번씩이나 1차에서 최고득표를 하고도 2차에서 역전을 허용해 고배를 마셨던 아픈 기억이 있는 평창이었지만 이번에는 달랐습니다.

2. 세계를 이끌어가는 한국

이로써 한국은 프랑스, 이탈리아, 독일, 일본에 이어 지구촌 주요 스포츠 이벤트인 동·하계올림픽, 월드컵 축구, 세계육상선수권대회, F1자동차경주대회를 모두 개최한 국가가 됐습니다. 이런 대회를 모두 치른 국가는 세계에서 5국가밖에 없습니다. 프랑스, 독일, 이탈리아, 일본이 앞서 4대 대회를 모두 치렀습니다. 동·하계올림픽을 모두 여는 것도 세계에서 7번째입니다.

이제 한국은 후진국이 아닙니다. 개발도상국가도 아닙니다. 작은 나리도 아닙니다. 세계와 어깨를 나란히 하는 나라도 아닙니다. 세계 속의 한국도 아닙니다. 선진국입니다. 세계를 주도하는 나라입니다. 큰 나라이고 부강한 나라입니다. 세계를 이끌어가는 나라입니다. 세계 5등 정도로 앞서가는 선두그룹입니다.

불과 40~50년 전, 제가 어렸을 때만 해도, 한국은 참으로 어려운 나라였습니다. 불쌍한 나라였습니다. 전쟁의 상처가 아물지 않는 나라였습니다. 밥을 못 먹어 굶어 죽는 나라였습니다. 거리에 거지와 나병환자들이 득실거리는 나라였습니다, 어린이들이 미군의 트럭이 지나가면 손을 벌리며 "기브미아껌(give me a gum!)"을 외치던 나라였습니다. 미국에서 보내준 옥수수 가루와 굳은 분유가루로 죽을 써서 어린이들에게 나눠주는 급식을 하는 나라였습니다. 전깃불이 들어오지 않는 지역이 많은 나라였습니다. 베를린 올림픽에서 손기정 선수가 일장기를 달고 나가 마라톤에서 금메달을 땄다든 것이 올림픽에 관한 거의 유일한 지식이었습니다. 한국에서 올림픽을 개최될 것이라는 것은 꿈에도 상상하지 못할 일이었습니다.

학교에서 가장 열심히 하는 공부는 반공교육이었습니다. 언제 북한이 남한을 쳐들어와서 다시 전쟁이 일어날지 모르는 상황이었습니다. "밤에도 눈이 있고, 벽에도 귀가 있다"며 행동과 말조심을 시켰습니다. 간첩들이 듣는다는 것입니다. 공무원들의 부정과 부패로 말할 수 없었습니다. 자유가 없는 독재정치였습니다. 대통령 선거의 구호가 "배고파 못 살겠다. 자유가 아니면 죽음을 달라"는 신음소리였습니다.

그러던 한국이 꿈틀거리기 시작하였습니다.

1970년대 새마을운동을 전개하였습니다. "초가집도 고치고, 마을 길도 넓히자는 것이었습니다. 교통수단이라고는 일본 식민지 시대에 건설된 철도와 비포장 국도만 있었던 대한민국에 고속도로가 건설되기 시작하였습니다. 공장도 건설하였습니다. 댐도 막았습니다. 도시에 대형 건물과 아파트가 들어서기 시작하였습니다. 무엇보다도 학교가 많이 설립되었고, 부모들이 허리띠를 졸라매고 자식들을 교육시켰습니다.

1980년대 민주화운동이 전개되었습니다. 독재정권이 무너지고 민주정부가 수립되었습니다. 입이 있어도 말할 수 없고, 귀가 있었던 들을 수 없었던 억압의 상태에서 민주주의를 열망하는 목소리가 나오기 시작하였습니다.

수출이 늘어나기 시작하였습니다. 100억 불 수출실적을 달성했다며 전 국민이 축제를 벌였습니다. 그러더니 1000억 불 수출실적을 달성하였습니다. 원자력발전소도 건설되었습니다.

올림픽과 아시안게임을 유치하였습니다. 1986년에 아시안게임과 1988년 서울올림픽, 2002년 한일월드컵을 성공적으로 개최하였습니다. 나라는 민주화되고, 첨단산업이 발전하였습니다. 세계에서 문맹률이 가장 낮은 나라가 되었습니다. OECD 국가가 되었습니다. 지금은 몇 천억 불 수출을 했는지 관심도 없습니다. 쌀과 전기가 남아돌아 북한에 보내줍니다. KTX 고속전철이 시속 300킬로미터로 달립니다. IT 강국이 되었습니다. 정치·경제·사회·문화·교육·체육 등 거의 모든 분야에서 세계 10위권 안에 있습니다. 아니 5위권 정도라고 말해도 괜찮을 것입니다.

제가 어렸을 때, 아니 제가 결혼할 때까지도, 외국의 여배우가 그렇게 예뻤습니다. 남자배우가 그렇게 멋졌습니다. 한국 사람들은 키가 작고, 무 다리고, 촌스러웠습니다. 뉴욕의 거리, 파리의 거리, 런던의 거리, 도쿄의 거리에 비하여 서울의 거리는 너무 차이가 났습니다. 미국, 영국, 독일, 프랑스, 이탈리아, 일본 등 선진국을 한번 가보는 것이 꿈이었습니다. 그런 나라에서 유학을 하고 왔다면, 공부를 잘했는지 못했는지를 따져보지도 않고, 무조건 존경을 하였습니다. 아무리 공부를 잘하는 한국학생보다 공부를 잘하든 못하든 유학생이 대접을 받았습니다.

그런 한국이 프랑스도 제치고, 독일도 제치고 동계올림픽을 유치하였습니다. 놀라운 일입니다. 그전 같으면 경쟁 자체가 안 되는 일입니다.

평창동계올림픽 대회는 오는 2018년 2월 9일부터 25일까지 열릴 예정으로 총 13개 경기장(설상 8개·빙상 5개)을 기반으로 해 7개 종목(세부종목 87개)에서 경쟁을 펼치게 될 것입니다.

3. '코리아', 이제 유럽과 견줄 세계적 브랜드가 되었습니다.

이번에 평창이 동계올림픽 개최지로 결정된 것은 모든 대륙이 평창을 선택했기에 가능한 일이었습니다. 그만큼 한국을 바라보는 세계의 생각이 달라졌습니다. 한국은 이제 아시아의 변방국가가 아니라 세계무대에서 누구도 소홀히 볼 수 없는 나라가 되었습니다. '코리아'의 브랜드는 세계적 프리미엄의 반열에 올라섰습니다.

평창의 쾌거는 그냥 이루어진 것이 아닙니다. 이미 한국 아이돌 그룹의 노래와 춤이, 세계 문명의 중심이라 자처하는 프랑스, 독일 등 유럽의 한복판에서 열풍을 일으키고 있습니다. 한국 영화와 TV 연속극은 아시아인의 마음을 사로잡는데 이어 중동과 남미를 넘어 미국·유럽의 시장을 두드리고 있습니다. 김치를 비롯한 한국의 음식은 세계인의 입맛을 자극하고 있습니다. 삼성·현대차·LG 등 우리 기업의 제품은 세계인들이 갖고 싶어 하는 고급 브랜드로 대접을 받고 있습니다. 이것들이 하나로 모여 한국을 세계와 어깨를 나란히 하는 나라로 끌어 올렸고, 그 힘을 바탕으로 유럽과 북미의 텃세를 뚫고 동계올림픽을 유치하게 된 것입니다.

4. 세 번 만의 쾌거

평창 동계올림픽은 그냥 얻어지는 것이 아니었습니다. 2003년도, 2007년의 실패를 딛고 2011년에 얻은 쾌거입니다. 2003년에도 2007년에도 평창은 1차 투표에서 모두 1위를 하였습니다. 하지만 2차 투표에서 2번이나 고배를 마셨습니다. 케나다의 벤쿠버와 러시아의 소시에 빼앗긴 것입니다. 케나다와 러시아가 우리보다 국력이 크고, 아메리카와 유럽에 위치하고 있으며, 그들의 피부색이 백인이라는 것이 작용했을지도 모릅니다.

하지만 평창은 포기하지 않았습니다. 평창이라기보다는 한국이 포기하지 않았습니다. 끈질기게 세 번씩이나 동계올림픽 유치를 신청한 것입니다. 정성을 다하여 준비를 하였습니다. 평창의 전 군민이, 강원도의 전 도민이, 한국의 전 국민이 동계올림픽의 유치를 바라고 원했습니다. 대통령도, 장관도, 도지사도, 군수도, 기업인도,

운동선수도 정성을 다하여 IOC위원들을 설득하였습니다. 감동적인 프리젠테이션도 하였습니다. 드디어 평창은 10년 만에 동계올림픽을 유치한 것입니다.

이번 동계올림픽을 유치하게 된 승리는 대한민국의 승리입니다. 이명박 대통령, 이건희 삼성그룹 회장, 조양호 유치위원장, 박성용 대한체육회 회장, 김진선 특임대사, 피겨스타 김연아 선수, 태권도 영웅 문대성 IOC위원, 입양아 출신 스키스타 토비도슨(한국명 김수철) 등 모든 분들의 공이 컸습니다.

공교롭게도 평창이 동계올림픽을 유치한 날이 7월 7일입니다. 그것은 "구하여라, 그리하면 하나님께서 너희에게 주실 것이다. 찾아라, 그리하면 너희가 찾을 것이다. 문을 두드려라, 그리하면 하나님께서 너희에게 열어 주실 것이다."라고 말씀하신 마태복음 7:7과 숫자가 딱 맞아 떨어집니다.

그렇습니다. 구하십시오, 찾으십시오. 두드리십시오. 실패하더라도 또 구하고, 또 찾고, 또 두드리면 반드시 주실 것입니다. 찾을 것입니다. 열릴 것입니다. 3번뿐만 아니라 7번 넘어지면 8번 일어나십시오. 고시에 7번 떨어졌다고 포기하면 안 됩니다. 다시 일어나십시오. 선거에 3번 떨어졌다고 하여 포기할 수 없습니다. 다시 도전하십시오. 사업에 실패하였다고 하여 낙오자가 되지 마십시오. 다시 시작하면 됩니다.